L'Inconnu du Nord

ISBN : 978-2-810-00304-4
Tirage N° 1

Anna Jansson

L'Inconnu du Nord

Traduit du suédois par Carine Bruy

Toucan
NOIR

Mais si je parcours les prairies

Mais si je parcours les prairies au ciel immense,
Alors dites-moi – bien que mes mains soient vides
Alors dites-moi, vous faucheuses du temps de l'esprit des moissons :
Qui m'offrira son cœur comme une fleur ?

Qui m'offrira son cœur comme une joie,
Et un réconfort,
Comme une fragrance qui veut jouer sur ma joue
Afin que moi qui arpente ces sentiers qui me mènent vers la fin et l'automne
Ne m'effraie pas devant l'ultime portail.

Tiré du recueil de poèmes de Nils Ferlin intitulé
Avec de nombreuses lanternes colorées

CHAPITRE I

Ruben sortit dans la pénombre estivale et débourra sa pipe en la tapotant contre la balustrade de la véranda. S'il avait su que la vie n'avait plus que quelques heures à lui offrir, il aurait peut-être éprouvé un tout autre sentiment d'urgence. Le vent avait molli et les arbres projetaient de longues ombres sur la pelouse bien entretenue ; il demeura sans bouger, empli d'un sentiment de tristesse. Peut-être était-ce l'odeur qui lui faisait penser à Angela, cette odeur sucrée de seringat dont la brise du soir apportait jusqu'à lui les exhalaisons. De lourdes grappes de fleurs pendaient le long du mur en pierre de la cour et projetaient une étrange clarté blanche dans la pénombre. Lorsque Ruben toucha la branche, les pétales tombèrent sur le sol tels des flocons de neige. Trop tard. Le seringat venait tout juste d'achever sa période de pleine floraison. L'événement avait dû lui échapper. À présent, l'odeur était un peu douceâtre et les pétales étaient déjà froissés et brunis sur les bords. Trop tard, exactement comme cela avait été le cas à l'époque où il était amoureux d'Angela mais n'avait pas su trouver les mots qui convenaient. Cela lui faisait toujours mal d'y penser.

Lors de la veillée de la Saint-Jean chez les Jakobsson, à Eksta, elle s'était assise à côté de lui, avait rajusté le col de son chemisier et glissé son bras sous le sien lorsqu'ils s'étaient levés de table. Ils s'étaient promenés dans le jardin dans un silence toujours plus pesant. Malgré l'importance du moment, tout ce qu'il avait trouvé à dire, alors qu'il se promenait bras dessus bras dessous avec la plus belle femme du Gotland, c'était que le cours de la laine semblait être sur la mauvaise pente mais que l'on n'avait pas à se plaindre de celui des pommes de terre. Elle l'avait écouté avec patience, avant de lui désigner la tonnelle du doigt. Il n'oublierait jamais le regard qu'elle lui avait lancé à cet instant précis. À l'abri du regard des autres dans cette grotte de verdure, il l'avait prise dans ses bras. La complicité les avait unis durant toute la soirée : des regards qui ne trompaient pas et le léger effleurement dès qu'elle était arrivée. L'odeur de fraise des bois qui émanait du buisson de seringat était enivrante. La fine étoffe de sa robe se tendait sur les douces courbes de sa poitrine et de ses hanches – cela l'avait rendu confus et très conscient des réactions de son propre corps. Il y avait peu encore, elle n'était qu'une enfant, une camarade de jeu. Angela avec ses cheveux d'ange telle une auréole d'or tissée sur ses épaules, ses yeux bleu vert et sa lèvre supérieure légèrement renflée qu'il lui fallait absolument embrasser. Dans la grotte de feuillage, il avait pris son courage à deux mains et l'avait fait. Cela avait été un baiser un peu raté lorsque leurs dents s'étaient entrechoquées et qu'ils s'étaient tous deux reculés avec gêne. Il avait essayé de faire plus attention et il avait remarqué qu'elle se laissait aller dans ses bras. Ses mains avaient caressé son dos et avaient lentement glissé le long de ses muscles avant de se couler à l'intérieur de sa chemise. Il avait senti un léger frisson lui traverser le corps lorsque ses ongles avaient délicatement griffé son dos et que sa respiration s'était accélérée. Sa main s'était frayé un chemin jusqu'à l'intérieur de sa culotte mais elle l'avait attrapée au vol et l'avait maintenue dans la sienne. À quel point m'aimes-tu, Ruben ? Elle l'avait fixé droit dans les yeux sans détourner le regard et avait attendu qu'il prononce le mot de passe impossible à trouver. À quel point veux-tu de moi ? À quel point m'aimes-tu ? Et il avait répondu en pressant son membre gonflé contre son ventre. Elle s'était reculée et il avait amené sa main là où il le souhaitait pour qu'elle puisse sentir son érection et comprendre à quel point il avait envie d'elle et combien il l'avait désirée et avait pensé à elle. Arrête ! Son corps s'était complètement raidi. Il avait essayé de la toucher mais elle s'était dérobée à son contact. Le sourire sur son visage avait disparu. Comme il ne disait toujours rien, elle l'avait repoussé et était partie en courant vers les autres. Il avait réussi à la rattraper et avait essayé de l'enlacer par-derrière. Dis quelque chose, espèce d'imbécile ! Chuchote les mots qu'elle veut entendre. Mais les mots n'avaient jamais été là, pas à l'époque et guère plus à présent, cinquante ans plus tard, lorsqu'il réfléchissait à ce qu'il aurait dû dire pour changer le cours de l'histoire. À quel point m'aimes-tu ? Que peut-on répondre à cela ? Il n'est quand même pas possible de peser et de mesurer l'amour, si ? Elle s'était libérée de sa prise en manifestant une colère qu'il ne parvenait pas à comprendre et ne lui avait plus accordé le moindre regard durant tout le reste de la soirée. Et ensuite – il avait été trop tard.

Ruben tourna son visage aux yeux bleu clair vers le ciel nocturne et renifla. Il était souvent ému ces temps-ci. Lorsqu'on est enfant, on pleure quand on est triste ou que l'on s'est fait mal et, lorsqu'on est vieux, on pleure parce que l'on est ému quand on entend la vieille chanson *Voici venu le temps des fleurs* ou que l'on se souvient d'un vieil amour. Il réajusta son pantalon à l'entrejambe et sourit pour lui-même. Le corps se souvient aussi.

Un groupe de pigeons décrivait des cercles là-haut au-dessus du pigeonnier. Ruben resta parfaitement immobile et les observa lorsqu'ils se posèrent sur le toit de tôle et se promenèrent en roucoulant avant de rentrer pour la nuit. Il les connaissait tous par leur apparence et par leur nom. Général von Schneider, M. Pomoroy, Sir Toby, M. Winterbottom, Jo la Panique, Cacao et Sven Dufva[1] se bousculaient et se pinçaient les uns les autres au moment de franchir l'ouverture qui leur permettait de rejoindre leurs femelles et petits puis leur repas du soir. C'était toujours le même manège.

Un nouveau pigeon qui devait avoir suivi le groupe quand il était rentré à la maison se tenait tout au bout du faîte du toit. Un oiseau vigoureux légèrement moucheté de brun et à la tête blanche. Celui-là, il fallait qu'il l'examine de plus près. Ruben baissa la tête pour franchir la porte basse qui donnait accès à la grange et gravit l'escalier de bois grinçant qui menait au pigeonnier dans le grenier avant de poursuivre jusqu'au sac de millet.

1. Sven Dufva est le héros du septième chant du poème épique "Récits de l'Enseigne Stål" de Johan Ludvig Runeberg. Il représente la figure du soldat un peu fruste mais valeureux au combat. Outre la référence culturelle, il y a ici un trait d'humour intraduisible puisque *dufva* est l'ancienne orthographe du mot *duva* qui signifie "pigeon" en suédois.

Des friandises qui devraient pouvoir attirer le nouveau pigeon. Il ajusta la trappe et la grille de telle sorte que les oiseaux puissent entrer dans le pigeonnier mais ne puissent pas en sortir puis il attendit dans l'obscurité tandis que le soleil couchant imprimait une couleur rouge orangée au ciel et à la mer sur laquelle une chaussée solaire incandescente ne cessait de s'élargir.

Les oiseaux se battaient pour la nourriture. Von Schneider donna un coup de bec sur la tête de Winterbottom et reçut un coup d'aile en représailles. Ceux qui pensent que les colombes, ces cousines des pigeons, sont des symboles crédibles de paix se trompent. Cela, il l'avait affirmé à de nombreuses reprises. Il n'existe pas d'oiseaux plus agressifs et plus tyranniques que ceux de la famille des pigeons mais, par contre, en tant que symbole d'amour et de fidélité, ils conviennent parfaitement. Les meilleurs oiseaux sont les mâles dont les femelles couvent ou ont des petits. Ils donnent tout ce qu'ils ont pour rentrer au plus vite, ce qu'il faut garder à l'esprit lorsqu'on sélectionne des pigeons voyageurs pour un concours. Ruben avait déjà commencé à regarder quels pigeons il ferait participer au concours de colombophilie de son club durant le week-end. Les pigeons seraient lâchés de Gotska Sandön tôt le dimanche matin. Avant cela, on synchroniserait les constateurs de leur propriétaire afin qu'ils indiquent tous la même heure, celle de l'horloge parlante. Comme ça, on évitait les discussions houleuses après-coup, lorsqu'il fallait calculer la vitesse en kilomètres par heure. Il y en avait bien sûr qui trichaient. Ainsi Petter Cederroth avait-il percé un trou presque invisible dans le O du nom du fabricant sur le couvercle. Ensuite, il avait arrêté l'horloge à l'heure propice à l'aide d'un clou afin de pouvoir établir un temps record. Pour ne pas être pris, il avait, juste avant l'ouverture du constateur, avancé les aiguilles de manière à ce qu'elles indiquent la bonne heure. Futé, si son épouse n'avait pas vendu la mèche par inadvertance un jour où elle avait un peu trop bu. Ruben ne connaissait absolument personne qui soit plus communicatif que Sonja Cederroth quand elle avait un verre dans le nez.

Si les sommes d'argent en jeu avaient été aussi importantes que pour les concours nationaux et si ça n'avait pas juste été du trophée du pigeon d'argent qu'il s'agissait, Cederroth aurait été exclu de la société colombophile. Mais le club avait étouffé l'affaire. Après tout, il était si sympathique et puis il avait un sacré coup de main pour préparer le Gotlandsdricka, la gnôle locale. Il fallait bien le mentionner à sa décharge.

Le nouveau pigeon mâle restait sur le toit et ne se pressait pas même s'il jetait un coup d'œil à l'intérieur de temps à autre. Ruben prit les jumelles et l'observa. C'était un oiseau vraiment imposant même si son vol semblait l'avoir passablement épuisé. Il était identifié par une bague métallique à la patte. Un étranger, donc, car, en Suède, les pigeons portent des bagues en plastique. Un touriste aérien en visite ? Le pigeon avait sans doute fait un long voyage avant de se joindre au groupe. Normalement sa faim aurait dû l'emporter sur sa méfiance et il aurait dû rentrer. Alors c'était vraiment la guigne de devoir sortir pour aller le récupérer sur le toit de tôle.

Ruben sortit en rampant avec sa cage-piège. Le pigeon s'éleva dans les airs en voletant avant de se poser à nouveau tout au bout du toit à côté du chéneau et l'observa tandis qu'il disposait la cage. Une barrette accrochée à un fil de nylon maintenait la trappe ouverte et, dans la cage elle-même, il avait disposé du millet appétissant au-dessus de la nourriture telle une noix de beurre sur de la purée. Viens ! Approche ! Ruben recula en rampant et resta sans bouger derrière le mur, le fil de nylon tendu à la main. Viens ! Encore un peu. Voilà, c'est bien, tu as faim, non ? Le pigeon considérait la cage les yeux mi-clos et souriait d'un air moqueur. Ruben trouvait qu'il avait vraiment l'air de le narguer tandis qu'il marchait là balançant la tête d'avant en arrière. À quelle espèce d'oiseaux appartiens-tu et d'où viens-tu ? En fait, c'était vraiment passionnant de se demander quelle distance le pigeon avait pu couvrir en volant.

Cederroth s'était vanté durant tout le printemps d'avoir reçu la visite d'un pigeon qui venait de Pologne mais personne ne l'avait vu avant qu'il ne reparte et Jönsson avait de toute évidence accueilli un oiseau originaire du Danemark l'été précédent et récemment un autre venu de Scanie. C'est ça, mon petit. Rentre donc. Non. Le pigeon fit demi-tour devant la cage et partit en paradant comme un général au dos raide dans la direction opposée. Puis il fit un demi-tour complet près du chéneau. À présent, il revenait dans sa direction. Ruben était prêt. Il retenait son souffle. Il ne fallait pas que l'oiseau soit effrayé par le moindre bruit. Le pigeon fit le pas décisif. Il ne pouvait plus résister aux friandises et la trappe se referma. Oui ! Ça y était, il était rentré ! Ruben traversa le toit en portant la cage mais ne l'ouvrit pas avant d'être à l'intérieur du pigeonnier.

C'était vraiment un bel oiseau même si son plumage était en piteux état après le long voyage. Ruben déploya les ailes dans sa main, l'une après l'autre, et les examina soigneusement. Il manquait deux rémiges sur l'aile droite et, sur la gauche, l'une des pennes était plus courte mais était en voie de repousser. Pour mieux voir l'inscription sur la bague, il fut obligé de mettre ses lunettes. Il les trouva sur l'étagère en bois au-dessus des cages de transport, essuya la poussière blanche et examina la bague. Cela ressemblait à des caractères russes. C'était vraiment intéressant. Ruben donna de l'eau propre aux pigeons et les nourrit avec un mélange à base de maïs. Il se rendit ensuite dans la maison pour appeler Cederroth. Mais celui-ci était chez son frère à Martebo et, d'après Sonja, il ne fallait pas s'attendre à ce qu'il soit chez lui avant tard le soir.

En jetant un œil à l'almanach qui était distribué gratuitement aux clients du supermarché ICA, Ruben constata qu'on était déjà le 29 juin. Il s'affala sur une chaise et regarda par la fenêtre les magnifiques couleurs du coucher de soleil tandis que le disque solaire rouge descendait lentement dans la mer. C'est une grâce et une consolation pour l'âme que d'habiter à un endroit d'où l'on peut voir le soleil se coucher sur la mer. Il se leva uniquement pour se servir du café et se couper une tranche de pain qu'il agrémenta de saucisse fumée de Falu, deux morceaux bien épais sur une généreuse couche de beurre, pas de la margarine industrielle dans une boîte en plastique. La mer était incroyablement belle à voir ce soir-là. Presque au point d'en perdre le souffle, d'en avoir les larmes aux yeux et de se poser tout un tas de questions sur ce qu'il y a au-delà du temps.

Il pensa au mot *rédemption* et il pensa à Angela. Existait-il un mot plus beau que rédemption ? Faire la paix avec ce qui s'était passé, ne pas l'oublier ni le minimiser mais s'en souvenir sans éprouver de douleur. Se réconcilier avec le fait que les choses ne se sont pas produites comme on l'avait pensé et espéré dans son cœur. En arriver au point où on peut se réconcilier avec son destin.

C'était le père d'Angela qui s'était lancé dans la colombophilie. Lorsqu'il s'en était lassé et qu'il avait commencé à jouer au golf à la place, Ruben et son petit frère Erik avaient déménagé le pigeonnier chez eux sur Södra Kustvägen à Klinte. Mais Erik s'était également lassé et avait acheté une moto à la place. Et ensuite tout était allé de travers.

CHAPITRE 2

Aux premières lueurs de l'aube, Angela vint à sa rencontre en marchant sur la mer. La traîne de sa robe légère se confondait avec l'écume des vagues et la lumière matinale était comme tissée dans ses cheveux. La mer scintillait dans ses yeux vert émeraude. Elle tenait une jeune colombe dans ses mains et la lâcha vers le ciel. Viens. Elle tendait les bras vers lui. Viens à présent. Son sourire était tout aussi attirant que celui dont il gardait le souvenir lors de cette veillée de la Saint-Jean fatidique. Viens, toi aussi tu peux marcher sur l'eau. Mais il tourna le dos à la mer et ne la vit plus. Et elle vint telle une obscurité, une tempête qui s'abattrait sur la terre. Les arbres ployèrent. Les touffes de roseaux gisaient, couchées sur le sol, les oiseaux s'étaient tus et les éclairs fusaient tels des feux d'artifice entre les nuages. Mais il refusa de l'écouter, ferma les yeux et mit ses mains devant ses oreilles. Alors elle vint sous la forme d'un parfum. Comment se défend-t-on contre un parfum qui fait remonter les souvenirs à la surface ?

Lorsque Ruben se réveilla, il remarqua qu'il avait pleuré. Tout son corps souffrait de l'absence d'Angela, ça lui lançait, le taraudait et il avait l'impression qu'on lui enfonçait des lames de couteaux dans le diaphragme. Angela. Angela. Comment un manque pouvait-il soudain prendre de telles proportions ? Dans son rêve, elle tenait une colombe. Il se souvenait encore de la manière dont ses mains, avec leurs petits pouces un peu anguleux, avaient tenu la colombe blessée que l'épervier avait attaquée à cette époque révolue où tout était encore possible. C'était l'une des premières fois qu'ils se rencontraient. Elle caressait le dos de la colombe avec ses petites mains. Pauvre petite. On va s'occuper de toi. Pendant qu'Angela essayait de nourrir la colombe avec de la bouillie et qu'elle lui faisait une couche dans le nid le plus douillet, Ruben avait chargé sa carabine à plombs et avait attendu l'épervier qui décrivait des cercles là-haut au-dessus du pigeonnier. Il avait laissé son doigt reposer sur le chien du fusil et avait attendu jusqu'à ce que le rapace se pose sur le pin à côté de la grange. Ensuite, il avait tiré la charge de plombs. L'épervier était tombé, mort, sur le sol. Il avait triomphalement attrapé le rapace par les pattes et l'avait déposé sur la table de cuisine afin qu'Angela puisse voir que le coupable avait été puni. Il ne s'était pas attendu à ce qu'elle se mette à pleurer. Mais c'est ce qu'elle avait fait. Comment as-tu pu ? Tu n'as rien de mieux à faire que de le tuer ? Il s'était tenu là, dans la cuisine, les bras ballants sans rien pouvoir dire pour sa défense. Le bourdonnement d'une mouche qui s'était empêtrée dans la bande de papier collante qui pendait de la lampe de cuisine était le seul bruit que l'on entendait et il s'était amplifié jusqu'à ce que sa tête soit vide.

Ruben se rendit à la bibliothèque dès son ouverture. De retour à la maison, il but son café du matin en écoutant les prévisions météo. Ensuite, il se rendit au pigeonnier pour s'occuper du nouveau pigeon. L'oiseau était totalement épuisé après son long vol. Ses yeux étaient un peu ternes. Ça n'avait rien d'étonnant, il venait de si loin. Mais vu son allure vigoureuse, le pigeon devait déjà avoir recouvré toutes ses forces. En tant que pigeon d'élevage, c'était vraiment un magnifique spécimen. Cederroth allait être vert de jalousie. Le pigeon avait fait tout le chemin depuis Bjaroza en Biélorussie, imaginez ça. La bibliothécaire avait aidé Ruben à effectuer une recherche sur Internet pour trouver une liste des symboles et des signes spécifiques à chaque pays pour les bagues de pigeons et, pour finir, l'endroit d'où venait le pigeon. Un Biélorusse. Il avait signalé sa découverte. Si aucun propriétaire ne se manifestait, il pouvait bien rester. Il l'espérait.

L'esprit occupé par ces pensées, Ruben Nilsson gravit les marches qui menaient à son pigeonnier et il en ressortit encore plus pensif. Il avait trouvé l'oiseau venu de l'étranger, mort sur le sol de pierre sous la fenêtre. Par ce temps couvert, le plumage du pigeon semblait presque gris. Il n'était pas blessé à ce qu'il avait pu voir. Les autres oiseaux auraient très bien pu l'attaquer pour qu'il ne leur prenne pas leur nourriture et leurs femelles. Mais rien ne l'indiquait. Lorsqu'il avait soulevé le corps sans vie, il avait vu un tas de fiente de pigeon, de la diarrhée. Peut-être avait-il mangé quelque chose qu'il n'aurait pas dû. Ou qu'il était malade ? Il lui caressa pensivement les ailes. C'était vraiment un magnifique pigeon bien robuste.

Dans un premier temps, Ruben avait pensé enterrer le Biélorusse à côté du mur du jardin, là où il avait installé un cimetière pour oiseaux et où il avait enterré les autres corps d'oiseau au fil du temps mais, ensuite, il avait un peu eu la flemme d'aller chercher la pelle dans la remise. Sa douleur aux hanches le faisait plus souffrir que d'habitude. Il pouvait tout aussi bien l'enterrer plus tard, il n'y avait pas d'urgence. Alors qu'il allait rentrer, il aperçut sa voisine, Berit Hoas, qui était en train d'étendre son linge à l'arrière de sa maison. Une source permanente de conflits quand les pigeons de Ruben décrivaient des cercles au-dessus de ses draps et laissaient des cartes de visite sur son linge propre. Comme s'il pouvait les en empêcher ! Les pigeons lâchent du lest lorsqu'ils s'élèvent dans le ciel. C'est une loi de la nature. Elle aurait tout aussi bien pu accrocher sa maudite lessive devant la maison mais elle s'y refusait. Qu'allait-on dire ? Oui, qu'allait-on dire ? Voilà comment on fait pour rester propre. S'ils n'avaient vraiment rien de mieux à faire alors qu'ils ne se gênent pas. Berit avait une tout autre opinion.

« Tu es déjà rentrée ? » demanda-t-il par politesse.

« Oui, à présent, ils ont eu leur petit-déjeuner, les enfants, et ce n'est pas la peine que je leur prépare de déjeuner parce qu'ils ont des sacs repas. Ils jouent contre Dahlem aujourd'hui. Ce tournoi de football dure trois semaines et, ensuite, je serai en vacances et je pense que je vais aller rendre visite à ma sœur à Fårö. C'est vrai que ce travail ne paie pas très bien mais c'est agréable parce que les gamins mangent de bon cœur et qu'ils ont l'air d'apprécier ce que je leur prépare. Au fait, j'ai un peu de fricassée de morilles que je viens de sortir du congélateur.

De l'année dernière. Il fallait que je fasse du tri pour libérer de la place pour les champignons de cette année. Tu peux en avoir une portion si ça te dit. Enfin, si tu n'avais rien prévu d'autre, je veux dire. »

« Merci. J'avais pensé faire cuire un morceau de saucisse de Falu à la poêle, mais je peux le garder pour demain. Fais-moi donc signe le moment venu. »

Ruben s'éloigna au petit trot vers la remise à outils pour aller chercher la pelle mais, une fois la main sur le verrou, il changea d'avis. Cederroth ne le croirait jamais s'il ne voyait le pigeon de ses propres yeux. C'était tout aussi bien qu'il reste dans le seau en zinc en bas, dans la remise, jusqu'à ce que Petter ait le temps de passer. Il était souvent par monts et par vaux, Petter Cederroth. Mais c'est vrai qu'avec une commère comme sa femme, il valait sans doute mieux fuir la maison pour éviter qu'elle ne lui casse les oreilles.

Au lieu d'enterrer le pigeon, Ruben descendit jusqu'au port en vélo pour voir s'il y avait moyen de mettre la main sur quelques flétans fumés. Il s'arrêta près du bureau de presse et lut les gros titres des journaux sur le présentoir. *Comment améliorer vos relations sexuelles en vacances*. Ruben éclata de rire. Si la peste s'était déclarée ou qu'une guerre civile avait éclaté en Suède, les caractères sur la une n'auraient pas été plus gros. Était-il vraiment nécessaire d'éclairer les Suédois sur les questions les plus basiques, comme la manière dont on engendre une progéniture, alors que des rongeurs tels que les lapins, dotés d'un cerveau bien plus petit, se débrouillent très bien tout seuls. Les relations sexuelles en vacances évoquaient une espèce de saison de chasse. À présent, c'est autorisé. Procédez de la manière suivante. Sans y avoir été invitées, les pensées relatives à Angela remontèrent à nouveau à la surface alors qu'il avait fait tout son possible pour les repousser en se concentrant sur des choses plus importantes. Il était temps qu'il fasse de nouveau rentrer du bois et il fallait qu'il change le joint du robinet de la cuisine. Il fallait également qu'il se rende au siège de l'association en ville et qu'il achète de la nourriture pour les pigeons. Angela, que me veux-tu ? Les souvenirs se frayaient un chemin trop puissant jusqu'à la surface pour qu'il puisse continuer à leur résister.

Angela s'était dégagée de son étreinte et avait rejoint en courant les autres qui s'étaient rassemblés autour d'Erik et de sa nouvelle Harley. Tu m'emmènes faire un tour ? avait-elle demandé et Erik avait acquiescé. Ruben l'avait vue monter sur le siège passager et s'accrocher au nouveau blouson de cuir d'Erik. Ils avaient disparu sur le sentier gravillonné dans un nuage de poussière. Merde, ça prenait vraiment une mauvaise tournure ! Un court instant, Ruben avait souhaité à son frère d'avoir un accident et de rencontrer un obstacle sur la route, il était prêt à l'admettre par la suite. Pas ouvertement mais uniquement pour lui-même. Mais il n'avait vraiment pas souhaité ce qui s'était produit par la suite. Lorsqu'on est enfant, on s'imagine que l'on peut diriger le monde par la seule force de ses pensées. Quand on est adulte, on retombe parfois dans cette forme de pensée magique. Lorsqu'Angela était arrivée en courant, hors d'haleine et le visage couvert d'éraflures, Ruben avait ressenti la culpabilité comme une main qui lui aurait serré la gorge.

« Au secours ! Je crois qu'Erik est mort ! Il ne bouge pas. Il ne répond pas. Il y a du sang ! Je crois qu'il s'est cogné la tête contre une pierre ! On est sortis de la route. Venez ! » Sa voix tendue avait laissé place à des sanglots convulsifs. Ruben n'avait pas voulu dire qu'il souhaitait voir son frère mort. Il avait souhaité le voir un peu moins arrogant et un peu remis en place, c'était tout.

Ils avaient couru dans la direction indiquée par Angela. Ruben était arrivé le premier sur le lieu de l'accident, les yeux humides de transpiration ou peut-être était-ce de larmes. Erik ! Mon petit frère adoré ! Pas de réponse. Il ne bougeait pas, là, sous la moto, le corps dans une position singulière. Il y avait du sang sur la pierre à côté de sa tête et il continuait à teinter de rouge le plastron de sa chemise. Erik ! Ruben s'était baissé pour soulever la moto et plusieurs bras l'avaient aidé. Mon Dieu, faites qu'il soit en vie ! Il avait secoué les épaules de son frère et avait placé sa main devant son visage pour voir s'il respirait. Les autres s'étaient regroupés derrière son dos. Qu'est-ce que ça donne ? Est-ce que son pouls bat ? Ruben avait cherché la face interne du poignet d'Erik. Est-ce qu'il sentait un pouls ? Peut-être s'agissait-il du sien ? Impossible à dire. Essaie avec la carotide et la jugulaire, avait dit Gerd Jakobsson qui prêtait souvent main-forte à l'infirmière du secteur. Ensuite, ils étaient tous restés silencieux. Une attente qui leur avait semblé interminable. Et tous les regards étaient tournés vers Ruben comme s'il avait été capable d'accomplir des miracles et de réveiller son frère d'entre les morts par la seule force de sa volonté. Il remarqua que, dans sa peur, il avait pressé ses doigts trop fort sur la peau, et il relâcha la pression. Oui, là, sur le cou, il sentait un pouls. À présent, il le sentait distinctement. Et, maintenant, Erik bougeait et ouvrait les yeux et un bruissement de voix vint rompre le silence.

« Il faut l'emmener à l'hôpital, il a sûrement une commotion cérébrale », avait dit quelqu'un.

« Jamais de la vie ! » Erik s'était à moitié redressé avant de retomber sur le sol et de prendre sa tête entre ses mains. Son visage était très pâle lorsqu'il avait ouvert sa chemise et examiné son ventre. Il s'était fait une belle éraflure mais rien de plus grave que ça. « Dans quel état est la moto ? » demanda-t-il en gémissant.

Oui, Ruben s'en souvenait comme si c'était hier. Dans quel état est la moto ? était la première chose que son frère avait demandée lorsqu'il avait retrouvé ses esprits. Il n'avait pas demandé comment allait Angela. Elle était assise dans le fossé à pleurer. Erik ne la voyait pas. Elle aurait tout aussi bien pu être morte ou grièvement blessée.

On ne l'emmena pas à l'hôpital en ville. Erik avait bu quelque chose comme deux pintes de gnôle maison et il ne voulait pas qu'on lui retire son permis de conduire. Alors Ruben avait récupéré la moto accidentée, avait reconduit son frère chez Jacobsson et l'avait ensuite installé dans le lit de la chambre d'amis située derrière la salle de séjour.

« Nous ne pouvons pas le laisser seul », avait dit Gerd. « Il ne faut pas qu'il s'endorme. Cela pourrait être dangereux. C'est ce que dit Svea », avait-elle immédiatement ajouté afin que personne ne mette en doute son affirmation. Si l'infirmière du secteur, Svea, l'avait dit, alors c'était parole d'évangile. Indiscutable.

Angela avait balayé la mèche de cheveux qui lui tombait sur le visage.

« Je peux rester avec lui. » Elle s'était faufilée entre Ruben et la porte sans même lui accorder un regard. « Je reste ici », avait-elle déclaré. « Allez-y. Erik a besoin de calme et de repos. Je vais veiller sur lui. »

Ruben acheta ses flétans au pêcheur chez qui il avait l'habitude de s'approvisionner. Ce serait sa participation au repas du midi. Berit avait promis de faire une omelette aux champignons. Ça pouvait facilement s'avérer un peu fade. Il pensait qu'elle ne dirait pas non à quelques flétans fraîchement fumés. Il devrait peut-être apporter aussi un bouquet de fleurs. Les années passant, il s'était rendu compte que les femmes appréciaient ce genre d'attentions. Il n'était pas nécessaire que ce soit des fleurs qu'on avait achetées et payées cher. C'était aussi bien si on s'arrêtait au bord du fossé et qu'on cueillait de la vipérine, des marguerites, du gaillet jaune, des trèfles rouges et de l'achillée et que l'on étoffait ensuite le bouquet à l'aide de fougères qui poussaient près du pignon exposé au nord. On pouvait certes estimer qu'il était un peu désolant qu'il lui ait fallu cinquante longues années pour s'y entendre passablement en matière de femmes mais mieux valait tard que jamais. Les femmes veulent qu'on les surprenne.

Angela portait une couronne de fleurs des champs à moitié fanées autour de la tête lorsqu'ils s'étaient rencontrés au quai de déchargement l'après-midi de la Saint-Jean. Elle faisait balancer ses jambes d'un air irrité, comme un chat qui bat de la queue, et avait feint, dans un premier temps, de l'ignorer. Ses cheveux n'étaient pas peignés. Elle avait l'air fatiguée.

« On va se baigner ? » avait-il demandé après qu'ils avaient longuement marché sans que ni l'un ni l'autre ne trouve quelque chose à dire. Cela avait été un soulagement que de pouvoir se débarrasser de ses vêtements et de plonger dans l'eau. Celle-ci était froide et Angela avait crié mais le froid semblait l'avoir revigorée. Une petite baignade rapide. Il avait tendu la main vers sa serviette pour l'essuyer et elle l'avait laissé faire. Sa peau était tellement pâle qu'elle en était presque bleue et ses mamelons étaient parfaitement visibles sous la fine étoffe de son maillot de bain blanc. Il essuya ses cheveux que l'eau avait fait foncer de plusieurs nuances, avait frotté et frotté pour qu'ils reprennent leur véritable couleur. Il voulait qu'elle ait la même apparence que d'habitude. Lorsqu'elle essaya de se dégager, il l'embrassa sur le bout du nez, qui était tout ce qui dépassait du drap de bain.

« Comment va Erik ? » avait-elle demandé.

« Bien, je pense. Il a pris le bateau pour le continent. Il n'y avait rien de bien grave en ce qui le concerne. Ni en ce qui le concerne, ni en ce qui concerne la moto, ce qui tient presque du miracle d'ailleurs »

Tout à coup, Angela avait jeté ses bras autour de Ruben, lui avait fait un croche-pied et l'avait fait tomber au sol. Ils avaient roulé tels des enfants dans l'herbe et elle avait essayé de lui faire manger des feuilles de pissenlit comme un lapin.

« Je ne suis pas végétarien, je veux de la viande », avait-il grondé et l'avait mordu au bras. Elle avait ri, comme seule Angela savait le faire, un rire semblable au gazouillis des oiseaux. Ensuite, elle s'était assise à califourchon sur son ventre. Il avait mordillé l'un de ses bras du coude jusqu'à l'épaule et s'était retrouvé en position assise. C'est alors qu'elle était soudain devenue sérieuse.

« Quand est-ce que tu vas te décider à grandir, Ruben ? » Il avait ri à gorge déployée et avait continué à faire semblant de dévorer également son autre bras sans comprendre que le jeu était fini et qu'elle attendait autre chose. « Je veux dire, quels sont tes projets d'avenir ? Qu'est-ce que tu veux faire de ta vie ? » avait-elle précisé.

« Faire de ma vie ? » avait-il demandé d'un air bête. « Elle me convient telle qu'elle est. Je suis menuisier. Je sais aussi faire un peu de maçonnerie. Je peux gagner ma vie comme ça. » Il avait montré ses grandes mains noueuses.

« Tu ne veux pas faire des études, comme Erik, et devenir quelqu'un ? »

« Je suis quelqu'un. Je suis Ruben. » Il avait posé sa joue contre sa peau toute douce et avait respiré son odeur de sel et de chaleur estivale. Cherché sa bouche et reçu une réponse inattendue.

« Est-ce que tu m'aimes » avait-elle demandé lorsqu'il avait ouvert les yeux et vu le halo de cheveux briller à nouveau autour de son visage, comme il voulait que ce soit le cas, comme cela l'avait toujours fait lorsqu'il pensait à elle.

Il répondit en acquiesçant.

« Comment le sais-tu ? Comment sait-on qu'on aime vraiment quelqu'un ? Tu ne me connais pas. Ce que je suis vraiment. » Et elle avait caché son visage dans son cou. « Il n'est pas sûr que l'on se connaisse soi-même, Ruben ? Tu comprends ça ? »

CHAPITRE 3

Plus tard, dans la soirée, Ruben alla en voiture jusqu'au cimetière de Klinte pour déposer des fleurs sur les tombes. Habituellement, il prenait son vélo mais son corps lui faisait mal. Il y avait peut-être un changement de temps dans l'air.

Là-haut, près du mur, on avait enterré J.N. Donner, de la famille des armateurs et propriétaire des chevaux de Klinteby. Mais il ne trouvait aucun repos dans la terre du cimetière et les chevaux de Klinteby refusaient de passer devant si bien qu'on avait rapatrié le corps dans le beau parc qui appartenait au domaine. Dans la partie plus sombre du cimetière, du côté septentrional, était enterrée une autre catégorie de citoyens : les pénitents et les dissidents. Ceux qui étaient membres de l'Église de Suède ainsi que les orthodoxes qui étaient morts de vieillesse ou de maladie se voyaient octroyer le droit de reposer du côté ensoleillé. Du côté nord se trouvaient également son grand-père et sa grand-mère paternels qui étaient baptistes. Ruben avait l'habitude d'y passer pour dire quelques mots à son grand-père Rune. Sa grand-mère avait toujours été un peu plus réservée mais le dialogue avec grand-père Rune ne devait pas nécessairement prendre fin parce qu'il se trouvait de l'autre côté de la frontière. Il avait toujours su écouter.

« Le prix de l'essence a encore augmenté. Tu te retournerais dans ta tombe si tu savais combien elle coûte ces temps-ci – et pourtant les gens font le plein de leur voiture et la conduise. Ils n'ont pas vraiment le choix. En fait, il faudrait que je m'achète un nouveau pantalon mais je n'en ai pas les moyens. Tu sais, grand-père, au bout du compte, on a beau retourner le problème dans tous les sens, on est bien obligés de faire avec parce qu'on ne peut pas se passer d'essence. » Le silence éloquent lui suffisait comme réponse. Ruben déposa un bouquet de vipérine dans le vase long au goulot étroit puis parcourut au petit trot le chemin jusqu'à l'autre partie du cimetière surplombée par la paroi rocheuse de Klinte. Il y avait plus de soleil ici mais, pourtant, Ruben frissonnait et se sentait transi. Ici reposaient sa mère, Siv Nilsson, ainsi que la petite Emelie qui était morte un an après la naissance de Ruben. Celui-ci se rappelait vaguement d'elle comme d'un bébé qui hurlait dans un berceau, vêtu de fines couches de gaze rose. Une paire de petits petons qui battaient l'air et un bonnet orné de dentelle qui lui dissimulait presque tout le visage. Le paternel était comme un vrai roi chez lui lorsque Siv se trouvait à portée de voix dans la cuisine, la cafetière fumante sur le fourneau. Sur le coup de cinq heures, il déclarait avoir l'intention de se lever pour aller traire les vaches mais il se rendormait avec reconnaissance lorsque le personnel de nuit promettait de s'en charger. Et lorsqu'on lui apportait le café au lit alors que ce n'était même pas son anniversaire, il avait l'impression d'être arrivé au paradis. Pas tout à fait mais presque.

« Ah oui, maman, tu te souviens lorsque tu as voulu me parler d'Angela », et il posa lourdement sa main sur la stèle. « Il y a cinquante ans de cela et c'était le pire jour de ma vie. » Ruben s'assit dans l'herbe près de la tombe et pencha la tête vers la stèle. Il se sentait soudain si faible. Il était sans doute sur le point d'attraper un rhume. En tout cas, il avait mal à la gorge. Il avait probablement de la fièvre. Ça tombait mal avec le concours du week-end. Grâce aux pigeons rapides qu'il avait sélectionnés, il avait de bonnes chances de remporter le trophée cette fois-ci. Il ferma les yeux là où il était assis et le souvenir d'Angela s'imposa à nouveau à lui de toutes ses forces. Les muscles de son ventre se tendirent en réponse. Ça lui piquait derrière les paupières et il laissa venir les pensées et les larmes. C'était la fièvre qui le rendait pitoyable et geignard, il en était sûr. Sinon, il ne serait pas resté assis là à renifler et à se donner en spectacle aux gens qui pouvaient le voir.

Un changement s'était produit chez Angela depuis la veillée de la Saint-Jean même si Ruben avait du mal à le définir. Elle avait toujours ruminé sur la vie et la mort et le sens de toute chose, mais après l'accident de moto, c'était devenu bien pire qu'avant.

« On a qu'une seule vie et tellement de choix possibles. Comment sait-on que l'on fait le bon choix quand on en fait un ? Pour ne pas avoir de regrets après, quand il est trop tard, je veux dire. » Il ne savait pas et n'avait jamais réfléchi au sujet. Les choses étaient bien comme elles étaient. On se levait le matin, effectuait son travail et ce n'était pas plus compliqué que cela.

Angela avait décroché un travail à la conserverie de Klinteby et, le soir, lorsque Ruben venait la saluer en vélo, elle voulait juste dormir. Mais, le week-end, lorsqu'elle ne travaillait pas, il arrivait qu'ils aillent à vélo jusqu'à Björkhaga ou Tofta pour se baigner. Elle ne lui offrait plus ni baisers ni caresses. On aurait dit que la magie elle-même s'était perdue après le moment ludique sur le quai de déchargement et il ne savait pas ce qu'il devait faire pour qu'elle revienne. Nous aurions pu mourir, Erik et moi, ne cessait-elle de répéter. Imagine si c'était arrivé... que nous soyons vraiment morts... et que cette vie ne soit pas réelle mais juste une chose que nous nous contentons de continuer à feindre tellement la mort est affreuse. Ne pas *exister* me fait peur. Tu le comprends, Ruben ? Est-ce que tu comprends ce que je dis ? Mais on peut peut-être vivre des vies parallèles, tu ne crois pas ? J'aime cette idée, parce qu'alors on n'a pas besoin de choisir et on ne peut pas se tromper. Plusieurs vies parallèles, comme les racines d'un arbre, tu comprends ? Euh non, mais ça ne m'empêche pas d'aimer t'écouter, avait-il répondu pour tenter de ne pas mentir tout en lui faisant plaisir.

Leur relation s'apparentait plus à celle qu'ont des camarades ou des frères et sœurs qu'à celle qu'entretiennent des amoureux. C'est pourquoi il fut étonné lorsqu'un soir, elle l'invita à le suivre dans sa chambre. Il y avait quelque chose de particulier dans son regard. Il y avait quelque chose d'inhabituel ce soir-là.

« Il n'y a personne à la maison », avait-elle dit. « Ils ne rentrent pas avant demain midi. » Sans ambages, elle avait commencé à se déshabiller juste devant lui. Comme pétrifié, il était resté là à la regarder. Lorsqu'elle avait passé son pull-over par-dessus sa tête et qu'il avait vu qu'elle n'avait pas de soutien-gorge, il n'avait pas su où regarder. Puis elle avait retiré sa jupe et sa culotte et l'avait regardé d'un air sérieux. Elle n'avait jamais été aussi belle et n'avait jamais eu l'air aussi triste qu'à cet instant-là. Il avait à peine osé respirer et encore moins bouger. Viens. Comme dans un rêve, il l'avait suivie jusqu'au lit. Ses mains s'étaient emmêlées dans les boutons de sa chemise et elle l'avait aidé. Une fois le moment de paralysie passé, ils s'étaient aimés de manière purement instinctive. Cela n'avait plus rien de ludique. Il y avait une faim, une obsession chez elle, comme lorsqu'on fait l'amour pour tenir la mort à distance.

« À quel point m'aimes-tu ? »

Il l'avait embrassée et caressée pour qu'elle comprenne qu'il l'aimait plus que la vie elle-même, plus que tout ou que n'importe qui d'autre. Il n'avait jamais maîtrisé les mots, sa langue se trouvait dans ses mains. Il avait espéré que ça suffirait. Les sanglots étaient arrivés de manière si inattendue. Elle pleurait et il la consolait sans dire un mot. Est-ce que c'est quelque chose que j'ai fait ? Il ne parvint pas à poser la question et n'obtint pas de réponse – pas à ce moment-là.

Au petit matin, il avait fini par s'endormir et s'était aperçu, lorsqu'il s'était réveillé qu'elle n'était pas à côté de lui dans le lit. Son odeur imprégnait toujours les draps. Il faisait jour dehors, il n'était guère plus de six heures et quart. La porte des toilettes était verrouillée et il entendit qu'elle y avait la nausée et qu'elle vomissait.

« Ça ne va pas Angela ? » Il l'entendit partir d'un rire strident et creux puis ce fut le tour des sanglots. « Comment ça va ? Je peux faire quelque chose ? Ouvre, Angela ! »

« Rentre chez toi, je veux qu'on me fiche la paix. » Et pourtant, il ne comprit rien avant tard le soir, lorsque sa mère Siv le prit à part pour lui dire ce qui devait l'être. Elle avait tiré ses cheveux en arrière, défroissé son tablier et redressé son dos de la manière dont elle le faisait lorsqu'elle avait besoin de rassembler ses forces avant un moment difficile. Son visage était si sérieux qu'il prit peur et sa voix était cassante et sèche comme les brindilles de l'année précédente.

« J'ai parlé avec la maman d'Angela. »

« Oui. » Quelque chose dans son regard lui fit baisser les yeux de honte.

« Comme tu le sais sûrement, Angela attend un enfant. »

« Quoi ? » La pensée lui donnait le vertige. Ce n'était pas possible, ils venaient juste de…

« Angela part pour le continent avec le bateau du soir. Pour rejoindre Erik. Erik est le père de l'enfant. C'est arrivé suite à un accident à la veillée de la Saint-Jean. Pour autant, Erik doit prendre ses responsabilités par rapport à ce qu'il a fait et prendre soin d'eux. »

« Putain de merde ! » Ruben avait bondi de sa chaise au point qu'elle s'était renversée. « Le salaud. » Sa commotion cérébrale n'avait donc pas été si importante que cela puisque ça ne l'avait pas empêché de sauter sur Angela… « Je vais le tuer. Je vais lui faire la peau… »

« Reprends-toi, Ruben. Angela était consentante et elle a choisi d'aller le rejoindre sur le continent. J'ai compris que tu avais conçu d'autres espoirs mais on n'a pas toujours ce qu'on veut dans la vie. Tu trouveras sans doute vite une autre jeune fille charmante... »

Il n'en avait pas entendu plus avant d'être obligé de se précipiter hors de la pièce afin d'éviter que son visage n'éclate. Il fallait qu'on lui fiche la paix. Il fallait qu'il échappe à ce regard plein de compassion qui ne faisait que renforcer la douleur. Il avait traversé le village en courant, était passé devant l'église et ne s'était pas arrêté avant de s'être égaré sur un sentier dans la forêt de Buttle. Là, il s'était effondré sur la mousse et avait replié ses genoux pour soulager le point qu'il avait au côté. Il essayait d'avoir les idées claires. Angela allait partir avec le bateau du soir. Il pouvait encore l'en empêcher. Il était peut-être encore temps de la convaincre de rester. Voulait-il qu'elle reste après ce qu'elle avait fait ? Oui, si elle regrettait et ne voulait pas rejoindre Erik sur le continent, il lui pardonnerait et la prendrait avec lui, elle et l'enfant. Mais seulement si elle choisissait de rester et de ne plus jamais rencontrer Erik. Il fallait qu'il arrive à lui parler avant le départ du bateau. Mais la forêt de Buttle n'est pas comme les autres forêts. Lorsqu'elle a capturé quelqu'un dans ses bras verts, elle ne lâche pas prise si facilement. Combien de temps il tourna en rond en essayant de déchiffrer les signaux d'orientation, il ne le savait pas. Lorsque, quelques heures plus tard, il déboucha sur le chemin près d'Alskog, la nuit avait déjà commencé à tomber et il ne restait plus aucun espoir. Tout ce qu'il restait était la colère et, petit à petit, l'amertume.

Il n'y avait jamais eu personne d'autre qu'Angela. Et aucune autre jeune fille charmante ne s'était présentée, comme sa mère le lui avait dit dans sa piètre tentative de le consoler. Durant les cinquante ans qui venaient de s'écouler, il n'avait eu qu'une courte discussion avec son frère. Si tu rentres à la maison, je te tue, Erik. Tiens le toi pour dit.

La rumeur voulait qu'Erik ait ouvert son propre cabinet d'avocats et que ça marchait bien pour lui. Siv se rendait sur le continent plusieurs fois par an et leur rendait visite, à eux et à sa petite-fille Mikaela. La rumeur disait également qu'Angela était en maison de repos à cause de ses nerfs fragiles, qu'on lui avait fait des électrochocs et qu'elle refusait de parler. C'était Sonja Cederroth qui le disait. Si c'était vrai ou non, personne ne pouvait le savoir. Ruben lui avait très clairement signifié qu'il ne voulait pas entendre un mot de plus au sujet d'Angela et elle avait ensuite fait preuve de suffisamment de jugeote pour se taire. C'en était bien assez avec les cancans qui ne manquaient pas. Ruben avait fait profil bas, comme si la honte lui revenait, puisqu'il n'y avait personne d'autre pour la prendre à son compte. S'il avait été bon à quelque chose, Angela ne serait pas partie, non ?

« Bien sûr qu'Erik me manquait, maman. C'est clair. Je les ai perdus tous les deux après tout. Mais si je les avais laissés revenir sur l'île comme si rien ne s'était passé, j'aurais perdu la raison. Est-ce que ça aurait mieux valu ? »

Au moment de descendre de la voiture, qu'il avait garée sur la place sous le chêne, il eut l'impression que toutes ses forces l'avaient abandonné. Il était resté assis un moment, la porte ouverte, et devait s'être endormi, le visage contre le volant, parce qu'il fut réveillé par un puissant coup de klaxon. Lorsque, tout ensommeillé, il leva les yeux, il vit que Berit Hoas lui faisait signe depuis l'autre côté de la clôture. Elle avait sans doute cru qu'il l'avait klaxonnée. Si ça pouvait lui faire plaisir. Ruben grelottait tandis qu'il se dirigeait vers la grange pour s'occuper des pigeons avant la nuit. Il était un peu tôt mais il valait sans doute mieux qu'il se mette au lit. Le simple fait de monter l'escalier jusqu'au pigeonnier le laissa hors d'haleine. Il dut s'arrêter longuement sur la marche du haut pour reprendre son souffle. Sa poitrine lui faisait mal. Le godet pour la nourriture n'était pas là. Il aurait dû être dans le sac mais il ne s'y trouvait pas. Ruben forma une coupe avec ses mains, les remplit de blé puis se dirigea vers le premier casier où il avait installé une couche pour le Biélorusse. C'est là qu'était le godet. Il avait aperçu le pigeon mort, là, sous la fenêtre, et il avait lâché le godet pour ramasser l'oiseau. C'était ça. Les mains pleines, il s'approcha de Sir Toby et vit immédiatement que le pigeon n'était pas en forme. Ses yeux étaient ternes et il n'avait pas lissé ses plumes qui étaient tout emmêlées. Il en allait de même avec Jo la Panique. Il n'avait pas l'air bien non plus et, en plus, il avait la diarrhée. Ruben sortit son mouchoir froissé de sa poche et se moucha. Tout ceci n'avait rien de bon. Le plus gros concours de jeunes pigeons de l'année et ses bêtes avaient attrapé une maladie. Pourtant, ils étaient vaccinés, même s'il aurait été incapable de dire contre quoi là tout de suite. C'était Cederroth qui avait apporté le flacon. Les seringues et les aiguilles étaient toujours dans le tiroir de la commode près des casiers. Ça tombait vraiment trop mal. S'il faisait appel au vétérinaire, la rumeur allait se propager jusqu'aux autres gars du club et il ne faisait aucun doute qu'on lui interdirait de participer au concours avec ses pigeons. Il fallait trouver une autre solution. En toute discrétion. Ruben s'assit sur un tabouret près de la fenêtre et appuya son front sur le mur pendant qu'il réfléchissait. Berit Hoas était dehors, dans le jardin, en train de ramasser son linge. Sous ses torchons de cuisine, elle avait accroché ce qui était tabou et de couleur rose saumon afin que personne ne voie qu'elle les avait lavés. Quelle affreuse couleur – rose saumon. Ruben gloussa tout seul. Berit ne s'était pas mariée non plus. Cela n'avait rien d'étonnant avec des dessous aussi affligeants. Aucune place pour la légèreté et la frivolité innocente. Il avait vu des combinaisons flotter au vent depuis son poste d'observation dans le pigeonnier et elles étaient au moins aussi terrifiantes que les culottes longues rose saumon. Mais Berit avait bien sûr également ses bons côtés. Elle n'était pas du genre à propager des cancans et elle était toujours prête à donner un coup de main. Et s'il demandait conseil à Berit ? Ruben prit son portable. Il ne lui arrivait pas souvent de s'en servir. Il n'était pas encore habitué aux touches. Il en avait un avant tout parce que les autres gars du club avaient des portables.

« Berit Hoas », répondit-elle et Ruben dit que c'était Ruben avant de lui exposer la raison de son appel.

« Je pense qu'ils ont besoin de médicaments mais je trouve que c'est un peu délicat d'en parler au vétérinaire. Tu n'aurais pas quelque chose chez toi ? Un truc fort. »

« De la pénicilline, tu veux dire ? Je crois qu'il m'en reste un peu dans un flacon de la fois où ma sœur a eu une angine. Elle ne pouvait pas avaler les comprimés alors on lui a donné des médicaments liquides mais le goût était tellement infect qu'elle a arrêté à la moitié du traitement lorsqu'elle s'est sentie mieux. Elle m'a donné le reste au cas où elle me l'aurait passée pendant que j'étais là. Mais je n'ai jamais eu à m'en servir. »

Ruben sourit, cette bonne nouvelle le mettait vraiment de bonne humeur en dépit de la fièvre. « Si tu peux te passer de cette dose, je te serais éternellement reconnaissant. »

« Est-ce que tu es sûr qu'il est vraiment indiqué de donner de la pénicilline à des pigeons ? Je veux dire – est-ce qu'on peut donner les mêmes médicaments aux animaux qu'aux hommes ? » Sa voix avait pris un ton plus sec, celui de l'institutrice qu'il n'aimait pas du tout, et elle attendait une réponse.

« Sans aucun problème. Ça ira bien très bien comme ça. Est-ce que tu penses que tu peux me rejoindre avec le flacon ? Je suis dans le pigeonnier. »

En aspirant le médicament avec une seringue et en retirant ensuite l'aiguille, on devrait pouvoir l'administrer directement dans le bec, exactement comme Angela l'avait fait lorsqu'elle avait nourri le pigeon qui avait été attaqué par l'épervier. Angela, Angela, Angela. Cela ne menait à rien. Il fallait qu'il arrête avec ces bêtises à présent et qu'il pense à autre chose. Ruben se gratta la barbe. Décidément, il avait oublié de se raser.

« Il y avait un vendeur de tableaux hier », dit Berit tout en montant l'escalier en gémissant. « Est-ce qu'il est venu chez toi également ? »

« Non. » Ruben n'avait vu personne de la journée. Le matin, il était allé au port acheter du poisson mais, ensuite, il était resté chez lui. Je n'aime pas les gens qui viennent traîner dans les parages. On ferait peut-être mieux de faire plus attention à fermer ses portes. »

« J'ai trouvé que c'était si triste », dit Berit. « Il ne parlait pas un mot de suédois mais il avait un papier sur lequel il était écrit en anglais qu'il avait besoin d'argent pour son fils qui avait besoin d'un nouveau rein. *Kidney* veut bien dire rein, non ? »

« Pas la moindre idée. Je n'aime pas qu'ils mendient de l'argent. Il n'avait pas de travail ? » Ruben marmonna une longue tirade pour lui-même pendant qu'il attendait qu'elle arrive en haut de l'escalier.

« Il peint des tableaux. Des tableaux vraiment beaux avec la mer, des touffes de roseaux, des bateaux et… »

« Tu lui as acheté un tableau ? Alors il va en arriver des bataillons complets, ça, tu peux en être sûre. »

« J'avais de la peine pour lui. Imagine si tu avais un petit garçon malade qui avait besoin d'un rein. Imagine, Ruben. Alors tu ferais certainement n'importe quoi pour trouver de l'argent. »

CHAPITRE 4

Le jour suivant, Ruben ne se réveilla pas avant onze heures. Une mouche entêtée se promenait sur l'arrête de son nez. Il n'avait pas la force de la chasser. Les draps étaient humides de sueur et s'étaient enroulés autour de ses jambes. Sa langue lui faisait l'effet d'être un morceau de bois dans sa bouche et le vertige le força à s'agripper à la bibliothèque qui tangua de manière inquiétante et manqua de se renverser sur lui. Après avoir bu de l'eau en plaçant sa tête sous le robinet, il se rendit compte qu'il n'aurait jamais la force de monter les escaliers qui menaient au pigeonnier pour nourrir les pigeons. En réalité, il n'avait même pas la force de retourner dans son lit. Les derniers mètres, il les parcourut en rampant à genoux tandis que sa cage thoracique se gonflait comme un soufflet. Pourtant, il lui semblait manquer d'air. Chaque inspiration était douloureuse et ses muscles lui faisaient mal. Lorsqu'il se hissa par-dessus le bord du lit, ce fut comme lorsque quelqu'un au bord de la noyade s'agrippe au bastingage du bateau et s'extirpe de l'eau en faisant appel à ses dernières forces. Il fallait qu'il demande à Berit de s'occuper des pigeons. Peut-être pourrait-il, si un miracle se produisait et qu'il se remettait, participer au concours de pigeons voyageurs le lendemain. Ruben se décida à ne pas appeler Cederroth avant d'être absolument obligé de déclarer forfait. Il fallait qu'il appelle Berit, il fallait qu'il le fasse tout de suite. Il posa la tête sur l'oreiller et dériva. Berit, il fallait qu'il appelle Berit. Bientôt. Voulait juste attendre un peu et reprendre quelques forces. Fermer les yeux un petit, un tout petit instant avant…

Lorsqu'il se réveilla, il était trois heures de l'après-midi. Ruben se redressa dans un sursaut avant de retomber sur l'oreiller. Son crâne était prêt à éclater lorsqu'il toussait et un râle sortait de sa poitrine. Berit. À présent, il fallait qu'il appelle sans plus attendre. Il fallait que quelqu'un s'occupe des pigeons. Son bras lui sembla aussi lourd que du plomb lorsqu'il le leva pour attraper le portable. Il fut vraiment soulagé de l'entendre répondre dès la première sonnerie. Bien sûr qu'elle pouvait les nourrir et leur donner à boire. Pas tout de suite, mais un peu plus tard dans la soirée.

Il suffisait qu'il lui dise ce qu'il voulait qu'elle fasse. Il faut s'entraider entre voisins. La chance avait voulu qu'il ne ferme pas le pigeonnier à clé et qu'il n'ait donc pas à se relever pour lui donner la clé. À présent, c'était réglé, il pouvait dormir encore un peu. Lâcher prise et se laisser emporter par la vague vers le repos.

Et elle vint à sa rencontre par-dessus la mer comme il l'avait espéré. Angela, l'angélique. Elle forma une coupe de ses mains et les emplit d'eau. Bois. Et il se pencha pour boire dans ses mains mais juste au moment où ses lèvres touchaient la surface de l'eau, elle les retira. Sa soif était insupportable mais la solution à l'énigme qu'elle avait posée était ce qu'elle exigeait pour qu'il puisse boire et elle disparut au milieu des vagues quand sa réponse fut trop longue à venir. La peur de la perdre à nouveau le mettait hors de lui. La mer était infinie. Parviendrait-il jamais à la rencontrer de nouveau ? Il se laissa couler et chercha au fond. Sa bouche était sèche et il essayait de boire de l'eau là où il se trouvait mais elle était salée et le varech l'avait rendue brune. Angela ! Il n'aurait jamais dû la lâcher. Alors il sentit sa main sur sa joue. Il l'entendit mais ne réussit pas à ouvrir les yeux ni à saisir tous les mots. Mais la voix était celle d'Angela.

« Je suis venue », disait-elle. « Je suis enfin venue. Es-tu encore en colère contre moi ? » Il prit ses mains et les attira à lui. Il respira son odeur. Elle était exactement comme alors, sucrée et emplie d'été.

« Tu es venue. » Et tout ce qu'il avait voulu lui dire et lui demander au sujet de sa maladie et de sa petite fille qui s'appelait Mikaela et sur le temps qui s'était écoulé se transforma en un courant de compréhension sans mots. « J'ai soif. » Lorsqu'elle lui tendit le verre, il le but jusqu'à la dernière goutte. Avec ce toast, tout était pardonné et oublié et il ne restait que l'instant présent et sa peau douce sur son bras dénudé. Angela. Elle courait par-dessus la prairie, les bras tendus, exactement comme alors. Il se battit pour rester auprès d'elle mais les rêves l'emmenaient plus loin et, tout à coup, il se retrouva assis sur les genoux de grand-père Rune, entouré de ce silence merveilleux et chaleureux où toutes les réflexions étaient permises, où tout était évident et rien n'avait besoin d'être expliqué. « J'ai soif. » Angela se tenait à nouveau au-dessus de lui et son visage ressemblait au soleil et il lui rendit son sourire. Jamais plus je ne veux être sans toi. Lorsqu'il leva la main pour caresser sa joue, elle se transforma sous ses yeux, son visage se brouilla et prit la forme grisonnante de Berit Hoas.

« Comment ça va, Ruben. Tu n'as pas l'air bien du tout. »

« À un moment, j'étais vraiment au fond du trou. Je n'arrivais pas à respirer mais, maintenant, ça va mieux. Une colombe est venue, un cadeau. Tu l'as vue ? Elle était là. »

« Tu sais, Ruben, je crois que tu délires. Tu dois avoir beaucoup de fièvre. Je crois qu'il faudrait te conduire à l'hôpital. Dommage que je n'ai pas le permis, sinon, je t'aurais enveloppé dans une couverture et emmené en ville. On pourrait peut-être en parler à Cederroth ? »

« Pas question. Sinon, elle ne me trouvera pas quand elle va revenir. Il faut que je reste ici. »

Berit secoua la tête lorsqu'elle entendit ses élucubrations. « Est-ce que tu veux un peu à boire ? J'ai mis une cruche sur la table de nuit et puis je t'ai apporté un rameau de seringat pour que tu en sentes l'odeur à ton réveil. Je sais à quel point tu l'aimes. J'ai bien vu que tu t'arrêtais pour le sentir de temps en temps. Est-ce que tu as mangé quoi que ce soit aujourd'hui ? Non, je ne pense pas. Il reste un peu d'omelette. »

« Je n'en ai pas la force et ma gorge me fait mal lorsque j'avale. Ça attendra jusqu'à demain. »

« Je pense que tu devrais aller chez le médecin. Je le pense vraiment. » Berit regarda ses yeux brillants de fièvre et les draps humides. Tu as peut-être attrapé une pneumonie. On ne plaisante pas avec ça à ton âge, Ruben. »

« Non. Je vais prendre une paire d'Alvedon et ça ira mieux demain. Ça va rentrer dans l'ordre. C'est bien comme ça. »

Lorsque toutes ses tentatives pour le convaincre eurent échoué, Berit Hoas finit par se rendre au pigeonnier pour s'occuper des pigeons. Les gens avaient pour habitude de dire que Ruben Nilsson était une vraie tête de cochon et, en cela, ils avaient entièrement raison. On pouvait toujours chercher pour trouver un bonhomme aussi obstiné. Il gardait toujours ses distances, allait rarement dans les magasins et ne fréquentait personne d'autre que les gars du club colombophile et ses parents décédés. Il se rendait souvent au cimetière là-haut et plusieurs personnes lui avaient raconté qu'elles l'avaient entendu parler tout seul à voix haute tandis qu'il faisait son tour et entretenait les tombes. Jusqu'à quel point peut-on se montrer original sans être considéré comme un dingue ? C'était comme s'il vivait dans une zone intermédiaire et qu'il n'avait pas assez de force pour choisir son camp. Il faudrait le conduire à l'hôpital. Ils pourraient peut-être faire quelque chose pour ce qui ne tournait pas rond dans sa tête pendant qu'il était là. En matière de bonhomme original et de vieillard aigri, il n'avait pas son pareil ! Peut-être qu'elle devrait quand même appeler Cederroth et lui demander d'essayer d'emmener Ruben en ville.

Berit ouvrit la porte du pigeonnier et écouta le bruit de roucoulement qui provenait des nids. Il y avait un pigeon mort dans le seau en zinc près de la porte. Elle monta l'escalier avec difficulté. La première chose qu'elle remarqua fut les jumelles qui étaient posées près de la fenêtre qui donnait sur son jardin. Est-ce qu'il l'avait observée d'ici, ce vieux cochon ? Elle s'était déjà vraiment mise en colère lorsqu'il lui vint à l'esprit que c'était évidemment les pigeons qu'il regardait. C'était évident, imaginer autre chose était se montrer injuste à son égard. Il se tenait là avec ses jumelles lorsqu'ils décrivaient des cercles au-dessus du toit. Il pouvait voir de loin de quel pigeon il s'agissait et l'appeler par son nom. Jo la Panique, Sir Tobby et tous ces autres noms qu'ils portaient.

Il y avait un pigeon mort juste en haut de l'escalier et un autre entre les casiers et les deux auxquels ils avaient administré de la pénicilline la veille étaient également morts. Il aurait dû l'écouter. Il n'était pas sûr que les bêtes et les hommes réagissent de la même manière quand ils prenaient les mêmes médicaments. Quand Berit découvrit encore trois autres pigeons morts, elle commença sérieusement à se demander ce qui s'était passé. Est-ce que l'épervier s'était introduit à l'intérieur du pigeonnier ou s'agissait-il d'un putois ? Elle était sûre d'avoir entendu parler d'un poulailler à l'intérieur duquel on avait laissé entrer un putois et dans lequel on avait par la suite retrouvé toutes les poules mortes. Le putois tue par plaisir. Il tue jusqu'à ce que toute vie se soit éteinte sans que cela soit nécessaire pour qu'il se nourrisse, ce qui n'est pas si éloigné de l'humain de ce point de vue. Elle regardait autour d'elle en frissonnant. Ou peut-être était-ce quelque chose en rapport avec l'eau qui avait rendu les bêtes malades ? Ruben disposait de son propre puits où il tirait de l'eau pour arroser son jardin. Pour autant qu'elle le sache, elle était considérée comme impropre à la consommation. Mais il était également raccordé au réseau d'eau communal. Se pouvait-il qu'il ait donné la mauvaise eau aux pigeons ? Sept pigeons morts en plus de celui qui gisait en bas dans le seau en zinc, ça ne valait rien de bon. Allait-elle le dire à Ruben ou allait-elle attendre qu'il se porte mieux ? Pour l'instant, il n'aurait de toute façon pas la force d'y faire quelque chose. Elle décida donc de lui épargner les mauvaises nouvelles pour le moment.

Berit Hoas s'affala devant la télé avec son tricot. Elle était habituée à la solitude mais pourtant la maison lui semblait silencieuse et vide. En fait, elle était en retraite mais, lorsqu'on lui avait offert de servir les repas pour le tournoi de football, elle n'avait pas pu résister à la proposition. Le fait était que son travail à la cantine de l'école de Klinte lui manquait. Elle aimait les enfants et ils le lui rendaient bien. Bien qu'ils soient si nombreux, elle avait très rapidement appris à les connaître et savait exactement ce qu'ils aimaient et ce qu'ils n'aimaient pas. Si Pelle n'avait pas bien mangé deux jours d'affilée, elle s'efforçait de modifier un peu le menu pour qu'il ait quelque chose qu'il aime et, lorsque Sofia avait pignoché trois jours d'affilée, Berit lui avait demandé avec précautions comment ça allait et Sofia lui avait alors raconté que sa maman et son papa envisageaient de se séparer. Il en allait de même pour Gabriel. Il était assis sur un tabouret dans la cuisine près de Berit après l'école et lui avait confié que la tristesse avait envahi tout son ventre parce que son lapin était mort. Il avait attrapé froid et on avait dû lui donner de la pénicilline. Ensuite, il avait été pris de diarrhée à cause de la pénicilline, avait déclenché des convulsions et avait fini par mourir. Il avait emmené le lapin mort avec lui dans un carton à chaussures à l'école et ils l'avaient enterré tous ensemble au pied d'un arbre près du ruisseau et Gabriel avait joué un petit air sur sa flûte à bec en guise d'adieu.

Il faisait froid et humide dans la vieille maison de pierre même s'il faisait chaud dehors. Comme lorsque l'orage va éclater. Berit alla chercher un gilet et se prépara une tasse de thé. Mais le froid qu'elle ressentait en elle ne voulait pas vraiment lâcher prise. Elle ne se sentait pas bien. Ressentait une sensation de raideur étrange dans les muscles. Elle n'allait quand même pas être malade ? Cela ne se faisait pas lorsqu'on avait un travail à effectuer. Les enfants avaient besoin de manger. A la télé, c'était les informations. Elle s'était sans doute assoupie un moment et avait manqué une partie du programme. Avant qu'elle n'ait pu saisir le lien entre les différents éléments, s'il s'agissait du présent ou du passé ou d'un film qu'elle avait vu, suivirent les cotations de la bourse. Avant, les cotations de la bourse ne faisaient guère partie du quotidien des gens ordinaires mais, à présent, on laissait les chiffres occuper un temps d'antenne toujours plus important. Elle devait vraiment s'être endormie dans le fauteuil. Elle se réveilla aux petites heures du matin, trempée de sueur et glacée en même temps. Elle fit un détour par la cuisine où elle but de l'eau avant de régler le réveil sur six heures et d'aller se coucher.

Lorsque quelques heures plus tard, il fut temps pour elle de se lever, elle se sentait lourde. Elle avait du mal à vraiment se réveiller et manqua de se cogner la tête dans la table de cuisine lorsqu'elle s'assoupit sur l'article que le journal du matin consacrait à la semaine de débats politiques d'Almedalen. C'était déjà la période ? Berit fit juste un brin de toilette au lavabo au lieu de prendre la douche qu'elle avait envisagée. Si seulement elle parvenait à donner leur déjeuner aux enfants, ensuite son travail était fini pour la journée. Le soir, ils allaient griller des saucisses sur la plage et jouer au jeu d'échecs viking. Elle devrait avoir la force de tenir la matinée même si elle avait pris froid et avait de la fièvre. Elle n'aurait pas dû rester assise dehors, dans les courants d'air, à éplucher des pommes de terre. Il faut faire attention à ne pas attraper froid.

Si Berit Hoas, ce matin-là, avait suivi sa première impulsion d'aller chez Ruben Nilsson voir comment il se portait, plusieurs vies humaines auraient pu être sauvées, mais elle n'en avait pas la force. Ni à ce moment-là. Ni plus tard lorsqu'elle rentra à la maison après avoir servi le déjeuner au tournoi de football. Dès qu'elle fut à l'intérieur des murs de la maison, elle s'effondra sur le lit. La migraine lui donnait envie de vomir et la toux l'achevait presque. Lorsqu'elle dut se précipiter aux toilettes pour éviter un accident, elle se mit à penser à la fricassée de morilles qu'elle avait partagée avec Ruben. Était-il possible qu'avec les meilleures intentions, elle les ait empoisonnés ? Il s'agissait de morilles et elle les avait blanchies exactement comme il était indiqué que l'on devait le faire dans le livre de cuisine. Était-il possible qu'elle ait mal compris quelque chose ou qu'un champignon non-comestible se soit mêlé aux autres ? Il fallait qu'elle appelle Ruben. Elle allait juste se reposer un moment et elle l'appellerait.

Il n'en fut pas ainsi. Au lieu de cela, elle fut réveillée une heure plus tard par des grands coups à la porte et le beuglement infernal de Cederroth, dehors, sur la véranda.

« Ouvre, Berit ! Ouvre ! Il s'est passé quelque chose d'affreux ! Tu vas pas le croire si tu le vois pas de tes propres yeux. C'est trop dégueulasse ! Ça, c'est vraiment trop dégueulasse pour moi, putain ! »

CHAPITRE 5

« Calme-toi, Petter, et dis-moi ce qui se passe. » Berit Hoas se tenait au chambranle de la porte et sentait que tout dansait devant ses yeux. Plus que toute autre chose, elle voulait se traîner de nouveau jusqu'à son lit. Tout son corps était douloureux, ses yeux lui brûlaient et voilà qu'elle se tenait dans le courant d'air dans l'ouverture de la porte. Cederroth gesticulait et geignait comme un chien. Il était toujours très expressif lorsqu'il racontait des histoires mais, là, il en faisait vraiment trop. Elle n'avait pas la force de le supporter à cet instant précis et était sur le point de fermer la porte lorsqu'il dit :

« Les pigeons de Ruben sont morts. Tous sans exception. Est-ce que tu comprends ce que je te dis, Berit. Tous ces putains d'oiseaux ont passé l'arme à gauche ! Qu'est-ce qui s'est passé ? J'ai tambouriné à la porte mais le vieux n'ouvre pas. Tu crois qu'il peut avoir perdu les pédales et les avoir tués ? Tu sais bien comment il est. »

« Je ne sais pas, Petter. »

« Il a des pigeons qui valent cinq mille couronnes pièce ou plus. Ce cinglé aurait pu les vendre ou les donner. Qu'est-ce qu'il a fait ? Il les a gazés, il leur a donné de l'arsenic ? Je n'y comprends rien ! Il n'est pas venu au concours de pigeons voyageurs alors qu'il a toutes les chances de gagner. Il doit sans doute y avoir quelqu'un qui a dit une connerie et il s'est foutu en rogne. »

« Tu es sûr qu'ils sont tous morts ? Ce ne sont pas seulement les pigeons qui sont dans le seau en zinc près de la porte ? demanda Berit d'un ton las. À présent, il fallait qu'elle s'asseye. Elle avait l'impression qu'elle allait s'évanouir. Un bruit fort, lancinant, lui déchirait la tête et le son de la voix de Petter lui parvenait par vagues. « Entre, Petter, ne reste pas planté là, dehors. »

« Tous les pigeons ! Je les ai comptés. Il y en avait même un de trop. Parfois, on arrive pas à le comprendre. Qu'est-ce qui tourne pas rond chez lui ? »

« Est-ce que tu as essayé de l'appeler sur son portable ? » Berit se frotta les yeux et réajusta sa robe de chambre. C'était quand même embarrassant qu'elle se précipite en petite tenue lorsque quelqu'un se présentait chez elle. « Je m'étais étendue. Je me sentais un peu patraque », s'excusa-t-elle en resserrant encore plus la ceinture sur son ventre. « Ruben ne se sentait pas bien non plus quand j'y suis allée hier. Il s'était couché. J'ai dû m'occuper des pigeons pour lui. Est-ce qu'il se peut que j'ai fait quelque chose de travers, tu crois ? Leur donner la mauvaise nourriture ? Ce serait vraiment terrible si j'avais fait une bêtise. Qu'est-ce que les gens vont dire ? »

« J'ai appelé sur son portable une bonne vingtaine de fois. Il lui est peut-être arrivé quelque chose ? Il s'est peut-être cassé quelque chose ? Imagine qu'il se soit suicidé ! Il commence par tuer les pigeons avant de se tuer. Est-ce que ça te semble totalement inconcevable ? J'espère que je me trompe mais on devrait vraiment aller voir. »

« Je ne sais pas si j'en aurai la force. Je ne me sens pas bien du tout. Ce doit être la grippe ou quelque chose de ce genre. Ou alors c'est la fricassée de morilles que nous avons mangée. Ruben en a mangé aussi. Tu as raison, il faut vraiment qu'on aille voir ce qu'il en est. » Berit sortit à nouveau dans le couloir en chancelant et ouvrit la porte d'entrée. La lumière du jour lui déchira les yeux et elle se sentit vidée et la tête lui tournait. « Est-ce que je peux te prendre par le bras, Petter. J'espère que personne ne va le voir. Qu'est-ce que les gens vont dire ? Mais c'est la seule solution pour que j'aie la force d'aller jusque là-bas. »

« Mais Berit, je n'aurais jamais cru que tu le demanderais. » Petter poussa un de ses célèbres éclats de rire et posa le bras sur elle. « On m'a déjà fait des propositions plus embarrassantes, ma chère. »

Ils tambourinèrent à la porte de la cuisine sans obtenir de réponse. Elle était fermée à clé. L'entrée principale était située du côté de la petite véranda où l'on prenait l'apéritif, également fermée à clé. Ils ne s'étaient pas attendus à autre chose. Berit sentait l'inquiétude l'envahir et s'en voulait de plus en plus. Si elle avait empoisonné Ruben Nilsson, elle ne survivrait pas à la honte. Pas en tant que cuisinière.

« On va être obligés de rentrer par effraction », dit Cederroth. « La question est de savoir ce qui fait le moins de dégâts. Sans doute une fenêtre. On va devoir casser une vitre. »

« Non, on ne peut quand même pas faire ça ? Imagine si quelqu'un nous voit et se pose des questions. Qu'est-ce qu'on va dire ? »

« J'en ai rien à foutre. La fin justifie les moyens. On va prendre une fenêtre de la cave, c'est ce qu'il y a de moins cher. Mais moi, je ne passerai jamais par un si petit trou », dit-il en posant les mains sur son imposante bedaine. « Ça dépend si tu te crois capable de... »

« Absolument pas ! » Berit cherchait de l'air. Elle n'osait pas et n'avait pas la force de faire une chose pareille. « Jamais de la vie ! » Bien sûr, elle était un soupçon moins forte que Cederroth mais pas de beaucoup et la simple pensée de se couvrir de honte la faisait manquer d'air. »

« Alors ce sera une fenêtre de cuisine. » S'agissant de Cederroth, il n'y avait jamais loin de la parole à l'action. Avant que Berit n'ait eu le temps de fermer la bouche, il avait pris son sabot en bois, cassé la fenêtre de cuisine près de l'escalier et commencé à retirer les éclats de verre du châssis. « Je vois la clé. Elle est dans la serrure à l'intérieur de la porte. Je t'ouvre dans un instant », dit-il en se hissant par la fenêtre avec une souplesse que l'on n'aurait pas soupçonnée chez lui.

« Fais attention de ne pas te blesser en sautant dans le verre. »

« Aïe, et merde ! » Cederroth chancela et piétina à côté de son sabot de bois. Il s'était fait une belle entaille au talon. « Merde, ça pisse le sang ! Il faut que je trouve quelque chose pour l'envelopper avant de t'ouvrir », cria-t-il depuis l'obscurité. « Un torchon, ça fera l'affaire. Ici, il fait aussi noir que dans une tombe. On ne voit rien, merde. Je me suis bien coupé. »

« Il n'a pas touché à la nourriture que j'ai apportée », constata Berit lorsqu'elle entra et qu'elle ouvrit la porte du frigidaire. La fricassée était encore dans son petit plat et l'omelette sur l'assiette. En boitillant sur une jambe, avec un morceau de tissu à fleurs sur un pied, Petter monta l'escalier qui menait à la chambre de Ruben à l'étage. Berit était assise à la table de cuisine, les mains reposant sans force sur ses genoux. Elle n'avait pas la force de faire un pas de plus. Ses jambes ne la portaient plus. Ensuite Cederroth pourrait bien dire ce qu'il voulait. Après un petit moment, il redescendit avec une expression singulière sur le visage. Il se tenait à deux mains à la rampe et la serrait si fort que ses articulations blanchirent lorsqu'il chercha à croiser son regard. On aurait dit qu'il allait se mettre à pleurer ou à rire ou les deux à la fois. Il était vraiment effrayant à voir, pensa Berit, et sa voix ne voulait quasiment pas lui obéir.

« Qu'est-ce qu'il y a, Petter ? Pourquoi as-tu l'air si bizarre ? »

« Il est mort. Raide mort. Complètement froid. J'ai posé la main sur lui et j'ai touché sa joue. Comme ça. »Petter caressa la rampe avec son énorme poing. « Glacial. »

« Mon Dieu, qu'est-ce que nous allons faire ? Imagine, si c'est les champignons ! » Berit plaça ses mains devant sa bouche et ferma les yeux. Elle voulait juste être loin de cet endroit, loin, à un endroit sûr où tout était normal. Le vertige la reprit et elle eut l'impression qu'elle allait vomir. Elle se leva en hâte et se dirigea à l'aveuglette jusqu'aux toilettes de Ruben. Son dentier se trouvait dans un verre d'eau sur le bord du lavabo. Il n'en fallut pas plus pour la faire vomir. Berit s'agenouilla et enserra la cuvette dans ses bras tandis que son estomac était agité de spasmes.

« Je vais te conduire à l'hôpital », dit Petter. « Oui, c'est ce que je vais faire. Plus de protestations maintenant. C'est peut-être grave. Il va falloir envoyer un médecin qui saura ce qu'il faut faire avec… le corps. Ou alors est-ce qu'il faut qu'on appelle la police ? On appelle sans doute le 112. Mais je le ferai sur la route de l'hôpital. Si c'est les champignons, ça peut être urgent. »

« Mais Ruben… on ne peut quand même pas partir comme ça ? »

« Et pourquoi donc ? Il ne va pas partir en courant. Il est bien là où il est. Tu as peut-être besoin d'un lavage d'estomac, il faut que tu comprennes. « Cederroth prit Berit par le bras et l'aida à se remettre sur pieds. »

« Tu es sûr qu'il est vraiment mort ? Ça ne pourrait pas juste en avoir l'air – qu'il dort ou bien ? » Berit tordait ses mains de désespoir et espérait un miracle.

« Raide mort. Maintenant, tu me suis dehors et j'avance la voiture. »

« Je ne suis même pas habillée. C'est quand même désolant. Il faut que je passe des vêtements corrects. Ça ne va pas. S'il est mort à cause des champignons, c'est aussi bien que je reste à la maison et que j'y passe aussi. Qu'est-ce que les gens vont dire ? Ça va jaser. Je ne pourrais plus aller dans les magasins, je ne pourrais plus regarder personne dans les yeux… »

« Il n'est pas sûr qu'il soit mort à cause des champignons. Il a peut-être fait une crise cardiaque ou une attaque ou je ne sais quoi. On va se calmer et on verra ce qui se passe. Voilà, assieds-toi sur le siège passager. Il y a des sacs ici que tu peux utiliser si tu te sens mal », en plaçant le rouleau entre les genoux de Berit. Il avait conduit un taxi toute sa vie et ne voulait prendre aucun risque.

Aux urgences, il y avait la queue et il y eut d'abord un malentendu lorsqu'on crut que la visite concernait le pied de Cederroth, qui était ostensiblement enveloppé dans un chiffon en coton à carreaux. L'infirmière qui s'occupa d'eux était stressée et avait du mal à saisir la logique de l'histoire. Sa coupure au pied était très profonde et avait beaucoup saigné. Berit s'évanouit juste à l'instant où on écarta le lambeau de peau et que le périoste apparut au grand jour. On prit cela pour une réaction de choc. Le discours de Petter Cederroth au sujet d'un lavage d'estomac, des pigeons voyageurs et un voisin mort furent interprétés comme « délire ». De fait, rien ne laissait penser qu'il vivait avec quelqu'un. Il n'avait sans doute plus aucun repère dans la vie.

Lorsque la femme qui s'était évanouie ne revint pas à elle tout de suite, on appela un médecin. On s'aperçut rapidement que son état était préoccupant. Son taux d'oxygène était descendu à 79 % et sa tension n'était même pas mesurable. On la plaça sur un brancard et la mit dans une salle d'examen. Cederroth resta dans la salle d'attente. Il vit la petite lumière à côté de la porte passer du vert au rouge et se demanda ce que cela pouvait signifier. Un petit gamin conduisait son tracteur en plastique sur le sol et roula en plein sur le pied de Cederroth. Cela lui fit si mal qu'il hurla de douleur et le garçonnet se mit à pleurer. Pour leur montrer qu'il n'y avait aucun danger, Petter offrit à la maman et au petit garçon un caramel au miel chacun puis ce fut son tour d'aller dans une salle pour être recousu.

« Est-ce que ça fait longtemps que tu as été vacciné contre le tétanos ? » lui demanda le médecin. Il avait l'air jeune et inexpérimenté mais sa main ne tremblait pas lorsqu'il lui injecta l'anesthésiant.

« Je ne m'en souviens pas. Si, quand j'y pense : un jour, je me suis piqué les fesses sur un clou rouillé alors que nous démolissions un entrepôt. Ça doit bien faire quatre ans, je pense. » Petter grimaça. En fait, ça faisait vraiment mal d'être recousu, en dépit de l'anesthésique. Le docteur aurait sans doute pu attendre un petit moment avant de saisir l'aiguille. D'un autre côté, ce fut vite fait. On lui fit aussi un beau bandage blanc. Petter était sur le point de raconter ce qu'il en était de Ruben lorsque le docteur fut appelé en urgence et se précipita dehors. Par la porte ouverte, il vit que l'on conduisait le lit de Berit à toute vitesse vers l'ascenseur. Il aurait tant aimé demander comment elle allait. Le masque à oxygène qu'on lui avait placé sur le visage et l'activité que l'on déployait autour du brancard n'avaient rien de rassurant. C'était si grave que ça ?

Personne n'entra dans la salle durant un long moment. Ils semblaient l'avoir oublié. Une demi-heure s'écoula et Petter s'assit sur le bord de la couchette. Il fallait peut-être juste dire merci et rentrer chez soi. Il ne pouvait pas rester là à attendre. L'infirmière à la réception était occupée avec une maman qui portait un bébé qui hurlait dans ses bras et Petter ne prit pas la peine de lui parler. Il fallait qu'il rentre et qu'il essaie de dormir quelques heures avant le début de son poste de nuit.

CHAPITRE 6

Le jeudi 29 juin, le jour où Ruben Nilsson trouvait un nouveau pigeon dans son pigeonnier, Matts Eklund quittait en toute hâte son appartement sur Donnersgatan à Klintehamn. Il ne prit pas le temps de nouer les lacets de ses chaussures et encore moins d'attraper une veste en dépit de la fraîcheur de l'air.

Il ne se doutait guère que les soucis qui le préoccupaient pour le moment prendraient une tout autre dimension avant la fin de la soirée. Lorsqu'il claqua la porte derrière lui, il douta qu'il soit possible de revenir en arrière. La question était réglée. Il n'y avait aucune possibilité d'y échapper. Son tour de jogging était seulement un répit momentané avant que son confort ne vole en éclats pour toujours. Se contenter de sortir avait été une marque de pure faiblesse, il devait bien le reconnaître. Il avait espéré qu'il serait capable de faire face à la situation avec un peu plus de cran que ça mais il avait besoin de temps pour réfléchir.

« Est-ce que tu veux qu'on se sépare ? » Jenny lui avait posé la question sans détour et sans la moindre trace d'inquiétude. Elle devait avoir aussi peur et tremblait probablement autant que lui intérieurement mais elle ne le montrait pas. Son visage était remarquablement dénué d'expression. Elle avait légèrement rejeté la tête en arrière lorsqu'elle avait vu l'expression perplexe sur son visage comme si le fait de redresser la tête pouvait l'aider à trouver une réponse. Mais rien ne vint. Pas de oui définitif. Pas non plus de non, je t'aime, tu le sais bien. Pourquoi dis-tu des choses aussi stupides, ma chérie ? Ils se trouvaient à la croisée des chemins. Dans une guerre de position dénuée de sens et à tous points de vue étouffante pour déterminer qui était responsable du fait que les ordures n'avaient pas été incinérées et la gazinière nettoyée. Au cœur de cette vie de couple, il se sentait si infiniment seul, malheureux et perdant sur tous les tableaux. Est-ce que c'était ça la vie ? La crèche, les couches en papier, les carottes bio et Jenny qui avait perdu goût aux jeux de l'amour une fois qu'elle avait eu les enfants qu'elle voulait avoir. Non, ce soir je n'ai pas la force. Non, les enfants peuvent se réveiller ! Mais est-ce qu'il est vraiment nécessaire que les petits dorment avec nous dans notre chambre ? Oui parce que Henrik a peur du noir et que Stina a vomi hier. La vie allait-elle devenir à ce point monotone ? Dormir, travailler, aller chercher les enfants, coucher les enfants, dormir, travailler… dans un mouvement perpétuel uniquement interrompu par les grosses courses du week-end et les visites chez les beaux-parents. Si seulement leur vie sexuelle avait fonctionné, les autres problèmes de la vie n'auraient probablement été que des équations du premier degré à résoudre. Il y aurait alors eu une chaleur et une intimité qui les auraient soulevés par-dessus la montagne de lessive, celle de repassage et l'abîme des nuits emplies de cris. Mais tel n'était pas le cas. J'étouffe, pensa-t-il et il se mit à courir à petites foulées lorsqu'il eut dépassé le chemin qui menait à l'église de Klinte avant de poursuivre en direction de Värsände. Il pensait qu'ensuite il passerait par le remblai pour rentrer et il accrut sa vitesse pour se débarrasser de son sentiment de malaise. Mais ses pensées le suivaient tel un essaim de mouches qui aiment la transpiration.

La semaine prochaine, Jenny officierait en tant qu'entraîneur pour un tournoi de foot à l'école de Klinte et elle y resterait dormir, les enfants seraient chez leur grand-mère et leur grand-père. Ce serait bien qu'ils puissent attendre pour prendre une décision après cela. Ainsi auraient-ils le temps de réfléchir posément sur ce qu'il convenait de faire, chacun de son côté.

Comment pouvaient-ils en être arrivés là ? Eux qui s'étaient tant aimés. Où l'amour était-il parti ? Les caresses, les mots, la passion ? La peur le frappa avec une force à laquelle il n'était pas préparé. Le sentiment d'abandon tel un gouffre vertigineux. Son taux d'adrénaline fit un bond et il se sentit mal.

Jusqu'à présent, il n'avait fait que penser à lui-même, à ses propres rêves relatifs à ce que la vie avec Jenny aurait dû être et, au plus profond de lui-même, il lui avait reproché de ne pas satisfaire tous ses besoins, comme s'il était un petit enfant ayant droit à un amour inconditionnel. Ce que Jenny pensait de leur vie commune, il n'en avait pas la moindre idée. Il n'avait jamais osé le lui demander. Et si elle avait envie qu'ils se séparent et que c'était pour cette raison qu'elle avait posé la question ? Non, il ne fallait pas que ça arrive. Il fallait qu'ils se calment et qu'ils réfléchissent avant de se précipiter et de faire quelque chose qui ne pourrait pas être réparé. Il fallait penser aux enfants.

Mats Eklund venait de dépasser le coin des toilettes publiques sur l'ancien domaine de Värsände lorsqu'il aperçut la tente. Une petite tente deux places devenue grise tellement elle était sale. La même que celle qu'il avait lorsqu'il était gamin avec des piquets en bois démodés et un système de lacets au lieu d'une fermeture éclair. Il ne put s'empêcher de jeter un coup d'œil à l'intérieur. Il fallut un petit moment avant que ses yeux ne s'habituent à l'obscurité. Graduellement, une forme se détacha du fond gris. Du sang, noir comme de la poix, était discernable dans l'obscurité. Et de la peau blanche. Un être humain. La vision lui coupa le souffle. Il recula en chancelant avant de s'asseoir puis il se releva et s'élança vers le chemin afin de s'éloigner le plus possible du spectacle auquel il venait d'être confronté. Il farfouilla dans sa poche à la recherche de son portable pour appeler la police mais n'osa pas se fier à ses sens avant d'avoir à nouveau vérifié ce qu'il avait vu. Cette fois-ci, il défit les lacets et regarda bien. La vision le cloua sur place et il resta planté là, incapable de faire quoi que ce soit. Un homme de quelques années plus âgé que lui était étendu sur une bâche. Ses yeux dénués d'expression fixaient le vide et sa bouche était ouverte. Une grande tache de sang brillait sur sa chemise claire.

L'agent de police qui devait procéder à l'audition de Mats Eklund était une femme. Maria Wern, inspectrice à la criminelle, dit-elle pour se présenter. Avec ses longs cheveux blonds et ses yeux bruns, elle ressemblait tant à Jenny que cela le rendit encore plus tremblant et nerveux. La chaleur et le calme qui se dégageait de sa voix le firent céder à la tension et perdre totalement le contrôle de lui-même. Comment allez-vous ? Ça ne vous dérange pas si je vous pose quelques questions ? Il s'était mis à trembler de manière totalement incontrôlable. Elle l'avait attendu puis avait abordé une question après l'autre avec beaucoup de tact tout en prenant note de ses réponses décousues. Tandis qu'ils parlaient, il ne put s'empêcher de jeter des coups d'œil furtifs dans la direction où les techniciens de la police travaillaient. Un barrage avait été établi. On avait soulevé le corps qui était à présent exposé aux regards. S'il n'avait pas tourné la tête dans cette direction juste à cet instant-là, il aurait peut-être échappé aux pires cauchemars pendant la période qui allait suivre mais son regard était attiré vers ce point comme par un aimant. Il y avait du sang partout. Lorsque les hommes en uniforme levèrent le corps pour le placer dans le sac noir préparé à son intention, l'un d'eux trébucha sur une aspérité du sol. Un instant, il lâcha prise et la tête du mort décrivit une violente courbe vers l'arrière, révélant un grand trou béant au niveau du cou.

Lorsque l'inspectrice de la criminelle Maria Wern déposa Mats Eklund à son domicile, après son refus d'être conduit à l'hôpital, elle fut soulagée de voir que sa femme se trouvait à la maison. Elle aurait eu du mal à le laisser seul. Lorsqu'on avait soulevé la victime du meurtre pour la placer dans le sac noir, Mats s'était évanoui, il s'était tout bonnement effondré devant elle. Elle ne pensait pas qu'il se soit fait mal bien qu'elle n'ait pas eu le temps d'amortir sa chute soudaine. Il était très pâle et abattu et ses mains tremblaient terriblement. L'épouse se prénommait Jenny. Maria l'avait rencontrée plus tôt dans la semaine lors de la réunion d'informations relative au tournoi de football auquel Emil s'était inscrit. Jenny était l'une des entraîneuses. Elle semblait calme et attentionnée et aida Mats à s'asseoir. Elle prit soin de lui donner quelque chose de chaud à boire et de placer une couverture sur ses épaules.

De retour sur la scène de crime, Maria établit une liste des questions qu'elle n'avait pas pu poser. Il faudrait qu'elle y retourne plus tard dans la soirée, lorsque Mats Eklund se serait repris. Maria se dirigea vers le cordon de police qui balisait l'ensemble du petit domaine qui comprenait une maison d'habitation, une forge, et une grande cour avec le bâtiment des étables. Mårtenson était juste sur le point de rouler la bâche sur laquelle le corps avait reposé. Il essayait d'éviter de mettre du sang sur ses vêtements. La victime semblait avoir abondamment saigné.

« Il n'avait pas de pièce d'identité sur lui. On dirait qu'il s'étendait et dormait à même la bâche, sans matelas. Il devait faire un froid de canard. » Mårtenson frissonna rien qu'à y penser. « Et dur comme de la pierre. J'ai pensé à un truc. Les vêtements semblent être faits maison ; ils ne portent aucune étiquette, pas d'indication de taille ou de marque, tu sais. »

« Comment est-il venu ici ? À pieds ? » Maria regarda autour d'elle à la recherche d'un véhicule. Une voiture ou un vélo qui aurait pu expliquer comment il était venu jusque-là avec son bardas.

« Hartman a trouvé une voiture, garée sur un sentier gravillonné à proximité d'un bosquet, un peu plus loin. Il y est encore. » Mårtenson lui indiqua la direction et Maria s'y rendit après avoir posé quelques questions supplémentaires auxquelles les techniciens n'avaient pas de réponse pour le moment. Quelques centaines de mètres plus loin sur le chemin, Maria entendit la voix d'Hartman s'élever depuis la verdure. Bientôt, il fut visible et, à côté de lui, se trouvait une voiture toute rouillée d'une marque que Maria ne connaissait pas, sans pneus sur les jantes et dont le coffre était maintenu tant bien que mal avec de la ficelle. La voiture n'avait même pas de plaques d'immatriculation, constata-t-elle après avoir fait le tour de la carrosserie.

« Est-ce qu'il s'agit de sa voiture ? » demanda-t-elle.

« Nous pouvons presque le tenir pour acquis. » Hartman se servit de la main sur laquelle il portait un gant pour ouvrir la porte côté conducteur et souleva un sac destiné à une tente et quelques piquets de tente en bois. « On peut se demander ce qu'il faisait ici. Pourquoi la voiture était-elle cachée ? Il y a une cage à oiseau sur le siège arrière. Tu la vois ? Je pense qu'elle est faite en bois de saule, une fabrication maison, et il y a des tableaux emballés dans de vieux draps usés. De beaux tableaux à la peinture à l'huile et quelques aquarelles. Dans la boîte à gants, il y a un paquet de cigarettes avec des lettres russes mais pas la moindre pièce d'identité. »

« Les voisins n'ont rien vu ? » Maria avait parlé avec quelques-uns d'entre eux qui s'étaient agglutinés près du cordon et avait noté leur nom et leur numéro de téléphone.

Hartman secoua la tête. « Rien jusqu'à présent. Personne ne semble avoir remarqué la tente non plus, donc on peut supposer qu'elle n'était pas installée depuis si longtemps. Les techniciens examinent cet aspect-là aussi. L'herbe jaunit vite si elle est recouverte pendant un certain temps. »

Maria se retourna rapidement lorsqu'un craquement se fit entendre au milieu des buissons. C'était leur collègue Ek. Avec circonspection et sans manifester le moindre signe de gêne, il remonta sa braguette et réajusta les jambes de son pantalon. « Oui, on peut penser que les paysans du coin ou quelqu'un de l'association locale aurait dû voir qu'il campait. Ce n'est quand même pas exactement le lieu où on s'attend le plus à voir une tente. Il n'avait peut-être pas tout à fait compris ce qu'il en était du droit de passage mais c'est vrai que c'est parfois un peu compliqué. Bien que d'une certaine manière, il semble y avoir bien réfléchi. Il n'avait pas loin à aller pour les toilettes. »

Alors qu'elle se trouvait au commissariat depuis plusieurs heures, Emil, le fils de Maria, appela parce qu'il se demandait où elle était passée. Tu avais bien dit que tu rentrerais tôt à la maison. La mauvaise conscience à nouveau. Les enfants. Elle leur avait promis d'aller à la plage pour participer à un concours de sculpture sur sable à Tofta. Ça lui était complètement sorti de l'esprit et, à présent, il était trop tard. Sur le chemin de la maison, Maria se rendit compte qu'il fallait qu'elle fasse les courses. Il n'y avait quasiment plus rien dans le frigidaire et elle n'avait pas réfléchi à ce qu'ils mangeraient le soir. N'importe quoi en dehors des boulettes de viande de Mère Scan, ça, ils en avaient déjà mangé deux fois dans la semaine. Comment sont constituées les mamans qui préparent de la nourriture maison après une journée de travail ? En plus, il faut que ça aille vite avant que les enfants ne soient trop fatigués et impatients. Le jour précédent, Maria s'était rendue au nouveau centre commercial Vigoris où elle avait appris à faire ses courses avec le nouveau système à scanner : on scanne soi-même le prix sur l'article, on le place directement dans son sac puis on remet simplement le scanner en caisse. Rapide et efficace si l'on sait ce que l'on veut. Des filets de saumon, peut-être. Maria vit la longue queue devant le rayon poissonnerie qui proposait une offre promotionnelle sur les filets de saumon et se saisit d'un paquet au rayon surgelé à la place. Non sans mauvaise conscience. Ce n'est peut-être pas un gain de temps quand il faut décongeler le poisson avant de le préparer mais l'idée de faire la queue la rebutait.

Dans la queue devant le rayon poissonnerie, Maria aperçut une femme à la taille de mannequin aux cheveux sombres coupés courts qui jouait avec son scanner tandis qu'elle attendait. Elle scannait des produits avant de changer d'avis, double-cliquer avant de cliquer à nouveau. Elle avait probablement découvert le système Quick Shop le jour même. Selon la publicité, le parcours de tous les produits pouvait être retracé depuis le producteur jusqu'au consommateur, sur toute la chaîne de transport, grâce à une petite puce placée sur chaque produit. Aucun frais de stockage inutile qui devait en bout de chaîne être payé par le client. La femme continuait à jouer avec son scanner, faisait passer l'appareil devant son avant-bras et cliquait. Lorsqu'elle croisa le regard amusé de Maria, elle cessa immédiatement. Soudain, ce fut comme si elle avait oublié quelque chose d'important, elle abandonna sa place dans la queue et se précipita vers la sortie. Le panier contenant ses achats et son portefeuille resta là. Son temps de stationnement était peut-être dépassé ou elle s'était souvenue de quelque chose d'important. Une réunion ? Maria courut à sa suite et lui cria qu'elle avait oublié son portefeuille mais la femme ne s'arrêta pas bien qu'elle ait dû l'entendre.

« Eh, vous avez oublié votre portefeuille ! Attendez ! » Maria la vit enfourcher un vélo et disparaître derrière le virage suivant. Maria ouvrit le portefeuille avant de le laisser en caisse centrale. Selon son permis de conduire, la femme s'appelait Sandra Hägg.

Une fois installée dans sa voiture, en route pour Klinte, les pensées de Maria retournèrent vers l'homme assassiné dans la tente. C'était affreux. L'endroit où le meurtre avait été perpétré ne se situait qu'à quelques centaines de mètres de celui où Maria habitait avec ses enfants dans le port tranquille et idyllique de Klinte.

CHAPITRE 7

Le matin du dimanche 2 juillet commença sous le signe de la grisaille et des averses. Le vent soufflait fort du côté du port de Klinte. Des vagues d'un gris luisant, semblables à du plomb en fusion, reflétaient les tons sombres du ciel et des masses d'eau recouvertes d'une écume blanche se précipitaient à l'assaut du quai où plusieurs petits voiliers étaient amarrés. Le circuit jusqu'à Stora Karlsö avait été annulé, constata Maria avec déception. Mais pour ceux qui étaient sujets au mal de mer, c'était peut-être tout aussi bien. L'été est long. Il y a plusieurs bateaux, et les moments qui restent gravés dans nos mémoires par la suite et dont on est nostalgique ne sont peut-être pas ceux que l'on a le plus préparés mais ceux où on a connu le repos.

Plus tôt dans la semaine, Maria s'était rendue chez le tailleur de pierre de Kettlevik près de Hoburgen – là, elle était restée assise sur un banc et avait laissé ses yeux reposer sur la mer. Le dos appuyé contre une cloison chauffée par le soleil, elle avait écouté le bruit d'un moteur diesel à un seul cylindre, semblable à un cœur palpitant, pendant que Linda, concentrée, effectuait ses propres gravures rupestres sur un morceau de calcaire. Une source de méditation et d'apaisement.

C'était plus tard, au cours de l'après-midi du dimanche, alors qu'elle devait déposer une lampe de poche à son fils au tournoi de football de l'école de Klinte, que Maria avait appris que la cuisinière ne s'était pas présentée le matin et qu'elle n'avait pas laissé de message non plus. Berit Hoas était la fiabilité incarnée. L'entraîneuse Jenny Eklund trouvait que c'était étrange. Elle avait essayé de joindre la vieille dame toute la matinée mais personne n'avait répondu. C'est pourquoi elle se demandait si Maria ne pourrait pas passer au domicile de Berit sur Södra Kustvägen pour voir ce qui pouvait être arrivé. Maria n'avait pas eu d'objection. Elle n'avait pas de projets bien déterminés pour la journée, en dehors de l'escapade à Stora Karlsö, et à présent, elle n'avait rien de particulier à faire. Les prévisions météo de la radio ne laissaient entrevoir aucune amélioration pour les prochains jours et c'était donc tout aussi bien de rester à la maison et de faire une opération lessive.

Un été de plus sur l'île de Gotland et, cette fois-ci, Maria était venue pour, si possible, rester. Durant l'hiver qui venait de s'écouler, la maison de Kronviken avait été mise en location. Cela avait été un soulagement que de pouvoir emménager dans un endroit nouveau et qui n'appartenait qu'à elle après le divorce. Les compromis de leur vie commune étaient associés aux murs de la maison jaune en bois. La cuisine devenue trop petite parce que Krister voulait de la place pour un bar et son jukebox. La salle de bains qui n'avait jamais été rénovée parce que Krister avait acheté une voiture de collection interdite à la circulation avec l'argent qu'ils avaient emprunté. Et le sol de la véranda qui n'avait jamais été changé parce que l'argent avec lequel ils auraient dû acheter le bois s'était envolé avant même qu'ils aient eu le temps de contacter l'entreprise de construction. Même si la maison et Krister avaient eu leur charme, il s'agissait à présent d'un chapitre clos. Elle y trouvait une nouvelle liberté mais éprouvait parfois aussi une inquiétude et de la peine de ne pas avoir réussi à vivre ensemble. Particulièrement à présent que Krister et son pote Mayonnaise avaient emmené Linda pour des vacances en caravane et qu'Emil se trouvait à ce tournoi de football. C'était tellement vide. Empli de solitude, dénué de sens et vide. Maria avait éprouvé des sentiments mitigés lorsqu'elle avait fait la connaissance de Mayonnaise. Il n'y avait, en fait, rien de mauvais chez lui – c'était juste qu'il se montrait si impulsif et exubérant qu'il s'avérait rapidement difficile à supporter. Le vendredi soir, elle ne s'était pas sentie particulièrement à l'aise de confier la responsabilité de Linda aux mains de ces deux énergumènes. Mais elle n'avait pas le choix. Krister avait droit à un week-end sur deux et la manière dont il le passait était son affaire. La dernière vision que Maria avait eue d'eux le vendredi était le moment où Mayonnaise avait tendu le bras pour attraper une canette de coca et l'avait mise au frais dans le porte-canettes qu'il avait fixé sur le rétroviseur.

« La ceinture ! » Maria avait couru derrière eux et avait essayé de leur montrer en faisant de grands gestes mais Mayonnaise, en retour, lui avait juste adressé un joyeux signe de la main et avait monté le volume de la stéréo jusqu'à ce que la musique couvre sa voix. « La ceinture ! ».

Plus tard dans la soirée, Krister avait appelé parce que Linda avait oublié Helmer Bryd, sa grenouille en peluche. Ils n'étaient pas arrivés plus loin que le camping de Tofta et, là, ils avaient bu un petit peu trop de bière pour pouvoir continuer, donc si Maria voulait bien avoir la gentillesse de venir avec le satané morceau de chiffon du nom d'Helmer pour que la petite puisse dormir, Krister lui en serait reconnaissant. Sur le chemin pour Tofta, Maria s'était demandé si, en réalité, d'un point de vue pratique, cela faisait une différence d'être mariée avec Krister ou d'en être séparée. C'était tout aussi pénible que lorsqu'il s'occupait des enfants tout seul et c'était l'une des raisons qui l'avaient amenée à vouloir rompre.

Lorsque Maria s'arrêta devant la maison où habitait Berit Hoas, elle vit une voiture de police garée devant la haie de Ruben Nilsson. Elle-même n'était pas de service et ne tenait pas à se retrouver mêlée à une affaire pendant son week-end libre. Pour s'en sortir, il est nécessaire d'établir une distinction entre vie professionnelle et vie privée, tout particulièrement lorsqu'on est une maman qui élève seule ses enfants. Les forces ne sont pas illimitées. Combien de fois déjà durant ce week-end avait-elle repoussé les pensées relatives à l'homme assassiné retrouvé près de Värsände. Personne ne savait comment il était arrivé là. Aucun des voisins n'avait vu ni entendu quoi que ce soit qui sorte de l'ordinaire et une première consultation sommaire du registre des personnes disparues en Suède n'avait absolument rien donné. L'homme avait vraisemblablement la cinquantaine. Petit, musclé, cheveux foncés, une cicatrice déjà ancienne sous les côtes du côté droit. Quand la victime n'est pas identifiée, il est difficile de mettre sur pied une enquête digne de ce nom. Les témoignages se réduisaient à la portion congrue. En dehors de cette affaire de meurtre, il y avait d'autres affaires non résolues – violences, vols à main armée et vols de voitures – qui seraient laissées en suspens pendant le déroulement de cette enquête pour meurtre.

Mais lorsqu'une ambulance s'arrêta devant la maison de Ruben Nilsson et que l'inspecteur Ek ouvrit la porte pour venir à la rencontre des ambulanciers, la curiosité l'emporta sur le bon sens. Maria se fit connaître et demanda ce qui s'était passé. Jesper Ek fit un mouvement dans l'air qui signifiait « juste un instant ». Il revint après avoir indiqué le chemin aux ambulanciers à l'intérieur de la maison.

« Nous ne savons pas. Rien ne laisse soupçonner un cambriolage. Un chauffeur de taxi, du nom de Petter Cederroth, nous a contactés ce matin. Il nous a raconté qu'il avait déjà trouvé ce vieil homme mort hier soir mais qu'il a dû emmener la voisine aux urgences où quelques malentendus se sont manifestement produits. Il pensait qu'ils allaient prévenir la police mais ils ne l'ont pas fait. »

« La voisine ? Berit Hoas ? C'est elle que je cherche. Elle est à l'hôpital ? » demanda Maria. Elles se croisaient régulièrement dans les magasins de Klinte et parlaient de tout et de rien. Maria espérait que ce n'était rien de grave.

« Malheureusement, ça a l'air très sérieux. Nous avons appelé pour voir si nous pouvions lui parler. Selon le chauffeur de taxi, c'est elle qui est la dernière à avoir vu Ruben Nilsson en vie. Mais elle n'était pas en état de parler. Elle était inconsciente, m'a-t-on dit lorsque j'ai interrogé l'infirmière il y a peu. Son état semble critique. Le chauffeur de taxi a parlé d'une fricassée de champignons. Que l'homme qui est mort ici à l'intérieur... » Ek désignait l'étage supérieur de la maison, « ... et la voisine ont partagé une fricassée de champignons. Les morilles doivent être soigneusement blanchies avant de les manger. Je n'ai jamais goûté. »

« Pauvre Berit, si elle est tenue pour responsable de la mort d'une autre personne, elle ne s'en remettra jamais. C'est vraiment terrible. » Maria recula de quelques pas inconsciemment. « Et le chauffeur de taxi alors, lui aussi avait mangé de la fricassée de champignons ? »

« Non, je ne pense pas. Je me suis dit qu'il faudrait que nous discutions un peu plus longuement avec lui. Mais il est en train de dormir, d'après son épouse. Il a conduit son taxi toute la nuit et il va sans doute dormir jusqu'à deux ou trois heures, pensait-elle. »

Maria s'installa de nouveau dans sa voiture. Elle prit son portable et appela Jenny Eklund, qui fut vraiment consternée.

« Ce n'est pas facile de trouver une remplaçante au beau milieu de l'été. Pour aujourd'hui, nous allons nous débrouiller en achetant des boulettes de viande déjà prêtes et des macaronis à cuisson rapide mais il va falloir trouver une solution pour le reste de la semaine. On ne prépare pas à manger pour cinquante gamins d'un coup de baguette magique. Rien d'autre que du lait, tu vois ! » Maria était d'accord et se proposa pour aller faire les courses si ça pouvait aider mais Jenny avait déjà envoyé un autre parent régler ce problème.

« Nous reprendrons peut-être contact avec toi si nous n'arrivons pas à mettre la main sur quelqu'un qui puisse s'occuper de la cuisine. Mais tu travailles la semaine prochaine, non ? »

« Oui, il y aurait Krister, le père d'Emil... » Maria s'arrêta au milieu de sa phrase. À y réfléchir, ce n'était pas vraiment une bonne idée, pas s'il envisageait d'emmener Mayonnaise. Elle voulait épargner cette expérience à son fils. Elle décida de rentrer chez elle mais elle s'arrêta auparavant au kiosque où elle acheta deux livres de poche et un grand sachet de bonbons. Par un jour pluvieux d'été, c'est sans doute la meilleure manière d'occuper le temps.

L'inspecteur de la criminelle Thomas Hartman effectuait des allées et venues sur la pelouse, derrière sa tondeuse. Son short beaucoup trop grand flottait au vent et faisait paraître ses jambes blanches et maigres encore plus rachitiques. Sa chemise était boutonnée jusqu'au cou mais il avait retiré la cravate qu'il portait toujours en service et l'avait fourrée dans sa poche. Elle dépassait et on aurait dit une langue de chien, large et rouge. Lorsque Maria se rangea devant le garage, il ne releva pas immédiatement le regard mais retraversa tout le terrain dans la direction d'où il avait commencé et ne s'arrêta que lorsqu'il eut fait demi-tour et se trouva de nouveau près de l'allée.

« Je prends soin de tondre maintenant tant que c'est encore possible. On dirait qu'il va se remettre à pleuvoir. » Il plissa les yeux et regarda en direction du ciel.

« Oui, ça en a tout l'air » répondit Maria avant de poursuivre vers la maison. « Est-ce que la porte est ouverte ? J'ai profité d'être en ville pour acheter un livre que Marianne voulait. »

« Elle est sur le point de partir à l'aquagym et elle est installée à la table de cuisine en attendant qu'une amie vienne la chercher. »

En fait, Maria avait espéré acheter une maison au bord de la mer mais les prix n'avaient rien à voir avec ceux qu'elle pouvait se permettre. Sans apport et avec un simple salaire de policier, il était absolument impossible d'acheter la moindre petite cahute avec vue sur la mer. Olov Jakobsson lui avait bien sûr offert de la loger à Eksta mais elle avait comme dans l'idée qu'il avait autre chose en tête quand il lui avait fait cette proposition. C'était quelqu'un de bien, Olov, là n'était pas la question. Mais Maria n'avait pas la force de répondre à de telles attentes, aussi modérées soient-elles, juste après son divorce. Il faut du temps pour retomber sur ses pattes et repartir de l'avant. Louer l'étage supérieur chez Thomas et Marianne Hartman lui avait semblé plus neutre. Ils savaient rester discrets. Il arrivait qu'ils prennent une tasse de café ensemble s'ils se trouvaient être au même moment dans le jardin mais, sinon, ils respectaient le fait que Maria voulait être tranquille lorsqu'elle montait dans son appartement à l'étage. Marianne avait été placée en retraite pour invalidité après avoir subi une transplantation pulmonaire suite à un emphysème. Elle avait été plus qu'heureuse qu'il y ait à nouveau des enfants dans la maison et s'était immédiatement proposée pour s'occuper d'eux en cas de besoin. Elle n'était pas vraiment en mesure de jouer au football avec eux dans le jardin mais cela leur permettait de bénéficier de la présence d'un adulte. Thomas entretenait le jardin, c'était sa passion et Maria n'avait rien contre le fait d'avoir accès à une oasis de verdure sans avoir à en assumer l'entretien. Un autre avantage était qu'elle pouvait aller travailler avec Thomas Hartman. Lorsqu'on est seule avec deux enfants, il n'y a pas de petites économies. Par ailleurs, une partie des tâches sans grand intérêt et des formalités administratives dont l'institution policière se montre si friande pouvaient déjà être réglées dans la voiture. De plus, Emil disposait d'un accès prioritaire à l'école de football de Klinte. Tout compte fait, cela avait pesé plus lourd que les avantages qu'il y aurait eu à habiter pour presque rien à Eksta.

« J'ai acheté le livre dont nous avons parlé hier, Mariane. Tu peux le prendre en premier et je te l'emprunterai lorsque tu l'auras fini. S'il en vaut la peine. J'ai senti que j'avais besoin d'un peu d'évasion alors, pour moi, ce sera un roman policier. « Les mythes relatifs aux épidémies » est peut-être un peu trop prosaïque. Au dos, on parle aussi bien de la peste noire que de la grippe espagnole qui, selon les derniers chiffres, aurait frappé 100 000 personnes rien qu'en Suède. Ça semble un peu indigeste. On verra ce que tu en penses. »

« Parfait. Au fait, j'ai appris que Berit Hoas était à l'hôpital. Mon amie me l'a dit. Ça n'est sans doute rien de grave, si ? »

CHAPITRE 8

Petter Cederroth était allongé dans son lit dans la semi-pénombre et la fine raie de lumière grise qui filtrait par-dessous le store lui faisait plisser les yeux. Sonja était entrée pour le réveiller par deux fois mais il lui avait demandé de le laisser tranquille pour qu'il puisse encore dormir un petit moment. Quelqu'un de la police avait cherché à le joindre, avait-elle dit, et une infirmière de l'hôpital avait appelé pour lui parler alors qu'il était à peine midi. Il s'agissait de quelque chose au sujet de Berit Hoas. Les gens ne se rendent pas compte de ce qu'un poste de nuit implique. Quand on rentre à la maison à sept heures, dans le meilleur des cas, on s'endort à huit heures. À midi, on a pu dormir que quatre heures. Quatre heures ! Alors quand quelqu'un appelle et vous dit, tu dors encore ? Il y a de quoi se mettre en pétard. Personne n'aurait l'idée d'appeler quelqu'un qui travaille de jour à deux heures du matin et de lui demander d'un air étonné s'il dort encore, si ? C'est vraiment un putain de manque de respect ! Conduire un taxi la nuit pendant le week-end n'est pas franchement un boulot de tout repos. En plus de tous les passagers qui débarquent avec le bateau de nuit et des bagages comme s'ils allaient passer l'hiver sur Sandön et qui se chamaillent pour savoir quel est le sens de la file d'attente pour les taxis et qui se trouvait au panneau le premier, il y a les bavards qui rentrent du resto et qui veulent marchander le prix de la course ou celles qui doivent aller à l'hôpital pour accoucher ou les femmes qui se sont disputées avec leur mari et qui pensent passer la nuit chez leur sœur mais qui ont oublié leur argent à la maison. Lorsqu'on dort la journée, les événements de la nuit ne forment plus qu'un tout confus. On a l'impression de ne dormir que d'un sommeil léger et de faire plus de rêves. Petter s'était réveillé parce qu'il était glacé. Au moment de remonter la couverture, il se rendit compte qu'elle était tombée sur le sol et qu'elle était trempée de sueur. Dehors, le temps était couvert et il ne faisait pas particulièrement chaud dans la chambre. Il n'allait quand même pas être malade ? Petter se redressa sur un coude et but une gorgée du verre d'eau qui se trouvait sur sa table de nuit. Elle était tiède et n'avait pas été changée depuis un moment et cela lui fit mal à la gorge lorsqu'il avala. Ce ne serait vraiment pas de chance s'il tombait malade maintenant. Il avait patiemment appris à Sonja comment manipuler les pigeons voyageurs et comment placer chaque bague dans le constateur correspondant lorsqu'ils rentraient du concours. Cette tâche avait nécessité une bonne dose de pédagogie mais, de cette manière, il pouvait effectuer une course de plus avec son taxi. De l'argent qui servirait à payer un voyage à l'automne lorsque le flot de touristes se serait tari. Sonja avait tellement envie d'aller en Chine.

Petter reposa la tête sur l'oreiller et se rendormit. Les événements de la nuit se bousculaient toujours dans sa tête. Lorsqu'on conduit un taxi depuis longtemps, on reconnaît les gens que l'on transporte souvent. Pourtant, le chauffeur de taxi ne fait pas toujours partie des gens qui comptent, il n'est parfois qu'un observateur. Lorsqu'on est monté dans le taxi et que l'on a donné l'adresse, le chauffeur n'existe plus. Il en avait été ainsi hier soir lorsqu'il avait pris en charge un des médecins du nouveau centre de soins. Fondation privée, évidemment, où les infirmières ressemblaient à des hôtesses de l'air dans leurs tailleurs bien coupés et parlaient clairement et amicalement comme si elles étaient toujours sur écoute. D'après Sonja, elles devaient passer des tests d'élocution – il n'y avait pas moyen de savoir si c'était vrai ou non. Son nom, c'était Reine Hammar. Petter avait vu un article le concernant dans le journal. Il était grand, au point qu'on pouvait même se demander s'il ne dépassait pas la barre des deux mètres ; son costume et sa coupe de cheveux étaient parfaits et il souffrait d'un rhume ou d'une allergie. Il ne se mouchait pas mais se contentait de renifler légèrement et de se racler la gorge. Au bout de dix minutes dans la voiture, le bruit vous tapait sur les nerfs. Son épouse figurait également sur la photo dans le journal, une femme élégante qui semblait savoir ce qu'elle voulait, médecin elle aussi, mais ce n'était pas elle qui l'accompagnait dans le taxi. C'était une charmante jeune fille aux longs cheveux blonds, qui portait une jupe blanche et des talons hauts. Ç'aurait pu être sa fille si, toutefois, on laissait sortir ses enfants dans des tenues pareilles. L'adresse était Jungmansgatan. Hammar habitait dans une petite maison qui valait 4,5 millions sur Norderklint, s'il n'avait pas déménagé tout récemment. Ça figurait également dans le journal.

Au risque d'écraser des piétons ou des cyclistes, Petter avait observé les faits et gestes du couple dans son rétroviseur. Il n'y avait aucun doute, aucune incertitude quand elle avait baissé la fermeture-éclair de son pantalon. Ce n'était pas la première fois. Lorsqu'elle avait penché la tête, son regard avait croisé celui de Petter et elle lui avait fait un clin d'œil, un sourire à demi esquissé au coin des lèvres. C'est à ce moment qu'il avait loupé la sortie sur le rond-point mais ça n'avait pas eu l'air de les gêner de faire un tour de plus. Lorsqu'ils étaient descendus de voiture, Hammar avait tendu un billet de cinq cents à Petter. Tu es tenu au secret professionnel, je suppose. Cela va de soi ! avait-il répondu en fourrant le billet dans sa poche. Ça ne fait jamais de mal de recevoir un pourboire.

Le reste de la nuit ne s'était pas avéré aussi amusant. Quand le ferry était arrivé vers minuit, il avait raccompagné une vieille dame jusqu'à Fårö. Elle allait résider seule dans un petit bungalow sur Skär qu'elle avait loué à un parent éloigné mais, lorsqu'ils étaient arrivés dans l'obscurité, elle ne savait plus très bien de quel bâtiment il s'agissait. À ce moment-là, il était presque une heure et demie du matin et il n'était pas vraiment question de frapper à la porte alors la dame était retournée en ville et avait pris une chambre dans un hôtel de Visby. Il y en a qui ont les moyens. Elle l'avait remercié pour la conversation, lui disant que ça valait chaque billet dépensé, et Petter avait eu le vague sentiment qu'aucun parent n'était jamais venu sur Skär. Qu'elle le payait pour la conversation et une petite ballade au beau milieu de la nuit, comme une aventure en tête-à-tête. Et pourtant Petter n'avait quasiment pas dit un mot, il avait juste écouté ses histoires plus extraordinaires les unes que les autres et avait même pensé qu'il aurait pu la conduire gratuitement tant cela avait été intéressant d'entendre comment c'était dans le temps. Comme l'histoire de ce jeune prêtre qui s'était pris une balle directement dans l'oreille lorsqu'il avait débarqué à Fårö et qu'il avait décrété que les habitants devaient s'acquitter de la dîme comme tous les autres habitants de Suède. La balle était encore fichée dans le retable de l'autel, sous Judas, pour servir d'avertissement aux prêtres qui arrivaient, avait raconté la vieille dame. Elle avait également décrit en riant les vrais originaux qui n'avaient jamais quitté Fårö de leur vie. Pourquoi devrait-on le faire lorsqu'on se trouve au centre du monde et que tout le reste n'est que la périphérie ? Ou au sujet de ce pasteur qui avait dérapé sur la pédale après la fête et qui avait atterri avec sa voiture dans la clôture d'Hulda dans le virage. C'est ton ange gardien qui arrive, petite Hulda. Ne t'inquiète pas, c'est juste ton ange gardien qui arrive. La dame avait un vrai talent d'imitatrice et elle l'avait bien fait rire avec ses imitations. Mais la meilleure, c'était l'histoire du « père de tous », l'homme qui avait endossé la paternité de tous les habitants de l'île afin que personne ne grandisse sans père. C'est pour cette raison que tous les habitants de Fårö sont parents.

Ensuite, il avait amené un homme qui souffrait d'une douleur dans la poitrine aux urgences alors en pleine effervescence. Petter aurait bien aimé prendre des nouvelles de l'état de Berit mais il n'avait pas vraiment insisté lorsqu'il avait vu que personne ne lui prêtait attention. Après, il avait juste été content que l'homme ait survécu au trajet en voiture en dépit des fortes douleurs qu'il avait à la poitrine. Le type aurait de toute évidence dû être transporté en ambulance mais n'avait pas voulu déranger. Cela avait été calme entre trois et quatre heures du matin et Petter avait piqué un somme sur le volant. Il le reconnut sans ambages lorsque l'infectiologue l'interrogea par la suite en détails sur les événements de la nuit. Mais c'était bien plus tard et, pour le moment, Petter n'avait pas la moindre idée des répercussions que cela aurait.

« À présent, il faut que tu sortes du lit, Petter. La police est là. Ils veulent te parler. J'ai fait du café. » Sonja lui ôta la couverture et retira le système de blocage du store si bien que celui-ci s'enroula jusqu'en haut et fit un tour de plus. Il détestait qu'elle fasse ça, cela impliquait toujours du travail supplémentaire lorsque le store se bloquait et qu'il fallait le décrocher pour le raccrocher ensuite. La lumière lui déchirait les yeux et tout son corps était douloureux.

« Si c'est de Ruben qu'il s'agit, je n'ai rien de plus à dire. Il était mort dans son lit à l'étage. Je n'en sais pas plus. »

L'inspecteur de police Jesper Ek s'installa sur une chaise près de la table de cuisine et observa Sonja Cederroth tandis qu'elle s'affairait entre le garde-manger et la table avec les boîtes à gâteaux. Il reconnut la boîte en métal rouge, verte et jaune dans laquelle on pouvait empiler plusieurs couches pour l'avoir vue dans la maison de sa grand-mère. On y servait des beignets à la cannelle, des biscuits aux noix, des calissons, des gaufres et d'énormes brioches au safran. Puis venait le tour des carrés au chocolat ou au moka, des tartes au chocolat, de la crème au beurre maison, des sablés au chocolat et des cakes à la noix de coco.

« Ne vous dérangez pas pour moi », tenta de dire Ek mais Sonja se contenta de sourire. « Sur le continent, on se contente peut-être de sept variétés mais, ici, on est au Gotland. Ici, on ne lésine pas sur les bonnes choses de la vie. C'est quand même terrible ce qui est arrivé à Ruben ! On n'arrive pas à croire que c'est vrai. Pour commencer, il tue tous ses pigeons, ensuite, il mange des champignons vénéneux et, pour couronner le tout, il en offre à Berit Hoas. Elle ne lui a sans doute rien fait de mal, cette gentille petite dame. Qu'est-ce qui l'a poussé à faire ça ? Quel malheur quand même ! » Sonja tourna le bouton de la cuisinière en s'aidant de son torchon – si quelqu'un qui avait les mains sales l'avait touché, il valait mieux se protéger. Elle faisait attention à ce genre de choses.

« Sonja, ce n'est pas comme ça que ça s'est passé ». Petter Cederroth avait enfilé un pantalon et une chemise mais avait laissé tomber les chaussettes. Cela lui avait fait mal au dos et aux bras lorsqu'il avait essayé de les enfiler et, pour finir, il les avait roulées en boule et les avait lancées sur Sonja quand elle était entrée et l'avait relancé pour la quatrième fois. Elles avaient atterri dans son dos mais elle ne l'avait même pas remarqué.

Ek sortit un bloc-notes et un crayon et remplit les formalités nécessaires.

« Maintenant, racontez-moi tout depuis le début. Donc vous êtes arrivé chez Ruben Nilsson à dix heures du matin. Quelle était la raison de votre visite ? »

Petter parla de l'inscription des pigeons au concours de pigeons voyageurs, auquel Ruben ne s'était pas présenté, et du spectacle épouvantable dans le pigeonnier. Il raconta qu'il était allé chez la voisine, Berit Hoas, et qu'ensuite ils avaient cassé un carreau pour voir comment allait Ruben étant donné qu'il n'avait pas ouvert. « Il se peut que ce soit comme Sonja l'a dit et qu'il se soit suicidé mais ce n'est pas lui qui a offert des champignons. C'était Berit. J'ai déjà eu l'occasion de manger de la fricassée de champignons chez elle et ça n'a jamais posé problème. S'il y a bien quelqu'un qui sait cuisiner, c'est Berit Hoas. »

« Ah oui, vraiment ? » s'exclama Sonja « Quand es-tu allé manger des champignons chez Berit ? Tu ne me l'as pas raconté, Petter. Tu devrais peut-être aller manger là-bas à l'avenir. Et même y emménager, en ce qui me concerne. C'est bien ce que tu voulais avant de m'avoir sur le dos. Elle ne voulait pas de toi à l'époque mais elle a peut-être changé d'avis maintenant ? »

« Nous allons peut-être essayer de nous en tenir au sujet qui nous intéresse », dit Ek lorsqu'il entendit Sonja reprendre son souffle dans l'intention de continuer sur sa lancée. Sans le vouloir, Petter avait, métaphoriquement parlant, sauté à pieds joints sur son orteil douloureux. Si Sonja Cederroth avait une fierté dans la vie, c'était bien ses talents de cuisinière et elle ne supportait aucune comparaison. Petter ne semblait pas du tout s'en émouvoir. Ce n'était sans doute pas la première fois que le sujet était mis sur la table. Il baissa la tête entre ses mains. Ek l'observa. Il n'avait vraiment pas l'air en forme. « Est-ce que Ruben Nilsson avait des ennemis ? », poursuivit Ek.

En fait, rien ne laissait soupçonner une agression, le corps ne présentait aucune blessure externe. Le portefeuille rempli d'argent se trouvait sous l'oreiller de la victime mais la question devait quand même être posée.

« Pas plus d'amis que d'ennemis. Un vendeur de tableaux est passé jeudi dernier mais, à part lui, nous n'avons vu aucun étranger dans les parages. » Sonja s'arrêta, la cafetière à la main, en pleine réflexion. « Ruben était un homme très seul. Il ne nouait pour ainsi dire jamais de liens avec personne. Je pensais au fait que les pigeons étaient morts. J'ai lu dans un magazine qu'il existait une maladie vénérienne qui s'appelle la chlamydia, une maladie qui touche normalement les perroquets. Si les pigeons l'attrapent, ils peuvent déclencher une pneumonie et mourir. Allez savoir comment ils ont attrapé ça », dit Sonja d'un air pensif avant de frissonner.

« Ça ne peut quand même pas être ça, Sonja ? Lorsque Björkman a attrapé une pneumonie à cause de ses pigeons, ça s'appelait la psytacose mais ce n'est pas une maladie vénérienne. Tu mélanges tout. Tu ne peux pas raconter des choses comme ça sur les gens quand tu ne comprends pas de quoi il retourne. »

« Qu'allez-vous faire alors ? Qui hérite, c'est son frère ? » poursuivit-elle sur un ton légèrement maussade. « Ou sa nièce ? Vous savez sans doute que c'est Mikaela Nilsson, celle qui fait partie du gouvernement. La ministre pour l'égalité des chances. Bien qu'elle n'ait sans doute pas besoin d'argent. On n'a jamais vraiment su qui des deux frères était son père, Ruben ou Erik. »

« Ça, ça ne nous regarde pas, Sonja. » Cederroth secoua sa tête ébouriffée. Il était visiblement gêné par le comportement de son épouse mais lui répondit néanmoins. « Ruben n'aurait jamais voulu qu'Erik hérite de lui, tu t'en rends bien compte, non ? Il a sans doute un testament caché quelque part. »

Lorsque Ek refusa une troisième tasse de café et remercia, Petter Cederroth le raccompagna jusqu'à la porte. La politesse l'exigeait mais il eut du mal à se relever. Il avait mal à la tête et chacun de ses muscles était dur et tendu. Au cours de la dernière demi-heure, Petter n'avait eu qu'une envie : pouvoir retourner s'allonger mais Sonja avait servi tout ce qu'il y avait dans la maison. En effet, elle voulait montrer à la police qu'elle était aussi bonne maîtresse de maison que la cuisinière. Sur le seuil de la porte, il appela Ek.

« Que va-t-il se passer à présent ? Je veux dire pour ce qui est de l'enterrement et ce genre de choses ? Qui va s'en occuper ? »

« Ce sera vraisemblablement le plus proche parent, si rien d'autre n'est spécifié dans le testament. Mais il ne pourra être enterré que lorsque l'enquête sera close. Nous vous tiendrons au courant. Pour l'instant, rien n'indique qu'il y ait eu agression mais nous attendons l'autopsie. »

« Alors il va être autopsié ? » Petter passa la main sur sa barbe d'un jour. « C'est vraiment nécessaire de dépenser l'argent du contribuable pour ce genre de chose ? Il était quand même vieux. Il faut bien mourir de quelque chose, non ? »

CHAPITRE 9

Jonatan Eriksson, infectiologue à l'hôpital de Visby, raccrocha et appuya lourdement sa tête entre ses mains. Il avait l'impression de n'avoir qu'une seule envie : pleurer. S'il avait été seul, il n'aurait pas résisté. La fatigue et l'inquiétude qui ne le quittait pas lui donnaient la nausée. La dame du centre de loisirs, la blonde aux dents légèrement saillantes qui était de Burträsk, voulait juste lui dire que Nina n'était pas venue avec Malte et qu'ils les attendaient tous pour pouvoir partir. Bien sûr qu'ils avaient essayé d'appeler à la maison plusieurs fois mais personne ne répondait. Était-il possible qu'elles ne se soient pas réveillées ? Dans ce cas, ce n'était vraiment pas de chance. La maman de Malte avait vraiment promis de les accompagner. Il n'était pas facile de trouver un autre parent le matin même. Bon dieu ce qu'il en fallait peu pour déclencher cette inquiétude qui se trouvait toujours à l'arrière-plan, telle une souffrance muette. Il ne fallait pas penser au pire. De fait, il était effectivement possible qu'elles ne se soient tout simplement pas réveillées.

Jonatan se connecta à l'ordinateur et saisit le micro digital mais ne trouva pas les mots. Plusieurs jours sans sommeil provoquent une forme particulière d'aphasie, on cherche les mots et on ne se souvient plus du nom de ses plus proches collaborateurs. Si le commun des mortels se rendait compte du piètre état dans lequel se trouve leur médecin de garde après un week-end de travail, ils se montreraient plus réticents à placer leur sort et leur santé entre ses mains. Un chauffeur routier doit faire une pause au bout de quatre heures et demie, un médecin doit travailler 24 h/24 h et, en plus, on attend de lui qu'il fasse preuve d'empathie. Jonatan s'efforça de chasser ses soucis personnels et de se concentrer sur le travail durant les dernières minutes qu'il restait avant qu'il puisse quitter l'hôpital.

Une femme était décédée tôt le matin et, une heure plus tard, Jonatan était en train de regarder les résultats de ses analyses sur l'écran. Il recula et regarda ses notes dans l'espoir qu'elles lui permettraient de boucler le compte-rendu d'hospitalisation.

« Une femme de 71 ans sans problèmes de santé antérieurs connus décède à 6 h 35 suite à une série de défaillances respiratoire, cardiaque et rénale vraisemblablement due à une grippe de type A. » Nouvelle pause. Le tableau clinique s'était présenté comme celui que l'on rencontre dans les cas de septicémie sévère avec une évolution très rapide. Le cliché radiographique montrait que les poumons étaient remplis d'un liquide blanc. Les vaisseaux périphériques sont enflammés, tout le système capillaire s'était détraqué en deux temps trois mouvements et s'était ouvert tandis que la pression artérielle chutait. On avait été obligé de lui faire de nouvelles perfusions et l'inflammation s'était encore aggravée. La femme avait été totalement désorientée et très anxieuse avant que ne surviennent la perte de conscience puis la mort. On n'avait même pas eu le temps de l'intuber. Aucun parent proche n'envisageait de venir, dieu merci. Une sœur mais elle était clairement en trop mauvais état pour venir jusqu'à l'hôpital. Il eut un peu honte de ses pensées. Mais être obligé de rencontrer des parents à fleur de peau, et qui se montreraient peut-être vindicatifs, et faire preuve d'humanité et d'empathie lorsqu'on les accueillait après presque vingt-quatre heures de garde lui semblait insurmontable.

La femme décédée s'appelait Berit Hoas. Son regard empli de terreur le suivrait longtemps. Il le savait. Il n'aurait jamais dû devenir médecin, ça ne valait pas le supplice qu'il endurait lorsque le traitement échouait et que quelqu'un mourait. Aurait-on pu agir autrement ? Penser autrement ? Mettre plus rapidement un traitement en place ? Durant les sept heures qui venaient de s'écouler, il avait fait de son mieux pour lui sauver la vie.

La grippe avait évolué de manière particulièrement rapide et virulente. Au départ, on avait seulement constaté que son taux de protéine C-réactive dépassait les 100. Ses leucocytes étaient bas mais il n'y avait rien là qui engage son pronostic vital. Des symptômes grippaux. Des difficultés à respirer. Des maux de tête. Puis un taux d'oxygène qui avait rapidement chuté et un arrêt de la production urinaire. Des signes de défaillance cardiaque. Une fois l'intoxication due aux champignons exclue, on avait, dans un premier temps, songé à une infection de type légionellose et ensuite de type aviaire lorsque la femme avait mentionné avoir nourri des pigeons. On lui avait fait toutes les analyses possibles et imaginables avant de la placer sous Tetracycline sans effet. Il y a toujours beaucoup de si lorsqu'on n'a pas réussi à maintenir quelqu'un en vie. Si on avait pu établir le diagnostic plus tôt. Si on l'avait placée en soins intensifs plus rapidement. Mais elle était morte dans l'ascenseur pendant qu'on la montait. Si... Jonatan soupira à haute voix lorsque son biper sonna. Il composa le numéro du standard et attendit.

« Est-ce que tu peux venir aux urgences, Jonatan ? »

« Il n'y a pas d'autre médecin... Morgan n'est pas arrivé ? »

« Pas encore. Il a appelé. Il a de nouveau eu un problème avec sa voiture. Euh... nous venons d'admettre un homme qui présente des symptômes grippaux. Il va vraiment très mal. Il est à peine conscient. Sa femme est dans tous ses états, elle parle d'une voisine qui vient juste de mourir. Est-ce que tu peux te dépêcher ? Ça n'a pas l'air bon du tout. »

Jonatan poussa un juron à haute voix. Morgan avait probablement oublié de faire le plein. S'il y avait bien quelque chose qui pouvait mettre Jonatan Eriksson hors de lui, c'était les gens qui n'arrivaient pas à l'heure et qui ne respectaient pas leurs engagements. La collaboration avec son collègue Morgan Persson aurait fonctionné comme sur des roulettes si ce n'était son manque de considération à l'égard des règles qui régissaient la réalité au sein de laquelle les autres personnes vivaient. Vraiment, il fallait faire le plein de la voiture ? Le téléphone était coupé si on ne payait pas les factures ? La nourriture pouvait réellement moisir ?

La salle d'examen n° 9 baignait dans la lumière blanche diffusée par les néons au plafond. Un homme corpulent était étendu sur le brancard au milieu de la pièce. Son épouse se leva immédiatement du fauteuil haut où elle était assise en train de balancer ses jambes – le seul siège sur lequel on pouvait s'asseoir dans la pièce en dehors d'un tabouret – lorsque Jonatan franchit les portes.

« Il est en train de mourir ! Faites quelque chose ! » Le visage de la femme était déformé par les pleurs et son regard était fou et cerné de rouge. « Le docteur ne va pas rester sans rien faire, si. Il ne va pas s'en sortir. Je vais le perdre ! regardez par vous-même ! Petter, est-ce que tu m'entends ? Réponds ! Vous voyez docteur. Il est en train de mourir ! »

« ECG normal. Une petite tachycardie, peut-être. Pouls à 100. Tension 9/6. Température 39,4. Taux d'oxygène à 87 % », rapporta l'infirmière qui se tenait à son chevet. « Les examens d'admission ont été effectués. Est-ce que tu veux autre chose ? »

« Je veux d'abord savoir ce qui s'est passé. » Jonatan prit Sonja Cederroth par la main et s'assit sur le bord du brancard. La fatigue lui donnait la tête lourde. La lumière des néons lui déchirait les yeux. Si ceci ne s'était pas produit, il serait sur le chemin du retour à l'heure qu'il était pour, une fois de plus, redresser la situation. Où diable Morgan était-il ? La femme n'arrêtait pas de parler et Jonatan se fit presque peur lorsqu'il se rendit compte qu'il n'avait absolument pas écouté.

« Excusez-moi. Pouvez-vous reprendre depuis le début ? »

« Est-ce qu'il va s'en sortir ? Qu'est-ce que nous allons devenir ? Petter n'arrivait quasiment pas à manger aujourd'hui. Il n'a même pas goûté mes boulettes de pomme de terre aux lardons alors que je les avais accompagnées de haricots verts revenus au beurre. »

Jonatan sentit l'irritation le gagner. C'était impossible d'avoir les idées claires alors que la femme ne cessait sa logorrhée hors de propos.

« Pour commencer, je veux que vous me disiez ce qui s'est passé », dit-il, tourné vers le patient. « Depuis combien de temps avez-vous de la fièvre. »

Sonja Cederroth répondit à la place de son mari. « Il n'a pas pris sa température alors que je lui avais dit de le faire. Il ne veut jamais le faire. Il dit toujours qu'on sent bien soi-même si on a de la fièvre. Je crois que ça le gêne de devoir le mettre dans son derrière si le docteur voit ce que je veux dire. Il est un peu douillet pour ce qui est de ça. Sa sœur m'a dit que Berit Hoas était morte. Elle a appelé alors que nous étions sur le chemin de l'hôpital, la pauvre petite. La sœur de Berit a appelé donc. C'est complètement fou, excusez-moi. C'est vrai ? Elle est morte ? Berit est notre voisine à nous et à Ruben, Ruben Nilsson. Et tous les pigeons, est-ce que le docteur y comprend quelque chose ? Il avait plus de soixante pigeons. Qu'est-ce qu'on va faire ? »

« N'allez pas trop vite afin que je puisse vous suivre. » Jonatan posa la main sur le bras de la femme pour, dans la mesure du possible, la calmer un peu et rendre les choses un peu plus cohérentes.

« Les pigeons de Ruben sont morts et Berit et Ruben sont également morts. C'est comme la peste. Est-ce que le docteur comprend ce que je dis ? Comme la peste ! Petter va mourir. Il peut à peine respirer et son cœur bat à tout rompre, c'est vraiment effrayant. »

« Avez-vous été en contact avec des pigeons ? » demanda Jonatan en tentant à nouveau d'établir un contact avec le patient.

À ce moment-là, Petter Cederroth leva les yeux. Il fit des efforts pour prononcer les mots.

« Je suis monté jusqu'au pigeonnier et j'ai vu qu'ils étaient morts. Tous. Et ensuite Ruben. Il était raide mort dans son lit. » Petter renifla. « Nos pigeons s'en sont sortis. »

La pensée qui traversa l'esprit de Jonatan était un véritable cauchemar. Durant quelques minutes, il n'entendit pas ce que les gens autour de lui disaient. Le son arrivait et refluait comme des vagues. Le visage interrogateur de Sonja. La main de l'infirmière sur son épaule. Ils ne l'atteignaient pas. Je travaille pour un tournoi de foot en tant que cuisinière, entendait-il la voix de Berit résonner. Je serai bien remise sur pieds pour pouvoir reprendre le travail après le week-end. Il y a cinquante enfants qui m'attendent. Cinquante enfants ! Jonatan sortit de la pièce en reculant. S'excusa. Entraîna l'infirmière avec lui. Dehors ! Sors ! Il plaça sa main devant sa bouche et essaya de retenir sa respiration jusqu'à ce qu'ils soient déjà assez loin dans le couloir. Là, il s'arrêta et fixa le squelette que les orthopédistes utilisent pour expliquer ce qu'il en est aux patients. Sur le coup, complètement vide et incapable de prendre une initiative. Il avait du mal à respirer.

« Qu'est-ce qui se passe, Jonatan ? Tu as l'air bizarre. Dis-moi ce qu'il y a ! Ça ne va pas ? Tu me fais peur, dis-moi ce qu'il y a ! » dit Agneta.

« J'espère que je me trompe. Mais je préfère ne pas y croire. Je suis peut-être en train de devenir complètement fou, je suis peut-être carrément à côté de mes pompes, mais pour le moment, je veux que nous mettions les protections respiratoires dont nous disposons. De préférence les masques P3, 3M avec des cartouches amovibles qui tiennent huit heures, sinon des masques jetables. Tous les membres du personnel qui pénétreront dans la salle d'examen devront porter des tenues de protection, des gants et la meilleure protection respiratoire imaginable. De même pour le patient et son épouse jusqu'à ce que nous sachions de quoi il s'agit. Va me chercher le médecin spécialiste de la prévention des épidémies. Tout de suite ! »

« Qu'est-ce que tu penses que c'est, Jonatan ? »

« Ça pourrait être la grippe aviaire. J'ai besoin d'une liste de toutes les personnes que Petter Cederroth a rencontré ces cinq derniers jours. Mon dieu ! Il a attendu dans la salle d'attente des urgences. Combien de temps peut-il y être resté ? J'ai vu qu'il avait donné un caramel au petit garçon qui avait un tracteur. »

CHAPITRE 10

« Un cas présumé de grippe aviaire a été détecté au Gotland. Par conséquent, nous prions les touristes qui envisageaient de se rendre sur l'île d'annuler leur voyage dans la mesure du possible. Nous souhaitons également amicalement prier les passagers qui ont pris le taxi à Visby le soir du 1er juillet ainsi que dans la nuit du 2 de contacter la ligne téléphonique qui vient d'être mise en place par le service des maladies infectieuses : 0498-690 001. Il n'y a pas de raisons de s'inquiéter mais pour éviter des files d'attente, nous prions les personnes qui présentent des symptômes grippaux de ne pas se rendre aux urgences à l'hôpital. Pour vous mettre en relation avec une infirmière et obtenir un rendez-vous avec un médecin, appelez le 0498-690 002. Pour toute information d'ordre général, appelez le 0498-690 003. La survenue d'un cas de grippe aviaire n'est pas encore confirmée pour le moment et il n'y a donc pas de raison de s'inquiéter. »

Maria Wern éteignit la radio, sur laquelle on diffusait ensuite un programme enregistré au cours de la semaine de débats politiques qui se déroulait à Almedalen et les doléances d'une journaliste qui avait subi des discriminations de nature sexiste de la part de politiciens qu'elle nommait et qui appartenaient aux deux bords. La ministre pour l'égalité des chances, Mikaela Nilsson, se montrait impitoyable dans son jugement. Cela sentait déjà le gros scandale. Maria se connecta à l'ordinateur. Son collègue, Tomas Hartman, se trouvait dans la pièce d'à côté. Elle l'entendait parler avec son épouse au téléphone. Des mots d'amour.

La coopération au quotidien. Des serments d'amour réitérés. Je t'aime aussi. Pas mal après trente années de mariage. Des gens heureux. C'est clair qu'on pense que ça va tenir toute la vie lorsqu'on se promet fidélité éternelle. Mais la vie ne prend pas toujours le cours que l'on avait imaginé au départ. Et lorsque les choses prennent une tournure différente de celle que l'on avait envisagée, il vaut mieux faire face à ses propres récriminations. Les réduire en miette dans son poing fermé et en souffler la poussière par la fenêtre ouverte. Parce que, de toute façon, elles ne mènent nulle part, elles n'apportent rien d'autre que de la souffrance. Le plus douloureux, c'est de voir le bonheur chez les autres et de se demander où l'on a échoué. De se dire qu'on ne trouvera peut-être plus jamais quelqu'un en qui on pourra avoir confiance et avec qui on pourra vivre. Elle entendit Hartman raccrocher puis se mettre à siffler avec frénésie. Pas une mélodie à proprement parler mais plutôt un accord qu'il essayait de reproduire et qui produisait le même effet que lorsque quelqu'un fredonne librement et qu'on entend juste la voix a cappella sans accompagnement. Puis, il se leva, les pieds de la chaise raclèrent le sol et une tignasse grise fit son apparition dans l'ouverture de la porte.

« Nous avons reçu le rapport d'autopsie préliminaire concernant l'homme de Värsände. On lui a tranché la gorge durant la nuit du 28 au 29 juin. Ses talons présentent des éraflures pleines de terre comme si on l'avait traîné à l'extérieur. Par ailleurs, il a une petite trace de coupure à peine visible sur l'avant-bras gauche et une ancienne cicatrice au niveau du thorax. Nous n'avons pas encore les résultats des analyses toxicologiques. Nous n'en savons pas plus pour le moment. Nous ignorons toujours tout de son identité. D'après son âge et son aspect physique, il ne correspond à aucune des personnes qui ont été signalées disparues. Ses cheveux noirs peuvent signifier qu'il n'a pas une origine ethnique de type Svensson. » Hartman lorgna du côté de l'horloge. « Je pensais m'installer sur un banc du côté des fortifications d'Östergravar pour y manger ma gamelle, tu te joins à moi ? Ça ferait du bien de s'éloigner un moment d'ici et de se retrouver au Moyen Âge. »

« Oui. » Maria se levait pour le suivre au moment où le téléphone sonna. Elle lui demanda de l'attendre pendant qu'elle prenait la communication et il retourna dans son bureau en sifflant pour y récupérer sa gamelle pendant ce temps-là.

« Je cherche Maria Wern, la maman d'Emil. Suis-je au bon numéro ? » demanda une voix féminine.

« Oui. » Maria sentit l'inquiétude la gagner insidieusement. Était-il arrivé quelque chose ? Emil s'était-il blessé ? Cogné la tête ? Tombé malade et il fallait aller le chercher au tournoi de football ? Ou il avait juste envie de rentrer à la maison ? Krister avait emmené Linda en caravane. Emil était-il un peu jaloux, peut-être ? Mais on lui avait laissé le choix. Il avait peut-être changé d'avis et préférait peut-être être avec son papa ?

« Je m'appelle Agneta et je suis infirmière au service épidémiologique. Ce soir, nous organisons une réunion d'information au sujet de la grippe aviaire. Cela concerne les enfants qui participent au tournoi de football de l'école de Klinte. Il n'y a aucune raison de s'inquiéter mais nous devons mettre en place certaines mesures de sécurité. »

« Que voulez-vous dire ? » Maria sentit qu'il lui fallait s'asseoir en attendant qu'elle assimile vraiment les paroles et qu'elles prennent tout leur sens.

« Nous expliquerons plus en détails ce soir. La réunion se tiendra à Warfsholm. »

« Non, je veux savoir maintenant. » Maria sentit que le rouge lui montait aux joues et que son cou se marbrait. Le sentiment d'être exposée à une menace insaisissable et, en même temps, d'impuissance la perturbait. « Vous pensez que les enfants ont pu être contaminés par la grippe aviaire ? La cuisinière, Berit Hoas, l'a ou bien quoi ? Elle n'allait pas bien, je sais qu'on l'a emmenée à l'hôpital. Est-ce qu'elle a la grippe aviaire ? C'est ça ou bien quoi ? Mais répondez donc ! »

« Je ne suis pas autorisée à répondre à ces questions. Si vous avez des questions urgentes à poser avant la réunion, vous pouvez contacter le docteur Jonatan Eriksson via notre ligne d'informations. »

L'infirmière semblait aux abois. La situation était probablement plus grave que ce qu'ils voulaient laisser paraître. Si elle me dit qu'il n'y a aucune raison de s'inquiéter, je vais hurler, pensa Maria en éprouvant de la haine à l'égard de cette pauvre femme qui ne faisait pourtant qu'exécuter les ordres qu'on lui avait donnés. Elle aurait au moins pu parler normalement afin qu'on ait l'impression de parler à un autre être humain et non pas à une représentante des autorités. Emil, comment va Emil ? Maria sentait l'inquiétude comme une pression sur sa gorge.

« Qu'avez-vous l'intention de faire ? Leur faire des examens ? Les vacciner ? Est-ce que le vaccin est d'un quelconque secours si on a déjà été contaminé ? Est-ce qu'il y a un vaccin d'ailleurs ? Un médicament ? »

« Comme je viens de le dire : si vous avez des questions, posez-les à notre médecin. Il n'y a aucune raison de s'inquiéter. Les mesures que nous avons prises ne sont que des mesures préventives, s'il s'avérait qu'il s'agit de grippe aviaire en l'occurrence. Mais nous ne le savons pas encore. »

« Mais vous devez avoir de sérieuses présomptions pour demander aux gens de s'abstenir de venir au Gotland. Non ? Ce ne sont pas des petites sommes d'argent qui sont en jeu, si le flot de touristes vient à se tarir. » Maria sentit qu'elle était dure mais elle n'avait pas l'intention de la laisser s'en sortir à si bon compte.

Hartman se tenait de nouveau à la porte. Cette fois la gamelle à la main. Il semblait être d'une humeur rayonnante.

« Alors tu viens ? » Il s'avança d'un pas dans la pièce. « Qu'est-ce qu'il y a, Maria ? Il est arrivé quelque chose ? »

« Euh, je ne t'accompagne pas. Il faut que je passe un coup de fil. C'est au sujet d'Emil. Je t'expliquerai après. » Au lieu de quitter la pièce, Hartman resta assis à côté de Maria sans même soulever le couvercle de sa gamelle. Sa présence lui faisait du bien et semblait garantir que rien de trop effrayant allait se produire, un lien avec la réalité quotidienne où des choses telles que des enfants qui contractent des maladies mortelles n'existent pas. Maria composa le numéro de l'infectiologue qu'on lui avait donné. Ça sonnait occupé. Plus que tout autre chose, elle voulait se rendre à l'école de Klinte pour s'assurer qu'Emil allait bien. Sur le champ. Les pensées se bousculaient dans sa tête. Que pouvait-elle faire s'il était malade ? Elle devait être prévenue s'il était contaminé, non ? Ça sonnait toujours occupé et Hartman restait assis là donc il y avait quelqu'un avec qui elle pouvait partager son inquiétude.

« Je pensais au voisin de Berit Hoas, Ruben Nilsson, celui qui avait des pigeons voyageurs. On l'a bien retrouvé mort dans son lit. L'affaire est plus grave qu'ils ne veulent bien l'admettre. Pourquoi ne répondent-ils pas ? Ils doivent quand même bien comprendre que les gens sont perturbés et qu'ils exigent de savoir ce qu'il en est. Il s'agit de mon enfant ! »

« À quel point c'est contagieux ? » demanda Hartman faute d'avoir mieux à dire.

« Je ne sais pas mais si ça se propage comme un rhume normal, j'ai entendu dire qu'un éternuement atteignait dix mètres. Ensuite, ça dépend du système immunitaire que l'on possède. Il y a des médicaments qui ralentissent les infections virales. »

« Le Tamiflu. Il y a un an, on a décidé que la Suède achèterait un million de traitements à raison de dix doses lorsqu'il y a eu une épidémie de grippe aviaire en Asie du sud-est. Ils constitueraient une réserve stratégique. J'espère qu'ils l'ont fait. »

« Oui. Je me souviens d'avoir lu quelque chose à ce sujet. Les médecins avaient prescrit le médicament sans véritable raison et ceux qui en avaient vraiment besoin pour des affections réelles ont dû attendre parce qu'il n'y en avait plus dans les pharmacies. Pourquoi est-ce qu'il ne répond pas ? Je trouve que c'est un manque de respect ! Ils auraient quand même pu mobiliser plusieurs lignes téléphoniques. Et cette satanée musique d'attente. Quelqu'un martèle des notes sur un piano et ensuite un violon obsédant accélère encore le tempo. Sans doute pour calmer les gens. Ça ne me calme pas. Ça me fout en rogne. » Tomas Hartman était sur le point de répondre quelque chose quand Maria fut mise en relation avec l'infectiologue. Elle l'interrompit d'un geste de la main et coinça fermement le combiné sous son menton tandis qu'elle se saisissait d'un papier et d'un crayon.

« Je veux connaître la vérité », dit Maria une fois les présentations faites et elle posa la question au sujet de Berit Hoas.

« Je suis tenu au secret professionnel et je ne peux rien dévoiler au sujet d'un patient en particulier, j'espère que vous respectez ce principe. La vérité, c'est que nous ne savons pas – et quand nous ne savons pas avec certitude, il vaut mieux prendre des mesures de sécurité que de pratiquer la politique de l'autruche. » Elle l'entendit soupirer tout haut. Pour quelle raison soupirait-il ? Il n'avait sans doute pas d'enfant en danger. Satané donneur de leçons ! Maria le singeait en silence… J'espère que vous respectez ce principe. Quel besoin avait-il de se cacher derrière des formules solennelles ? Cette façon de parler crée de la distance. Ce dont les gens ont besoin, c'est de compréhension et du sentiment que quelqu'un s'en préoccupe pour de vrai.

« D'accord. Et que pensez-vous faire avec les enfants s'ils ont été contaminés ? Je veux le savoir maintenant. Ensuite, j'ai l'intention de venir chercher Emil au tournoi. Je ne veux pas qu'il reste là si ça implique le risque qu'il soit malade. »

« Bon, ce n'est pas si simple. Le médecin en charge de la prévention des épidémies a décidé que les enfants resteraient à l'école en quarantaine. Si un ou plusieurs d'entre eux sont contaminés, on ne peut pas prendre le risque que l'infection continue à se propager dans la société. Les enfants vont recevoir le médicament contre la grippe aviaire. »

« En quarantaine. Que voulez-vous dire ? Il n'a pas le droit de rentrer à la maison ? Et que va-t-il se passer s'il n'est pas encore contaminé mais qu'il l'est par quelqu'un qui se trouve à l'intérieur. Disons demain parce que je n'ai pas eu l'autorisation de le ramener à la maison. Avez-vous le droit d'agir ainsi ? Sinon, c'est une privation de liberté illégale et ça peut vous conduire en prison. J'espère que vous comprenez à quel point c'est sérieux. » Maria sentit la colère l'envahir brusquement. Elle aurait vraiment préféré avoir ce type entre quatre yeux pour qu'il ne puisse pas se débiner ou détourner le regard.

« Si nous ne procédons pas de cette manière et qu'il s'avère qu'il s'agit d'une variante de la grippe aviaire, comme nous le craignons depuis longtemps, ça peut signifier des contaminations par milliers, si vous voulez la version en clair. Le médecin responsable de la prévention des épidémies a le droit de les garder pour leur faire faire des analyses. Nous pensons devoir les garder cinq jours si aucun d'entre eux ne tombe malade. Pour éviter qu'ils ne se contaminent les uns les autres, chaque enfant aura sa propre chambre, où ils devront rester et ils porteront une protection respiratoire quand ils devront quitter leur chambre. Du personnel du service va être dépêché sur place et la température de tous les enfants sera prise le matin, le midi et le soir. On va donner un portable aux enfants pour qu'ils puissent rester en contact avec leurs proches. Je sais que c'est dur », ajouta-t-il sur un ton plus doux.

« Alors combien de temps pensez-vous garder mon fils ? » Maria chercha le regard d'Hartman pour y puiser de la force.

« Dans le meilleur des cas, nous pourrons mettre fin à toute l'opération dès demain matin. C'est à ce moment-là au plus tôt que nous pouvons nous attendre à avoir une réponse définitive concernant le fait que ce soit ou non la grippe aviaire. »

« Mais vous pensez que c'est ça ? »

« Malheureusement, oui. Mais j'espère de tout cœur me tromper. »

CHAPITRE 11

Jonatan Eriksson regardait par la fenêtre depuis la pièce de la clinique de Tallbacken, à Follingbo. Le magnifique arc-en-ciel qui se déployait sur la voûte céleste et la vue dégagée ne lui apportaient aucun réconfort, prisonnier qu'il était de ce bureau. De même qu'à l'époque où ce bâtiment était un sanatorium et où la redoutable tuberculose se propageait à une vitesse terrifiante, on se refusait à présent à accueillir ceux qui étaient contaminés à l'hôpital de la ville. Par conséquent, on venait de transférer une partie des résidents de la clinique de Tallbacken à Tingsbrogården tandis que ceux qui restaient avaient été évacués vers d'autres lieux. La priorité absolue avait été de faire de la place pour ceux que l'on avait placés en observation ainsi que ceux qui, fort vraisemblablement, étaient déjà contaminés. Un service d'observation au rez-de-chaussée et un service pour accueillir les patients présentant des symptômes au premier étage. Jusqu'à présent, on y trouvait le chauffeur de taxi et sa femme, les deux policiers et les ambulanciers qui avaient été en contact avec Ruben Nilsson, mais aussi cinq propriétaires de pigeons ayant rencontré Petter Cederroth le samedi soir pour examiner les résultats du concours de pigeons voyageurs ensemble, les passagers transportés par le chauffeur de taxi cette nuit-là ainsi que les patients présents aux urgences en même temps que lui et, pour finir, une bibliothécaire ayant aidé Ruben Nilsson à trouver le site de la société colombophile sur Internet.

Il s'agissait certes là de dispositions drastiques, mais l'épidémiologiste, Åsa Gahnström, n'osait prendre aucun risque au vu de la situation. Surtout pas avec le personnel médical ayant été en contact avec Berit Hoas et Petter Cederroth. On leur avait tous fait quitter leur poste habituel et on les avait affectés à des lignes téléphoniques destinées à l'information du public, chacun disposant de sa propre chambre où il devait séjourner jour et nuit, à l'étage supérieur du bâtiment principal de l'ancien sanatorium. Ils avaient tous reçu l'ordre strict de porter un masque de protection respiratoire s'ils quittaient leur chambre.

Ceci valait également pour Jonatan Eriksson. La conversation téléphonique avec la maman inquiète l'avait profondément ébranlé et d'autres conversations de ce genre allaient suivre. L'inquiétude de Maria Wern était fondée. Si son fils n'était pas encore contaminé mais l'était par la suite, qui en porterait la responsabilité ? A-t-on le droit de sacrifier un enfant pour sauver des milliers de vies ? Jonatan avait contesté la décision de l'épidémiologiste mais se devait toutefois de défendre la même ligne face au public et à la presse. Le plus difficile avait été de discuter avec Reine Hammar, son collègue médecin, qui était chef de clinique au nouveau centre de santé Vigoris, près de Snäckgärdsbaden. Un conflit avait immédiatement éclaté lorsque Jonatan, suivant en cela les instructions de l'épidémiologiste, lui avait demandé quand et où Petter Cederroth l'avait transporté dans son taxi.

« Mais putain, qu'est-ce que c'est que ces conneries ? Tu te prends pour un de ces putains de flics ou quoi ? »

Oui, c'était vrai qu'à cartographier en détails les faits et gestes du chauffeur de taxi au cours de la nuit comme s'il était le bras étendu de la loi, il avait presque le sentiment d'en être un. Du vrai travail d'investigation qui aboutirait à un verdict d'incubation ou d'absence de contamination.

« Bon, ta vie privée ne m'intéresse pas. Je veux juste savoir vers quelle heure tu as pris ce taxi et si tu étais seul, c'est tout. »

« Je vais déposer une plainte auprès de la Sécurité Sociale pour ça. C'est vraiment une manière dégueulasse de traiter les gens, bordel, et on peut difficilement dire que ce soit justifié d'un point de vue médical. Je serai mort de rire si c'est pas la grippe aviaire. Espèce de bande de cinglés ! » Reine Hammar avait jeté son masque de protection respiratoire sur le bureau avant de retourner dans sa chambre en claquant la porte derrière lui.

« Tu sais, si c'est pas la grippe aviaire, moi aussi je serais mort de rire, je vais rire à m'en faire gerber », avait crié Jonatan derrière lui sans être sûr que Reine Hammar l'entende. Un court instant plus tard, il avait discuté avec l'épouse de Reine Hammar au téléphone. Elle était manifestement plus raisonnable et semblait prendre la situation au sérieux.

Les réflexions de Jonatan furent brusquement interrompues lorsque le téléphone sonna de nouveau. Il se concentra un court instant avant de décrocher.

C'était Åsa Gahnström, l'épidémiologiste en charge du district du Gotland. Il souffla. Il n'aurait pas dû.

« Juste une petite information. Nous avons un problème. »

« Un problème. D'accord. » Il essaya de ne pas se montrer sarcastique mais le sous-entendu n'échappa cependant pas à Åsa.

« J'avais espéré que tu comprendrais au moins à quel point c'est sérieux. C'est moi qui porte la responsabilité et c'est moi qui vais me faire tuer. Soit, qu'on me juge après ma mort. Ce qui me préoccupe le plus pour le moment, c'est qu'au niveau de la médecine préventive, nous disposons de trop peu de Tamiflu pour pouvoir mettre en place un quelconque traitement préventif. On a dit au public qu'on avait acheté 100 000 doses mais on a acheté bien moins que cela. Seulement une faible proportion, en réalité. Ma stratégie, c'est donc de traiter ceux qui présentent des symptômes et ceux qui sont en cours d'incubation avec les médicaments dont nous disposons et de les garder sous strict contrôle. On a du mal à croire que c'est vrai mais on en est vraiment à ce stade.

« Mais qu'est-ce qu'on a acheté alors ? »

« Le reste, ce sont d'autres médicaments antiviraux, sans effets réels sur la grippe aviaire que nous redoutons. J'ai été en contact avec les personnes en charge des achats. Il leur a été impossible d'en acquérir la moindre dose au cours de l'année qui vient de s'écouler. Absolument rien. L'argent est disponible mais on n'a pas pu acheter de médicaments. La Suède s'est seulement inscrite sur la liste d'attente. »

« Qu'est-ce que tu veux dire ? » Jonatan remarqua que sa main avait laissé une trace humide sur le plateau du bureau. Soudain la pièce lui semblait étouffante et confinée. Il tirait sur l'encolure bien trop étroite de son T-shirt et son pantalon lui serrait.

« La plupart des autres pays européens ont déjà réservé leur place sur la liste d'attente pour acheter du Tamiflu moyennant un dédommagement parfois exorbitant. Nous nous sommes lancés dans la course avec beaucoup de retard. Tout ce que nous pouvons faire, c'est implorer l'aide de nos voisins – discrètement. S'il y a des fuites dans la presse, nous aurons à faire face à une réaction de panique. Est-ce que tu imagines ce que ça pourrait donner – ce que la peur pourrait pousser les gens à faire ? Quelle pression ça représenterait pour le service si plusieurs milliers de personnes appelaient en même temps ou se présentaient à l'hôpital en exigeant un traitement ? Le directeur général de l'Institut d'épidémiologie a donné un ordre strict ce matin aux pharmacies : seuls les épidémiologistes sont habilités à prescrire du Tamiflu. Il y a bien longtemps que cela aurait dû être fait. Malheureusement, plusieurs médecins ont dégainé leur carnet de prescription très rapidement lorsque la nouvelle a été annoncée. J'ai confié à une personne le soin de passer en revue les prescriptions et, si possible, de rappeler immédiatement les médicaments délivrés sans que ce soit justifié d'un point de vue médical. En tout cas, le nouveau système par lequel les pharmacies enregistrent quels médicaments elles délivrent n'est pas si bête que cela. En voilà un bon exemple. Lorsque c'est vraiment important, on pense d'abord à soi-même. »

« Quand saurons-nous avec certitude s'il s'agit de la grippe aviaire ? Quand pouvons-nous attendre la réponse de l'Institut d'épidémiologie ? »

« Normalement, cela prend deux à trois jours pour savoir de quel type de grippe il s'agit et pour savoir s'il est résistant ou non. Il faut dire que ça doit être fait dans un laboratoire de haute sécurité avec équipement de protection et tout le toutim mais ils pensent pouvoir nous donner une réponse préliminaire avant cela. Le responsable de la prévention des épidémies au niveau national a demandé du personnel supplémentaire. Nous aurons peut-être une réponse dès ce soir. C'est la priorité des priorités et ils font de leur mieux. Je te contacte à la seconde où j'ai du nouveau. »

« Qu'est-ce que je dis aux parents ? Il faut que je puisse leur donner une réponse claire lorsqu'ils me demanderont si les enfants du tournoi de football vont être mis sous traitement. »

« Dis-leur que l'on va donner des médicaments aux enfants. Nous allons distribuer ce dont nous disposons tant qu'il y en aura suffisamment. Le plus important, c'est qu'ils ne paniquent pas. D'une manière générale, nous devons faire comme s'il s'agissait de la grippe aviaire jusqu'à preuve du contraire. C'est ma politique. C'est déjà assez difficile comme ça de trouver les arguments pour que les patients en observation restent cantonnés. Il faut que nous agissions en conséquence. »

Il l'entendit déglutir avant de se lancer, sa voix était tendue. « Pour ta gouverne, Jonatan, j'ai même demandé à la police de nous prêter main-forte. Le périmètre autour de l'école de Klinte va être bouclé et des projections de film vont être organisées dans l'amphithéâtre de l'école. Je ne veux pas prendre le risque que des parents viennent chercher leurs enfants. Si tu as toi-même des enfants, tu comprends de quoi je parle. C'est le genre de situation qui fait naître des sentiments violents. Ce n'est pas une décision facile à prendre mais le scénario qui peut se produire si nous ne faisons pas preuve de fermeté est infiniment plus effrayant. Nous n'avons pas assez de médicaments pour l'ensemble de la population. Nous pourrions déplorer des dizaines de milliers de morts. »

« Et s'il s'avère que ce n'est pas la grippe aviaire ? » Jonatan ne put s'empêcher de poser la question.

« Alors je léguerai mon corps à la recherche et mon âme à la presse pour qu'ils puissent les disséquer et toi, tu hériteras de mon siège. La décision a été avalisée par le groupe national des pandémies. Entre nous, Jonatan – qu'est-ce que ça pourrait être d'autre ? Le vieil homme qui possédait des pigeons voyageurs est mort, sans raison apparente. Un rapport d'autopsie préliminaire devrait nous parvenir avec un certain retard. J'ai parlé au légiste du risque de contamination. Berit Hoas est morte, c'était le virus de la grippe. Nous ne savons pas encore de quel type il s'agit mais une grippe normale n'est pas aussi virulente. Elle était en parfaite santé avant d'être contaminée. Petter Cederroth est atteint du virus de la grippe. Nous ne savons pas encore de quel type il s'agit. Mais nous ne pouvons certainement pas nous permettre d'attendre. Tu peux commencer à le traiter avec du Tamiflu si tu ne l'as pas encore fait. On m'a dit qu'il était mal en point. Si mes informations sont correctes, l'épouse a un peu de température ainsi qu'un mal de gorge. Nous attendons de voir s'il s'agit du H5N1. Tu devrais l'avoir d'une minute à l'autre si tu as enregistré la commande dans l'ordinateur depuis ton no man's land. »

Jonatan ouvrit la fenêtre et laissa entrer le parfum de l'été qui succédait à la pluie. Une chaleur étouffante régnait dans la pièce ; il s'installa dans le courant d'air et respira l'odeur des pins. La transpiration perlait sur son front et ses vêtements lui collaient au corps. Ne ressentait-il pas une petite gêne au niveau de la gorge ? N'était-il pas un peu fiévreux ? Avait-il du mal à déglutir ? Il espérait que c'était son imagination – une sorte de grippe nerveuse. Mais quand même, le risque existait bel et bien. Avec une période d'incubation de 1 à 3 jours, elle pouvait encore se déclarer. Qu'adviendrait-il de Malte et de Nina ? La situation était déjà bien assez préoccupante. Jonatan essayait de refouler la peur mais elle se faisait sentir de manière toujours plus tangible au niveau de son estomac dès qu'il pensait à eux, au futur et à ce qui allait se passer à présent qu'il n'était plus en mesure de dissimuler la vérité honteuse de son alcoolisme, de mentir et de sauver les apparences. Si seulement il avait été plus souvent à la maison, la situation ne serait peut-être pas devenue ce qu'elle était. Le problème ne se serait peut-être jamais posé ou il aurait peut-être pu stopper cette descente aux enfers à temps… si, si, si.

L'ancienne atmosphère du sanatorium se rappelait aux esprits et transpirait par-delà les frontières du temps. Jonatan Eriksson songea qu'il aurait tout aussi bien pu être dans les années quarante qu'à l'époque actuelle. Une génération avant la sienne, les gens mouraient de la tuberculose en Suède. De nos jours, c'est ceux qui en sont frappés dans d'autres pays qui meurent parce qu'ils n'ont pas les moyens de se payer les médicaments qui peuvent les guérir. Des jeunes gens. Des parents d'enfants en bas âge. Des écoliers. Des familles entières sont décimées. Si les murs de ce sanatorium pouvaient parler, ils parleraient d'espérance et de désespoir mais également de courage, d'humour macabre et d'espoir frondeur. La vie change et de nouvelles perspectives s'ouvrent lorsqu'on regarde la mort dans le blanc des yeux. Qu'est-ce qui est important lorsqu'il vous reste une semaine à vivre ? Est-ce que c'est quelque chose qu'on a raté ? Nous qui pensions que nous pouvions vivre éternellement, nous nous trouvons confrontés au fait que la mort nous concerne également, pensa Jonatan. Il ne put pousser plus loin son raisonnement car le téléphone réclama de nouveau son attention. Qu'allait-il dire s'il s'agissait à nouveau d'un parent inquiet ? Étaient-ils déjà parvenus à mettre en place un barrage autour de l'école où se trouvaient les enfants participant au tournoi de football ? Åsa avait oublié de le lui dire. Jonatan ressentait l'envie d'échapper à tout cela alors il saisit le combiné et dit son nom d'un ton aussi calme et composé que possible. Chaque patient a droit à un accueil compatissant, peu importe comment on se sent – c'est ce qu'un vieux collègue lui avait inculqué et ses mots résonnaient en lui comme s'il les avait entendus la veille.

« C'est Nina ». Il entendit immédiatement à son élocution laborieuse que les choses étaient telles qu'il l'avait craint et les muscles de son ventre se nouèrent en réponse. « Malte n'est pas là. Je ne sais pas où il se trouve, s'il est allé chez un copain ou quoi ? »

« J'ai demandé à ma mère d'aller le chercher et c'est une chance parce qu'il était tombé de la balançoire et qu'il saignait du nez. Il n'arrivait pas à arrêter le saignement. Il a essayé de te réveiller mais tu étais complètement à l'ouest. Est-ce que tu as seulement remarqué qu'il était parti ? La porte était grand ouverte, m'a dit ma mère. »

« Oui, c'est une chance que tu aies une mère qui puisse montrer à la petite Nina comment on s'y prend avec ses enfants. M'accuser d'être une mauvaise mère, voilà ce que tu fais – même si c'est de ta faute. Ta putain de faute, espèce de sale hypocrite ! Je n'ai jamais voulu avoir de gosses, c'est toi qui voulais et après... Qu'est-ce qui s'est passé après ? Putain, qui est-ce qui a dû rester à la maison et s'occuper de tout, d'absolument tout pendant que tu te la coulais douce ? »

« Je ne me la coulais pas douce. J'effectuais mon cursus de spécialisation. »

« Sacrément passionnant et important, plus important que ma vie et que mes projets, bordel. Je voulais seulement aller aux Beaux-Arts et m'amuser un peu, barbouiller un peu avec des couleurs. »

« Bon, on pourra reparler de ça lorsque tu iras mieux. Va t'allonger et rappelle-moi plus tard, quand tu sauras ce que tu dis. »

« Prends deux comprimés blancs et va t'allonger, c'est l'ordonnance du docteur ? Mon professeur de dessin du lycée m'a réellement dit que j'avais de l'avenir. Il avait perçu que j'avais du talent. Il croyait en moi, tu sais ! Espèce de lâcheur ! Il a dit : Nina, tu as vraiment du talent. Tu as du TALENT : Tu entends ça, espèce de... »

Jonatan raccrocha, revêtit sa cuirasse et évita de penser à Nina. Il pensa à Malte. S'il s'agissait de la grippe aviaire, Malte ne devrait pas aller au centre aéré. Là, le risque de contamination était plus important, pensa-t-il. Il devait y avoir un moyen d'y remédier même si les jours où Malte se trouvait au centre aéré étaient justement les seuls où Jonatan se sentait détendu et pouvait travailler en paix.

CHAPITRE 12

« On redoute qu'une épidémie de grippe aviaire se soit déclarée au Gotland. Deux décès pourraient être liés à la contamination et plusieurs personnes ont été conduites à l'ancien sanatorium de Follingbo pour y être placées en observation. Åsa Gahnström, épidémiologiste, vous déclarez que vous vous attendiez à ce qu'une telle épidémie se déclare. Pourquoi ne pas avoir pris des mesures dans ce cas ? »

« En premier lieu, nous ne savons pas encore si c'est bien la grippe aviaire, par ailleurs... »

« Pourquoi ne le savez-vous pas ? » la voix du journaliste de la radio l'interrompit, aussi acérée qu'une pointe de flèche.

« Cela prend du temps pour déterminer de quel type de grippe il s'agit. Les analyses doivent être effectuées dans un laboratoire de haute sécurité. Le virus H5N1, que l'on connaît sous le nom de grippe aviaire, ne touche normalement pas les humains mais les oiseaux. Les personnes qui ont été contaminées avaient été en contact avec des animaux. Il n'existe qu'un petit nombre de cas où la contamination s'est faite d'humain à humain. Il s'agit d'un sujet de vingt-et-un ans qui avait bu du sang de canard au cours d'une cérémonie du nouvel an à Hong Kong. L'infirmière qui le soignait ainsi que sa sœur de quatorze ans sont également décédées mais il n'a pas été fait état d'autres cas. Ce que nous craignons depuis un certain temps, c'est que le virus mute et qu'il devienne comme les autres virus pour ce qui est de son mode de transmission. Cela pourrait se produire si une seule et même personne était porteuse du virus de la grippe classique et était ensuite contaminée par le virus de la grippe aviaire par le biais d'un contact avec des oiseaux. Les deux types de grippe pourraient alors échanger leurs attributs entre eux. Le risque existe également que le processus ait lieu chez un autre animal familier, par exemple un porc. Mais je ne vois pas de raisons de s'inquiéter pour le moment. »

« Selon les statistiques, on a relevé 180 cas de grippe aviaire chez des humains dans le monde et 87 de ceux qui avaient été contaminés sont décédés. Si vous redoutez une évolution de ce type et que le taux de mortalité est si élevé, pourquoi êtes-vous si mal préparés à une situation de crise ? Pourquoi la population tout entière n'a-t-elle pas été vaccinée contre la grippe aviaire comme elle l'est contre le tétanos, la diphtérie et la polio ? »

« Le virus mute. Il faut constamment produire un nouveau vaccin plus efficace que le précédent et, tant que nous ne connaissons pas la forme exacte du virus, il est impossible de produire un vaccin. Même le vaccin contre la grippe classique est fabriqué sur mesure à chaque épidémie dans l'hémisphère sud mais, parfois, le virus est parvenu à muter de façon tellement importante que le vaccin ne garantit pas une protection intégrale. Par ailleurs, cela prend au moins six mois pour développer un vaccin contre la grippe aviaire une fois que l'on connaît la forme précise que le virus a revêtue et nous n'avons plus les moyens nécessaires en Suède pour le faire. En fait, nous devons nous en remettre à la possibilité d'acheter des vaccins à l'étranger lorsqu'on saura exactement ce qu'il faut produire. »

« Et il pourrait alors avoir déjà touché un tiers de notre population ? Peut-on établir une comparaison avec la grippe espagnole qui a éclaté en 1918-19 et au cours de laquelle 20 millions de personnes ont perdu la vie dans le monde ? Les derniers chiffres font état de 100 000 morts pour la Suède seule. »

« C'est peut-être se montrer un peu trop alarmiste. Il n'y a aucune raison de s'inquiéter pour le moment. »

« Nous remercions Åsa Gahnström et nous nous rendons à Almeden où nous espérons obtenir un commentaire du Ministre de la santé, Erik Malmgren. »

Le propriétaire de caravane, Hans Moberg, éteignit la radio et tira les rideaux bleus à rayures. Le temps commençait vraiment à s'éclaircir. Ce n'était pas trop tôt. Il étira ses jambes et mit un terme à son flirt avec « Femme mûre – 53 » à l'aide d'une phrase en français qu'il avait glanée au cours d'une conversation antérieure avec « Dolly P », une guichetière de la poste au chômage à Västerås. Il n'avait pas la moindre idée de ce que ça pouvait vouloir dire mais ça lui semblait émouvant. Il plaça sa langue à la commissure de ses lèvres et frappa la phrase lettre par lettre d'après le modèle. Les femmes aiment ce genre de choses – d'habitude, ça fonctionnait au-delà de toutes ses espérances. Femme mûre - 53, il n'avait pas l'intention de la rencontrer dans la réalité, pas le moins du monde, mais pour le moment il avait besoin de quelqu'un qui puisse lui témoigner un peu d'amour maternel. « Déesse blonde », après plus amples investigations dans une cabine sur le bateau en partance pour le Gotland, s'était avérée une déception. Mais ce sont des coups qu'il faut accepter de prendre. Ils nous aident à nous endurcir. Les femmes correspondent rarement tout à fait aux représentations qu'on s'en est faites en chattant avec elle sur le Net, songea Hans Moberg. La réalité n'en devient que plus tangible au moment de la confrontation elle-même. Particulièrement si elle a lieu en plein jour. Ça peut presque provoquer un choc. Pour l'un comme pour l'autre, d'ailleurs, si on est honnête. Il faut alors vite retrouver la compréhension qui s'était établie au cours de la conversation intime sur le Net ou lui coller un baiser illico presto, histoire de mettre en branle les hormones de l'amour avant qu'elle n'ait eu le temps de réfléchir.

Hans Moberg, que ses amis surnommaient Mubbe, s'installa devant le miroir constellé de taches brunes accroché à la porte du placard à balais et peigna ses longs cheveux ondulés avant d'enfiler ses bottes. Il inspecta de nouveau son visage, arracha quelques poils blancs de sa moustache et mit son chapeau de cow-boy blanc. Il ajusta le bord, voilà, il fallait qu'il soit légèrement de travers sur un œil. Les crapules portent des chapeaux noirs, les héros des blancs, ça, tout le monde le sait. On se montre trop gentil, trop bienveillant lorsqu'on interprète « quelques kilos de trop » et « petits problèmes d'argent temporaires ». Pour ne pas parler de « partenaire susceptible », qui serait un véritable enfer. Il le savait par expérience. Pourtant, tout ça, c'était la vie. Se balader avec sa caravane, fréquenter des sites de baise et rencontrer des femmes, où on le veut, quand on le veut puis repartir quand on en a assez. Pas de patron. Pas de bonne femme. Pas d'autres rendez-vous à honorer que ceux qu'on a fixés soi-même et uniquement si on en a envie quand l'heure approche. Sinon, on peut poser un lapin, changer son adresse hotmail, trouver une nouvelle identité sur le site de rencontres Eniro et voguer vers de nouvelles aventures sous un nouvel avatar.

Jouer la comédie faisait partie des choses qui l'attirait ; pouvoir jouer un nouveau rôle à chaque fois : propriétaire d'une galerie d'art à Paris, promoteur dans le secteur du bâtiment sur la Côte d'Azur, policier à l'intérieur des services secrets, sauveteur en chef dans le corps des sapeurs-pompiers ou bien chasseur de grand gibier en Gambie. Tout ce dont on rêvait quand on était gamin sans que cela se réalise et sans que cela soit nécessaire non plus puisqu'on peut quand même en faire l'expérience par l'imagination sans se salir les manchettes ou s'exposer à des dangers physiques. Ce qui est important, c'est la manière dont les autres vous voient, s'ils croient ou non à vos histoires. Et puis l'excitation en elle-même lorsqu'on a travaillé son rôle, qu'on a rencontré une partenaire de jeu appropriée sur le Net et que l'on se rencontre ensuite dans le monde réel. Devoir faire ses preuves devant toutes sortes de femmes et sélectionner les meilleures pour les scènes les plus passionnées... Enfin, pas vraiment toutes. Celles qui, dans leur portrait, exigeaient déjà l'abstinence et la fidélité ne lui inspiraient guère de sympathie. Cela devenait trop compliqué. Même s'il était réellement arrivé qu'il vive de décoction de pommes de terre, de germes et de graines de sésame durant toute une semaine parce que la femme qui se trouvait dans sa vie à ce moment-là était végétarienne. Il n'avait même pas eu le droit de garder la ceinture en cuir qui tenait son pantalon mais cette semaine-là, ça n'avait pas eu d'importance. Ca avait été pire avec la fumeuse. L'atmosphère devient vite irrespirable dans une caravane et ses cigarettes faisaient de la concurrence à l'odeur de son propre tabac à pipe. Enfumé dans son propre terrier, il se sentait à la rue. Alors, quand elle avait, par-dessus le marché, attendu de lui qu'il mange des orties qu'elle avait cueillies derrière les toilettes pour hommes du camping de Västervik, la coupe avait été pleine. Il y avait une limite à ce qui était acceptable et elle était là.

Ce serait pas mal de lever l'ancre et de se rendre dans un endroit plus branché, avait pensé Mubbe. Durant la nuit qui venait de s'écouler, il avait stationné sur un site de baise dans une zone industrielle à l'est de la ville. Pour ceux qui veulent se dispenser de la peine inutile de payer un accès à l'électricité dans un camping, un raccordement sur un bâtiment industriel constitue une alternative assez remarquable, tout comme le fait qu'il est facile de pirater la connexion Internet sans fil non-protégée de quelqu'un d'autre en zone urbaine. Une couronne économisée est une couronne économisée. Il suffisait de faire attention que le fil de fer barbelé ne vous déchire pas le pantalon à l'entrejambe lorsque vous grimpiez par-dessus la clôture.

La bande de plage qu'il avait soulignée sur la carte s'appelait camping de Tofta. Là, il pourrait prendre une douche et se faire beau avant la rencontre du soir avec « La Scanienne[1] câline » mais, avant cela, il avait des petites affaires à régler. Des livraisons discrètes. Du liquide en échange de l'extase amoureuse et d'une confiance en soi retrouvée. Cela le surprenait souvent qu'un nombre plus important de personnes ne se soient pas lancées dans cette branche. Liberté, argent facile et clients reconnaissants. D'un point de vue pratique, c'était sans risque d'acheter et de vendre des médicaments sur le Net ou même de les vendre directement dans la rue. La chose avait plusieurs fois été portée devant les tribunaux sans résultats. Hans Moberg avait attentivement suivi l'évolution des événements dans la presse. Sur ce point les autorités législatives s'étaient vraiment mordues la queue. Quelle bourde de la part de penseurs si éminents ! Le quatrième paragraphe de la législation sur les médicaments (1996 :1152) renvoyait en effet au décret relatif aux médicaments de 1962 abrogé en 1993. Aucun tribunal au monde ne peut prononcer de jugement selon une loi qui n'existe plus. C'est à la portée du plus petit cueilleur de myrtilles !

Hans Moberg ne se faisait pas de souci pour ses finances, que ce soit maintenant ou à l'avenir. En ce qui concernait cette loi, lorsque le long processus de décision serait arrivé à son terme et que les législateurs se seraient vraiment bougé les fesses, la cour européenne de justice aurait sans doute abrogé le monopole suédois sur les médicaments, disait-il toujours à son collègue Manfred « Mayonnaise » Magnusson, qui exprimait souvent son inquiétude

1. La Scanie est la region la plus méridionale de Suède.

quant à l'avenir. Ce serait sympa de se voir au camping de Tofta et de décapsuler une bière ou deux avant le début de la distribution de cadeaux de Noël aux consommateurs de Viagra. Certains d'entre eux voulaient recevoir l'enveloppe contenant les médicaments par la poste, d'autres souhaitaient une livraison en mains propres. Pendant les vacances, on cherchait encore plus à assurer et à éviter les pannes alors il y avait des clients potentiels sur place. Il suffisait de lever le volet du kiosque et de les inviter à entrer. Toute la réserve était entreposée à l'intérieur de la caravane. Il y avait bien sûr un à deux ravitaillements par an et il en profitait pour reconstituer son stock d'alcool par la même occasion. Il fallait avant tout considérer les voyages comme des vacances. Les affaires n'avaient jamais été aussi florissantes que lorsqu'il avait travaillé en collaboration avec Betsy qui vendait des sous-vêtements et des sex toys. Quelle femme d'affaire ! On ne pouvait que lui tirer son chapeau ! Mais ça lui avait coûté de gros efforts de patience et des compromis quant aux horaires et aux itinéraires de voyage. C'était avec le cœur gros qu'il s'était séparé d'elle à Tanumshede lorsque l'hiver était arrivé et que la caravane était devenue trop petite pour eux deux. La liberté a son prix.

« La Scanienne câline » aimait la danse country et les westerns, l'honnêteté et les soirées à la maison, avait-elle écrit. Sur la photo qu'elle lui avait envoyée sur l'espace cybernétique, elle portait une jupe de cuir à franges. Une chemise à rayures ouverte jusqu'à la limite de l'indécence et des santiags en cuir blanc. Yeeeha ! Ses cheveux roux étaient coupés courts et au carré et sa bouche était rouge et large. Une petite poupée vraiment mignonne. Mais on pouvait se tromper bien sûr.

« La Scanienne câline » - il n'avait même pas réussi à apprendre son vrai nom. C'était vraisemblablement une infirmière de nuit expérimentée. Discrétion assurée. Lui-même avait pour habitude de faire preuve d'autant de prudence. Son nom, « Docteur M. », lui était venu après quelques bières et n'était en fait pas si inspiré que cela mais il faudrait s'en contenter pour le moment. Le plus gros problème de la soirée serait de constamment s'en tenir à un dialecte scanien. Il ne comprenait pas comment il avait pu se montrer assez stupide pour lui sortir que lui aussi était originaire de Scanie. Un problème qui l'avait préoccupé pendant toute la matinée jusqu'à ce qu'il se soit exercé à passer à l'américain, ce qui dans le meilleur cas pourrait s'avérer au goût de la dame. Cela faisait partie du jeu. Deviner des désirs cachés pour ensuite les satisfaire. En ce qui concernait « la Scanienne câline », il présumait qu'un « destin tragique » pourrait ouvrir les portes de la bienveillance et lui donnerait accès au jardin des délices de la compassion. Il lui avait également fallu du temps pour réfléchir à la manière de procéder. Au terme de ses cogitations, il s'était décidé pour un chanteur de country atteint d'une maladie incurable. Après quelques heures passées à se documenter sur différents moteurs de recherche, il s'était décidé pour une maladie incurable héréditaire, répartie de manière un peu diffuse dans tout le corps. Il ne lui restait que quelques mois à vivre. Ce n'était pas contagieux. Pour plus de sécurité, il avait trouvé un nom latin. Strabismus. Ça lui conférait tout de suite un caractère plus grave.

Strabismus. Accablant ! Il ressentait déjà une fatigue sourde dans les muscles de son dos et une douleur diffuse derrière le front. Sa vue se troublait. Bientôt il ne se trouverait plus sur cette belle terre mais il vivrait pour toujours à travers sa musique. Et même s'il ne pouvait pas lui interpréter ses chansons, à cause de la maladie qui avait déjà sérieusement endommagé ses cordes vocales, il lui avait envoyé ses poèmes dans un message.

CHAPITRE 13

Le beau bâtiment en bois datant du tournant du siècle qui abritait le pensionnat Warfsholm se situait de l'autre côté de la passerelle qui menait à Klintevi-ken. Auparavant, à l'époque des patrons de la chaux, il y avait un ancien four à chaux et un chan-tier naval sur le promontoire. Pour le moment, le bâtiment jaune avec ses tours charmantes et sa grande véranda blanche baignait dans le chaud soleil vespéral comme si le monde était dénué de tout mal – et pourtant c'était précisément à cet endroit que l'on s'était réunis pour discuter du sujet déplaisant qui mettait tout le bâtiment en émoi. À savoir la grippe aviaire et les enfants que l'on main-tenait cantonnés à l'intérieur de l'école de Klinte avec le concours de la police. On avait vu les voitu-res, les hommes en uniforme, les chiens et la bande bleue et blanche qui matérialisait la frontière qu'ils surveillaient. Les rumeurs allaient bon train. On racontait que la cuisinière, Berit Hoas, était morte et qu'elle avait été contaminée par son voisin Ruben, le vieil homme aux pigeons. Il y avait sans doute du vrai dans tout cela puisque l'habitation de Ruben était également interdite d'accès et que des hommes habillés comme des créatures extra-terrestres s'apprê-taient à abattre les pigeons des autres propriétaires de pigeons voyageurs de Klintehamn et des alentours. La rumeur voulait également que le poulailler Bengtsson soit menacé de même que l'élevage de dindes de Fröjel.

Maria Wern laissa son regard glisser à travers les fenêtres à croisillons qui donnaient sur la mer et s'efforça de calmer sa respiration inquiète et les battements rapides de son cœur. Profonde inspiration. Le local se remplissait rapidement de gens. L'ambiance "tournant du siècle" soigneusement restaurée avec ses rideaux de dentelle arachnéens et ses géraniums roses invitaient à la fête mais, ce soir, l'ambiance n'y était pas. L'atmosphère parmi les parents des enfants était acrimonieuse lorsque l'épidémiologiste, Åsa Gahnström, monta sur le podium et expliqua que le concert du soir avec les chanteurs folkloriques invités avait été annulé afin qu'ils puissent disposer de ce local et que cette réunion importante en raison de l'éventuelle grippe aviaire puisse se tenir. Un flash crépita bientôt suivi de quelques autres et l'on pria amicalement mais fermement les photographes de quitter le local, de même que les journalistes qui, bien que les invitations aient été nominatives, s'étaient néanmoins introduits dans la pièce. Il ne s'agissait pas d'une séance publique mais d'une réunion privée destinée aux parents des enfants placés en observation. Cependant, le méchoui du soir n'avait pas été annulé. Des odeurs appétissantes leur parvenaient depuis la buvette dont la porte entrouverte donnait sur la véranda. Maria pouvait distinguer un vieux jukebox à côté du comptoir.

« Nous exigeons que nos enfants rentrent à la maison », cria une femme aux longs cheveux ébouriffés au premier rang qui fut encouragée par une salve d'applaudissements lorsqu'elle se leva. Trois hommes assis sur les bancs du milieu se levèrent également et un murmure menaçant se propagea dans le local. L'épidémiologiste semblait avoir peur. Elle essayait de se faire toute petite derrière la chaire et s'y accrochait comme une personne en train de se noyer se raccroche à une planche. Depuis sa place loin derrière, Maria voyait à quel point les jambes de la femme tremblaient. Un sentiment de compassion s'empara d'elle. Ils pourraient au moins écouter. Maria rassembla son courage et dit à haute voix :

« Ce serait bien d'écouter ce qu'elle a à dire. Nous avons beaucoup de questions. Si nous écoutons, nous aurons les réponses. J'espère que nous aurons la possibilité de discuter après. »

Åsa Gahnström lui lança un regard empli de gratitude et débuta son allocution, la tâche la plus difficile dont elle ait jamais eu à s'acquitter, en s'exprimant en des termes qu'elle avait choisis et pesés pendant une bonne heure.

« Je veux le bien de vos enfants. » Quelqu'un protesta mais on fit taire les protestations. « Je viens de recevoir ce soir une réponse préliminaire de l'Institut épidémiologique de Solna qui confirme qu'il s'agit bien de la grippe aviaire. La cuisinière qui a servi à manger à vos enfants était contaminée et vos enfants sont à présent en observation. Ils ont accès au Tamiflu, un médicament qui ralentit les infections virales. Par mesure de sécurité, les enfants sont maintenus séparés les uns des autres, chacun dans sa chambre. Si quelqu'un doit quitter sa chambre, il porte un masque de protection respiratoire pour ne pas contaminer quelqu'un d'autre ou être contaminé. Un personnel spécialement formé dans le service des maladies infectieuses prend soin d'eux. Nous allons contrôler la température corporelle des enfants quatre fois par jour et nous allons faire des analyses sanguines à chaque enfant afin de voir s'il a ou non été contaminé. »

« Et pourquoi ça ne pourrait pas se faire à la maison ? », cria la femme du premier rang. « Vous n'avez pas le droit de les garder ! » Elle ôta ses lunettes de soleil et se pencha comme si elle sollicitait l'approbation mais on la fit taire.

« Parce que dans ce cas nous ne contrôlons plus ceux qui peuvent être porteurs du virus. La grippe aviaire est une maladie dangereuse. Les frères et sœurs des enfants ou bien vous-mêmes pourriez être contaminés. Il est important de limiter au plus tôt le nombre de patients contaminés afin que les ressources du service soient suffisantes, à la fois pour ceux qui vont déclencher la grippe et pour les patients qui sont déjà hospitalisés. Les enfants reçoivent les meilleurs soins possibles. »

« Pourquoi ne peut-on pas placer la famille tout entière sous traitement ? Pourquoi ne peut-on pas distribuer des médicaments à l'ensemble de la population du Gotland ? » poursuivit la femme qui s'était octroyé le rôle de porte-parole des parents sans même avoir été désignée à cet effet.

Åsa Gahnström songea un court instant à dire la vérité. Nous n'avons pas assez de médicaments efficaces pour tout le monde. Mais elle s'abstint en pensant aux conséquences qu'une telle déclaration pourrait avoir et aux risques qu'elle sème le chaos. Une foule en colère peut constituer un danger mortel surtout lorsque ce qui a une valeur vitale à leurs yeux est menacé. « Dans ce cas, selon toute probabilité, il y aurait un plus grand nombre de contaminations, davantage que nous ne serions en mesure de traiter. Et si un grand nombre de personnes prennent le médicament sur une longue durée, il risque de ne bientôt plus être efficace. Nous espérons pouvoir déclarer non-contaminées les personnes que nous avons en observation et écarter le danger d'ici à une semaine. » En outre, le Tamiflu, comme la plupart des médicaments, avait des effets secondaires mais elle n'avait pas plus l'intention de les évoquer qu'elle ne comptait mentionner les rapports alarmants qui faisaient état de symptômes psychiques et de suicides.

« Nous ne pourrons pas voir nos enfants pendant une semaine ? » cria une voix bien connue tout au fond du local et Maria se retourna. C'était Krister. Ils devaient s'être manqués au moment d'entrer. « En fait, c'est mon tour de m'occuper des gosses cette semaine et je pensais aller à Gotska Sandön avec eux. C'est dément ! On vient de traverser un divorce chaotique et épuisant et on ne peut voir son fils qu'un week-end sur deux et quelques courtes semaines en été et ça tombe à l'eau. C'est déjà assez difficile de traverser un conflit de ce genre, on n'a vraiment pas besoin de contrariétés supplémentaires. »

Maria se sentit devenir cramoisie et la rougeur gagna son cou. Était-il vraiment obligé de parler des circonstances de leur divorce et de se plaindre comme ça tout haut devant des gens dont ce n'était absolument pas les affaires ? Ils avaient résolu la plupart des choses par la conciliation. C'était typique de Krister de se montrer aussi mélodramatique.

Pourquoi ne pouvait-il pas se contenter de se taire comme n'importe quelle autre personne normale. Avait-il toujours agi de la sorte ? Avait-il toujours manqué de recul à ce point et s'était-il toujours montré aussi superficiel ? Vraisemblablement, mais auparavant elle avait éprouvé une autre forme de loyauté à son égard. À présent, elle aurait aimé qu'il soit à l'autre bout de la terre.

« C'est précisément ce dont je veux que nous parlions ici. » Åsa Gahnström se risqua à un petit sourire. « Je pensais faire en sorte que chaque enfant ait un téléphone, un portable, ou préférez-vous pouvoir les joindre via Internet ? C'est important, autant pour eux que pour vous, que vous puissiez vous assurer qu'ils vont bien. Il faut que nous nous entraidions pour motiver les enfants à rester dans leur chambre et à porter leur masque de protection respiratoire lorsque c'est nécessaire. Ce n'est pas une tâche aisée mais, ensemble, je pense que nous pouvons y arriver. »

Maria vit l'épidémiologiste se détendre. Une progression bien réfléchie. À présent, ses pieds reposaient sur un terrain stable et les parents pouvaient participer et être associés à la prise de décision sur une question d'importance secondaire, contact par téléphone ou par mail. Cette femme savait ce qu'elle faisait. Un stratège dans un gant de velours. Petit à petit, on pourrait en venir à parler de téléphones ou d'ordinateurs mais il y avait d'abord des sujets plus importants.

« Et s'il y a des contaminations dont nous n'avons pas encore connaissance ? En tenant compte de cela, ne devrait-on pas donner du Tamiflu à tous ceux qui se trouvent sur l'île de manière préventive ? » Cette éventualité avait poursuivi Maria dans son sommeil inquiet au cours de la nuit. Et s'il y avait des cas non encore détectés ?

« Nous nous chargeons de le vérifier. Ce n'est pas bon d'administrer un médicament si ce n'est pas nécessaire donc ma position de base, c'est que seuls ceux qui ont été en contact avec une personne contaminée doivent prendre du Tamiflu pour le moment. Si la contamination échappait à notre contrôle, cette position pourrait être revue. Mais une chose est sûre : s'il y a des contaminations à l'extérieur de la zone circonscrite par le barrage, vos enfants sont on ne peut mieux protégés. » Une ride d'irritation se forma à la base du nez de l'épidémiologiste. Elle n'avait pas apprécié de devoir répondre à cette question. Maria Wern en déduisit qu'elle leur dissimulait quelque chose, quelque chose qui ne collait pas. Il y avait une menace dans l'air. Mais la situation n'était pas la bonne pour poser des questions par trop provocantes. Peut-être pourrait-elle aborder ce sujet avec Jonatan Eriksson sur la ligne d'information plutôt que risquer une tempête de protestations à la réunion des parents. Ce serait sans doute judicieux de procéder de cette manière.

Lorsque la réunion prit fin deux heures plus tard, Maria était pressée de rejoindre Linda à la maison. Elle s'était déjà lassée de son papa et des vacances en caravane et avait exigé de pouvoir rentrer plus tôt que prévu. Ce qui, d'un point de vue pratique, avait eu pour conséquence que c'était Maria qui avait dû trouver une nounou pour la soirée et non Krister. Lorsque Maria s'était mise en route pour Warfsholm, Linda avait accepté de rester chez Marianne Hartman après avoir reçu la promesse qu'on louerait un film. Elle avait choisi « Mio mon Mio », une adaptation d'un des romans d'Astrid Lindgren, et un grand sachet de bonbons de toutes sortes. Les deux étaient sans doute finis depuis longtemps.

Maria avait été trop optimiste lorsqu'elle avait évalué l'heure de son retour à la maison. Il était clair que ça allait traîner en longueur et, après la réunion, elle avait échangé quelques mots avec Krister. Une discussion courte et polie, comme s'ils venaient de se rencontrer et qu'ils n'avaient pas vécu ensemble pendant dix ans. Il trouvait que tout cela était exagéré. C'était comme de revenir des centaines d'années en arrière à l'époque où le médecin était tout puissant et où sa parole avait force de loi, selon lui. Nous vivons dans les années 2000 et pas au tournant du siècle précédent. Les patients doivent être informés et donner leur assentiment. Oui, avait rétorqué Maria, mais les virus se moquent de savoir si l'on est d'accord ou pas. Ils mènent leur propre existence. Je trouve que l'épidémiologiste a l'air de savoir de quoi elle parle. Il faut sans doute que nous lui fassions confiance pour faire ce qui est le plus avisé même si, évidemment, mon cœur me dit que je veux que mon fils rentre immédiatement à la maison. Maria dit qu'elle était inquiète et qu'elle voulait le voir, voir qu'il se portait bien. Krister répondit qu'il ressentait la même chose. À y regarder de plus près, c'était la seule chose sur laquelle ils aient été vraiment d'accord ces derniers mois, lesquels, autrement, avaient essentiellement consisté en querelles mesquines et en guerres de position au sujet de l'éducation et du lieu de résidence des enfants. La phrase standard de Maria avait été “Tu ne m'appelles pas le soir après dix heures" et "Tu ne laisses pas les enfants boire autant de limonade qu'ils veulent lorsqu'ils sont chez toi".

« Est-ce que je te manque parfois ? », lui avait-il demandé au moment où elle allait tourner à droite en direction du pont et se rendre directement sur le parking. Son pas était resté suspendu et il s'était appuyé contre son dos et l'avait tendrement enlacée.

« Seulement lorsque je n'arrive pas à ouvrir un bocal de cornichons », et il avait alors répondu qu'il viendrait volontiers l'aider quand cela se produisait. Ensuite, il avait totalement perdu les pédales. Pourquoi fallait-il qu'il bousille la collaboration fragile qu'ils étaient néanmoins parvenus à établir.

« On ne pourrait pas se voir et juste coucher ensemble ? Je veux dire une relation sexuelle sans serment préalable et qui n'engage à rien. Personne n'a à faire de promesse. Une liaison d'une nuit avec son ex-femme sans le côté maladroit et hésitant. Je sais ce qui t'excite, Maria, je sens encore ton odeur… »

« Va au diable ! C'est fini, Krister, tu ne peux pas te rentrer ça dans ta cervelle de moineau ? ! Fous-moi la paix ! »

Comme on pouvait s'y attendre, l'édition de 22 h 30 était quasiment exclusivement consacrée à l'épidémie qui s'était déclarée sur l'île de Gotland. On n'y mentionnait que très brièvement l'homme retrouvé assassiné à Värsände sur le territoire de Klintehamn. La police lançait un appel à témoins et demandait au public de lui communiquer les informations dont il pourrait disposer. Linda qui avait par hasard entendu le bulletin d'informations précédent avait eu du mal à se calmer. Elle avait entendu Marianne et Tomas parler à voix basse de cette chose affreuse qui s'était produite et elle avait beaucoup de questions.

« Pourquoi est-ce que la police a mis Emil en prison ? »

« Mais non, il n'est pas en prison. La police surveille pour que personne ne puisse entrer. »

« Helmer la grenouille se sent triste et toute seule. »

« Emil lui manque ? » Maria avait du mal à réprimer les larmes qui se pressaient derrière ses paupières. C'était seulement maintenant, face aux questions de Linda et alors qu'elle devait elle-même prononcer les mots que tout revêtait un caractère terriblement concret et insupportable. Mon enfant ! Et si l'épidémiologiste se trompait. Si le médicament n'était pas efficace alors qu'Emil se trouvait à l'épicentre de la contamination. « Tu sais, moi aussi Emil me manque mais je crois qu'il va rentrer à la maison la semaine prochaine et nous trouverons un truc sympa à faire. On pourrait aller au village viking de Tofta pour que vous puissiez essayer de vivre comme les Vikings pendant une journée, moudre de la farine, faire du pain, jeter la hache et filer la laine. Ce serait vraiment sympa. »

« Seulement si Emil est avec nous. Sinon, Helmer la grenouille s'ennuiera. Tu sais, maman, grand-père Hartman a acheté des cerises et il me les a données mais je ne voulais pas les manger parce que les oiseaux les avaient picorées. J'ai dit qu'Helmer était allergique. C'est vraiment dégoûtant quand les oiseaux ont picoré les cerises, on ne va quand même pas manger quelque chose que quelqu'un d'autre a léché ! Inutile que je te fasse un dessin. Ils ont peut-être cette espèce de grippe et puis ils cherchent des vers. Beurk ! Il y avait un vers dans une cerise. Il est sorti et il balançait sa tête. Ne me mange pas, ne me mange pas, piaillait-il. » Puis elle se mit à chanter de sa belle petite voix : « Personne ne m'aime, personne ne m'apprécie juste parce que je bouffe des vers. J'arrache la tête avec mes dents, j'aspire la bave et je me débarrasse de la petite peau. » Finalement, elle finit quand même par s'endormir, entourée de toutes ses peluches dans son lit.

Lorsque Maria s'affala dans le canapé du séjour, elle fut de nouveau confrontée au visage de l'épidémiologiste sur l'écran de la télé avec, de l'autre côté de la table, le ministre de la santé, un représentant de la Sécurité Sociale et des élus locaux. Le débat portait sur les priorités à établir. Les hommes politiques réunis à Almedalen avaient tenu une réunion supplémentaire au cours de la soirée en raison de la grippe aviaire. Ils discutaient des priorités à établir. Quelles personnes au sein de la société devraient avoir accès au Tamiflu en premier ? Le plan mis au point par l'autorité responsable de la gestion des crises et la Sécurité Sociale était largement contesté parce qu'il était trop vague et manquait de détails. Que se passerait-il si l'on devait monter les groupes prioritaires les uns contre les autres parce qu'il n'y avait pas assez de médicaments ? Pourquoi les personnes de plus de 65 ans devraient recevoir le traitement et pas les enfants en crèche et les écoliers qui séjournent dans des milieux où la contamination se propage facilement ? Pourquoi ne pas leur donner la priorité ?

« Dans un premier temps, c'est ceux qui ont été contaminés qui doivent recevoir le traitement, ensuite ceux qui ont été exposés à la contamination et, pour d'autres raisons, ceux dont l'immunité est affaiblie, qui souffrent d'un trouble cardiaque ou pulmonaire, qui sont avancés en âge ou diminués d'une manière ou d'une autre », pensait Åsa Gahnström. La liste établie par les hommes politiques était, quant à elle, bien différente. En premier lieu, les membres du gouvernement, du parlement, des assemblées locales et des communes ainsi que les fonctionnaires des préfectures devraient avoir accès aux médicaments, puis ceux qui travaillaient dans un hôpital, les ambulanciers, ceux qui travaillaient dans le domaine de la distribution d'électricité, d'eau et de l'enlèvement des ordures. Même ceux qui produisaient et transportaient des vivres devaient être mis hors de danger.

« Au cours de l'épidémie de grippe espagnole, la plupart de ceux qui sont morts avaient entre 20 et 40 ans. Peut-on craindre la même évolution en ce qui concerne la grippe aviaire ? », demanda l'animateur du programme en se tournant vers l'épidémiologiste.

« De la manière dont les choses se présentent, nous avons la situation sous contrôle. Si nous réussissons à nous en tenir résolument à cette ligne d'action, je pense que le risque d'une propagation dans le reste de la société est faible. Il n'y a pas de raison de s'inquiéter pour le moment. » Maria vit la rougeur se propager sur les joues d'Åsa Gahnström. Elle se sentait de toute évidence poussée dans ses derniers retranchements.

« Que pensez-vous que les enseignants et le personnel des crèches vont dire ? que vous ne considérez pas leur travail comme important ? » demanda l'animateur en regardant l'épidémiologiste et le Ministre de la Santé avec insistance. « Que croyez-vous que les femmes de ménage, les journalistes à la radio, à la télé et dans les journaux pensent ? Comment les gens vont-ils savoir ce qui se passe si personne ne le leur rapporte ? Et les vigiles – sans qui on ne pourra empêcher les effractions dans les centres de soins médicaux et dans les magasins d'alimentation si la situation se dégrade vraiment ? D'ailleurs existe-t-il un seul groupe dans la société qui devrait être considéré comme non-prioritaire ? Ceux qui travaillent dans le domaine de la culture ? Les chômeurs ? Les marginaux ? Les demandeurs d'asile ? Ceux qui ont un revenu inférieur à 200 000 couronnes peut-être ? Un travail si mal payé ne doit quand même pas être si important que cela ou bien quoi ? Qui va être exclu et ne pas recevoir de traitement ? D'ailleurs, y a-t-il assez de médicaments pour tout le monde ? J'exige, et le peuple suédois avec moi, une réponse à cette question. Sommes-nous vraiment bien préparés ? »

L'épidémiologiste rougit jusqu'à la racine des cheveux.

« Nous sommes bien préparés et, à terme, tout le monde aura accès aux médicaments si nécessaire. Pour le moment, nous sommes soucieux d'éviter une surutilisation des médicaments eût égard au risque de développement d'une résistance du virus à ceux-ci. Donc un traitement préventif généralisé n'est pas d'actualité si longtemps que nous avons la situation sous contrôle. »

La femme mentait. Ce n'était pas toute la vérité, elle le sentait, intuitivement. La réalité qui se cachait derrière les mots était sans doute bien plus terrifiante que ce qu'on leur disait. Maria Wern éteignit la télévision lorsque le débat s'envenima jusqu'à ne plus être qu'un brouhaha de voix en colère. Elle n'avait pas la force d'en entendre plus. Elle n'avait pas la force de voir ceux qui devraient être les plus responsables et aptes à prendre des décisions se quereller comme des gamins. Elle fit un tour dans le séjour, resta un moment sans bouger à regarder Linda qui parlait dans son sommeil puis fit un autre tour dans l'appartement. Appela Emil pour s'assurer qu'on lui avait vraiment donné des médicaments. Il entendit immédiatement qu'elle était inquiète même si elle cherchait à le dissimuler en plaisantant.

« Tu es triste, maman ? »

« J'aimerais avoir le droit d'être avec toi, Emil. Je le voudrais vraiment, tu sais. » Elle essaya de le dire de telle sorte qu'il n'entende pas qu'elle pleurait. Il fallait qu'elle laisse couler son nez sans renifler.

« Arrête, maman, je vais m'en sortir. Je chatte avec un mec qui s'appelle Zebastian, il est trop sympa. » Maria déambula jusqu'à la cuisine où elle se prépara un sandwich qu'elle fut ensuite incapable d'avaler. La nourriture formait des boulettes dans sa bouche. Elle se plaça près de la fenêtre durant un moment et fixa le lampadaire allumé à l'extérieur de la bibliothèque. La rue était déserte. Pas une seule voiture. Il fallait qu'elle parle à quelqu'un. Qu'elle exprime son inquiétude. Elle ne voulait pas appeler Krister. Il rappliquerait en quatrième vitesse et penserait que tout serait comme avant, elle ne pouvait prendre ce risque. Hartman dormait sûrement déjà et Jesper Ek était consigné en observation à l'ancien sanatorium et il n'était pas possible d'appeler après 21 h. Avec qui pouvait-elle parler ? Jusqu'à quelle heure la ligne d'information pouvait-elle être ouverte ? Devait-on avoir des questions et se sentir inquiet seulement aux heures de bureau ou y avait-il une possibilité de parler avec quelqu'un maintenant ? Maria composa le numéro et attendit. Jonatan Eriksson répondit immédiatement comme s'il avait été à côté du combiné et avait attendu que ça sonne.

« Je n'ai pas l'intention d'en discuter avec toi alors que tu n'es pas toi-même. C'est avilissant pour nous deux. Va au diable, va te coucher maintenant et ne me dérange plus. »

« Quoi ? » Maria se demanda si elle avait bien entendu. Si ça, c'était le soutien que l'on avait l'intention d'offrir aux parents des enfants internés à l'école de Klinte, il y avait encore plus de raisons de désespérer qu'elle ne l'avait pensé. « Alors je ne voulais vraiment rien de plus », dit-elle avant de raccrocher avec violence.

CHAPITRE 14

Jonatan Eriksson comprit immédiatement son erreur lorsque la communication fut coupée. La sonnerie répétitive qui émanait du combiné lui vrillait l'estomac. Qu'avait-il dit ? Je n'ai pas l'intention de discuter de cela alors que tu n'es pas toi-même. C'est avilissant pour nous deux. Après quatre appels de Nina sur un ton toujours plus injurieux, son cerveau ne s'attendait pas à ce que le cinquième puisse émaner d'une autre personne. C'est ce qu'on appelle « une suite logique » dans les tests d'intelligence – dans la réalité, ça ne fonctionne pas comme ça. La réalité est rarement logique. En plus, il ne disposait pas de la présentation du numéro et ne pouvait donc même pas essayer de réparer son erreur. Putain de bordel de merde, quelle gaffe ! Jonatan fit un tour dans la pièce et donna des coups de poing dans le mur avant de penser que ceux qui occupaient les chambres adjacentes étaient peut-être déjà couchés. La voix railleuse de Nina résonnait encore dans sa tête. Oui, elle était allée chercher son fils chez sa belle-mère et cette saloperie de mégère n'avait pas le droit d'entrer pour venir le récupérer dans la maison sans injonction de justice. Ensuite, il y avait deux appels larmoyants où elle lui avait assuré que tout allait redevenir comme avant. Pardon ! Pardon !

Jonatan, mon amour, ça ne se reproduira plus. Plus jamais. Je t'aime, si seulement tu rentrais de Follingbo, nous partirions en voyage. Est-ce qu'on ne peut pas faire ce voyage à Paris dont nous rêvions ? Juste toi et moi. Malte peut rester chez ta mère et nous pouvons nous consacrer du temps l'un à l'autre comme nous le faisions avant, quand nous ne pouvions pas nous passer l'un de l'autre ne serait-ce qu'une seule minute. Est-ce que tu te souviens de notre trou dans le sable à Fårö ; tu te souviens quand on a fait l'amour au bord de la mer ? Tu te souviens des vacances à Smögen ? Je veux que nous recommencions. Nous aurions besoin d'un nouveau départ. Nous avons eu une passe difficile mais je te promets que tout peut s'arranger. Je te le promets.

L'appel qu'elle venait de lui passer lui avait démontré le contraire. J'entends bien que tu as bu ! Ne me mens pas, Nina ! Le moins que l'on puisse demander, c'est que tu dises les choses telles qu'elles sont. Tu es ivre.

Et à ce moment-là, la belle entente avait volé en éclats et elle s'était mise à se justifier de manière particulièrement virulente. Tu n'en as rien à foutre, occupe-toi de ton chouette job et je m'occuperai du mien. Si seulement tu m'accordais l'estime dont je suis digne, si seulement tu m'écoutais et si tu te souciais un tant soit peu de la manière dont les choses se passent pour nous ici à la maison, les choses auraient pu prendre une autre tournure. C'est clair qu'on a besoin de descendre un verre pour pouvoir se déconnecter et dormir après une journée comme celle-ci. Moi, je dois tout faire toute seule pendant que toi, tu te prélasses en chemise de nuit à l'hôpital. Je me rends bien compte qu'il y en a une autre, à moins que ce ne soit plusieurs ? Il y en a peut-être plusieurs, Jonatan, c'est peut-être pour ça que tu n'en as jamais la force lorsque tu rentres à la maison. Je suis tellement fatigué, tu dis. J'ai été de garde pendant tout le week-end. C'est l'impression que ça donne lorsque tu rentres à la maison et que tu n'as pas daigné montrer le bout de ton nez pendant plusieurs jours d'affilée. Bien sûr, ça a dû te demander beaucoup d'efforts... Combien tu arrives à t'en faire en un week-end ?

Ce n'était pas la peine de discuter avec elle alors qu'elle se trouvait dans cet état. Il avait raccroché et lorsque le téléphone avait de nouveau sonné... Oui, qu'aurait-il dû penser ?

Jonatan s'installa devant l'ordinateur pour passer le temps. Perturbé comme il l'était, c'était impossible de s'endormir. Il ouvrit la fenêtre et laissa entrer la fraîcheur de la nuit. Le pire, c'était que Malte soit obligé de subir tout cela. L'idée que les sautes d'humeur et la surveillance défaillante de Nina puisse causer du tort au garçonnet rendait Jonatan furieux. Mais il n'y avait pas de solution ; il avait beau tourner et retourner le problème dans tous les sens, il en était toujours au même point. Si ce n'avait pas été pour Malte, il y a longtemps, bien longtemps, qu'il aurait quitté Nina. Après la passion violente des premiers temps, il n'y avait plus eu qu'un vide béant entre eux. Le sentiment de dégoût lorsqu'elle bavait en dormant et qu'elle ronflait dans le lit avec cette odeur aigre de sueur et de vieille cuite qui régnait dans la chambre. Non, il ne l'aimait plus et il était indiciblement fatigué de mentir pour elle, de la cajoler pour la faire quitter des fêtes et la ramener à la maison. Tu as l'air fatiguée, ma chérie, nous devrions peut-être rentrer à la maison à présent. Il faut aller au travail demain. Maintenant, je crois qu'il est temps de rentrer. Tu as vraiment l'air fatiguée, Nina. Nous devrions peut-être remercier et... Oui, Nina dort si mal et, dans ces cas-là, on supporte si peu l'alcool. Le vin vous monte tellement facilement à la tête lorsque vous n'avez pas dormi. Ce qu'elle disait était tout à fait exact, il n'avait vraiment plus envie de la toucher. Ils valaient tous les deux mieux que cela mais on ne peut pas couper un enfant en deux. Une garde partagée signifierait dans le pire des cas qu'il ne pourrait voir son fils qu'un week-end sur deux. Même l'idée qu'elle puisse s'occuper de l'enfant un week-end sur deux lui retournait l'estomac. Quarante-huit heures avant qu'il puisse vérifier que son fils aille bien. Comment pourrait-il le protéger, comment pourrait-il avoir un droit de regard en cas de séparation ? Malte aimait sa maman et se montrait loyal jusqu'au point de rupture, croyait aux promesses qu'elle lui faisait sur ce qu'ils feraient ensemble et ne cessait d'être déçu. Cela faisait tellement mal d'être là et de voir le phénomène se reproduire encore et encore. Un conflit pour la garde peut s'avérer affreux et indécent de la plus dégradante des manières. Nina ne se priverait pas de raconter les mensonges les plus éhontés, si elle y était acculée et qu'elle se sentait bafouée. Comment pourrait-il l'éviter ? Comment pourrait-il rétablir la vérité de manière à ce que les gens ne se posent pas de questions ? C'était pour Malte, plus que pour n'importe qui d'autre, qu'il y réfléchissait. Si seulement il y avait quelqu'un avec qui il puisse en parler, quelqu'un qui puisse comprendre quel enfer il vivait, sans juger ou se montrer moralisateur.

Quelqu'un qui pourrait l'aider à mettre de l'ordre dans ce chaos de pensées qui le conduisait à passer ses journées dans un état de semi-torpeur.

Distraitement, Jonatan navigua sur les moteurs de recherche sur Internet en entrant médicaments + commerce électronique. Au détour des conversations sur la ligne d'information, on avait attiré son attention sur le commerce électronique de médicaments théoriquement sur ordonnance. Assez étonnamment, celui-ci se pratiquait au vu et au su de tous. Il est illégal d'acheter des médicaments sur Internet si on ne dispose pas d'une ordonnance mais le pire qui puisse arriver est que le médicament soit saisi. Le Viagra arrivait en tête de liste sans conteste mais il y avait également des médicaments contre l'épilepsie et la dépression ainsi que des antibiotiques pour ceux qui étaient prêts à payer plein pot des produits peu sûrs. La qualité des médicaments variait considérablement d'après les études qui avaient été menées. Une partie des médicaments s'étaient avérés n'être que des placebos. Dans le meilleur des cas, ils étaient inefficaces, dans le pire des cas, carrément dangereux. Le vendeur sur Internet qui venait d'apparaître sur l'écran de Jonatan, Docteur M, n'avait vraiment pas perdu de temps pour sauter sur l'occasion puisqu'il offrait du Tamiflu à la vente. En plus, ce n'était pas cher : 795 couronnes pour un traitement à raison de deux comprimés de 75 mg pendant cinq jours. La posologie semblait correcte. Probablement des comprimés de sucre. Il faudrait qu'Åsa envoie immédiatement quelqu'un y regarder de plus près.

« Jonatan, il faut que tu viennes ! » La porte s'ouvrit à la volée sans avertissement préalable et un visage recouvert d'un masque fit son apparition. « Il y a urgence ». Il mit son masque de protection respiratoire avant de suivre l'infirmière dans le couloir puis dans les escaliers menant à l'étage inférieur.

« Il s'agit de Sonja Cederroth, nous n'arrivons pas à la stabiliser. Son état s'est subitement fortement détérioré. Nous lui avons fait une injection de Furix mais elle ne produit pas d'urine et son taux d'oxygène est dangereusement bas : 64 %. »

« Où est Morgan ? Il n'était pas censé travailler ce soir ? »

« Morgan est occupé à l'école de Klinte. Deux garçons présentent des symptômes ainsi que l'une des entraîneuses. Ils arrivent en ambulance. Et Reine Hammar a disparu. Karin de la réception a dit qu'il était sorti, qu'il avait besoin de prendre l'air. Une cigarette sans doute. Je lui ai dit qu'il ne pouvait pas fumer à l'intérieur. Elle n'a pas pu l'empêcher. Qu'est-ce qu'on fait maintenant ? »

« Prépare un respirateur. On va commencer avec cinq litres d'oxygène. Mais avant cela, je veux vérifier ses gaz du sang artériel. Il pourrait s'agir d'un problème d'origine veineuse, dit Jonatan en jetant un regard à la feuille de papier sur laquelle figuraient les résultats des analyses qu'on venait de lui remettre.

« Je ne pense pas », répondit l'infirmière. « Elle a l'air d'être à l'article de la mort. La base de ses ongles est complètement bleue et son visage a pris une teinte gris pâle. C'est difficile de voir si ses lèvres sont cyanosées sous le masque mais c'est probable. Son pouls est irrégulier à environ 120, sa tension n'est pas mesurable. Je ne pense pas que nous arriverons à la sauver, Jonatan. »

Ils enfilèrent les tenues de protection et entrèrent dans la salle tandis que de précieuses minutes étaient perdues. Petter Cederroth y était assis sur le bord du lit de sa femme et il la tenait dans ses bras. Une infirmière vêtue d'une combinaison de protection et d'une visière était sur le point de brancher l'oxygène sur le respirateur. L'alarme du moniteur cardiaque se déclencha. Les chiffres correspondant au pouls disparurent de l'écran. Le taux d'oxygène tomba encore plus bas et les chiffres laissèrent la place à une ligne plate. Jonatan chercha le pouls sur son cou.

« Nous la perdons ! » Il arracha le masque à oxygène et pressa le masque du ballon respiratoire sur le visage de Sonja. Il se mit à pomper de l'air à intervalles réguliers, le ballon en caoutchouc noir à la main tandis que l'infirmière branchait l'oxygène. Quelqu'un arriva avec la planche de massage cardiaque. On retira la tête du lit, on glissa la planche sous la femme et on commença le massage cardiaque. Le silence se fit pesant. Des ordres brefs et des indications nécessaires – aucun autre bruit n'était autorisé. Les minutes s'écoulaient sur l'écran.

« Le défibrillateur. »

Il était déjà prêt. Il posa les plaques sur la poitrine de la femme pour lui administrer un choc.

« J'y vais maintenant. »

Ceux qui étaient assemblés autour du lit reculèrent d'un pas. Un nouveau choc fit tressauter le corps de la femme dans le lit puis il retomba, aussi inerte qu'avant. En dépit de leurs efforts acharnés, ils ne parvinrent pas à la sauver. La pièce était un véritable capharnaüm d'appareils et de tuyaux. Petter Cederroth était assis sur le lit d'à côté, apeuré, livré à lui-même et il n'arrêtait pas de se gratter le bras. Il se grattait au sang afin que la douleur puisse le réveiller et le sortir de ce cauchemar infernal dans lequel il était plongé. En des circonstances normales, il aurait dû quitter la pièce avec quelqu'un qui pouvait s'occuper de lui. Il n'aurait pas eu à voir ce qu'il voyait à présent. Mais les circonstances n'étaient pas normales, pour l'instant, il n'y avait plus aucune routine confortable sur laquelle s'appuyer. En raison du risque de contamination, les procédures devenaient sensiblement plus complexes et demandaient plus de temps ; la compassion passait au second plan lorsqu'il s'agissait d'essayer de sauver des vies.

« Est-ce qu'elle est morte ? » Sa voix était très faible et à peine audible à travers le masque.

« Oui, je suis terriblement désolé. Nous n'avons pas réussi à la sauver. » Jonatan s'assit à côté de Petter sur le lit et posa un bras sur ses épaules. Aucun mot n'avait le pouvoir de le consoler. Tout ce qu'il pouvait offrir, c'était sa compassion silencieuse. Cela lui semblait le comble du ridicule de parler à travers le masque mais Jonatan résista à l'envie de retirer son masque.

« Est-ce que c'est mon tour ensuite ? Putain, est-ce que c'est contagieux à ce point ? »

« Nous ne savons pas qui va être atteint. Je ne pense pas qu'il y ait de gros risques en ce qui vous concerne. Le traitement semble fonctionner. Votre état n'est pas pire aujourd'hui qu'hier, non ? »

« Ma Sonja », Jonatan présuma que Petter pleurait. Aucun son n'était audible mais ses épaules tremblaient et une goutte claire tomba sur la chemise blanche depuis le bord du masque. « J'ai pensé à une chose », dit le chauffeur de taxi sur un tout autre ton. « Il y a quelque chose que je n'ai pas dit, au moment où vous m'avez interrogé sur les personnes qui avaient voyagé dans mon taxi. J'ai conduit une nana, une jolie nana blonde jusqu'à Jungmansgatan en même temps que Reine Hammar, le docteur. Il m'a filé un bifton de 500 pour que je la boucle. Je suis prêt à les rendre. Si cette saloperie est à ce point contagieuse, il faut peut-être que vous le sachiez. »

Jonatan était d'accord sur ce point.

« Encore une chose », dit Petter et il agrippa fermement le bras de Jonatan. « Sonja ne voulait pas être incinérée. N'importe quoi mais pas ça. Elle avait une peur panique du feu. Promettez-le-moi. Nous en avons encore parlé ce matin. Il faut que vous me le promettiez. » Jonatan assura qu'il ferait de son mieux pour respecter leur souhait. Il se doutait bien de ce qu'Åsa Gahnström en penserait.

« Jonatan, c'est important, il faut que je te parle », cria l'infirmière Agneta depuis le couloir. « Nous avons reçu les résultats des analyses ! » Il fit un signe pour lui montrer qu'il avait entendu. Cela prenait un moment pour retirer la combinaison de protection et la visière. Les vêtements qu'il portait au-dessous sentaient la transpiration. Jonatan se sentait fiévreux et il avait un peu mal à la gorge lorsqu'il avalait. Les résultats d'analyse. L'heure de vérité était arrivée. Il avait refoulé l'idée que lui-même puisse être contaminé jusqu'à maintenant. Dans ce cas quelles seraient les implications ? Il n'osait aller jusqu'au bout de sa pensée. « Nous avons reçu les résultats d'analyse », répéta-t-elle et leurs regards se croisèrent. Il ne l'avait jamais vue aussi nerveuse durant les quatre années au cours desquelles ils avaient travaillé ensemble. Il prit la liasse de feuilles qu'elle avait sortie de l'imprimante et s'installa à table pour les étudier. Un policier, Jesper Ek, était positif ; la vieille dame que Cederroth avait transportée dans son taxi jusqu'à Fårö, positive elle aussi ; l'homme qui souffrait d'un infarctus, positif ; les propriétaires de pigeons voyageurs, tous positifs. De manière assez miraculeuse, tous ceux qui se trouvaient aux urgences en même temps que Cederroth avaient échappé à la contamination. Reine Hammar, négatif. Lorsqu'il prit la dernière feuille, sa vue se troubla, il s'agissait de ses propres résultats. Il les lut plusieurs fois pour s'assurer qu'ils soient réellement négatifs puis il parcourut rapidement les autres résultats. Quatre des personnes qui avaient pris soin de Berit Hoas avaient été contaminées, l'une d'entre elle était l'infirmière Agneta. Il l'entendit pleurer silencieusement dans son dos.

« Que va-t-il m'arriver à présent. J'ai tellement peur. »

CHAPITRE 15

« L'épidémie de grippe aviaire qui s'est déclarée sur l'île de Gotland vient de faire sa troisième victime et l'on redoute que douze autres personnes n'aient été contaminées. Nous prions à nouveau le public de ne pas se rendre à l'hôpital de Visby ou dans les centres de soins en cas de doute quant à une éventuelle contamination. On préférera une visite à domicile dont l'horaire sera fixé par le biais de l'une des lignes d'information du service des maladies infectieuses. Nous souhaitons également relayer un avis de recherche. Dans la nuit du 1er au 2, une femme âgée d'une trentaine d'années a emprunté un taxi pour se rendre à une adresse située sur Jungmansgatan, à Visby. La femme est de taille moyenne et a de longs cheveux blonds. Il est très important que nous puissions entrer en contact avec elle ou que l'on nous apporte des informations nous permettant de l'identifier. Selon l'épidémiologiste Åsa Gahnström, l'épidémie est encore sous contrôle. Par ailleurs, elle estime qu'il n'y a pas de raison de s'inquiéter pour le moment. »

« Foutaises ! » Jonatan Eriksson éteignit la radio et repoussa l'assiette en carton devant lui qui contenait un steak haché réchauffé et de la purée en flocons. Il n'avait rien pu avaler. Il se leva et laissa tomber l'assiette comme les couverts dans le sac-poubelle qui portait de l'adhésif jaune barré de la mention risque de contagion. La nourriture lui semblait n'avoir aucun goût lorsque l'inquiétude lui rongeait l'estomac. Ils se trouvaient de toute évidence face à une situation très inquiétante. La conversation avec Reine Hammar le soir précédent n'avait pas apporté les précisions que Jonatan avait espérées. Dans un premier temps, son collègue avait catégoriquement nié avoir pris le taxi avec une femme blonde et avait ensuite admis à contre cœur qu'après tout, c'était possible lorsqu'il y repensait. Après une soirée d'enfer au restaurant, on ne se souvient pas de grand-chose. Il n'était qu'un homme, merde ! Reine avait partagé son taxi avec une jeune femme blonde mais il ignorait son nom et où elle habitait. Ils étaient montés ensemble près du restaurant du port et s'étaient séparés près de l'école Grabo après avoir partagé le taxi. Non, il n'avait pas la moindre idée de son nom, avait-il dit ; il avait à peine remarqué qu'elle se trouvait dans le même taxi que lui, quoi ! On pouvait estimer qu'il avait laissé un sacré pourboire. Il avait confondu un billet de cinq cents avec un billet de cent, merde ! Et non, il n'avait pas eu l'intention de descendre du taxi juste à l'endroit où ils avaient atterri, dans le secteur de Grabo, ça, ce n'était pas une bonne idée. Des choses qui arrivent, non ?

Jonatan pouvait en penser ce qu'il voulait. Cela n'avait pas d'intérêt, si seulement on parvenait à localiser la femme et lui faire faire des analyses pour voir si elle avait été contaminée. Dans le pire des cas, cela pouvait impliquer une nouvelle vague de patients et de nouveaux cas mortels. Jonatan mit sa tête entre ses mains et ferma les yeux. Il avait juste envie de s'éloigner de tout cela et par-dessus tout de ce sanatorium de la mort. Lors de la réunion téléphonique qui s'était tenue le matin, l'épidémiologiste avait brossé un tout autre tableau que celui qu'elle avait présenté aux médias. La commission de gestion des crises n'avait pu se réunir et la distribution des tâches n'était pas claire. La situation était plus effrayante que ce qu'aucun d'entre eux n'avait pu imaginer, avec douze contaminations supplémentaires. Combien d'autres personnes seraient touchées ? Pour l'instant, il n'y avait rien d'autre à faire que de tout mettre à plat et d'examiner les faits. Les médicaments dont nous disposons ne suffiront pas.

Un médecin du travail avait prescrit du Tamiflu en fin d'année à tous les membres du personnel de son entreprise. La plupart des employés ont mal compris les instructions et ont pris les médicaments lorsque l'épidémie de grippe classique battait son plein au milieu de l'hiver. Un vrai scandale, avec le risque de développement de résistance que cela peut entraîner. Qu'allons nous faire ensuite, si le Tamiflu n'est plus efficace ? Si cette cartouche a été brûlée par pure bêtise ? Le médecin était employé par un centre de soins privé qui louait ses services à l'entreprise. On l'avait enjoint de ne pas contrarier ses employeurs mais, au contraire, de satisfaire leurs attentes, sans égard pour les recommandations de l'épidémiologiste. Il ne restait plus qu'à implorer de l'aide à l'étranger. Il s'agissait de sauver des vies. Les ventes de médicaments sur Internet allaient immédiatement être soumises à vérification, en avait décidé Åsa Gahnström. La vente n'était malheureusement pas illégale et, dans le pire des cas, on pourrait être obligé d'acheter des médicaments de cette façon. Enfin, si l'un de ces vendeurs venait par hasard à mettre en vente du Tamiflu et que le produit s'avère authentique, bien sûr. Dans ce cas, il faudrait tester les médicaments avant de les donner aux patients. La question était de savoir s'il serait possible de rendre le processus rapide et flexible Le mieux serait évidemment qu'en dépit des refus précédents, on parvienne à se procurer des médicaments par le premier moyen. Cela pourrait peut-être marcher si l'on faisait appel aux médias pour relayer les suppliques en même temps que l'on contactait de nouveaux les firmes pharmaceutiques. Dans le meilleur des cas, cela pourrait avoir un effet. Relations publiques et bonne volonté en échange de médicaments. Il faudrait que cela fasse les gros titres évidemment. Les gens prendraient peur et des gens effrayés peuvent se conduire de manière dangereuse. Mais, fort heureusement, ce n'était pas à Jonatan de prendre cette décision.

Ce qui préoccupait le plus Jonatan pour le moment, c'était Jenny Eklund, l'entraîneuse du tournoi de football âgée de trente ans et les deux garçonnets de dix ans qui étaient tombés malades la veille au soir et que l'on avait amenés ensemble au sanatorium de Follingbro alors qu'ils avaient de la fièvre et présentaient des symptômes grippaux. La femme avait deux enfants à la maison, respectivement âgés de deux et trois ans, et son compagnon, Mats Eklund, était dans tous ses états. D'après ce qu'il avait lui-même déclaré, il avait déjà déposé une plainte auprès de la Sécurité Sociale et projetait de contacter le journal d'investigation Vérifications Citoyennes si on ne lui donnait pas la pleine assurance que sa femme rentrerait vivante à la maison.

Jonatan l'avait écouté avec patience et avait encaissé la colère et la peur de l'homme et, petit à petit, il était apparu qu'ils s'étaient disputés et que Jenny ne l'avait pas pardonné et qu'il était encore sous le choc depuis qu'il avait découvert un homme mort à proximité de toilettes publiques à Värsande – le tout dans un flot de paroles totalement incohérent. Il avait certainement bu. Jonatan l'avait laissé parler sans vraiment avoir d'opinion sur la question. Ensuite, les choses s'étaient pour ainsi dire calmées et une forme de compréhension s'était instaurée lorsque Mats Eklund s'était rendu compte que Jonatan était une personne bienveillante qui ne faisait qu'appliquer les directives que ses supérieurs lui donnaient. Ce fut un soulagement de mettre fin à cette conversation et de retourner s'occuper des patients.

Le garçon qui s'appelait Emil ressemblait énormément à Malte. Même couleur de cheveux et même constitution ; quant au sourire, c'était presque une copie conforme. Jonatan l'avait rencontré tôt le matin. Un petit gamin battant, tout comme l'autre qui s'appelait Zebastian, mais Emil avait quelque chose de spécial. Il possédait un humour tellement libérateur et une confiance tellement grande. Les symptômes restaient peu prononcés jusqu'à maintenant : de la fièvre et des douleurs articulaires. Les parents des deux enfants avaient été informés et avaient exigé de les voir sur le champ. On avait informé Maria Wern des motifs du transfert et, selon l'infirmière, elle était complètement bouleversée. Il avait incombé à Jonatan de prendre la communication qui s'en était suivie. Elle devrait arriver d'un moment à l'autre à présent. Jonatan prit une douche rapide et changea de chemise. Ensuite, il fallait qu'il trouve un moment pour parler à l'infirmière Agneta dans le calme et la paix. Elle élevait seule trois enfants en bas âge, son mari était décédé dans un accident de voiture, et tout n'était plus que chaos depuis que ses résultats étaient tombés. Il voyait à son attitude qu'elle n'arrivait pas à se concentrer sur son travail qui consistait à donner des conseils au téléphone. Cela n'avait rien d'étonnant.

« Comment vas-tu, Agneta ? Je vois que ça ne va pas du tout. Est-ce que tu veux en parler ? » Il n'avait pas beaucoup de temps mais il fallait qu'il prenne quelques minutes.

« Mais Jonatan, tu n'as pas vu les résultats du labo ? Vérifie les tests de résistance ! Le Tamiflu est inefficace. Regarde là : résistant ! » Agneta avait de grands yeux noirs et, tout à coup, elle se mit à pleurer sous le masque. Il l'entoura de ses bras et la serra contre lui mais le téléphone se mit à sonner au même instant. C'était Åsa Gahnström, l'épidémiologiste.

« Je suppose que tu viens d'avoir la même information que moi et il s'agit évidemment de garder cela pour nous. S'il vient à se savoir que nous n'avons aucun médicament efficace à offrir, nous allons nous retrouver dans une situation plus cauchemardesque qu'aucun d'entre nous ne peut l'imaginer. »

« Parce que ce n'était pas déjà le cas ? Tu sais, ça fait un moment que je craignais que le médicament ne soit pas efficace. Il n'a freiné l'évolution chez aucun des patients que j'ai traités, à l'exception possible du chauffeur de taxi. Tôt ou tard, ça se saura et nous aurons perdu la confiance du public. Je pense que nous devons dire la vérité. »

« J'ai décidé que nous nous tairions. Si tu as une once d'imagination, tu peux imaginer la panique qu'une telle révélation entraînerait et les conséquences que cela aurait. Il reste néanmoins un espoir. Plusieurs laboratoires sont très avancés dans le processus de développement de médicaments antiviraux. Nous sommes en train d'examiner s'il existe d'autres médicaments qui pourraient être efficaces. Jusqu'à ce que nous trouvions, il va falloir serrer les dents. »

Jonatan regarda Agneta qui se tenait à côté de lui et avait entendu toute la conversation. « Est-ce que tu te sens capable de travailler ? » demanda-t-il.

« Il n'y a personne d'autre. Les gens ont peur de venir ici. Moa, Per et Karin se sont fait mettre en arrêt maladie pour éviter de venir ici. Ils ne veulent pas être contaminés. Psychologiquement trop faible, était-il écrit sur le certificat de Karin. Elle a dit à son médecin qu'elle n'avait plus la force de voir plus de morts et de malades, c'était trop stressant et elle avait besoin de se reposer. Moa n'a même pas de certificat. Son mari lui a interdit de venir ici. Il l'entretient. Mais, moi, je n'ai pas cette possibilité. »

« Qu'est-ce que tu racontes ? Personne ne vient te relever ? »

« Non, ils refusent de venir ici. »

Maria Wern, la maman d'Emil, se trouvait de l'autre côté de la cloison de plexiglass que l'on avait installée à la hâte dans le hall pour constituer un sas. Jonatan reconnut vaguement sa voix lorsqu'il l'entendit parler à l'infirmière dans le téléphone qui leur servait à communiquer afin d'éviter de respirer le même air.

« Puis-je parler à un autre médecin que Jonatan Eriksson ? Nos contacts précédents ne m'ont pas laissé un bon souvenir. On doit quand même avoir le droit de choisir son médecin si les choses ne se sont pas bien passées, non ? » Il vit son visage implorant de l'autre côté de la cloison. Quel point de départ absolument terrible pour une conversation difficile. Il comprit tout à coup que ce devait être elle qui avait appelé lorsqu'il avait cru qu'il s'agissait de Nina. Merde ! Pourquoi la vie ne pouvait-elle pas être équitable et simple, ne serait-ce qu'un court instant, juste le temps de souffler.

Jonatan prit le combiné et se présenta. « Il faut que je vous présente mes excuses et j'espère que vous pourrez les accepter. Je suis vraiment désolé si c'est vous que j'ai rembarrée au téléphone tard hier soir. Je croyais qu'il s'agissait de quelqu'un d'autre. »

« De votre femme ? » demanda-t-elle sans détour et il put discerner l'ombre d'un sourire. « Agréable façon de lui souhaiter bonne nuit ».

« Oui, ma femme. » Il n'y avait aucun moyen de se défiler. Pas le temps de trouver un pieux mensonge qui soit crédible. « Nous avons eu une petite, euh, controverse ».

« Alors j'espère vraiment ne pas me trouver à portée de tir le jour où les choses iront vraiment mal. Bon, comment va Emil ? »

« Comme vous le savez, il est contaminé. Il est porteur du virus mais il ne souffrira probablement que d'une grippe modérée parce qu'il est traité avec un médicament qui est efficace contre le virus. » Il se frotta le nez et baissa les yeux en prononçant ces paroles.

« Le Tamiflu », intervint-elle. Le médecin parlait avec une telle lenteur et un ton à ce point pédagogique que tous ses muscles se contractaient. Elle l'aurait bien brusqué un peu, l'irritation restait tout de même à fleur de peau. Ce n'était pas si facile que cela de renverser la vapeur même s'il s'était excusé.

« Oui, pour le moment, il a un peu de fièvre et mal à la gorge. Lorsque je l'ai vu il y a peu, il faisait un jeu de patience sur l'ordinateur. De quoi vouliez-vous parler lorsque vous m'avez appelé hier soir ? » Jonatan sentit qu'il rougissait. Cette situation était encore terriblement embarrassante. Il ne se souvenait même pas avec certitude de ce qu'il avait dit, il s'était sans doute montré grossier envers elle.

« J'ai écouté Åsa Gahnström hier soir et j'ai eu le sentiment qu'elle ne disait pas toute la vérité. Voici ce que je veux vous demander : Y a-t-il assez de Tamiflu pour tous ceux qui tomberont malades ? Quelle est réellement la situation ? Comment puis-je être sûre qu'on lui administre vraiment le traitement et qu'il est d'une quelconque utilité ? Je veux dire que, si le médicament est vraiment efficace, comment se fait-il qu'à chaque bulletin d'informations on nous parle du nombre de morts ? On dirait que ça concerne presque la moitié des patients. Dites-moi la vérité. Quelle aide pouvez-vous apporter à mon enfant ? J'ai le droit de le savoir ! » Elle ne détachait pas son regard du sien et il n'y avait aucune possibilité de fuir.

« Est-ce que ceci peut rester entre nous », dit-il et il attendit sa réponse avant de poursuivre. Nous venons juste de recevoir les tests de résistance concernant le Tamiflu et il n'est pas efficace contre cette souche de la grippe aviaire. Mais il y a un petit espoir. Des médicaments sont en cours de développement et peut-être que l'un d'entre eux sera prêt plus tôt qu'on ne le pensait et, dans le meilleur des cas, il sera efficace. Nous travaillons vingt-quatre heures sur vingt-quatre pour trouver un médicament à temps. Pour l'instant, nous n'arrivons à empêcher la propagation de l'épidémie que par des mesures de quarantaine et d'hygiène basiques. Voilà à quel point nous en sommes. Mais c'est tout de même mieux que pas de soins du tout. »

Jonatan se rendit compte qu'en disant cela, il avait manqué de loyauté à l'égard de l'épidémiologiste mais il y avait une limite où la conscience et la décence se refusaient à la langue de bois. Maria Wern resta silencieuse durant un long moment et il redoutait sa réponse. Elle le regardait et ressentait malgré elle et en dépit de son inquiétude de la sympathie pour lui depuis qu'il s'était découvert et qu'il lui avait laissé entrevoir ce qui se tramait en coulisse.

« Quel est l'état réel d'Emil alors ? Je veux savoir la vérité. »

« Ses symptômes sont très légers. Je n'imagine pas qu'il ne s'en remette pas. » Jonatan ferma les yeux en prononçant ses mots et espéra ne pas se tromper. Son état ne semblait pas inquiétant pour l'instant mais on ne pouvait exclure qu'il déclenche la redoutable pneumonie ou d'autres complications. »

« À présent, je veux voir Emil. » Maria se leva et Jonatan lui montra la porte du sas qu'elle devait franchir.

« Enfilez les vêtements de protection comme c'est indiqué sur le panneau fixé au mur, de même que le masque de protection respiratoire et les lunettes. Si quelque chose ne vous semble pas clair, vous pouvez joindre l'infirmière Agneta en utilisant le téléphone. Dès que vous êtes prête, on y va. Ça fait un peu bizarre de parler à travers le masque mais vous ne devez en aucun cas le retirer, même pas lorsque vous prendrez votre fils dans vos bras. C'est une condition sine qua non. Sinon, nous devrons vous garder ici. »

« Je n'aurais rien contre si je n'avais pas aussi une petite fille à la maison. J'espérais que le papa d'Emil m'accompagnerait mais il a peur des hôpitaux. Il vous causerait juste tout un tas de problèmes alors c'est sans doute mieux qu'il se contente de parler à Emil au téléphone. »

« Alors il est à la maison avec la petite sœur d'Emil ? »

Maria secoua la tête et dut réajuster son masque. « Ce n'est pas vraiment aussi simple. Nous ne vivons plus ensemble. Mais nous collaborons pour le bien des enfants. Ce n'est pas exactement dénué de complications mais, si on y met du sien, voire un peu plus, ça marche assez bien. »

« Parfois, je me dis qu'il est plus étonnant que les gens aient la force de rester ensemble années après années plutôt qu'ils se séparent. », dit Jonatan. Lorsque nous arriverons au prochain sas, il faudra que vous enfiliez encore une autre tenue de protection. Vous allez ressembler à un extra-terrestre mais le petit gars commence à s'y habituer maintenant. »

« Vous êtes séparé également ? Pardon, c'était peut-être une question indiscrète. Mais j'ai l'impression qu'il existe une situation très inégalitaire entre médecin et patient, il est rare qu'on puisse demander : et vous, comment allez-vous ? »

« Je suis marié et, entre nous, c'est un véritable enfer. »

« Et vous n'avez personne à qui en parler ou si ? »

Jonatan essaya d'interpréter l'expression de son visage mais il était impossible de voir si elle lui souriait sous le masque.

« C'est bien cela. Allons-y à présent. »

CHAPITRE 16

Åsa Gahnström envoya son talon aiguille valser d'un coup droit dans le mur. Un incident au cours du repas l'avait profondément bouleversée et, après cela, elle avait eu du mal à se concentrer sur son travail.

Elle était installée dans la galerie du Café Regnbågen et admirait les tableaux pour essayer de se calmer après l'interview éprouvante à laquelle elle avait dû répondre au cours de l'édition du journal du matin. Elle s'était juste arrêtée un court instant, histoire de pouvoir souffler un peu et penser à autre chose qu'à la catastrophe qui s'annonçait lorsqu'un homme s'était dirigé droit sur elle et s'était arrêté si près d'elle qu'elle n'avait pu l'ignorer. Il semblait menaçant. Elle ne se souvenait pas l'avoir rencontré auparavant. Il n'avait probablement aucun mal à la reconnaître après les émissions de télé de ces derniers jours.

« Ma femme, Jenny. Ils l'ont transférée à Follingbo. Qu'est-ce que vous foutez, bordel ? Les gens sont en train de tomber comme des mouches. Je vais contacter la Sécurité Sociale. On dit que les chefs au plus haut niveau sont des psychopathes dénués de sentiments et je veux bien le croire. Jusqu'à quel point peut-on pousser le cynisme lorsqu'il s'agit de faire économiser de l'argent à la commune ? C'est avec une vie humaine que vous jouez ! Je peux payer pour de vrais médicaments, merde ! Si seulement elle survit. Si seulement nous survivons tous ! Putain, j'ai déjà payé ! Est-ce que vous savez combien d'impôts je paie par mois ? ! Ce sont nous les contribuables qui vous avons embauchée alors vous pourriez bien vous faire virer, merde ! Si ma femme meurt... » Il avait placé son poing fermé sous le menton d'Åsa et avait appuyé, « ... vous non plus, vous n'en ressortirez pas vivante. »

Elle n'avait pas eu la force de se défendre. La gorge serrée, elle s'était éloignée. Toute sa vie d'adulte durant, elle s'était balancée sur des talons hauts sans problème mais, sur les rues pavées de Visby, cela s'était avéré être un danger mortel. Devant la petite maison d'Hästbacken connue sous le nom de Fer à repasser, son talon s'était coincé entre deux pavés et elle s'était retrouvée à genoux. Cela lui faisait toujours très mal et les larmes étaient arrivées en même temps que la douleur. Des jours entiers de sanglots contenus se déversèrent sur elle telle une gigantesque lame de fonds et, une fois commencé, il fut impossible d'y mettre fin. Une vieille dame s'était arrêtée et lui avait caressé les cheveux. Qu'est-ce qui t'est arrivé, ma petite ? Et Åsa avait pleuré, le visage appuyé contre une robe à fleurs et l'avait ensuite suivie à l'intérieur du Fer à repasser pour y boire un café. Une fois à l'intérieur, elle s'était sentie ridicule et déconcertée au moment de raconter ce qu'elle avait sur le cœur et elle avait débité une demi-vérité sur un mal de dos. Je vois, je vois, mais il y bien autre chose que cela, non ? La vieille dame arborait un sourire tellement sérieux et pourtant empli de tant de sympathie et ses yeux d'un bleu lavande avaient vu à travers elle et avaient mis à nu la petite fille qu'elle était à ce moment-là. Il y a effectivement autre chose, avait reconnu Åsa. Je ne suis pas à la hauteur. La dame avait alors éclaté de rire, d'un rire chaud et plein de sympathie. « Ça ne fait rien, ma petite amie, nous en sommes tous là. On doit essayer de se pardonner parce qu'on est pas parfait. Personne n'est parfait. C'est cela le grand secret. Nous faisons seulement semblant. J'ai décidé d'arrêter d'avoir honte quand j'ai atteint cinquante ans. Je m'y entraîne toujours. Quand penses-tu commencer ? Si tu commences maintenant, tu seras peut-être aussi libre que les oiseaux lorsque tu auras mon âge. Tu veux un mouchoir en papier ? » Elle avait fouillé dans son sac à main et avait sorti un paquet dans un emballage en plastique froissé.

Après, elle s'était sentie notablement mieux même si les problèmes qu'elle avait avant le déjeuner n'avaient pas disparu. La pénurie terriblement aiguë de médicaments, avant tout contre la grippe aviaire, mais également d'antibiotiques classiques tels que le Furix, le Bricanyl, la cortisone et la Teophylline. Mais pas seulement cela. L'ensemble des passagers ayant voyagé dans le taxi de Petter Cederroth la nuit du samedi, à l'exception de son collègue Reine Hammar, avaient été contaminés par la grippe aviaire – et l'un d'entre eux manquait à l'appel. Juste au moment où on pouvait présumer que l'épidémie était sous contrôle, on avait découvert une brèche dans le dispositif : une femme blonde inconnue qui avait partagé le même taxi que Reine Hammar. Il fallait supposer qu'elle aussi était contaminée jusqu'à preuve du contraire. La conversation avec Reine

Hammar avait dégénéré en véritable dispute et Åsa avait fini par menacer de contacter Madame Hammar pour obtenir de plus amples renseignements s'il refusait de coopérer. Il avait alors subitement retrouvé la mémoire et une adresse en était sortie. Avec l'aide de la police, on avait pu trouver un nom et un numéro de téléphone mais aucune Malin Berg ne répondait en dépit de nombreuses tentatives pour la joindre. Selon son employeur, le propriétaire d'un restaurant dans les faubourgs de la ville, Malin avait appelé pour dire qu'elle était malade le dimanche. Cela n'avait rien d'inhabituel. Ce n'était pas la première fois qu'elle ne venait pas travailler le lundi. Une vie privée trépidante, il faut croire, avait-il dit d'un ton ironique.

Ils avaient maintenant le feu vert du procureur pour entrer dans l'appartement et voir si la femme s'y trouvait. Mais quel médecin prendrait volontairement la responsabilité d'entrer ? Åsa Gahnström s'était attendue à ce que le personnel soignant ayant entendu les demandes de renforts sur l'île se porte volontaire mais personne ne l'avait fait. Pas une seule personne en dépit des messages répétés à la radio comme à la télé sur le besoin criant de renforts. L'un de ceux que l'on avait interrogés avait invoqué la précédente épidémie de SRAS au cours de laquelle deux anesthésistes avaient été contaminés tandis qu'ils procédaient à une intubation alors même qu'ils portaient les combinaisons de sécurité les plus élaborées. Le syndicat avait été informé de même que le délégué à la sécurité et les négociations seraient engagées la semaine suivante. Peut-on obliger quelqu'un à risquer sa santé et peut-être sa vie ? Pour le moment, il n'y avait personne à qui elle puisse s'adresser à ce sujet et on avait contacté le groupe d'intervention du service des maladies infectieuses de Lindköping après délibérations avec le directeur général de l'Institut d'épidémiologie. À présent, ils devaient se trouver sur place à Jungmansgatan et elle pouvait s'attendre à ce qu'ils la contactent d'une minute à l'autre. Åsa Gahnström espérait que la femme serait en état de leur dire qui elle avait rencontré le samedi soir. Désormais, tout le plan de prévention en dépendait.

Åsa remercia pour la tasse de café qu'une infirmière bienveillante avait posée sur son bureau ainsi que pour l'assiette contenant des en-cas au fromage et quelques biscuits. La belle vue sur la mer que l'on avait depuis les fenêtres du service des maladies infectieuses était cachée par l'échafaudage qui grimpait le long de la façade du service des dialyses et qui plongeait la réception dans une ombre permanente. Si l'on se tenait près de la fenêtre, on pouvait apercevoir une étroite bande du Rempart de la plage où se déroulerait bientôt le tournoi de la semaine médiévale. Mais Åsa Gahnström ne se leva pas, toute son attention était focalisée sur le téléphone qui devrait sonner d'un instant à l'autre. Le manque de sommeil lui provoquait des picotements dans les yeux et son corps tout entier était contracté.

Il existait un semblant d'espoir. Un médicament antiviral, le Tamivir, qui avait visiblement été piraté par une société chinoise avant qu'il ne soit prêt pour le marché. Cela déclencherait un sacré scandale si l'on venait à savoir que la direction de la santé et celle des services hospitaliers achetaient des médicaments contrefaits, mais nécessité fait force de loi, surtout lorsqu'il s'agit de sauver des vies. On attendait toujours une réponse à la requête que l'on avait faite pour savoir si le médicament pouvait être expédié en priorité au Gotland par le gros producteur. Pour le moment, on avait détaché quatre secrétaires médicales afin qu'elles voient ce qui pouvait être récupéré via Internet s'il n'y avait pas d'autres possibilités. Pourvu qu'ils n'aient jamais à recourir à cette pratique !

Åsa Gahnström décrocha le téléphone à la première sonnerie. C'était Tomas Hartman de la police. Aucun des voisins sur Jungmansgatan n'avait vu Malin Berg sortir depuis le samedi soir. Quelqu'un l'avait entendue prendre une douche le dimanche après-midi mais ensuite tout était resté silencieux. Åsa le remercia et attendit que le groupe d'intervention lui fournisse de plus amples informations. Elle ruminait au sujet de Jenny Eklund – l'homme sur Adelsgatan avait hurlé qu'elle avait deux petits garçons à la maison. L'infirmière Agneta avait trois enfants qui se retrouveraient orphelins si... Åsa n'eut pas le temps de poursuivre son raisonnement plus loin avant que des nouvelles lui parviennent depuis Jungmansgatan.

« Nous sommes entrés. Malin Berg est morte. Nous l'emmenons au service de médecine légale. Il n'y a aucune trace de violence extérieure. Elle a vomi dans un seau à côté de son lit. Le corps est gonflé. » La voix au téléphone était très faible et Åsa dut demander au chef du groupe d'intervention de parler plus fort. Il dit que ce n'était pas évident en raison de la présence des voisins mais au bout d'un moment, Åsa put entendre le reste de la communication sans problème. « Les voisins ne pensent pas qu'elle ait quitté son appartement au cours du week-end. Dans ce cas, c'est presque trop beau pour être vrai. Ceux qui habitent dans les appartements adjacents craignent que la contamination ne se soit propagée par le système de ventilation et exigent qu'on leur fasse des analyses et qu'on leur donne un traitement. Qu'est-ce qu'on fait ? »

« Faites-leur des analyses et priez-les de limiter leurs contacts et de rester chez eux jusqu'à ce qu'ils aient eu les résultats. Je m'occupe des arrêts maladie. Pour le traitement, nous attendons de voir s'ils ont été contaminés. »

« Est-ce que c'est vraiment ce qu'il y a de plus judicieux à faire ? Ne devrait-on pas ne pas lésiner avec les médicaments dans un cas comme celuici ? »

« Si, nous le devrions, si nous en avions la possibilité. Nous n'avons pas assez de médicaments pour mettre en place un traitement préventif et si nous commençons avec cela ne serait-ce que dans un seul cas, nous allons à nouveau déclencher toute la kyrielle d'arguments quant à savoir qui devrait recevoir le traitement en priorité. Il serait impossible de travailler en paix dans ces conditions. Je vous expliquerai plus en détails lorsque vous arriverez ici. Par ailleurs, j'ai un patient que je voudrais que vous emmeniez à Lindköping, une jeune femme, entraîneuse de football. Elle est mal en point. Je ne suis pas sûre que nous arriverons à la sauver ici. Nous avons des difficultés à nous procurer davantage de respirateurs et la salle de réanimation de Follingbo est saturée. »

Lorsqu'Åsa mit fin à la communication, elle se sentit soulagée, soulagée et presque euphorique de savoir que Malin Berg était morte avant d'avoir vu la moindre personne. L'idée aurait carrément été indécente en des circonstances normales ; elle s'en rendit immédiatement compte mais, dans la situation actuelle, mieux valait une personne décédée que des centaines contaminées.

CHAPITRE 17

Le propriétaire de caravane Hans Moberg se réveilla avec la gueule de bois et un besoin pressant de soulager sa vessie, le tout couronné d'un fort sentiment d'angoisse indéfinissable. Il avait soif. La main posée sur la dernière canette de bière dans le frigidaire, il jeta un œil du côté de l'horloge. Il était déjà onze heures et demie. La douleur causée par son mal de crâne lui fit presque perdre le souffle lorsqu'il se baissa pour ramasser le litre de vodka importée sur le sol alors qu'il se livrait à un rapide inventaire de ce que la maison avait à offrir. Il se vit dans le miroir et croisa un regard injecté de sang et une tignasse aux boucles grises ébouriffées, sa langue lui semblait être un objet étranger dans sa bouche et la nausée lui serrait la gorge.

« Alors, qu'est-ce qu'on fait maintenant, Mubbe ? » se demanda-t-il à lui-même dans le miroir. La rencontre avec La Scanienne câline la veille au soir s'était avérée totalement différente de ce à quoi il s'était attendu. Cela arrivait parfois mais cette fois-ci avait été l'une des plus embarrassantes qu'il lui ait été donné de connaître. Il s'était vraiment efforcé de faire une bonne impression. Durant des semaines, il avait caressé ses oreilles avec des poèmes, des phrases équivoques, des compliments et des allusions aux jeux de l'amour à venir et elle avait tout gobé, la ligne et l'hameçon, et s'était laissée prendre. Parfois, c'était elle qui avait mené la danse et il n'avait rien eu contre – il se délectait de cet échange des rôles. Il avait gardé sa photo à côté de son lit de manière à ce qu'elle puisse se glisser sous la couette lorsque l'envie la prendrait. Les gros seins et les courbes de ses hanches auraient pu mettre au tapis n'importe quel gars. Toute la journée, il avait attendu, fantasmé et planifié la rencontre dans les moindres détails et puis elle n'était pas venue. Oui, c'est ce qu'il avait pensé dans un premier temps – avant qu'une femme qui traînait au bar ne l'attrape par le bras et lui demande : Est-ce que tu es venu pour rencontrer une Scanienne ? Il n'avait pu le nier. C'était donc elle ! La femme lui avait décroché un sourire radieux. Il devait y avoir une erreur ! Ce n'était tout simplement pas possible. La femme qui se faisait appeler La Scanienne câline était de forte corpulence et avait indéniablement des gros seins et des cheveux roux mais son visage ne correspondait pas du tout à celui sur la photo. Il s'était bien fait rouler !

Il s'était toutefois décidé à profiter de la situation. Il avait répété son rôle de chanteur country en phase terminale à la perfection alors autant le jouer que de laisser tomber. Tu as dit que tu étais malade. C'est vraiment grave ? avait-elle demandé. Il y avait quelque chose de maternel et de tendre chez elle et, une fois bien remis de la déception initiale, il s'était dit qu'un giron bien chaud valait mieux qu'une caravane glaciale. La maladie ? Mon supplice ? C'est incurable. La maladie s'est propagée dans l'ensemble du corps mais ma musique me survivra. De quoi s'agit-il alors, d'un cancer ? Tu ne devrais pas être à l'hôpital si c'est si grave ? Son expression attristée et son doux sourire constituaient une récompense bien suffisante pour sa représentation théâtrale. Cela lui plaisait d'être l'objet de sa sollicitude et de son inquiétude et de jouer de manière si évidente le premier rôle. Non, le docteur pense que ce n'est pas une bonne idée que je reste enfermé alors qu'il n'y a de toute façon rien à faire. J'ai eu la permission de sortir. Je prends chaque jour comme il vient et je remercie Dieu les jours où j'ai la force de sortir de mon lit. Je n'ai pas beaucoup d'appétit. Hier j'étais si faible que mes jambes ne me portaient pas. Mais aujourd'hui je me sens mieux. Elle l'avait regardé avec une telle tendresse dans les yeux qu'il en avait réellement été ému. À ce moment précis, il avait décidé qu'en fait, elle était belle. Oui, rien de moins. De quelle maladie souffres-tu ? Il y a des traitements pour la plupart d'entre elles. Alors il le dit tout en s'efforçant d'arborer une expression à la fois douce et sérieuse pour montrer qu'il supportait son fardeau avec philosophie : ce n'est rien de contagieux, tu sais, ma petite. C'est le Strabismus.

La Scanienne câline avait placé ses mains devant son visage et sa respiration s'était faite haletante ; ses épaules tremblaient et il l'avait prise dans ses bras. Ne le prends pas si mal, par moments, je peux encore profiter de la vie. À un certain moment, il s'était aperçu de son erreur fatale. Celle qui était câline riait à en avoir le souffle coupé, elle riait tant que le canapé sur lequel ils étaient assis tanguait. Les larmes coulaient et faisaient dégouliner le mascara noir qu'elle avait sur les cils en longues traînées noires le long de ses joues. Alors comme ça, tu souffres de Strabismus, toi ? pouffa-t-elle de telle sorte que les postillons atteignirent son visage. Est-ce que tu as la moindre idée de ce que c'est ? Non, il devait bien admettre qu'il n'avait pas vérifié dans les détails. Le médecin avait échoué dans sa tentative pédagogique pour le lui expliquer, dit-il pour tenter de s'en sortir. Strabismus signifie loucher, mon cœur. Je suis opticienne. Dommage !

La rencontre avec La Scanienne câline avait été chaleureuse mais courte. Aucun homme au monde ne peut tenir tête à une femme qui rit aux éclats. Alors ils avaient pris un café accompagné d'une brioche avant de se quitter en s'assurant qu'ils resteraient en contact. Même s'il se doutait qu'il ne leur viendrait jamais à l'idée ni à l'un ni à l'autre de jamais reprendre contact. Juste avant de partir, il avait toutefois posé la question qu'il avait sur le bout de la langue depuis le début.

« Ce n'était pas toi sur la photo, si ? »

« Non, c'était ma petite sœur. Tu comprends bien que si j'envoie une photo de moi-même, personne ne veut me rencontrer. Les hommes préfèrent une bécasse dans un bel emballage. Ce n'est pas juste mais je finis par avoir le dessus sur le long terme. Lorsqu'ils se sont lassés de regarder Gunilla, c'est avec moi qu'ils veulent parler, c'est en moi qu'ils veulent placer leur confiance, comme on le fait avec une mère ou une sœur aimée. Sur Internet, je peux faire semblant d'être quelqu'un d'autre pendant un court instant et savoir ce que ça fait d'être attirante physiquement. Il faut que tu saches que parfois, je hais ma petite sœur. Ça, mon ami, c'est la vraie rivalité entre sœurs.

On ne va pas se revoir toi et moi, si ? Tu sais, chaque fois que je fais ça, j'espère qu'il y a quelqu'un qui pourra m'aimer moi et juste moi, c'est idiot, non ? Alors j'ai pris le risque de te rencontrer dans la réalité. Je n'aurais pas dû. Ensuite, elle s'était mise à pleurer et la situation était devenue si embarrassante qu'il avait juste eu envie de partir au plus vite.

La première chose qu'Hans Moberg avait faite lorsqu'il était revenu à sa caravane le soir avait été d'ouvrir une bière. Il l'avait bu à longues gorgées en attendant d'être connecté à Internet pour fuir vers de nouvelles réalités plus plaisantes. Une fois éliminés les spams publicitaires pour le Viagra, les extensions de pénis et les séjours de vacances, il ne restait plus qu'un seul message intéressant – il provenait d'une certaine Sandra Hägg qui l'avait déjà contacté une fois auparavant. Extrêmement guindée et, en réalité, parfaitement dénuée d'intérêt. Elle n'avait pas voulu envoyer de photo, elle était sans doute moche comme un pou. Même si celles qui sont vraiment moches peuvent avoir des talents cachés, comme un dévouement et une gratitude que l'on rencontre rarement chez celles qui savent qu'elles ont un beau corps.

Dans son premier message, elle lui avait posé des questions sur son entreprise et sur la provenance de ses livraisons de médicaments, à présent, elle voulait le rencontrer. Ça valait peut-être le coup de se jeter à l'eau parce qu'en dehors de cela, la soirée semblait n'offrir aucune perspective. Pour le moment, elle disait souffrir d'une migraine et être obligée de rester couchée. La clé était accrochée à un cordon à l'intérieur de la boîte aux lettres dans la porte, écrivait-elle. La requête était urgente. Ce n'était pas quelque chose dont elle pouvait parler dans un message. Il fallait qu'ils en discutent entre quatre yeux.

Cela pouvait en fait être interprété de n'importe quelle manière. Qu'espérait-elle réellement lorsqu'elle lui écrivait qu'elle était couchée et qu'elle l'attendait ? La visite à domicile d'un médecin ? Un cambrioleur ? Un amant secret sous la forme d'un vendeur ? Quel rôle allait-il jouer ? Peut-être était-ce aussi simple et ennuyeux que ce qu'elle écrivait, rien de plus excitant qu'une rencontre d'affaire. Ou alors une façon détournée et pudique de désigner ce que toutes les femmes veulent sans avoir l'air de se donner trop facilement. Une vraie petite traînée. Oui, merde. Si elle l'attendait alors…

Bien que Hans Moberg ait bu quatre autres bières ainsi qu'une quantité indéterminée de vodka, il avait détaché son van de la caravane et s'était rendu à Signalgatan où s'alignaient des appartements à la mode avec leurs balcons protégés par des panneaux de verre qui donnaient sur la mer. On peut se demander ce que ça coûte d'habiter dans ce genre d'endroit ? Une petite parvenue fille à papa ou peut-être disposait-elle de ses propres revenus, voire, pire encore : un mari avec des revenus ? Cela pourrait s'avérer compliqué. Il valait sans doute mieux sonder la situation avant de se montrer trop entreprenant.

Il avait dû attendre presque une demi-heure avant de pouvoir se glisser à l'intérieur en même temps qu'un vieil homme maigre qui portait un équipement de golf. L'homme lui avait lancé un regard soupçonneux, pas craintif, non, plutôt inquisiteur, avant de monter les escaliers d'un pas sûr en trois enjambées et de disparaître derrière sa porte au premier étage. Mubbe avait poursuivi vers les étages supérieurs. Une petite vieille curieuse avait alors passé la tête et l'avait observé. Une odeur de détergents et de café frais s'échappait de chez elle. Il sonna chez Sandra Hägg mais pas le moindre bruit ne se fit entendre. Il sonna de nouveau. Elle était bel et bien en train de dormir, la pauvre petite. Ce n'a sans doute rien de drôle d'avoir la migraine. Lorsqu'il passa la main par la fente de la boîte aux lettres, il lui vint à l'esprit qu'il s'agissait peut-être d'une blague. Il y avait peut-être un rottweiler à l'intérieur qui n'attendait que quelques doigts frais et dodus à mordre. Il attrapa le ruban et tira la clé vers lui. Il commença par essayer de défaire le double nœud. Et dire que les femmes trouvent toujours le moyen de faire des nœuds de vache alors qu'il est tellement plus simple de défaire un nœud plat. Ensuite, il abandonna, appuya le pied contre la porte et tira. Il n'y eut guère de résistance. Il mit la clé dans la serrure et tourna. Bonjour ! Pas de réponse. Bonjour ! Il ne voulait pas lui faire peur. Si elle était dans son lit, il pouvait peut-être s'y glisser et la serrer contre lui un moment. Tu es là, mon petit cœur ? Toutes les femmes sont des salopes, au plus profond d'elles-mêmes, même si elles se travestissent en anges. Ce sont des intrigantes traîtresses et fourbes qui ourdissent des manigances pour piéger et faire souffrir les hommes. Ce que Sandra Hägg lui fit cette nuit-là était inexcusable et constitua la plus grande menace qu'il ait eue à subir. Elle le fit sans en avoir conscience... et c'était peut-être encore pire... Elle ne se rendrait jamais compte de son erreur et ne pourrait jamais lui demander pardon.

À présent qu'Hans Moberg se tenait devant le miroir fêlé dans sa caravane, ce qui s'était passé lui semblait irréel. Les yeux injectés de sang et les lèvres bleues auraient tout aussi bien pu être tirés d'un film qu'il avait vu il y a longtemps de cela, où l'intrigue était passée au second plan pour rendre encore plus présentes des impressions visuelles d'une force extrême. Comme dans n'importe quel thriller de série B, il avait essuyé ses empreintes sur le chambranle de la porte et la boîte aux lettres avec un morceau d'essuie-tout ; il avait trouvé le rouleau dans la cuisine. C'était comme si elle l'attendait. La table était mise pour deux, avec des serviettes, des fleurs et des verres en cristal et il flottait une bonne odeur de ragoût. On avait mis du vin rouge à aérer dans une carafe. Elle l'avait attendu. S'était languie de leur rencontre et l'avait préparée. Il avait emporté le vin dans la chambre. Ses cheveux bruns coupés court offraient un contraste si saisissant avec le drap blanc. Sa peau était si diaphane et blanche et ces mains fines aux longs ongles rouges. Son corps avait vraiment été beau dans la fine robe blanche, comme celle d'une mariée. Encore chaude lorsqu'il avait touché ses seins. À cet instant, son portable avait sonné. Il avait d'abord songé répondre avant de changer d'avis. C'était un piège, c'était évident. Le plus effrayant, c'est qu'il l'avait presque fait. Qu'il avait été à un doigt de le faire. Personne ne devait savoir qu'il s'était rendu chez elle. Il avait peur et la panique le gagnait. Ses mains qui avaient serré l'oreiller qui se trouvait par terre à côté d'elle avaient peut-être laissé des traces. Il avait emporté la taie d'oreiller et l'avait jetée en même temps que ses chaussures dans la poubelle des toilettes d'une aire de repos. Cela prendrait du temps avant que quelqu'un n'aille y fouiller. Il ne devrait plus y avoir de traces.

Il se souvenait vaguement s'être assis sur le bord du lit dans sa chambre et avoir bu du vin rouge avant que ce truc complètement dingue ne lui tombe dessus. La colère avait parcouru ses veines à toute vitesse et lui avait fait perdre tout bon sens. Il avait fracassé sa télévision à coups de chaise. Un vague souvenir de cette nuit. Il y avait des trous effrayants. Deux visages d'enfants l'avaient regardé par-dessous les escaliers. Peut-être était-ce la réalité, peut-être quelque chose qu'il avait vu à la télé plus tard dans la soirée. Oserait-il y retourner pour mesurer l'étendue du désastre ? Ce serait de la folie en plein jour et alors qu'il était encore à moitié bourré. Il avait juste envie de pleurer ou même de mourir pour échapper à tout cela. Non, quelqu'un pourrait le remarquer s'il y retournait. Cela suffisait avec l'homme en culottes de golf qui l'avait fixé avec hostilité et dédain et la vieille aux cheveux permanentés et aux yeux plissés. Se souviendraient-ils de lui et fourniraient-ils son signalement ? Peut-être faisaient-ils également partie de ce cauchemar ? Lorsqu'on boit plus que ce qu'on supporte, on dort mal et on fait des rêves vraiment bizarres et effrayants. Comme Sandra n'avait pas pu boire avec lui, il avait vidé la bouteille de vin à lui tout seul. Son ordinateur était allumé. Il se souvenait de la lumière bleutée qui émanait de l'écran. Les rêves étaient aussi complexes que les créatures féminines qu'aucun homme sensé ne peut comprendre. Maintenant, il était grand temps de changer d'air et d'identité. Mais il fallait d'abord qu'il vérifie ses messages. Il faudrait que ce soit un jour sans alcool, un jour uniquement à la bière légère et au coca. Lorsqu'il buvait plus que de raison, les mondes se confondaient et le mal pouvait l'atteindre depuis l'autre côté. Il ne devrait pas boire autant mais comment ferait-il alors pour survivre lorsque la peur s'installait. Il n'avait guère d'autre moyen de se consoler.

CHAPITRE 18

Lorsque Maria Wern était arrivée au commissariat le matin du mercredi 5 juillet, elle avait entendu parler du meurtre de Signalgatan par sa collègue de la réception. Elle n'avait pas pu écouter les informations du matin. Linda avait été bougon et n'avait pas voulu rester à la maison avec Marianne Hartman bien qu'elles se soient mises d'accord sur ce point. L'après-midi, elle jouerait avec Sofie qui habitait un peu plus loin dans la rue. Mais au moment où elle devait partir, Linda n'avait pas voulu lâcher Maria. Elle s'accrochait au bras de sa mère, les deux jambes enroulées autour de sa jambe et criait alors qu'elle était une grande fille à présent, qui aurait bientôt huit ans. Mais qu'est-ce que cela change si l'on est petit à l'intérieur. Marianne avait essayé de l'amadouer avec un film, un jeu vidéo et une glace à un rythme de plus en plus frénétique en raison du stress qui la gagnait.

« Tu pourras te déguiser avec mes anciens vêtements si tu le veux. J'ai également une boîte avec de vieux bijoux, ce serait chouette, non ? Et du maquillage et des longs gants avec du duvet de cygne comme les dames en portent lorsqu'elles vont au bal, de même qu'un chapeau à fleurs. Ce serait vraiment amusant de se déguiser, pas vrai ? »

« Non, parce que je veux ma maman. Ne pars pas, maman. Ne paaars pas... tu n'as pas le droit de mourir... promets-moi que tu ne vas pas mourir, maman. Je veux ma maaaaaaman ! »

En désespoir de cause, Maria avait appelé Krister sur son portable et avait écouté son message tout guilleret qui annonçait qu'il ne pouvait prendre la communication à cet instant précis mais *Que ceux qui attendent quelque chose de bon n'attendent jamais longtemps*. Ce n'était même pas amusant la première fois mais, après cinq tentatives, ça vous tapait vraiment sur les nerfs. En fait, c'était son tour de s'occuper des enfants pendant deux semaines et il avait à peine adapté sa vie de célibataire aux exigences de Linda pendant une journée. Réponds, espèce d'enfoiré !

« Tu sais quoi, Linda » La voix de Marianne était plus calme à présent. « Tu pourras préparer une tarte au sucre si tu veux, comme ça, toi et Sofie pourrez la manger cette après-midi une fois que vous vous serez déguisées en grandes dames. Chouette, non ? »

Linda avait accepté la proposition vraiment à contrecœur, s'était un peu fait prier au cas où d'autres avantages apparaîtraient mais s'était ensuite contentée de ce marché. Une maman contre un film, une glace, des vêtements pour se déguiser et un gâteau au sucre, on avait déjà vu des négociations moins réussies.

Lorsque Maria entra au commissariat environ une demi-heure plus tard qu'elle ne l'avait pensé, elle entendit parler de la femme que l'on avait assassinée dans son appartement. Hartman y était déjà pour parler aux policiers qui étaient de service pendant la nuit ainsi qu'aux techniciens qui se trouvaient sur place. Cela prit un quart d'heure supplémentaire à Maria pour s'y rendre. Elle échangeait quelques mots avec ses collègues postés près du cordon de sécurité afin de se faire une idée de ce qui s'était passé lorsque Hartman vint à sa rencontre. Ses cheveux bouclés étaient en bataille comme s'il s'était couché les cheveux mouillés et qu'il s'était réveillé en toute hâte, ce qui pouvait bien être le cas. Sa voix semblait rauque et hésitante comme s'il n'avait pas encore eu le temps d'en dire plus que huhu et hum. Il s'éclaircit la gorge.

« C'est un voisin qui a donné l'alerte vers minuit. Il y avait un chambard monstrueux dans l'appartement. Concrètement, tout est réduit en miettes dans le séjour et dans la chambre. Nous avons une femme morte dans la chambre. L'appartement appartient à une certaine Sandra Hägg, avant, elle le partageait avec un certain Lennie Hellström. Selon les voisins, elle vit seule ici. Nous pouvons donc supposer que c'est Sandra que nous avons trouvée à l'intérieur... oui, rien ne semble indiquer le contraire. »

« Est-elle identifiable ? »

« Oui, il s'agit très vraisemblablement d'elle. À première vue, on dirait qu'elle a été étranglée, selon Mårtenson. Le médecin légiste est en route. »

« Savons-nous qui sont ses proches ? Lennie, tu as dit, c'est un ex ? Est-ce qu'il y en a d'autres ? » Maria s'installa sur le siège conducteur de la voiture d'Hartman lorsqu'il ouvrit la porte.

« Nous avons essayé d'aborder le sujet avec les voisins. Sandra Hägg a de très nombreux visiteurs que ce soit durant la journée ou le soir. Pas de grosses fêtes, non, ils viennent un à un. Plus de femmes que d'hommes et toujours seules, dit le voisin d'à côté. Il y a trois ans, elle et Lennie Hellström ont emménagé dans ce deux-pièces ensemble mais il ne s'est pas montré ces derniers mois. Les voisins présument qu'ils se sont séparés mais personne n'a ouvertement posé la question. Nous avons essayé de le contacter. Le nom sort vraiment de l'ordinaire. Nous avons quelques numéros de téléphone correspondant à un Lennie Hellström sur Rutegatan. Un portable, un numéro professionnel et un numéro de téléphone fixe à l'intérieur de l'appartement que nous avons tous les trois essayés mais jusqu'à présent, nous n'avons pas réussi à le joindre. Ce serait bien qu'il sache ce qui est arrivé avant que les médias ne s'emparent de l'affaire et annoncent la nouvelle. »

« Que savons-nous d'elle ? Quel âge a-t-elle ? »

« Selon son permis de conduire, elle aurait eu 33 ans en août. J'ai l'appareil photo numérique de Mårtenson alors nous pouvons regarder les photos qu'ils ont prises à l'intérieur de l'appartement. Moins il y a de personnes qui y piétinent, mieux c'est. Maria prit une profonde inspiration et se força à regarder ce qu'elle devait inévitablement voir. Le visage de la femme était marbré de bleu et sa langue tuméfiée sortait de sa bouche, ses yeux injectés de sang fixaient le vide. La photo suivante montrait les marques bleues sur son cou.

« C'est tellement répugnant. » Maria ferma les yeux et déglutit.

« Affreux. On ne s'habitue jamais. Si c'était le cas, il serait peut-être temps d'arrêter. » Hartman poursuivit la présentation avec une série de photos de l'intérieur de l'appartement. « On dirait qu'elle faisait des massages. Il y a un banc de massage installé dans le séjour – sinon, l'ameublement ressemble à celui de n'importe quel autre appartement. Dans ce cas, ça pourrait expliquer le grand nombre de visiteurs. » Maria considéra les photos avec consternation. L'ampleur des dégâts était à peine croyable. Plus une seule chaise n'était intacte. L'écran du téléviseur était fracassé et les vitres de la vitrine brisées. D'une manière générale, le séjour était clair et meublé avec légèreté et l'un des côtés le plus long de la pièce donnait sur le grand balcon avec vue sur la mer et le port. Le banc de massage était installé contre l'un des murs. Une housse de couette, des oreillers, une bouillotte et des coussins ergonomiques y avaient été placés et, au pied, se trouvait un grand chandelier à pieds en fer forgé. D'élégants petits photophores en fil de fer diffusaient une lumière chaude dans toute la pièce. Deux grands plats en céramique ornés de fruits décoraient la table basse du salon et il y avait de belles fleurs blanches dont Maria ignorait le nom dans tous les coins. Assez bizarrement, ces différents éléments avaient été épargnés. Le long mur opposé était recouvert de rayonnages de bibliothèque et les livres étaient disposés par sujet et par ordre alphabétique. Deux rayonnages avaient été renversés. Essentiellement de la littérature mais également des livres de médecine ainsi que des livres consacrés à des lieux et à l'art, nota Maria tandis qu'elle essayait sans vraiment y arriver d'écarter la vision obsédante de la femme morte. La pensée de ce corps maltraité, de ces marques bleues. Une femme de trente-trois ans, une femme plus jeune qu'elle. Il y avait un tas de papiers sur le bureau. Des photocopies d'articles de journaux sur les codes-barres et les puces de marquage pour les animaux. Il n'y avait aucune trace d'animal familier dans l'appartement. Pas de gamelles, de laisse ou de griffoirs.

« Est-ce qu'il y a des photos d'elle ? »

« Le permis de conduire. Tu veux le voir ? » Hartman sortit un sachet plastique de son attaché-case de ses mains gantées et lui montra la photo à travers le plastique. « Elle avait vraiment fière allure. »

« Oui, en effet. » Maria étudia un visage ouvert et amical aux traits réguliers et au sourire avenant. « Je l'ai déjà rencontrée. Seulement de manière fugace mais je m'en souviens très bien. Elle avait oublié son portefeuille au magasin. Je n'ai pas réussi à la rattraper à ce moment-là mais, en tout cas, elle a récupéré son portefeuille. J'ai vu qu'elle avait un ordinateur dans sa chambre. Il était même allumé. »

« Oui, j'espère qu'il pourra nous fournir quelques informations. Il y avait un pichet en gré sur le sol dans la chambre. Il a contenu du vin et il semblerait qu'elle l'ait bu directement sans utiliser de verre. Les techniciens l'ont emportée. Je ne pense que nous ayons grand-chose de plus à faire ici, qu'en dis-tu ? On va à Rutegatan pour entendre son ex-petit ami ? » Maria acquiesça et laissa son regard glisser une dernière fois sur la photo du séjour.

« Je pense à une chose. On dirait que le banc de massage est facile à replier et à ranger. Mais il est installé. Se pourrait-il qu'elle attendait un client ? Tu as dit que des hommes aussi bien que des femmes venaient ici. L'appartement est assez petit et le banc prend de la place. Je l'aurais replié si je ne travaillais pas. Par ailleurs, je n'oserais pas être masseuse et accueillir des hommes inconnus chez moi. Je veux dire qu'être seule à la maison, laisser un homme se déshabiller jusqu'à ce qu'il n'ait plus que son caleçon avant de le masser, ce n'est pas sans danger. Était-elle obligée de recevoir des clients chez elle pour des raisons économiques, tu crois ? Je réfléchis seulement à voix haute. Nous devrions sans doute charger quelqu'un de vérifier la liste de ses clients. »

« Si son concubin est parti, le loyer pour un appartement de ce genre doit coûter un paquet tous les mois. » Hartman resta silencieux un moment et réfléchit à ce qu'un appartement avec vue sur la mer à Visby pouvait représenter comme coût mensuel. « Je me demande si elle est masseuse à ses heures libres ou si c'est son activité principale. »

Ils entrèrent dans l'immeuble pour rendre l'appareil photo et s'apprêtaient à repartir lorsqu'ils furent interpellés par une voisine qui, selon la plaque de bronze qui ornait sa porte, s'appelait Ingrid Svensson. Publicité non souhaitée était-il inscrit d'une écriture soignée sur un morceau de papier juste au-dessous. Maria ne pouvait détacher son regard de ses cheveux aux bouclettes artificielles. À la racine, ils étaient on ne peut plus raides mais ils formaient ensuite un épais bandeau semblable à de la laine d'acier.

« J'ai été obligé de parler à ce policier parce que c'est bien un policier, n'est-ce pas ? Ce n'est pas facile à savoir puisqu'il ne portait pas d'uniforme. »

Oui, oui, ç'en était bien un.

« C'est vrai qu'on l'a retrouvée morte là-dedans, la pauvre petite ? Il faut dire que je me suis vraiment demandée à quoi rimait tout ce cirque là-haut lorsque je suis allée aux toilettes. On aurait dit que quelqu'un fracassait tous les meubles. C'est vraiment trop affreux tout ça. Comment est-ce arrivé ? Que s'est-il passé ? Oui, ce que je veux dire, c'est… vous pourriez peut-être entrer pour que je puisse vous offrir une tasse de café un jour comme celui-ci… on peut vraiment en avoir besoin. Je n'ai pas grand-chose à offrir mais j'ai bien quelques brioches si cela vous dit. Des brioches gotlandaises. »

« Je ne pense pas que nous ayons le temps à ce moment précis. S'il y a quelque chose que vous avez oublié de dire au policier avec lequel vous avez parlé plus tôt ce matin, nous écouterons volontiers ce que vous avez sur le cœur mais nous n'avons pas le temps pour le café. »

« Mais si, vous allez bien prendre le temps. Il faut s'octroyer le temps de prendre une tasse de café pour avoir la force de travailler après. » Avant que Maria n'ait vraiment pu lui expliquer ce qu'il en était, ils se retrouvèrent bientôt tous les deux côte à côte comme deux écoliers sur la banquette de cuisine de la vieille Ingrid. « Oui, ce que je voulais vous dire, c'est que Sandra Hägg menait une vie réglée et qu'elle ne buvait pas d'alcool. Je le sais parce que je suis membre de la ligue de tempérance et que nous avons discuté de ces sujets à plusieurs occasions. Je connais sa mère, elle était également active à l'intérieur des mouvements de tempérance. Où va notre société si les sociaux-démocrates veulent baisser les taxes sur l'alcool ? Qui va payer la facture ? Si nous devons soigner tous ceux qui ont des blessures liées à l'alcool, il va falloir augmenter les impôts locaux pour que les gens qui souffrent d'autres maux puissent recevoir des soins. Il faut bien qu'il y ait de l'argent. Sandra Hägg est infirmière et elle a travaillé dans le domaine du sevrage tabagique. Massage et sevrage combinés. Elle travaillait dans ce centre qui vient d'ouvrir près de Snäckgärdsbaden. On peut à peine prononcer son nom : Vigoris Health Center. C'est un grand centre de soins, même si c'est privé. Pour les gens qui ont de l'argent.

« Savez-vous où nous pourrions trouver Lennie Hellström ? Si nos renseignements sont bons, il n'habite plus ici. » Maria déclina une seconde tasse. Son estomac se tordait. Un début de gastrite à nouveau, vraisemblablement. La comédie que Linda avait faite ce matin avait laissé des traces dans son corps – Promets-moi que tu ne vas pas mourir, maman – et, en permanence, la pensée d'Emil. Elle devrait avoir le droit d'être auprès de lui. Maintenant.

« Lennie, oui, c'est vraiment trop malheureux. Je ne comprends pas pourquoi elle a rompu leurs fiançailles. Ils étaient tellement amoureux et c'est un jeune homme tellement bien. Si attentionné et gentil. S'il voyait que je portais des sacs de commissions lourds, il les prenait et m'aidait à monter les escaliers et, lorsqu'il allait en ville, il me proposait toujours de me conduire pour m'éviter d'aller à pieds. Oui, elle aussi était charmante, ça c'est sûr. Je trouvais qu'ils allaient si bien ensemble et puis ils en sont venus à se disputer. Je vais vous dire ce qu'il en est. Lorsqu'elle a mis fin à leur relation, il était assis là sur la banquette, exactement où vous êtes assis en ce moment. Il était tout pâle, le pauvre garçon. Il ne comprenait pas. Il ne comprenait même pas ce qu'il avait fait de mal. Eux pour qui tout allait bien, un bel appartement, tous les deux du travail, une voiture et tout. C'est comme si elle n'était plus vraiment elle-même. Il ne la reconnaissait plus, a-t-il dit. »

« En quoi était-elle différente ? » Hartman rassembla les miettes de brioche dans sa main et les posa sur l'assiette. Il se préparait à remercier et à s'en aller en attendant la réponse à sa dernière question.

« Ah oui, en quoi ? Non, il ne l'a pas dit. Alors vous ne l'avez pas trouvé ? Mais alors, il n'est pas au courant... mais c'est absolument terrible ! Il habite sur Rutegatan. »

« Nous le savons mais il ne répond pas au téléphone. »

« Ça n'a rien d'étonnant. Il travaille la nuit dans une société de surveillance. C'est comme ça qu'ils se sont rencontrés et qu'il est devenu son garde du corps personnel. Son bodyguard. Ils plaisantaient souvent à ce sujet et, à présent, elle est morte... C'est absolument affreux et il n'en sait encore rien, le pauvre garçon. »

« Comment s'appelle la société de surveillance pour laquelle il travaille ? »

« Garde... quelque chose, ce centre et cette société de surveillance sont liés d'une manière ou d'une autre. Elles appartiennent à un étranger, je crois. C'était si romantique lorsque Sandra et Lennie se sont rencontrés. Elle s'était retrouvée enfermée dans le laboratoire. Il y avait un problème avec sa carte et elle ne pouvait pas sortir et il a dû venir et la faire passer par une fenêtre pour la faire descendre grâce à une échelle pour qu'elle puisse retourner auprès de ses patients qui venaient d'être opérés. Elle travaillait de nuit à cette époque et c'était la seule infirmière du service. Il fallait qu'on la libère pour qu'elle puisse faire son travail. Parfois Lennie fait des extra dans des restaurants en ville. Je le sais. Il travaille sans doute plus maintenant qu'ils ne sont plus ensemble. Il faut bien qu'il fasse quelque chose. Il ne peut pas rester assis chez lui à fixer le mur. »

« Je suppose qu'on vous a déjà demandé si vous aviez vu quelque chose d'inhabituel hier soir, rencontré quelqu'un dans les escaliers qui n'habite pas ici, par exemple, ou entendu quelque chose d'inhabituel. »

« Oui, c'est en effet le cas. J'ai tellement de mal à dormir quand j'ai des fourmis dans les jambes que je fais les cent pas dans l'appartement. J'ai sans doute fait plusieurs dizaines de kilomètres ce mois-ci. Évidemment, il faut qu'on regarde qui emprunte les escaliers. Les Persson, du dessous, ne sont pas chez eux, vous voyez. Ils sont partis en Grèce alors on se sent un peu responsables. Il y a quand même eu pas mal de cambriolages ces derniers temps lorsque les gens se trouvaient loin de chez eux... et puis j'ai lu dans le journal l'histoire de ce vieil homme qui avait laissé deux femmes inconnues qui voulaient lui emprunter un crayon et du papier pour écrire un message au voisin du dessus. Il n'était pas chez lui et elles avaient l'intention de lui rendre visite. Pendant qu'elles occupaient l'homme à l'aide de cette ruse, une troisième personne est entrée et lui a dérobé son portefeuille et d'autres objets de valeur. C'est absolument honteux de faire une chose pareille à des personnes âgées. Et donc je garde un œil sur tout ce qui se passe dans l'immeuble. »

« Et qu'avez-vous vu... » dit Hartman qui s'efforçait de lui faire livrer son témoignage un peu plus rapidement.

« D'abord, il y a eu des enfants qui vendaient des bonbons à la menthe. Un garçon et une fille. La fille avait de longs cheveux blonds et était un peu plus grande que le garçon. Lui avait les cheveux bruns, de grands yeux noirs et a dit qu'il s'appelait Patrick. Ils étaient en sixième et allaient faire un voyage au Danemark. C'est affreux qu'ils doivent se donner autant de mal pour pouvoir faire un voyage de classe, nous n'allions jamais en voyage de classe lorsque j'étais enfant. Nous allions jusqu'à la plage en vélo et nous nous contentions de camper. Juste après que les enfants ont sonné, un homme qui portait un chapeau de cow-boy et des bottes est arrivé, lui, je ne l'avais pas vu auparavant. Il avait une barbe ou du moins de longues moustaches. Henriksson l'a vu aussi. Il pouvait avoir 45-50 ans peut-être. Corpulent. Quelques longs cheveux gris blond. Il sentait l'alcool, ça, je le reconnais de loin. »

« Vous n'avez vu personne d'autre ? » demanda Maria lorsqu'Ingrid Svensson fit une pause pour servir une autre tasse.

« Non, ensuite, il y a encore eu un homme, je crois. J'ai entendu une voix d'homme à l'extérieur. Il se pourrait que ç'ait été le même, celui avec le chapeau de cow-boy – mais j'ai quand même eu l'impression que ce n'était pas le cas. Je me suis dit qu'un homme aussi grand ne pouvait pas avoir une voix si aiguë. On s'imagine que la voix correspond au physique de la personne, vous voyez ce que je veux dire ? »

« Est-ce que vous avez entendu ce qu'il a dit ? » demanda Hartman.

« Non, pas du tout. Il se pourrait bien sûr que ç'ait été le même homme, je n'affirmerais pas le contraire, mais la voix était vraiment haut perchée.

CHAPITRE 19

« La grippe aviaire a encore fait une victime au Gotland. L'entraîneuse de trente-trois ans qui avait été contaminée lors d'un tournoi de football à Klintehamn est décédée à trois heures du matin. Selon des informations de source sûre, les provisions de médicaments efficaces ne sont plus suffisantes et le Ministre de la Santé va déposer une demande d'aide auprès de l'Organisation Mondiale de la Santé au cours de la journée. La situation est grave. Nous disposons également d'informations non-confirmées selon lesquelles onze autres enfants qui séjournaient à l'école de Klinte pour le tournoi de football présentent actuellement des symptômes grippaux et vont être transférés aujourd'hui à l'ancien sanatorium de Follingbo avec l'aide d'un groupe d'intervention venu de Lindköping. L'épidémiologiste Åsa Gahnström se trouve en studio avec nous pour commenter ces informations. »

« La vérité est que le médicament antiviral dont nous disposons reste sans effet sur la souche du virus de la grippe qui touche l'île. Nous pouvons traiter des complications telles que des pneumonies avec des antibiotiques, mais le Tamiflu et les autres médicaments que nous avons achetés de manière préventive sont inefficaces. »

Maria éteignit la radio et cacha son visage dans ses mains. Alors, comme ça, ils s'étaient résolus à admettre la vérité. Emil ! Emil ! C'était comme si elle venait seulement de surmonter le choc initial et qu'elle pouvait enfin comprendre ce que Jonatan Eriksson lui avait dit la veille au soir. Elle n'avait pas la force d'en entendre plus. Les sons lui arrivaient par vagues et elle fut prise d'un violent vertige, la forçant à se tenir de toutes ses forces à la poignée de la porte de sa voiture tandis qu'elle s'appuyait de l'autre main sur le tableau de bord. Elle devrait être avec son enfant et non au travail ! Une infection sans gravité, lui avait dit Jonatan, mais sans la regarder dans les yeux.

« Comment ça va, Maria ? Tu penses à Emil ou bien quoi ? Je n'ai aucun mal à le comprendre. Il n'est pas raisonnable que tu travailles en des circonstances pareilles. Je peux entendre Lennie Hellström tout seul. Je te conduis à Follingbo pour que tu puisses voir comment va le petit et, ensuite, tu peux m'appeler lorsque tu veux rentrer à Visby. OK ?

« Oui, il faut que je sois avec lui maintenant. Je n'arrive pas à penser à autre chose. C'est comme un cauchemar. Ils ont dit que onze enfants… Onze autres enfants sont tombés malades et il n'y a pas de médicaments qu'on puisse leur donner. Il n'y a pas assez de respirateurs sur l'île ni de personnel si leur état s'aggrave ; ils pourraient même en venir à manquer de lits, m'a dit l'infectiologue lorsque je l'ai poussé dans ses derniers retranchements. Que va-t-il se passer à présent ? Si Emil était encore au tournoi de football à Klinte, je serais allée le chercher après ça. Je le ferais même s'il fallait que j'emploie la violence contre mes collègues. J'aurais frappé pour le sortir de là et je ne pense pas que je sois la seule à éprouver ces sentiments. Je n'aimerais pas être à la place des policiers qui montent la garde à l'extérieur de l'école – que vont-ils faire lorsque les parents vont exiger de récupérer leurs enfants pour sauver leur vie ? C'est une tâche intenable. Ils n'arriveront pas à tous s'en tenir à la même ligne de conduite. Ce sera le chaos. Que va-t-on faire des parents qui essaieront de forcer le barrage ? Leur passer les menottes ? Les frapper à coups de matraque ? Les neutraliser par la force ? »

L'immeuble sur Rutegatan semblait bien entretenu, pas de graffiti ni de dégradations visibles. Les vélos étaient soigneusement rangés sur les porte-vélos, à l'exception d'un tricycle d'enfant rouillé que l'on avait jeté sur la pelouse à l'extérieur. Un coin agréable – même s'il n'était pas aussi huppé que Signalgatan. Lorsqu'Hartman descendit de voiture à l'adresse indiquée, il se demanda comment la répartition des appartements s'était faite entre Sandra et Lennie. Qui gagnait le plus ? Une infirmière ou un gardien de nuit disposant d'autres sources de revenus ? La vision qu'Ingrid Svensson avait de Sandra en tant que personne menant une vie rangée ne collait peut-être pas à tout point de vue. Il n'est pas sûr que l'on raconte tout à ses voisines, en particulier si elles ressemblent à une copie conforme de votre propre mère.

Hartman lut le tableau bleu qui se trouvait à côté de la porte et monta ensuite les deux volées de marches qui menaient à l'étage où habitait Lennie Hellström. Il sonna cinq six fois avant qu'on lui ouvre la porte. Un homme aux longs cheveux noir corbeau, vêtu seulement d'un caleçon, ouvrit et jaugea du regard l'intrus de ses petits yeux fatigués.

« Tomas Hartman de la police, puis-je entrer ? »

« De quoi s'agit-il ? Si vous avez quelque chose à vendre, je ne suis pas intéressé. Vous m'avez réveillé en fait. Est-ce qu'il est arrivé quelque chose ? » dit Lennie Hellström lorsqu'il vit l'expression sérieuse sur le visage d'Hartman. Il ramena de ses deux mains ses cheveux en arrière et bâilla à s'en décrocher la mâchoire, révélant des plombages noirs tout au fond de sa bouche. « Je n'ai dormi que... » Il plissa les yeux et regarda sa montre. « ... trois heures à peine. Est-ce que c'est important ? »

« Oui. Il vaudrait sans doute mieux que nous entrions pour nous asseoir. » Hartman montra sa plaque pour rendre son rôle plus explicite étant donné qu'il ne portait pas d'uniforme. Encore hésitant, Lennie ouvrit la porte juste assez pour qu'Hartman puisse se faufiler sous son aisselle velue. L'odeur de vieille transpiration et de bière se fit plus forte. Une odeur de renfermé qui émanait de vêtements de sport non-lavés, d'ordures moisies et de lait tourné se faisait sentir dans tout l'appartement. Hartman enjamba un grand sac de sport et un tas de vêtement dans l'entrée et le suivit dans la cuisine. Lennie alla droit sur le frigidaire et ouvrit une bière qu'il but directement à la canette.

« Vous en voulez une ? » Il tendit le bras pour attraper une autre bière dans le frigidaire. Quand Hartman déclina l'offre, il la but lui-même en silence et réprima un rot, les joues gonflées. « Bon, qu'est-ce que vous voulez ? Hartman, c'est bien ça votre nom ? »

« J'arrive juste de Signalgatan. »

« Mon dieu, Sandra ! Comment va Sandra ? »

« Nous avons trouvé une femme dans l'appartement. Morte – et, oui, nous pensons qu'il s'agit de Sandra Hägg. » Hartman fit une pause afin qu'il puisse digérer ses paroles. « Est-ce que vous lui connaissez des signes distinctifs, cicatrice, marque de naissance ou ce genre de chose ? »

« Ce n'est pas vrai ! Une marque. Sandra a un code-barre tatoué sur une fesse. Elle se l'est fait faire cet été, elle trouvait que c'était un truc cool. Je ne comprends pas ! Qu'est-ce qu'il s'est passé ? »

« Un voisin de Sandra a donné l'alerte cette nuit. Il a été réveillé par du vacarme et il a essayé de voir d'où ça provenait. La porte de l'appartement de Sandra était ouverte et lorsqu'il est entré, il a vu le carnage. À ce moment, elle était déjà morte. Elle était allongée sur son lit. Étranglée. »

Lennie fixait le vide devant lui sans comprendre, comme si les mots lui échappaient totalement. Il retourna au frigidaire et ouvrit la bière suivante qu'il vida en trois grandes gorgées. Hartman attendait. Lennie restait à côté de la porte du frigidaire sans la fermer. Il restait planté là à fixer le mur nu sans montrer la moindre réaction à ce qu'on venait de lui dire. Hartman, que son expérience avait rendu sage, restait assis sans bouger et attendait l'explosion qui pouvait se produire sans signe précurseur.

« Morte ? » murmura Lennie d'une voix très, très lointaine. « Sandra est morte ? Elle ne peut pas être morte. Je lui ai parlé il n'y a pas longtemps. Vous mentez, putain, je viens juste de lui parler. » Son ton se faisait menaçant à présent et il s'approcha tout près de lui, son visage se balançant d'un côté à l'autre pour l'impressionner et le pousser à lui résister

– quelqu'un à frapper pour reprendre ce qu'il avait perdu. Tomas Hartman soutint son regard.

« Oui, elle est morte. À quelle heure lui avez-vous parlé ? Est-ce que vous vous en souvenez ? Quelle heure pouvait-il être ? »

« Putain, je veux aller chez elle. C'était juste après onze heures hier soir. J'avais fait ma ronde au Vigoris Health Center et je voulais juste la voir alors j'ai appelé... Excusez-moi, je dois pisser. »

Hartman regarda autour de lui dans la cuisine décorée de manière très spartiate. Une petite table en pin maculée de taches de vin et deux chaises. Aucune fleur à la fenêtre, pas de rideaux, la vaisselle avait débordé de l'évier – des assiettes et des verres de plusieurs jours étaient étalés sur l'évier et le plan de travail. Un logement occasionnel, pas un foyer. Au-dessus de la table de cuisine était accroché tant bien que mal un pense-bête en liège au cadre bleu ciel. Dans un coin, il y avait un rappel de rendez-vous chez le dentiste et, au-dessous, une recette de poulet aux bananes auréolée de multiples taches de mayonnaise. Une photo était presque complètement recouverte de factures d'essence. Hartman baissa les morceaux de papier pour mieux voir. La photo d'un couple heureux. Un Lennie aux cheveux plus clairs se tenait derrière Sandra et l'enlaçait, et elle levait le regard vers lui, penchée sur le côté, en souriant. Une magnifique photo, pleine de chaleur et d'amour, on ne pouvait pas s'y tromper. À une époque, ils s'étaient beaucoup aimés, qu'était-il arrivé ensuite ? Lennie prenait son temps aux toilettes. Il pleurait sans doute et ne voulait pas le montrer. Il revint au bout de dix longues minutes. Ses mouvements étaient lents et heurtés mais, à présent, son regard n'était plus vide.

« Tu es absolument sûr qu'elle est morte ? Tu l'as vue de tes propres yeux ? » Une supplique à voix basse. Dis-moi que ce n'est pas vrai.

« Elle était morte. »

« Elle ne peut pas l'être, elle a un cours de sevrage au tabac. Elle donne un cours ce soir et je pensais y aller. La première chose qu'elle a faite quand elle m'a rencontré a été d'écraser mon paquet de cigarettes. Il faut que tu choisisses, a-t-elle dit. Le vice ou la luxure. Les hommes qui fument deviennent impuissants. Moi ou les cigarettes ? Elle était intraitable sur ce point. Si je voulais être avec elle, je devais arrêter de fumer et arrêter de picoler. Mais putain, ça en valait la peine tout le temps que ça a duré. » Lennie fit un sourire triste et secoua ses cheveux noirs en bataille. Ses grands yeux gris bleu étaient très, très tristes à présent.

« Qu'est-ce qui est arrivé ensuite ? »

« Arrivé ? » Lennie resta sans bouger à nettoyer la saleté qu'il avait sous l'ongle du pouce en cherchant à trouver les mots. Il plongea la tête dans ses mains si bien qu'on ne voyait plus que ses cheveux et soupira profondément. « Qu'est-ce qui est arrivé ? Je ne le comprends toujours pas. Nous ne nous disputions pas pour l'argent, nous ne nous disputions pas pour le sexe, nous ne nous disputions pas pour savoir qui ferait quoi. Mais elle est devenue bizarre. Absente. Elle pouvait rester assise à regarder par la fenêtre pendant une heure alors qu'il ne se passait rien dans la rue. Ou rester assise à penser et, lorsque je lui demandais ce qu'il y avait, elle me répondait que ce n'était rien même si je me rendais bien compte qu'il y avait quelque chose. Elle ne me confiait plus ses pensées et, évidemment, j'ai commencé à m'inquiéter. J'ai commencé à me demander s'il y avait quelqu'un d'autre. Elle travaillait beaucoup. Faisait des postes ou des heures supplémentaires. Dormait chez des amis après des fêtes entre filles. Je ne voulais pas contrôler ses faits et gestes. Elle avait dit tout au début que la liberté et la confiance sont les choses les plus importantes dans une relation. Son petit ami précédent contrôlait ses faits et gestes et l'espionnait. C'était pour cette raison qu'elle avait mis fin à leur relation, m'avait-elle dit. Son mode de raisonnement était un peu étrange sur ce point. Elle disait que si longtemps qu'on la laissait en paix, elle assumait la responsabilité d'être fidèle mais que, si quelqu'un se permettait de contrôler ses faits et gestes, il assumait cette responsabilité et que, dans ce cas, elle ferait preuve d'une inventivité et d'une créativité presque sans limites pour ce qui était de trouver des occasions. C'est exactement ce qu'elle a dit et c'était peut-être une blague. Je ne sais pas vraiment si elle le pensait. Ou si c'était le premier signe qu'elle avait commencé à se lasser de moi. »

« Mais alors qu'est-ce qui est arrivé ? Vous vous êtes mis à contrôler ses faits et gestes ? »

« Oui, putain, c'est effectivement ce que j'ai fait. J'étais devenu tellement jaloux. Je vérifiais ses messages. La plupart venaient d'un journaliste indépendant qui s'appelle Tobias Westberg, un sacré raseur. J'ai lu quelques-uns de ses articles. Son sujet, c'est la médecine, je ne comprends pas la moitié. Un monsieur je-sais-tout qui se fait mousser avec des grands mots, tu vois le genre. Tu sais comment il se fait appeler sur Internet ? M. Logique. Carrément ridicule ! M. Logique ! Ensuite, j'ai vérifié son agenda sur Internet. Elle lui avait réservé un rendez-vous pour un massage mais, là, ç'en était trop ! Il y a des limites et je pense qu'elle a quand même respecté le fait que je me mette en colère. Ensuite, les choses se sont calmées un moment jusqu'à ce que je remarque que des T inexpliqués commençaient à apparaître dans son autre agenda, celui qu'elle avait dans son sac. Mais je n'ai rien dit. Je n'ai pas osé. Et maintenant elle est morte. Putain ! Comment ça s'est passé ? Étranglée, tu as dit ? »

« Nous ne le savons pas encore. La porte était ouverte, elle n'avait pas été forcée. Nous supposons qu'elle a dû laisser entrer quelqu'un qui, ensuite, l'a étranglée. »

« Est-ce qu'elle a été violée ? » La voix de Lennie le trahit. Il regarda Hartman d'un air implorant comme s'il avait le pouvoir de changer le destin.

« Il est trop tôt pour le dire. Plusieurs jours peuvent s'écouler avant que nous le sachions. Que s'est-il passé après que vous vous êtes mis à vérifier son agenda ? Elle s'en est rendue compte ? »

« Je me suis mis à vérifier si elle était au travail lorsqu'elle disait qu'elle y serait. C'était il y a quelques mois. Elle m'avait dit qu'elle allait travailler tout le week-end alors qu'elle n'était pas censée le faire. Entre deux de mes rondes d'inspection, je suis allé dans le service. Il semblait qu'elle ait dit la vérité parce que son sac était dans la salle du personnel. Mais j'étais fou de jalousie, tu t'en rends bien compte… ? »

« Je crois que je peux comprendre votre manière de penser. »

« Oui, alors j'ai pris son portable dans son sac et j'ai vérifié qui elle avait appelé et elle est arrivée juste à ce moment-là. Tu comprends ? Elle a vu ce que je faisais et elle s'est mise dans une rage folle. Ensuite, elle ne m'a quasiment pas adressé la parole pendant une semaine. Elle a changé ses mots de passe sur Internet et elle ne quittait pas son portable et son agenda des yeux. Elle devenait de plus en plus bizarre et elle ne disait plus où elle allait lorsqu'elle sortait le soir. Je ne savais vraiment pas quoi faire, merde, alors, pour finir, je l'ai menacé de partir. Vas-y, a-t-elle dit, sur un ton aussi désintéressé que si je lui avais dit que j'allais changer de chaîne de télé. Vas-y. »

« Et alors vous êtes parti ? »

« Oui, qu'est-ce que j'aurais dû faire ? J'aurais pu la prier et l'implorer et lui dire que tout allait redevenir normal mais je n'ai pas pu. Pas à ce moment-là. Et maintenant, c'est trop tard. » Lennie se leva et retourna au frigidaire. Il ouvrit la porte et prit la dernière bière. « Comment a-t-on pu en arriver là ? C'est d'un whisky qu'on aurait besoin, pas de cette pisse de chat de bière. »

Hartman était d'accord. Il y a des moments dans la vie où l'on peut avoir besoin de s'abrutir. Lennie s'installa à nouveau à table et se mit à pleurer comme un enfant. Hartman posa sa grande main sur son épaule et attendit qu'il ait fini de pleurer. Lorsque Lennie redressa la tête, Hartman avait une crampe dans le bras et des fourmis dans les doigts. Il essaya de n'en rien laisser paraître.

« Est-ce que c'est possible de comprendre les femmes d'ailleurs ? », demanda Lennie et Hartman se rendit compte que sa voix était devenue passablement pâteuse et traînante.

« Comprendre les femmes est sans doute une chose à laquelle on peut consacrer toute sa vie », répondit Hartman.

Le silence régna un moment tandis que la complicité se superposait au chagrin.

« Une autre chose dont je voudrais que nous parlions est la manière dont ton poste de nuit s'est déroulé hier », poursuivit Hartman. Il prit son bloc-notes et emprunta un crayon de bois tout mâchonné sur l'appui de fenêtre.

« Pardon ? Tu ne crois quand même pas que j'ai... que j'ai tué Sandra ? Est-ce que c'est ce que tu crois ? Dis-le carrément dans ce cas. » La voix de Lennie était emplie de colère et l'explosion qu'Hartman avait redoutée plus tôt semblait proche à présent.

« Tu crois que je serais venu ici tout seul si je pensais que tu l'avais tuée, tu crois ça, Lennie ? » Hartman eut un peu honte de son mensonge pieux mais il fonctionna. Lennie qui s'était à moitié levé de sa chaise se rassit et son regard se radouçit.

« J'ai commencé à neuf heures et j'ai parcouru le laboratoire et le service où ils conçoivent des composants électroniques pour ordinateurs, ne me demande pas ce qu'ils font, je ne comprends pas ce genre de choses. Le bureau du responsable de la sécurité de l'ensemble du bâtiment se trouve là. Nous l'appelons *Trouver cinq erreurs* parce que c'est un pinailleur – sacrément tatillon. Il cherche les erreurs comme si c'était des récompenses et je n'exagère pas. Personne ne l'aime. En fait, il voulait devenir policier mais il n'a pas réussi. C'est un sujet super sensible. Il est tellement attaché à sa réputation que personne n'ose en parler avec lui. Si c'était moi qui avais décidé, nous ne lui aurions jamais acheté l'appartement. Il y est venu pour récupérer son portable qu'il avait oublié. Je l'ai un peu chambré à ce sujet – il faut dire qu'il ne se trompe jamais, n'oublie jamais rien, tu sais. Tu peux t'adresser à lui directement et il te dira que j'y étais. Ensuite, j'ai continué jusqu'à une entreprise qui appartient aussi au groupe et ensuite jusqu'à Vigoris Health Center – tout le complexe. Chacun des couloirs. Nous avons des cartes de passage alors on voit quand on entre et sort. Ensuite, j'ai appelé Sandra parce que j'avais juste envie de lui parler mais personne n'a répondu. En fait, je ne suis pas employé par la société de gardiennage. Le groupe a ses propres vigiles. Ils veulent pouvoir faire confiance aux gens et bien connaître eux-mêmes les gens qui circulent à l'intérieur de leurs locaux. En fait, c'est étrange qu'il n'y ait pas plus d'entreprises qui aient leurs propres vigiles. Ensuite, j'ai fait une dernière ronde jusqu'au bureau de Broväg et j'ai laissé les clés au vigile de jour. Lorsque je suis rentré, il était presque six heures et demie. J'ignorais tout de ce qui était arrivé à Sandra. Je te le jure. Je ne savais rien avant que tu arrives. »

CHAPITRE 20

Jonatan Eriksson ferma la porte de sa chambre, ôta le masque de protection moite et s'installa devant l'ordinateur pour rédiger les commentaires nécessaires dans les journaux de bord. Sa chemise lui collait au corps à cause de la transpiration et ses mains tremblaient lorsqu'il prit le dictaphone et dicta les mesures qu'il avait mises en place au cours des heures qui venaient de s'écouler. Onze nouveaux enfants, tous avec de la fièvre, mal à la gorge et des douleurs articulaires, étaient arrivés du tournoi de football au sanatorium en plusieurs fois dans l'après-midi. Il n'y avait plus de chambre individuelle pour tout le monde. Il fallait qu'ils partagent les chambres avec les risques que cela impliquait si l'un des enfants présentait des symptômes grippaux ayant une autre cause que la contamination par le virus de la grippe aviaire. Les parents étaient pour le moins troublés et avaient besoin qu'on leur consacre du temps pour parler. La plupart d'entre eux voulaient rester avec leurs enfants mais on avait été obligé d'adopter une résolution de principe selon laquelle on ne pouvait y consentir. Il n'y avait pas assez d'équipements de protection, de masques et de vêtements. Le stock de protections respiratoires en bon état commençait à s'épuiser et les masques dont on disposait devaient être attribués de manière nominale et être réutilisés. Il ne fallait pas attendre de livraison de protections respiratoires avant la semaine suivante, le fournisseur était en rupture de stock. Retourner aux masques en papier classiques impliquerait un risque supplémentaire inutile. Bien sûr, il fallait prendre en considération le besoin de chacun des enfants d'avoir ses parents à proximité, pas le contraire, et peser le risque de contamination. On en avait décidé ainsi lors de la réunion du personnel.

La situation était en train de devenir intenable. Le personnel qui n'était pas tombé malade travaillait vingt-quatre heures sur vingt-quatre. Le personnel supplémentaire qui aurait dû arriver et prendre la relève la veille n'était toujours pas là alors que des négociations avaient lieu entre la Sécurité Sociale et les différents syndicats pour déterminer si cela constituait un abandon de poste ou non de refuser de prendre son service lorsque le risque de contamination était si important, et que le nombre des membres du personnel qui tombaient malades continuait à augmenter tant à l'hôpital qu'au sanatorium. On voulait avant tout du personnel expérimenté dans un service des maladies infectieuses. Dans les faits, on serait peut-être obligé de renoncer à cette exigence avant la fin de la journée et de se contenter de ceux qui étaient prêts à apporter leur aide.

Jonatan pouvait comprendre ceux qui refusaient et voulaient négocier, séjourner dans le milieu contaminé revenait à mettre sa vie en danger. Il y a aussi des limites à la loyauté du personnel. Quelqu'un doit le faire mais pourquoi justement moi ? Luimême s'était posé la question. Peut-être s'agissait-il d'un mélange de désir de mort, de culpabilité et de sens du devoir ?

Le service de réanimation de Follingbo n'était plus en mesure d'accueillir de nouveaux patients, pas plus que le service des maladies infectieuses et la pression exercée par le public sur les centres de soins était sur le point de faire s'effondrer l'ensemble du système de santé. Un homme présentant des symptômes grippaux et un infarctus était décédé chez lui le matin tandis qu'il attendait un médecin. Une femme souffrant d'une péritonite n'avait pas été soignée à temps non plus et avait succombé sur le chemin de l'hôpital. Et, dans la tente que l'on avait installée à l'extérieur de l'hôpital pour contrôler la température et les autres symptômes de grippe, des incidents s'étaient produits lorsqu'on avait refusé l'accès aux urgences à des patients.

Les médias cherchaient des boucs émissaires. La Sécurité Sociale allait recevoir des monceaux de réclamations. Les médecins qui devaient effectuer les visites à domicile n'arrivaient évidemment pas à toutes les assurer et l'équipe de médecins qui devait accueillir les autres patients dans les centres de soins avait déjà été soumise à une pression intense avant le déclenchement de l'épidémie de grippe. On aurait bien eu besoin de Morgan au sanatorium mais il était contraint d'aller à Klintehamn pour rassurer les parents des enfants qui se trouvaient encore au tournoi de football.

Ce qui préoccupait le plus Jonatan, pour le moment, était cependant que l'un des deux garçons de dix ans qui étaient arrivés la veille, Zebastian Wahlgren, était très mal en point. Emil Wern semblait mieux supporter la contamination. Les parents de Zebastian avaient été contactés et devraient arriver d'un instant à l'autre. Jonatan frémissait à l'idée de cette conversation. Malheureusement, nous n'avons rien d'autre à offrir que des soins habituels et des paroles de réconfort. Il faudra peut-être le placer sous respirateur et il n'y a plus de respirateurs sur l'île. La coordination des moyens en provenance du continent n'a pas fonctionné. Pour qu'il puisse être soigné dans les meilleures conditions possibles, il faut le transférer à Lindköping. Il y a une place libre mais eux non plus n'ont pas de médicaments antiviraux à offrir.

Laisser les patients quitter l'île constituait également un risque que l'on était obligé de prendre pour le moment. La situation était telle qu'Åsa l'avait décrite : de cette manière, nous sauvons quelques vies mais nous créons des brèches dans le cordon sanitaire et nous risquons une épidémie. Mais, lorsqu'on est à côté du lit et que l'on voit l'état d'un garçon de dix ans ne faire qu'empirer et que l'on sait que ses chances de survie sont meilleures s'il quitte l'île, que fait-on dans ce cas ? Une petite chance mais on la prend sans hésiter. Son entraîneuse, Jenny Eklund, n'avait pas survécu en dépit de soins intensifs. Cela ne constituait en rien une garantie. Mais si cela avait été son propre enfant, on aurait pas hésité un instant même si cela impliquait de mettre la vie d'autres personnes en péril.

Il n'y avait donc pas de médicaments efficaces à donner aux onze nouveaux venus. Jonatan avait expliqué la situation dans laquelle il travaillait à Åsa Gahnström sans tourner autour du pot et elle lui avait affirmé que le groupe national de lutte contre les pandémies faisait tout son possible pour se procurer du Tamivir. Un médicament qui, au cours des expérimentations, s'était avéré efficace contre la grippe aviaire qui s'était déclarée au Vietnam puis en Biélorussie, avant qu'elle ne prenne vraiment de l'ampleur et que la pandémie redoutée ne se produise. Mais les perspectives étaient sombres. Les doses que l'on avait achetées à un vendeur sur Internet s'étaient révélées être des pilules de sucre additionné de cortisone et d'anis sans aucun intérêt. Importées de Chine.

On frappa à la porte et Jonatan remit son masque.

« Les parents de Zebastian sont arrivés à présent. » À la voix, il reconnut l'infirmière Eva. Sinon, il n'était pas possible de la distinguer d'Agneta lorsqu'elles portaient un masque. Jonatan ressentit une pointe de mauvaise conscience. Il devrait prendre des nouvelles d'Agneta. C'était la moindre des choses en tant que supérieur hiérarchique et ami. Que pouvait-il dire pour la réconforter ? Pas grand-chose. Et la fatigue lui ôtait ses moyens. S'il sortait vivant de cet enfer, il éviterait les gens, ne parlerait à personne et dormirait pendant plusieurs jours d'affilée. Il mettrait fin à sa carrière de médecin, ferait autre chose et jamais, jamais plus ne prendrait de décisions relatives à la vie et à la santé d'autres personnes.

« Aide-les à enfiler les tenues de protection. J'appelle Åsa pour lui demander où en sont les négociations et s'il y a du nouveau. Comment ont-ils l'air de le prendre ? »

« Ils sont évidemment inquiets. Est-ce que tu leur as dit qu'il devait être transféré pour avoir accès à un service de soins intensifs ? »

« Je leur ai dit que son état s'était aggravé mais pas à quel point c'était grave. Je vais les en informer maintenant. Je ne voulais pas qu'ils mettent leur vie en danger sur la route pour arriver ici. Il vaut mieux le faire entre quatre yeux et pouvoir répondre à leurs questions dans le calme et la sérénité. »

« Je posais seulement la question pour savoir quoi dire lorsqu'ils m'interrogeront. » Eva disparut de nouveau et l'air s'épaissit. Jonatan inspira profondément et sentit la pression sur sa cage thoracique. Il n'arrivait pas à respirer à fond. Un point de côté vraisemblablement ou un début d'infarctus. Pour l'instant, il lui semblait que cela lui était égal que ce soit l'un ou l'autre. La mort qui lui apporterait le repos et le libérerait de toute cette détresse ne l'effrayait plus. Il décrocha le combiné et composa le numéro direct de l'épidémiologiste Åsa Gahnström mais se retrouva soudain en communication avec son collègue Morgan Svenning.

« Tout va à vau-l'eau, se plaignit Morgan à l'autre bout du fil. Je n'arrive pas à garder la situation sous contrôle ici. Les parents exigent de pouvoir emmener leurs enfants. À proximité du barrage, c'est noir de monde venu dans l'intention de les aider à libérer les enfants. Ils sont très remontés et on a l'impression qu'ils vont se mettre à lancer des pierres ou lâcher des chiens sur les policiers d'un instant à l'autre. Ils ne comprennent pas ce qu'ils risquent si l'épidémie se répand et qu'il n'y a pas de médicaments. Merde, nous allons devoir boucler toute l'île avec l'aide des militaires si nous n'arrivons pas à maintenir l'épidémie sous contrôle et les gens vont tomber comme des mouches chez eux parce qu'il n'y aura plus de places dans les hôpitaux. Il est peut-être temps de le faire savoir par le biais des médias, il est peut-être temps de dire les choses telles qu'elles sont. Åsa Gahnström est en route. La foule en colère qui se trouve à l'extérieur a promis, par le biais de son porte-parole, d'attendre de voir ce qu'elle avait à proposer. S'il n'y a pas de traitement pour les enfants, ça va être l'enfer. Qu'allons-nous faire ? Ça ne peut pas être vrai ! C'est un véritable cauchemar ! »

« Je ne sais pas ce que nous allons faire, Morgan. Je ne sais vraiment pas. »

« Au fait, il y a une autre chose que je ne devrais peut-être pas t'infliger à cet instant précis – mais je crois quand même qu'il faut que tu le saches. Ma femme est allée au restaurant avec ses collègues hier soir pour fêter le départ de l'une de ses collègues. Elle a vu Nina. Je ne sais pas comment te dire ça pour que tu ne le prennes pas mal mais Nina, ta femme... »

« Oui, quel était le problème avec Nina ? » Jonatan se contracta autour de la douleur qui lui traversait la poitrine. Elle lui coupait presque le souffle, une douleur lancinante qui se propageait jusqu'à son dos. Il ne manquait plus que ça par-dessus le marché... »

« Nina était complètement ivre et a été mise à la porte parce qu'elle se montrait bruyante et, euh, qu'elle faisait du tapage. Elle s'est querellée avec d'autres clients. Je suis terriblement désolé, Jonatan. Mais je pensais qu'il fallait tout simplement que tu le saches... »

« Merci, Morgan. C'est clair que tu as bien fait. Nina traverse une passe difficile ces derniers temps.

Åsa n'est pas à tes côtés maintenant ? Il faut que je lui parle. »

« Non et c'est occupé lorsqu'on cherche à la joindre sur son portable. Qu'est-ce qu'elle peut bien faire ? Il faut qu'elle arrive vite sinon ça va être l'émeute. Je ne peux plus assumer la responsabilité. Je te fais confiance pour en témoigner auprès de la Sécurité Sociale, j'ai dit que je ne pouvais plus assumer la responsabilité et tu l'as entendu. »

Jonatan composa le numéro de son domicile. Il attendit huit sonneries avant d'appeler sa mère. Elle promit de vérifier où se trouvait Malte. La voix de sa mère était si fluette et angoissée qu'il en eut mal.

« Ça me semble tellement affreux d'avoir à te demander cela, maman, mais je ne vois pas d'autre solution. Je sais comment Nina se comporte envers toi. Lorsque tout ceci sera terminé, je vais faire quelque chose de ma vie. Ça ne peut pas continuer comme ça. »

Elle l'avait tranquillisé en lui disant qu'elle ferait de son mieux.

« Je vais trouver Malte et le ramener à la maison avec moi. Occupe-toi de ce que tu as à faire, Jonatan. Je m'occupe de ça. »

Les parents de Zebastian étaient assis dans le sas de l'autre côté de la cloison de verre, vêtus de tenues de protection. Ils se tenaient la main. Jeunes et désarmés. Mais ils pouvaient compter l'un sur l'autre, c'était évident. Il les rejoignit et leur expliqua la situation avec autant de ménagement que possible.

« Il faut transférer Zebastian à Lindköping. Il nous est possible de laisser l'un d'entre vous partir avec lui. »

« Mais il va s'en sortir, non ? » La voix de la femme n'était qu'un murmure sous le masque mais ses yeux n'en étaient que plus grands. Comme la réponse de Jonatan se faisait attendre, elle se mit à pleurer.

« J'espère qu'il va s'en sortir. Nous faisons absolument tout ce que nous pouvons mais ses reins fonctionnent mal et son cœur présente des défaillances. Il a beaucoup d'œdème comme vous allez vous en rendre compte. Quoi qu'il arrive à l'intérieur et même si cela vous semble très dur, vous ne devez pas retirer votre tenue de protection ou baisser votre masque. »

Lorsqu'ils l'eurent promis à Jonatan, ils entrèrent dans la chambre où deux infirmières étaient sur le point de préparer le garçonnet pour son transfert avec tuyaux d'oxygène, mallette d'urgence et ballon respiratoire. Zebastian les regarda. Puis il ferma à nouveau les yeux. Il n'avait pas la force de parler avec eux. Ses joues brillaient de fièvre sous le masque de protection. Avec précautions, on le plaça sur un brancard roulant à l'aide d'un drap. Ses parents semblaient perdus et paraissaient surtout avoir l'impression de déranger. Jonatan interrompit les préparatifs afin de donner au père un court instant pour dire au revoir à son enfant. Ils avaient décidé que ce serait la maman de Zebastian qui le suivrait à Lindköping.

« Bats-toi, fiston. On se voit quand tu rentres. » Le père de Zebastian lui donna une tape amicale sur l'épaule et Zebastian leva les yeux et acquiesça.

L'attitude fringante se disloqua à cet instant : le père posa la tête sur le ventre de son enfant et se mit à pleurer. Avant que qui que ce soit n'ait eu le temps de l'en empêcher, il avait retiré son masque et pressé sa joue contre celle du garçon afin que Zebastian puisse vraiment entendre : « Nous t'aimons tant. »

CHAPITRE 21

Par la fenêtre, Maria Wern vit l'ambulance disparaître entre les pins en soulevant un nuage de poussière sur l'allée sinueuse qui menait à l'ancien sanatorium de Follingbo. La chaleur ondoyait entre les arbres.

« C'était Zebastian », dit Emil. « Je n'ai pas pu lui dire au revoir. Il va dans un autre hôpital. Est-ce qu'il va mourir ? Mon entraîneuse est partie en ambulance hier et, maintenant, elle est morte.

« Je ne sais pas, Emil, nous ne savons pas ce qui va se passer. Nous ne pouvons qu'espérer qu'il va revenir très, très vite et que ce cauchemar va prendre fin pour que tu puisses retourner jouer au football. Il faut que nous nous en persuadions. »

« Je ne veux pas rester ici, maman. Je m'embête et tout le monde est sérieux, triste ou malade. Il n'y a personne pour me tenir compagnie. Je veux rentrer à la maison ! Je veux rentrer à la maison tout de suite. Je n'ai pas l'intention de rester ici parce que tout ce qui se passe, c'est qu'ils partent les uns après les autres et puis c'est silencieux et ça fait peur la nuit parce qu'on entend des bruits. Ils viennent de la fenêtre et des murs. Il y a quelqu'un qui chuchote à l'intérieur ou bien il ronchonne ou il crie quand il y a du vent dehors parce qu'il a de l'air qui rentre dans leurs voix à ce moment-là. Les fantômes. C'est ceux qui sont morts ici avant. Est-ce qu'il y a des gens qui sont morts dans cette chambre, tu le sais ? Quelqu'un est mort dans mon lit, dans le lit où je vais dormir. Zebastian le sait parce que sa tante travaille à l'hôpital. Peut-être que quelqu'un avait cet oreiller sous la tête et qu'il est juste mort et qu'après ils ont mis une nouvelle taie comme si de rien n'était. Ils mouraient de la tuberculose à cette époque-là. Il y a un petit garçon de l'autre côté du papier peint qui vient la nuit. Il veut m'avertir que je dois me sauver d'ici. Enfuis-toi d'ici en courant aussi vite que tu peux ! Il est un peu plus petit que moi et il a une chemise de nuit et les pieds nus. »

« Ce doit être un rêve, Emil. Maria réajusta son masque. Ça lui semblait tellement ridicule de se parler en portant des lunettes de protection et des masques, surtout lorsqu'il s'agissait d'un sujet aussi sérieux que la mort.

« Et alors, qu'est-ce que ça change ? Il me met en garde dans mes rêves. On dirait un avertissement. Il m'a raconté que sa mère, son père et tous ses frères et sœurs étaient morts et qu'après, il n'y avait plus que lui avec sa grand-mère. Aussi seul que moi la nuit. Avant, j'échangeais des mails avec Zebastian mais après il n'avait plus la force de répondre. Je crois qu'il va mourir, maman. J'ai entendu à la radio que la moitié de ceux qui sont contaminés meurt. Zebastian a dit qu'il était super malade et aussi gonflé qu'un bonhomme Michelin. Est-ce que moi aussi je vais gonfler ? »

« Je ne crois pas. Je pense que tu vas te remettre. »

« Mais ça, tu n'en sais rien. Tu ne peux pas le savoir. Personne ne sait qui va mourir, dit Jonatan.

On sait presque tout. Mais on ne sait pas qui va survivre et qui va mourir. »

Maria s'assit de l'autre côté de la cloison de plexiglas et décrocha le téléphone pour parler à Jonatan Eriksson. Une mesure de sécurité un peu excessive, estima-t-elle. Même si le médecin lui avait dit que ses résultats d'analyse avaient montré qu'il n'était pas contaminé pour le moment, il risquait de l'être à tout moment au cours de son travail. Par conséquent, il avait choisi de continuer à résider au sanatorium. Il avait l'air infiniment fatigué et triste même s'il faisait de valeureux efforts pour se montrer attentif. Ses paupières se fermaient lentement tandis qu'il prêtait l'oreille aux craintes de Maria et il se réveillait en sursaut et se ressaisissait au moment de répondre. Cet entretien n'en était sans doute qu'un parmi de très nombreux autres, tout aussi difficiles.

« Je veux savoir la vérité. À quel stade ça en est ? Quel est ton pronostic s'agissant d'Emil ? »

Jonatan essuya la transpiration qui lui coulait sur le front et la regarda avec des yeux tellement emplis de douleur et de découragement qu'elle en tressaillit.

« Il existe un médicament bien connu, le Tamivir, qui pourrait nous être utile. Mais nous ne pourrons pas nous le procurer à temps. Åsa a pris contact avec le fabricant et s'est efforcée de parvenir à un accord mais ils disent qu'ils ont vendu leur brevet ainsi que l'ensemble de leur production et qu'ils n'en ont pas en stock. Ils ont fait faillite parce qu'aucune épidémie ne s'est déclarée et qu'ils avaient tout investi dans ce médicament. Nous essayons à présent de déterminer où les médicaments se sont retrouvés. »

« Ce n'est pas vrai ! Mais Emil... »

« Nous n'avons pas de traitement à lui donner. Rien qui soit efficace. Voilà où nous en sommes. Pour autant, il fait partie de ceux qui ont de la chance, il semblerait que la grippe dont il souffre soit moins virulente. Je pense que les chances d'Emil de s'en sortir sont bonnes. Mais il y en a d'autres... »

« Excuse-moi. Je vois que tu es complètement débordé de travail et je peux imaginer l'enfer que tu traverses. Excuse-moi. Y a-t-il quelque chose que je puisse faire et qui pourrait être d'une quelconque importance ? Tu as l'air de travailler vingt-quatre heures sur vingt-quatre. Est-ce que je peux t'aider d'une manière ou d'une autre ? »

Il la considéra avec attention. Pesa le pour et le contre dans son for intérieur.

« Tu es de la police, non ? »

« Oui. » Maria ne voyait pas où il voulait en venir.

« Je ne comprends pas comment je peux te demander ça mais je ne vois pas d'autre échappatoire. » Il hésita encore un instant puis il inspira bruyamment avant de se lancer. « Ma femme est alcoolique. Je pense que c'est la première fois que j'utilise ce terme à son sujet, mais c'est bien ce qu'elle est. » Il attendit que Maria réagisse. Il venait de livrer le plus grand secret de sa vie et son plus grand malheur. Pourquoi restait-elle juste à le regarder d'un œil amical alors que la terre devrait trembler ?

Il poursuivit. « J'ai un fils, il s'appelle Malte et il a sept ans. Je ne sais pas où il se trouve en ce moment parce qu'il s'est sauvé de la maison. Ma mère, qui est âgée de quatre-vingt-trois ans, est partie à sa recherche en ville. Nina est sans doute en train de cuver. Est-ce que tu peux faire quelque chose pour le retrouver, en toute discrétion et sans le clamer sur toute l'île, et l'amener ensuite chez ma mère ou chez une autre personne sensée jusqu'à ce que tout ça soit terminé ? De préférence chez quelqu'un d'autre. Nina peut se montrer insupportable lorsqu'il est chez ma mère qui est âgée, cardiaque et n'a plus la force d'endurer tout ça. Comme tu peux le comprendre, je suis coincé ici à Follingbo et je serais plus à même de me consacrer entièrement à ceux que je soigne si je n'avais pas à me demander comment les choses se passent pour Malte. Plus que tout au monde, je voudrais laisser tomber tout ça et m'occuper de ma famille mais je ne le peux vraiment pas. Excuse-moi, je me montre en proie à la confusion la plus totale et je manque de professionnalisme mais ta question m'a fait perdre les pédales. Oublie ce que je t'ai dit, c'est complètement absurde. Il faut que j'essaie de régler ça d'une autre manière. Je n'ai pas le droit de te charger de la responsabilité d'un de mes patients. Excuse-moi. Je ne sais pas ce qui m'a pris. »

« Je vais faire de mon mieux. Prends soin de mon fils et je prendrai soin du tien. Je vais voir avec une amie avisée qui travaille pour les services sociaux quelle est la meilleure manière de régler ce problème. J'ai une fille quasiment du même âge que ton fils. Malte peut rester chez moi jusqu'à ce que les choses se soient arrangées, s'il le souhaite. »

« Je n'ai absolument pas le droit d'abuser de toi ainsi. En des circonstances normales, je ne me serais jamais, jamais permis, tu le réalises ? »

« Les circonstances n'ont rien de normales. La situation est exceptionnelle. Je te donne des nouvelles dès que j'ai quelque chose au sujet de Malte. Est-ce que tu as une photo ? »

« Oui. » Jonatan sortit son portefeuille de sa poche et lui montra la photo en la plaçant contre la vitre. « Il ressemble tellement à ton fils. J'imagine qu'Emil devait ressembler à ça quand il était un peu plus jeune. »

« Oui, oui, tout à fait. Même s'il était un peu plus potelé. » Maria sentit l'inquiétude qui agitait son estomac, en tournant et tournant encore en un cercle brûlant. Mais toute sa force intérieure contrôlait sa personne extérieure, souriait et étudiait la photo comme s'il s'agissait d'un souvenir du passé, à l'époque où rien encore n'était grave ou dangereux. Elle aurait préféré crier, pleurer et qu'on la console comme un enfant mais ce n'était pas possible.

Maria appela Hartman et lui expliqua la situation une fois sortie dans la cour. La chaleur était presque insupportable sous les pins desséchés. Elle décida de prendre un taxi pour retourner en ville afin de ne pas déranger Hartman dans son travail.

« Prends le temps qu'il te faut et reviens quand tu le pourras. » Il y avait beaucoup de chaleur dans sa voix et Maria aurait pu le serrer dans ses bras pour lui montrer sa gratitude s'il avait été à proximité.

Un petit gamin abattu était assis sur le rempart près du Café Saint Hans ; la casquette retournée, il jetait des petits cailloux sur les pigeons. La grand-mère du petit avait dit à Maria qu'il avait l'habitude de se rendre à cet endroit lorsqu'il avait fugué et qu'il commençait à avoir faim. Il y a toujours des personnes gentilles pour demander à un petit gamin s'il veut une brioche s'il reste suffisamment longtemps à les fixer tandis qu'ils boivent leur café. Il restait là à balancer ses jambes cinquante centimètres au-dessus de l'herbe. Maria s'assit à côté de lui.

« Je m'appelle Maria et je suis de la police. Je viens de voir ton papa. Tu lui manques énormément, Malte, et il voudrait être avec toi si seulement il le pouvait. Mais il y a d'autres enfants qui sont très malades et il les aide à guérir. Lorsque cette grippe aviaire sera passée… »

« C'est n'importe quoi, il n'en a rien à faire de moi et de maman. »

« C'est ce que ta maman te dit ? »

« Maman ne dit rien parce qu'elle est tout le temps en train de dormir. J'ai essayé de la réveiller mais ça ne marche pas. Elle ne fait que dormir, encore dormir et toujours dormir… Elle s'est endormie sur le sol de la salle de bains et elle est couverte de vomi. J'ai marché dans le vomi. Beurk ! Je voulais qu'elle se réveille. J'ai secoué sa tête et je lui ai pincé le nez mais elle n'a même pas ouvert les yeux. Parce qu'elle dort pendant cent ans d'affilée. »

« Restes ici et je vais demander à ta grand-mère de descendre du taxi. Elle est avec moi. Attends-moi ici un moment et mange un morceau et je reviens vite te chercher. Quelle est ton adresse, tu la connais ? »

Maria sentit l'inquiétude la gagner, une pensée qui se transformait en images : celles d'une femme en train de mourir sur le sol d'une salle de bains. Peut-être qu'on se met à penser de cette manière lorsqu'on travaille dans ce domaine, une déformation professionnelle.

« Bien sûr que je la connais. J'habite sur Vikingatan. »

« Est-ce que tu as une clé ? » Le gamin vida lentement ses poches des jouets en plastique, des Playmobil, des chewing-gums et des capsules qu'elles contenaient avant de la trouver. Maria se dépêcha de retourner à la voiture. Le compteur tournait et elle n'était plus sûre d'avoir assez d'argent sur elle pour payer.

La villa était entourée d'un écrin de verdure. Des enfants jouaient avec leur vélo sur le trottoir. Ils avaient fixé des morceaux de papier dans les rayons de leurs roues pour produire un cliquettement. Le petit gamin qui roulait en tête regardait sa roue arrière et manqua de foncer droit sur Maria qui l'évita de justesse en faisant un écart sur le côté. Un tableau si idyllique et serein. Maria régla le taxi avant d'entrer dans le jardin où la pelouse n'avait pas été tondue depuis longtemps. Une bouteille de vin vide et quelques voitures miniatures en plastique se trouvaient sur la table de jardin peinte en bleu. Une veste d'enfant que l'on avait oubliée traînait sur le banc de bois. La porte de devant était fermée à clé. Maria sonna tout en se demandant ce qu'elle dirait à la maman de Malte si celle-ci lui ouvrait. Elle sonna de nouveau, un peu plus longuement que la première fois. Aucun signe de vie à l'intérieur. Elle entra à l'aide de la clé de Malte. Une odeur âcre et sentant un peu le renfermé la frappa dans le grand hall baigné de lumière. Elle appela Nina. Tout était silencieux en dehors du vrombissement entêtant d'une mouche près de la fenêtre. Des fleurs fraîches dans un vase sur la commode ornée d'un miroir.

Des meubles onéreux et des sols d'une propreté irréprochable. Ils n'avaient pas l'air de vivre dans la misère. Ce que Malte avait dit pouvait évidemment n'être que le fruit de son imagination ou quelque chose qu'il avait vu à la télé ou dans un rêve. Elle se pressa davantage, à la recherche de la salle de bains. Elle dépassa un séjour dont les murs étaient recouverts de livres du sol au plafond et dont le centre était occupé par un énorme ensemble en cuir, de grandes plantes vertes et des vases de prix. La porte de la salle de bains était ouverte et une femme blonde y était étendue sur le dos à même le carrelage bleu foncé, les jambes repliées dans une pose disgracieuse. Sa bouche était grand ouverte. Maria s'agenouilla à côté d'elle et sentit un pouls faible. Une respiration à peine perceptible. La femme était de petite taille et menue si bien qu'elle n'eut guère de difficultés à la placer en position latérale de sécurité. Elle tenta de retirer les restes de nourriture de la bouche de la femme du mieux qu'elle le put. Son T-shirt, qui était le seul vêtement qu'elle portait, était couvert de taches de vomi brunes. L'odeur fit presque vomir Maria elle-même. Elle eut un haut-le-cœur et détourna son visage pour prendre l'inspiration suivante. Elle tomba sur quelque chose de gluant et se leva pour se rincer les doigts. En tout cas, la femme était vivante. La pensée de ce qu'elle aurait fait si elle n'avait pas trouvé de respiration ou de pouls lui provoqua un nouveau haut-le-cœur. La seule idée de pratiquer un bouche-à-bouche sur une personne qui venait de vomir lui semblait inconcevable. Maria prit son portable et appela les secours. Occupé, bien qu'elle ait attendu plusieurs sonneries. Elle essaya de nouveau. Aurait-elle fait un faux numéro ou y avait-il tant d'appels que cela ? Maria s'agenouilla à nouveau et prit le pouls de la femme. Une palpitation ténue et irrégulière sous la peau. Mais répondez quoi ! « Service de secours, j'écoute. » Elle se présenta et expliqua la situation. Ils promirent d'envoyer une ambulance mais cela pouvait prendre du temps s'il ne s'agissait pas d'une urgence vitale. Toutes les ambulances étaient sorties pour le moment.

« Je ne peux pas déterminer s'il s'agit d'une urgence vitale. Sa respiration est très irrégulière... » La conversation avait été coupée avant même que Maria ait eu le temps de prononcer la dernière phrase. Elle humidifia un gant de toilette et tamponna le front de Nina pour lui faire reprendre connaissance. La peau de la femme semblait si chaude et couverte de sueur. Une pensée commençait à se faire jour dans son esprit. Et si ce n'était pas une cuite. Elle avait peut-être de la fièvre et pouvait être vraiment malade. Contagieuse ? Comment savoir si elle n'avait pas la grippe ?

CHAPITRE 22

La première chose que fit Maria lorsqu'elle arriva au commissariat une fois que l'ambulance eut emporté Nina Eriksson fut de prendre une douche chaude et de se frotter jusqu'au sang sous le jet d'eau. Elle augmenta progressivement la température de l'eau jusqu'à la limite du supportable comme si le virus s'était déposé sur sa peau et qu'il était possible de le nettoyer. D'un point de vue rationnel, elle se rendait bien compte que ce n'était pas le cas mais elle ressentait tout de même le besoin de se purifier. Rien ne prouvait que Nina souffre de la grippe aviaire. Ce n'était qu'une idée ou, plutôt, un sentiment de maladie, de mort et de décomposition qui émanait de l'expérience affreuse de ce matin avec cette femme étranglée dans son appartement, Sandra Hägg. Le visage bleu jaunâtre de la morte. Les photos sur le panneau d'affichage qui montraient l'homme mort découvert à Värsande s'imposaient à elle. Ses cheveux bouclés noirs, la cicatrice sur son thorax et la large entaille dans son cou ainsi que les yeux ouverts qui la fixaient. Cela faisait trop de maladie et de mort. Une peur que la raison ne pouvait plus gouverner. Comment se protège-t-on ? À quelles parades magiques faut-il faire appel pour éviter la mort et le malheur ? Maria résista à son envie de retourner sous l'eau purificatrice, attacha ses cheveux mouillés en une queue-de-cheval et se rendit dans son bureau.

La réception lui avait laissé un message annonçant l'arrivée de la sœur de Sandra Hägg. La police nationale l'avait informée du décès plus tôt dans la journée. Maria alla à la rencontre de Clary Hägg dans le couloir. Une femme menue aux cheveux bruns bouclés avec une coiffure à la mode dans les années 1980. Une coiffure de caniche. Elle avait l'air d'avoir environ trente-cinq ans, n'était pas maquillée et ne faisait pas particulièrement attention à sa manière de s'habiller. Des taches de ketchup ornaient son T-shirt, et son pantalon bouffant était froissé et sali aux genoux. Elle regarda Maria de ses grands yeux marron dénués d'expression, comme si elle allait fondre en larmes d'un instant à l'autre. Elle ne clignait pas des yeux mais se contentait de regarder le visage de Maria en attendant qu'on lui adresse la parole. Maria mit le magnétophone en marche et posa les questions de routine après avoir prononcé quelques mots de condoléances en introduction. Ils lui semblèrent dérisoires et peu convaincants. Une tasse de café ou un bras posé sur les épaules pouvait s'avérer plus utile. Mais Clary avait refusé les deux et se tenait réservée et recroquevillée sur le siège destiné aux visiteurs. Tout le monde n'apprécie pas les contacts physiques et certaines personnes n'éprouvent que de l'embarras et de la gêne si un étranger les touche.

« Je n'ai pas vu Sandra depuis plus de six mois. Pas depuis l'anniversaire de notre mère. Nous ne nous sommes même pas parlé au téléphone depuis. Nous nous sommes brouillées, ça semble vraiment terrible à présent – après ce qui est arrivé. Oui, j'ai bien essayé de garder le contact mais Sandra ne l'a pas souhaité. Pas depuis que je lui ai dit qu'elle devrait quitter Lennie. C'était avant Noël. »

« S'est-il passé quelque chose de particulier à ce moment-là ? »

« Aucun des membres de notre famille n'appréciait particulièrement Lennie. » Clary était sur le point d'ajouter quelque chose mais elle hésitait. Maria attendit la suite mais finit par être obligé de réitérer la question. Clary poussa un profond soupir et laissa tomber son regard sur ses mains qui reposaient sur ses genoux tandis qu'elle réfléchissait aux mots qu'elle allait employer. « Il était tellement prétentieux, imprévisible et lunatique. Il pouvait se montrer charmant et, l'instant d'après, se comporter comme un vrai salopard, si vous voulez mon opinion. Il pouvait péter les plombs tout à coup pour des broutilles. Je ne sais plus comment nous en sommes venues à ce sujet mais je crois que c'est maman qui a commencé à évoquer l'ancien petit ami de Sandra, et à quel point ç'avait été bête lorsqu'ils étaient censés camper à Fårö et qu'ils avaient oublié les piquets de la tente à la maison. Ils n'avaient que la toile elle-même et il s'est mis à pleuvoir. Alors ils se sont roulés dedans et ils ont dormi au pied d'un sapin. Nous plaisantions de ça et d'autres choses. Lennie est devenu fou furieux et a tordu le bras de Sandra tellement violemment qu'il a craqué lorsqu'elle l'a suivi sur le balcon. J'étais juste derrière eux et je l'ai vu alors je lui ai dit de la lâcher mais il m'a poussée en arrière. Je suis tombée et je me suis foulé deux doigts de la main gauche en essayant de me rattraper. » Clary montra sa main même s'il n'y avait plus aucun bleu ou œdème à voir.

« Est-ce que ce genre de choses s'est reproduit ? Penses-tu que Lennie battait Sandra ? »

« Je ne sais pas. » Clary se frotta les yeux lorsqu'elle ne parvint plus à retenir ses larmes. « J'aimais ma petite sœur et je ne voulais que son bien. Mais après ça, j'ai eu l'impression que Lennie lui avait posé un ultimatum : lui ou sa famille. »

« Et elle a choisi Lennie ? »

« Oui. Et puis il mentait sur des petits détails faciles à vérifier. Il était soi-disant présent lorsqu'un accident de voitures s'était produit et il avait sauvé des vies alors qu'en réalité, il n'était même pas dans les parages. Il se vantait d'avoir rencontré des célébrités qui, en fait, se trouvaient en tournée à l'étranger à ce moment-là. Si quelqu'un racontait quelque chose d'intéressant qui lui était arrivé, il fallait toujours qu'il raconte quelque chose de mieux ou pire et si quelqu'un lui demandait des précisions, il se mettait à bouder. J'avais espéré mieux pour Sandra. Vraiment. J'étais contente quand j'ai appris qu'il avait déménagé et je pensais que nous allions de nouveau être deux sœurs, comme avant. Et maintenant, elle est morte. C'est tellement impensable. Elle ne peut pas être morte. Elle aimait tant la vie, elle était tellement pleine de vie et d'énergie. Savez-vous comment c'est arrivé – ce qui s'est passé ? » Clary frissonna et se recroquevilla sur son siège. Maria éprouva soudain de la tendresse à son égard.

« Tout laisse à penser qu'elle a été étranglée. »

« Étranglée ? Pourquoi ? Est-ce que quelqu'un l'avait... touchée ? Je veux dire violée ? » Clary avait du mal à prononcer les mots.

« C'est trop tôt pour le dire. Je suis désolée. Savez-vous si Sandra connaissait quelqu'un du nom de Tobias Westberg, un journaliste ? »

« Non. » Clary secoua sa tête bouclée. Je n'ai jamais entendu parler de lui. Si l'information vient de Lennie, à votre place, je la prendrais avec des pincettes. Il voulait faire croire que Sandra voyait d'autres hommes pour avoir une excuse pour baiser à droite, à gauche. Si vous me passez l'expression. Il se comportait comme ça dès qu'il avait un peu bu. Sandra ne sortait plus avec lui. Elle restait à la maison plutôt que de prendre le risque de le voir se ridiculiser. J'étais tellement contente quand j'ai su qu'elle en avait eu assez et qu'elle l'avait largué. Pas trop tôt et maintenant... Je suis tellement, tellement triste. » Les sanglots se déclenchèrent à ce moment-là. D'une certaine manière, ils furent libérateurs. Les tremblements qui agitaient son corps se calmèrent progressivement et lorsqu'elle se leva pour partir, une fois que Maria lui eut posé quelques questions supplémentaires, elle semblait s'être ressaisie.

Après le départ de Clary Hägg, Maria resta plantée devant son ordinateur sans trouver la force de bouger. C'était comme si le chagrin refusait de quitter la pièce. Il flottait dans l'air telle une drogue paralysante. La pensée d'Emil ne la quitta pas avant qu'elle se force à penser à autre chose. Au prix d'un effort de volonté, elle laissa le téléphone où il était. Jonatan avait déjà bien assez à faire et ils avaient promis d'appeler au cas où l'état d'Emil s'aggraverait d'une manière ou d'une autre. Maria se connecta à l'ordinateur. Elle fixa l'écran sans le voir tandis qu'elle songeait aux descriptions qu'on lui avait faites de

Lennie, celle que la voisine leur avait donnée et celle que la sœur venait de lui livrer. Laquelle était vraie ? Deux tableaux bien différents. Irréconciliables même. À moins que nous soyons à ce point complexes et bourrés de paradoxes en fonction des gens que nous fréquentons ? Maria continua à frapper et chercha Tobias Westberg sur le registre de l'état civil ; elle trouva deux personnes dont l'âge correspondait. L'un d'entre eux était journaliste. Aucune condamnation antérieure. Quoi qu'il en soit, il y avait peut-être un fond de vérité dans ce que Lennie leur avait dit. Hartman arriva au même instant et s'installa sur le siège qui lui faisait face, un sandwich à demi mangé à la main et des concombres à la mayonnaise brillant sur le pourtour des lèvres. Maria se rendit compte qu'elle n'avait rien mangé de la journée. Elle n'avait pas eu faim, tout simplement.

« J'ai parlé à Håkansson. Il a procédé à une première inspection de l'ordinateur de Sandra, qui était allumé. Elle était connectée à Outlook. Il y a deux ou trois choses qui méritent d'être examinées de plus près. Hier soir, elle a échangé des messages avec un certain Hans Moberg qui vend des médicaments sur Internet. Ils se sont mis d'accord pour se rencontrer le soir. Elle souffrait apparemment d'une migraine et elle avait accroché la clé à un ruban qu'il pouvait attraper par la fente de la boîte aux lettres. On dirait qu'elle tenait vraiment à le rencontrer même si elle était couchée et qu'elle souffrait d'un violent mal de tête. Ma femme souffre parfois de migraines et c'est à peine si on peut allumer la télé dans ces moments-là. Pas un bruit, pas une lumière. Jamais elle n'inviterait quelqu'un lorsqu'elle a mal à la tête. On peut se demander ce qui était aussi important. Le ton était formel et il ne s'agissait donc pas d'un rendez-vous amoureux, même si on ne peut évidemment pas en être sûrs. Il est clair qu'il faut que nous mettions la main sur lui au plus vite. Hans Moberg possède un site personnel où il promet à ses clients virilité et jeunesse éternelles ainsi que la guérison de tous les maux possibles et imaginables. Il se fait appeler Docteur M. Des belles photos de jeunes gens. Apparemment, il se balade en caravane pour vendre sa marchandise. Ça n'a pas l'air franchement légal mais il faudra que nous vérifiions avec le procureur. Sandra n'a pas d'alcool dans le sang. Nous avons relevé les empreintes sur la carafe de vin et tout ce que je peux te dire, c'est que ce ne sont pas les siennes. »

« Sandra travaillait au centre de santé à côté de Snäckgärdsbaden. C'est un centre de soins privé et une clinique de luxe. Ils proposent de la chirurgie esthétique, des soins de beauté et ils disposent également d'un centre de vaccination. J'ai vu leur publicité dans le journal aujourd'hui. Le glamour est seulement leur vitrine. Ils pratiquent également des opérations de prothèse de la hanche et de la cataracte. Je me disais que nous pourrions aller y faire un tour pour discuter avec les collègues de Sandra. »

« D'après ce que je peux voir sur la liste de contacts de Sandra sur le Net, elle échangeait assez régulièrement des messages avec une certaine jessica.wide@vigoris.se, vraisemblablement une collègue donc. Sandra utilise le même domaine lorsqu'elles échangent des messages. Je me sens un peu gêné d'aller fouiller dans la vie privée des gens de cette manière. Les deux dames jasent pas mal au sujet des hommes qu'elles ont rencontrés en boîte. Je ne pensais pas que les femmes… euh, employaient un tel langage. »

« Un tel langage ? » Maria ne put s'empêcher de sourire en voyant l'expression troublée qu'arborait Hartman. « Tu veux dire qu'il devrait y avoir une différence dans la manière dont les hommes et les femmes s'expriment pour parler de leurs coups de drague ? »

« Non, mais tu n'écrirais quand même pas… ah… laisse tomber. Ensuite, nous en savons un peu plus long sur l'homme de Värsande. Au cours du porte-à-porte à Klintehamn, plusieurs personnes ont rapporté qu'elles avaient reçu la visite d'un vendeur de tableaux. Un homme de petite taille aux cheveux et au teint foncés. À l'intérieur de la maison de Berit Hoas, il y avait un tableau qu'elle avait elle-même dit lui avoir acheté. Il porte des empreintes, sur la peinture elle-même. Nos techniciens ont procédé à une analyse préliminaire des empreintes. Ce n'est pas vraiment facile mais Mårtensson porte un intérêt tout particulier à ce genre de choses et a repéré des points de concordances entre les empreintes à plusieurs endroits. Cependant, ça pourrait prendre plusieurs semaines avant que nous obtenions une réponse définitive. Quoi qu'il en soit, nous avons un début de piste. Par ailleurs, nous disposons du témoignage d'un voisin à Värsande. Il pensait avoir vu quelqu'un dans le petit parc à côté de l'association locale et il l'a appelé. Une silhouette masculine a disparu en direction de la forge et n'a plus réapparu. Lorsque nous avons passé la zone au peigne fin, nous nous sommes aperçus que quelqu'un s'était vraisemblablement caché à l'intérieur de la forge. »

CHAPITRE 23

Maria pensait à Emil et ne put réprimer plus longtemps son besoin d'appeler. Elle ne savait pas combien de fois elle avait sorti son portable de sa poche avant de le remettre en place. Elle ne devrait pas les déranger mais elle ne serait pas tranquille aussi longtemps qu'elle n'aurait pas eu de ses nouvelles. Elle appela et fut mise en communication avec l'infirmière Agneta. Emil dormait. Sa température restait stable autour de 38 °C.

Le nouveau complexe près de la mer brillait telle une énorme fiente de mouette blanche dans le soleil de la fin d'après-midi. Maria observa l'entrée pompeuse d'un œil désapprobateur et tenta de comprendre ce qui provoquait un tel sentiment d'hostilité chez elle. L'injustice que constitue le fait de pouvoir s'acheter une place avant les autres dans la liste d'attente pour être soigné, un diagnostic et un traitement plus précoces. Et pourtant. Si on se trouvait soi-même dans cette situation et qu'on nous donnait la chance de pouvoir payer une certaine somme pour être débarrassé de sa douleur à la hanche et pouvoir retourner au travail, s'en priverait-on ? Probablement pas, si on avait de l'argent. Qui y perdrait quelque chose ? Quelqu'un d'autre récupérerait une place sur la liste d'attente et l'on pourrait se remettre à payer ses impôts. Pour autant, on aurait pu espérer que l'hôpital public puisse offrir le meilleur, que la solidarité aille jusque-là.

Vigoris Health Center était-il écrit sur une enseigne lumineuse racoleuse fixée sur le mur enduit de crépi blanc au-dessus de l'entrée. À gauche, derrière la petite haie qui venait d'être plantée, on pouvait voir une piscine au milieu d'un paysage de type méditerranéen agrémenté d'un bar et de bains de soleil où l'on proposait des soins de thalassothérapie, des massages, du Qi Gong et du yoga. À droite, un restaurant à l'atmosphère japonaise et un fleuriste offrant des compositions florales raffinées et sans doute très onéreuses. Maria Wern ne put se défendre d'être impressionnée par la luxueuse décoration de la réception qui alliait marbre rose et acajou. L'infirmière derrière l'accueil portait un tailleur vert clair ainsi qu'un chemisier et une écharpe blanche. Ses cheveux étaient relevés en une coiffure sophistiquée et elle portait des talons hauts. Il en allait de même pour les autres infirmières. Bien habillées. Des voix douces. Des mouvements lents et étudiés. Aucune précipitation. Des talons hauts qui cliquetaient sur le sol. On n'attendait plus que l'apparition du commandant de bord en uniforme avec des ailes dorées sur sa cravate. Mais il n'arriva jamais et les médecins masculins qui passèrent semblaient ne pas du tout avoir saisi le code vestimentaire puisqu'ils traînaient des pieds et arboraient des sabots et des blouses blanches froissées.

Maria demanda à parler à Jessika Wide et la réceptionniste les invita à s'asseoir et à attendre un instant. Après dix longues minutes, on les guida à travers le complexe jusqu'au service de vaccination puis dans une grande salle de réunion claire où l'on avait disposé des fauteuils en cuir bleu foncé autour d'une table au plateau fumé. La première chose qui attira l'attention de Maria fut les œuvres d'art d'un goût particulier mais sans doute onéreuses qui ornaient les murs. Du fil de fer barbelé et des bandes d'étoffe à franges en symbiose avec de larges bandes de couleur appliquées à la brosse large. Ç'aurait pu être absolument affreux mais ça ne l'était pas. Il y avait quelque chose de réfléchi et d'attirant au milieu de cette folie. Une dame d'une cinquantaine d'années était assise. Elle se leva et vint à leur rencontre. Tous ses mouvements rayonnaient de charme et d'assurance. Ses cheveux blonds cendrés étaient coiffés de manière audacieuse avec des mèches du côté droit. Ses lunettes de lecture pendaient au bout de la chaîne qu'elle avait au cou ; elle était vêtue d'un tailleur noir à fines rayures blanches et portait une écharpe blanche. L'idée qu'il puisse s'agir de Jessika Wide qui avait écrit des messages lendemain-de-fiesta conduisit Maria à pincer les lèvres pour éviter qu'un large sourire ne s'en échappe. Les gens s'avèrent parfois différents de ce que l'on avait imaginé au premier abord. Que la femme qui se tenait devant eux puisse décrire les fesses des hommes ainsi que leur autre face en employant le langage dont ils venaient de prendre connaissance sur le Net confinait presque à l'absurde.

« Viktoria Hammar, *managing director*[1] de Vigoris Health Center. » Le chef donc, Maria traduisit-elle en elle-même. Pourquoi ne pas le dire en suédois ? Je suis le chef de la clinique.

1. En anglais dans le texte.

« Vous cherchez Jessika Wide. Je peux peut-être vous aider à répondre à vos questions pour le moment. Jessika a bientôt fini son travail et elle nous rejoindra après. Vous êtes de la police si l'on m'a bien informée. De quoi s'agit-il ? » Viktoria leur montra d'un geste qu'ils pouvaient s'asseoir près de la table s'ils le souhaitaient.

« Nous avons la triste tâche de devoir vous annoncer que l'une de vos employées, Sandra Hägg, a été retrouvée morte dans son appartement ce matin. »

« Je l'ai appris ce matin par sa sœur Clary. C'était faire preuve d'une grande force et d'égard de la part de sa sœur de penser que nous nous demandions sans doute où était passée Sandra. C'est vraiment absolument affreux. »

« Nous apprécierions de pouvoir poser quelques questions. »

« Que voulez-vous dire ? Pensez-vous qu'elle ait été tuée ? Que quelqu'un l'aurait… Pourquoi ? Elle ne fréquentait pas ce genre de milieux. Je veux dire que quand on lit des choses au sujet de femmes qui ont été assassinées dans leur appartement, il est aussi souvent question de toxicomanie, de misère sociale et… enfin… Vous voyez ce que je veux dire », poursuivit Viktoria sans se laisser troubler par l'expression qu'arborait Maria.

« Sandra était une infirmière très compétente. Nous nous montrons très pointilleux lorsque nous recrutons nos collaborateurs. Il le faut, surtout lorsqu'on s'établit dans un pays tel que la Suède, avec un environnement tellement préjudiciable pour les entreprises, où l'on n'a pas la possibilité de licencier le personnel qui s'avère incapable de travailler dans le domaine des soins. » Viktoria Hammar fit un geste de la main dans l'air et une créature discrète déposa un plateau de fruits et quelques bouteilles d'eau minérale devant eux avant de disparaître. « Sandra travaille chez nous depuis nos débuts. Avant cela, elle avait travaillé à l'hôpital pendant quinze ans, dans le service des maladies infectieuses. En fait, nous souhaitions quelqu'un qui possède une expérience plus variée mais Sandra savait se montrer très convaincante et elle a appris très vite. »

« En quoi consistait son travail au centre ? » demanda Maria.

« Notre politique est que tous les employés doivent être polyvalents. Cela rend le système moins vulnérable. Toutes les infirmières doivent être capables de prêter assistance au bloc, de prendre soin des patients dans le service de consultation et de prodiguer des conseils que ce soit en matière de coûts ou de santé. Nous accueillons des patients en surpoids qui reçoivent des soins ainsi qu'un traitement et nous obtenons de très bons résultats. Dans le dernier numéro de la Revue des Médecins, notre service était pris comme exemple de… »

« Quelles tâches effectuait Sandra dernièrement ? »

« Je ne l'ai pas en tête mais je peux m'en informer au cours de la journée. Nous avons eu fort à faire ici depuis que mon époux, Reine, s'est retrouvé au sanatorium de Follingbo en observation. Nous ne disposons pas d'autres médecins dans notre personnel et nous le ressentons quand quelqu'un manque. Nous le ressentons vraiment. Il en va ainsi lorsqu'on est une entreprise à but lucratif qui doit s'en sortir face à ses concurrents alors que le système fiscal fait tout pour étouffer son développement. Nous nous voyons contraints de travailler avec des petites marges pour pouvoir dégager des salaires. »

Hartman tenta d'interrompre le monologue mais sans y parvenir. Viktoria éleva la voix et continua de parler sans même faire une pause. Elle était habituée à ce qu'on la laisse finir ce qu'elle avait à dire. « J'espère qu'il va pouvoir revenir bientôt. Nous n'avons pas les moyens de supporter le coût de son absence et d'employer une autre personne pour le remplacer. Je vais vous dire : le socialisme n'est rien d'autre que de la pure jalousie. Pourquoi devrait-on partager avec ceux qui ne lèvent pas le petit doigt ? Et cette peur de la grippe aviaire prend des proportions absolument absurdes qui peuvent avoir des conséquences sur la vie économique. »

Maria ne put s'empêcher plus longtemps de placer un commentaire. L'inquiétude qu'elle éprouvait au sujet d'Emil la rendait incapable de se contrôler comme à son habitude. « C'est intéressant que vous disiez ça car je pensais qu'un médecin pensait avant tout à ses patients. »

« Mais précisément. » Viktoria ne semblait pas du tout comprendre la différence ou percevoir la critique. « Si l'on avait pris soin en temps voulu de s'assurer qu'il y ait assez de médicaments pour mettre en place un traitement préventif, ceci ne se serait jamais produit. Voilà l'œuvre des fonctionnaires incompétents que nous payons avec nos impôts. Mais voici Jessica. Entre, ne reste donc pas plantée à la porte. Viens et assieds-toi. »

Une femme rousse d'une trentaine d'années entra dans la pièce. Ses cheveux étaient longs et rassemblés en une queue-de-cheval lâche. La coiffure faisait ressortir son visage en forme de cœur. Un beau visage digne de faire de la publicité et qui évoquait la bonne santé et les pommes d'api.

« Nous souhaiterions parler à Jessica en privé. » Maria perçut le mécontentement sur le visage de Viktoria Hammar. Juste une légère modification de son expression. Dans cette clinique, nous n'avons pas de secrets les uns pour les autres. Devant le regard autoritaire, Jessika se recroquevilla et redevint la petite écolière qui devait s'expliquer devant la maîtresse et s'excuser avant de quitter la pièce.

« C'est comme ça que nous travaillons », répondit Hartman. Il n'estimait pas avoir besoin de fournir de plus amples explications. Il s'attendait à ce qu'on lui montre du respect.

Ils choisirent de s'installer sur un banc à l'arrière du restaurant, là où les serveuses ne pouvaient entendre leur conversation. C'était un desiderata de Viktoria Hammar qui ne souhaitait pas que l'on voit la police dans son établissement et que les gens commencent à se poser des questions. Même s'ils étaient en civil, des gens pouvaient quand même les reconnaître et se demander ce que Vigoris Health Center avait à faire avec la police. Elle ne l'exprima évidemment pas de cette manière mais c'était bien là qu'elle voulait en venir.

« La décoration est vraiment chouette. Ça doit être sympa de travailler dans des locaux aussi gais. »

« Oui et pourtant ils ont changé les chambranles des portes. Avant, ils étaient en chêne mais ensuite, Viktoria s'est mis dans la tête que le cerisier était plus beau. Du jour au lendemain, un simple caprice. C'était extrêmement pénible parce qu'il y avait des ouvriers dans tous les coins mais, Dieu merci, c'est fini à présent. »

Après quelques échanges de banalités, ils en vinrent à la mort de Sandra. Jessika Wide pleura sans dissimuler son visage. Les grands yeux gris se remplirent de larmes avant de déborder. Maria lui tendit un mouchoir en papier mais elle ne l'utilisa pas pour se sécher le visage. Au lieu de cela, elle en fit une boule dans sa main. « Sandra était ma meilleure amie ici, à la clinique. Je ne comprends pas… je ne réalise pas… »

« Vous vous fréquentiez pas mal en dehors du travail, si j'ai bien compris. » Maria ne put s'empêcher de jeter un regard vers Hartman en posant la question. Son visage ne trahissait rien au sujet des messages qu'il avait lus. « Savez-vous s'il y avait un homme dans sa vie ? Un ami ou quelqu'un de plus proche ? »

« Je ne sais pas mais je pense que oui. La raison pour laquelle elle a plaqué Lennie était sans doute qu'elle était tombée amoureuse de quelqu'un d'autre. C'était tellement évident. Elle répondait à peine lorsqu'on lui parlait, elle s'esquivait pour discuter sur son portable et, lorsque quelqu'un s'approchait, elle mettait tout de suite fin à la communication. Elle faisait la même chose quand elle était devant l'ordinateur. Lorsque quelqu'un entrait, elle changeait de programme. On remarque ce genre de choses. Je ne pouvais que l'en féliciter. Lennie n'était pas un homme pour une nana comme Sandra. Ils étaient tellement différents d'une certaine manière. Elle avait une formation générale et intellectuelle. Je crois qu'elle le trouvait vraiment stupide par moments et qu'elle avait honte lorsqu'il sortait des énormités. Il le sentait sûrement. Je pense qu'il faut que l'on puisse être fier de l'homme avec lequel on est pour que ça puisse durer. »

« Savez-vous de qui elle était amoureuse ? »

« Non. » Jessika prit une profonde inspiration ; elle avait l'air stressée. « Je connais quelqu'un qui appréciait beaucoup Sandra. Même si je n'en suis pas sûre. C'est peut-être moi qui m'imagine des choses – juste une intuition. »

« Ça peut tout de même s'avérer utile. De qui pensez-vous qu'il s'agissait ? »

« Reine Hammar avait un petit faible pour elle. Parfois, il la regardait comme... oui, vous ne pouvez pas savoir à quel point il était amoureux. Il pouvait trouver mille prétextes pour la suivre dans son bureau et puis, il s'est teinté les cheveux en noir parce qu'elle avait dit qu'elle aimait les hommes aux cheveux sombres. » Jessika éclata de rire et le rire déclencha une nouvelle crise de sanglots. « Il est chef de clinique ici et il est marié au big boss. Mon Dieu, ça ne va quand même pas se savoir que j'ai dit ça ? Il était chez Sandra un jour où je l'ai appelée. J'ai entendu sa voix et je l'ai reconnue. Mais je ne pense pas qu'elle s'intéressait particulièrement à lui. C'était quelqu'un d'autre. Elle ne voulait pas que je sache de qui il s'agissait. Et Reine est comme il est... il a fricoté avec une nana qui faisait le ménage ici et après ça a été le tour d'une des filles du restaurant... et puis Mimi des cuisines a dit qu'elle l'avait vu en boîte en compagnie d'une nana blonde. Ils sont montés ensemble dans un taxi, d'après elle. Mais je ne sais pas si c'est vrai, c'est juste ce que Mimi a dit. » Jessika renifla, s'essuya les yeux et le nez et se redressa.

« En fait, j'ai demandé à Sandra s'il y avait quelque chose entre elle et Reine mais elle l'a nié. Avoue, espèce de trouillarde, je lui ai dit mais elle s'est contentée de rire. » Tout à coup, ses yeux s'écarquillèrent et fixèrent Maria sans la voir comme si c'était un fantôme. « Mais Reine n'est pas au courant. Il est au sanatorium de Follingbo et il ne sait pas que Sandra est morte. C'est vraiment affreux. Qui va le lui dire ? Moi ? Je n'y arriverais pas. Je crois que je n'arriverais pas à sortir le moindre mot. Pauvre Reine. Mais non, il y avait quelqu'un d'autre. Un journaliste. Une fois, elle a parlé d'un journaliste qu'elle avait rencontré au cours d'une fête et j'ai compris que cette fois-ci, c'était quelque chose de sérieux. »

« Savez-vous de quelle fête il s'agissait ? »

« Une fête d'anniversaire pour quelqu'un qui avait quarante ans. Sa sœur à lui ; elle travaillait au service des maladies infectieuses. Il s'appelait Torbjörn, je crois. »

« Vous en êtes sûre ? Qu'il s'appelait Torbjörn », demanda Hartman.

« Non, ça pourrait être Tobias. Mais c'était il y a un bail, je ne pense pas que ça ait donné quelque chose. Ensuite, elle était en contact avec des gens sur Internet... elle a peut-être rencontré quelqu'un de cette manière.

« Savez-vous si elle connaissait quelqu'un qui s'appelle Hans Moberg, dit Mubbe ? »

« Je ne sais pas mais j'ai eu l'impression qu'il y avait quelqu'un qui devait venir à ce moment-là, hier soir. Je lui ai demandé si elle voulait que je sois avec elle. Vous savez, à la première rencontre, il faut se montrer prudente, ne pas être seule et ce genre de choses. Mais elle m'a dit que ce n'était absolument pas nécessaire. Elle m'a répondu de façon vraiment bizarre ; elle était en colère alors que je n'avais rien fait. Je veux qu'on me laisse en paix, m'a-t-elle presque crié. Ça m'a un peu inquiété et j'ai même songé me pointer quand même mais on m'a ensuite ordonné de travailler le soir dans le service de chirurgie après ma journée de garde et, après, je n'en avais tout simplement plus la force. J'ai appelé plusieurs fois mais elle n'a pas répondu. Oh, mon Dieu, je viens d'y penser... si j'y étais allée, elle serait peut-être encore en vie ! »

« Je songeais à l'appartement que Sandra avait, il devait être cher pour elle. » Hartman suivit deux jeunes infirmières du regard et se racla la gorge lorsqu'il sentit le regard de Maria posé sur lui. « Je veux dire que votre salaire n'est pas plus important que celui des infirmières du public, si ? »

« Non, nous avons à peu près le même salaire. En fait, j'ai demandé à Sandra comment elle avait les moyens et elle a souri d'un air malin avant de me dire qu'elle avait un atout en main et que, petit à petit, elle aurait les moyens de se payer un trois pièces ou sa propre maison. »

« Elle comptait donc recevoir une grosse somme d'argent d'ici peu. A-t-elle dit de quelle manière ? »

« Non », Jessika se gratta les cheveux et se mordit la lèvre inférieure tout en réfléchissant. « Non, elle ne l'a pas dit. »

« À quelle fréquence Sandra souffrait-elle de migraines ? »

« Des migraines ? Sandra n'avait jamais mal à la tête. Elle entretenait bien sa forme physique, n'était jamais malade et passait d'ailleurs pour la préférée de Viktoria sur ce point. Viktoria avait pour habitude de la citer en exemple de la manière dont on devrait prendre soin de sa santé pour avoir la force d'effectuer un travail exigeant. » Jessika fit une grimace en prononçant ces derniers mots.

« Une dernière question. Quelle tâche effectuait Sandra dernièrement ? »

« Elle était au service de chirurgie mais elle souhaitait être mutée dans le service de vaccination. Elle s'en est ouverte à Viktoria à plusieurs occasions. »

CHAPITRE 24

Hans Moberg passait juste à la hauteur de Tingstäde sur la route 148 lorsqu'il entendit l'avis de recherche à la radio. Son nom, son numéro d'immatriculation et une description peu flatteuse de son apparence et de sa voix fluette suivis des prévisions maritimes. Il remarqua que ses mains s'étaient mises à trembler sur le volant avant de réellement comprendre ce qu'il venait d'entendre. Comment pouvaient-ils savoir qui il était ? Et qu'il y était allé, chez Sandra Hägg ? Est-ce quelqu'un l'avait vu et l'avait reconnu ? Ce n'était pas vraisemblable avec l'accoutrement qu'il portait. Bordel de merde, ils devaient avoir inspecté l'ordinateur et avoir contacté Telia. Putain de bordel de merde ! L'ordinateur était allumé et il avait touché le clavier. Il n'arrivait pas à respirer à l'intérieur de la voiture, l'air semblait figé, ses oreilles bourdonnaient, il entendait un grondement semblable à celui d'une cascade et la route dansait devant ses yeux si bien qu'il ne savait plus sur quelle partie de la chaussée il était. Le bord vert et indistinct d'un fossé et des champs gris défilaient devant ses yeux. Il fallait qu'il se reprenne. Qu'il calme les battements affolés de son cœur. Ralentir, apprécier la situation et prendre des décisions sensées. La jauge du réservoir se rapprochait de zéro. Il fallait qu'il fasse le plein à Lärbro, qu'il s'efforce de cacher la caravane dans un lieu sûr et qu'il change de voiture. Ne pas louer une voiture parce que, dans ce cas, il devrait présenter une pièce d'identité. Il n'y avait pas à tortiller : il fallait que ce soit la voiture de quelqu'un parti en vacances. En ville, il y avait des voitures sur toutes les aires de stationnement dans la journée. Où allait-il se débarrasser de la caravane ? Le paysage était tellement plat. Un petit sentier forestier que personne ne fréquentait jamais ? Non, il n'y a pas de sentier de ce genre, sinon ce ne serait plus des sentiers mais des zones envahies par les broussailles. Il avait mal à l'estomac. Il fut soudain prit de nausées et fut obligé de s'arrêter au bord de la route pour vomir au bord du fossé.

Son corps tout entier tremblait et il n'arrivait plus à tenir à distance l'image de la femme morte. La chevelure sombre sur le drap blanc et la bouche qu'il avait voulu embrasser alors que toute vie l'avait quittée et avait été remplacée par un froid humide. La vie ne lui avait jamais accordé une femme aussi belle mais, dans la mort, il pouvait la posséder pendant un instant. Les épaules graciles. La courbe juste à côté de sa clavicule qu'il n'avait pu s'empêcher de caresser. Les petits seins émouvants qu'il aurait pu cacher complètement dans sa main. Il s'était étendu à côté d'elle et avait imaginé qu'ils étaient ensemble et qu'ils venaient de se coucher comme ils le faisaient tous les soirs à cette heure-là après avoir éteint la télé. Si seulement il avait été sobre, les deux mondes ne se seraient pas confondus. Dans ce cas, il aurait pu s'arrêter à temps. Elle s'était couchée en premier et l'attendait. Elle avait dressé la table pour deux.

La femme idéale, celle dont il avait rêvé et qu'il avait cherchée parmi toutes ces femmes. Juste comme si elle l'avait toujours attendu. Qu'elle l'attendrait toujours. Tout le reste n'était qu'un jeu. Sous d'autres déguisements et en d'autres lieux de rencontres mais c'était elle qu'il attendait. Toujours elle. Si seulement, il s'était abstenu de boire du vin chez Sandra Hägg, il aurait perçu le danger à temps. Alors les plans des différents mondes ne se seraient pas superposés, confondus et transformés en une réalité insoutenable, engloutie ensuite par le vide noir dont il n'avait aucun souvenir. Ne pas se rappeler de ce qui s'était passé était le pire de tout. Cela générait une angoisse insupportable qui ne pouvait être atténuée que par une nouvelle cuite.

C'est alors qu'il nettoyait les vomissures sur ses baskets à l'aide d'une poignée d'herbe qu'il en vint à penser à Cecilia, celle qui avait un visage aux traits chevalins. Ils s'étaient rencontrés à Gutekällaren au début de l'été. Avaient échangé des messages pendant un certain temps avant de se voir et la rencontre s'était avérée fructueuse pour l'un comme pour l'autre. Ils avaient parlé de se revoir mais les retrouvailles sont rarement aussi bonnes que la première fois. Un peu comme une voiture qui n'est pas de première main. Toute curiosité est déjà consommée une fois la conquête achevée. Cecilia était exactement comme les autres femmes, une déception à plusieurs égards. Mince, avait-elle écrit. Mince était un euphémisme grossier. Il aurait pu se couper sur les angles des os de ses hanches et ses pommettes saillaient telles deux puissantes mandibules sur ses joues. Mais le fait qu'elle se trouve juste à proximité alors qu'il avait besoin d'elle constituait une circonstance atténuante. De ce point de vue, des retrouvailles n'étaient pas une mauvaise idée. Par ailleurs, elle possédait une grange et un garage pour deux voitures sur son terrain. C'était exactement ce qu'il lui fallait.

Hans Moberg choisit de payer son essence au comptant. Bien sûr il arrivait que l'on note le numéro d'immatriculation de la voiture jusqu'à ce que l'essence soit payée mais ensuite, on ne gardait pas le morceau de papier sur lequel on l'avait noté. La femme qui tenait la caisse à Lärbromacken semblait ne pas avoir entendu l'avis de recherche à la radio. Elle le regarda à peine mais suivit d'un œil vigilant deux gamins sortis d'un bus qui se faufilaient entre les voitures et agitaient des pistolets à eau. Elle devait avoir peur que quelqu'un ne les percute en reculant tandis qu'ils jouaient à cache-cache. Si seulement il avait eu un peu plus le temps, la caissière n'était pas totalement dénuée d'intérêt. Une autre fois peut-être. Après avoir acheté de la bière, des cigarettes et un bouquet de fleurs au supermarché Konsum, Hans Moberg poursuivit sur la 149 en direction de Kappelshamn. À hauteur de Storungs, il s'arrêta sur le bas-côté un court instant. Il valait peut-être mieux qu'il téléphone à la fille et qu'il vérifie qu'il n'y ait pas d'étrangers chez elle. Personne ne répondit et il lui vint soudain à l'esprit qu'elle était peut-être partie en vacances. Il lui semblait bien qu'elle lui en avait parlé. Il fallait vraiment qu'il relise son dernier message avec un peu plus d'attention. Hans Moberg amena la caravane en marche arrière dans un bosquet d'arbre près de l'ancienne piste de danse de Kappelshamn, en attendant la tombée de la nuit. Il réchauffa une boîte de soupe de pois cassés sur la gazinière et la but à même la boîte. Il fit une petite trempette dans l'eau froide et peu profonde de l'autre côté de la route avant de mettre la cafetière à chauffer et de vérifier son courrier électronique. Il s'était donné beaucoup de mal pour épargner "La Scanienne câline". Il y avait une chaleur dans ses lettres qu'il souhaitait connaître de nouveau. Et là... le message que Sandra Hägg lui avait envoyé. Il aurait pu jurer qu'il l'avait effacé. Mais qu'est-ce qu'il était allé foutre là-bas alors qu'il était bourré, bordel ? ! Totalement dénué d'intérêt et maintenant les flics étaient à ses trousses. S'il n'avait pas été ivre, il n'aurait pas fracassé ses meubles. Comment son cerveau avait-il pu lui suggérer une idée aussi stupide ? La panique, évidemment. Il aurait dû s'enfuir en courant. Il aurait dû... Pourquoi, pourquoi, pourquoi n'était-il pas simplement rentré se mettre au lit après la rencontre malheureuse avec la Scanienne ? Maintenant, les flics étaient à ses trousses et, putain, ce que ça craignait !

Une fois la nuit protectrice tombée, Hans Moberg amena la caravane et la voiture dans la grange de Cecilia Granberg. Il se sentait plus serein à présent. Il pourrait peut-être se tirer d'affaire s'il faisait profil bas pendant un moment. Si l'épidémie de grippe aviaire se propageait, la police n'aurait guère le temps de le rechercher. Dans ce cas, ils ne sauraient où donner de la tête pour protéger les camions de nourriture, les magasins et les pharmacies afin qu'ils ne soient pas attaqués et quelques inspecteurs de la P.J. devraient sans doute leur prêter main-forte. À ce moment-là, il pourrait se rendre sur le continent et... oui, qui sait ce que le monde peut bien vous réserver pour le lendemain. À chaque jour suffit sa peine, comme le lui répétait toujours sa mère.

Il était manifeste que la propriété était habitée par une femme seule n'éprouvant aucun intérêt pour les véhicules motorisés. La grange était vide en dehors d'un métier à tisser, d'une calandre en pierre et d'un tas de bois de bouleau. C'était mieux que ce qu'il avait osé espérer dans sa détresse. Un sacré pétrin mais, bon, pas la fin du monde quand même. Cecilia était partie en vacances en Grèce pour quinze jours. Mubbe retira avec précaution le mastic d'une des fenêtres orientées au sud et se glissa à l'intérieur. Elle n'aurait pas pu se montrer plus accueillante si elle avait été à la maison. Le garde-manger était plein de conserves. Dans la cave, il y avait une cinquantaine de bouteilles de gnôle locale et le congélateur regorgeait de plats faits maison en portions individuelles. Du ragoût parfumé à l'aneth, du goulasch, du chou farci, des côtelettes d'agneau et des côtes de mouton. La vie n'était pas toujours contrariante, parfois, elle se montrait favorable. En fait, la seule chose qui lui manquait, c'était les clés de la voiture de Cecilia. L'idée qu'elle ait pu les emporter le contrariait un peu. Il marmonna une prière silencieuse tout en fouillant les sacs accrochés dans sa chambre. Les chaussures et le sac devaient être en harmonie, avait-il lu dans un journal féminin sur le Net et il y avait effectivement un nombre dingue de chaussures et de sacs. Comment arrivait-elle à trouver deux chaussures identiques dans ce bordel ? Il n'osa pas allumer la lumière de peur qu'un voisin ne sache qu'elle était absente et vienne voir ce qui se tramait. Ses vêtements d'extérieur étaient accrochés sous l'escalier, dans l'entrée. Il en palpa les poches et sentit soudain quelque chose cliqueter. Il tâtonna le long de la rangée de boutons. Le trousseau de clés tant espéré se trouvait dans la poche d'un long manteau de couleur claire. Clé de voiture, clé de maison et deux ou trois autres clés, dont il ignorait l'utilité. Il était presque minuit lorsque Moberg s'assit pour lire les dernières nouvelles sur Internet.

La demande d'aide et de médicaments que le Premier Ministre avait déposée auprès de l'Organisation Mondiale de la Santé faisait la une des journaux du soir. Deux autres personnes étaient mortes de la grippe aviaire, dont un petit garçon. Zebastian, s'appelait-il. Les parents figuraient sur la photo. Un conflit avait éclaté entre les policiers et les parents qui voulaient récupérer leurs enfants à l'extérieur de l'école de Klintehamn. Il y avait une photo de l'épidémiologiste droite et très solennelle sur les marches surplombant la foule en colère. Au premier plan figurait un homme, des pierres dans les deux mains. Les policiers restaient immobiles et formaient une masse sombre à l'arrière-plan. On aurait pu croire que c'était eux les vrais prisonniers derrière le cordon de sécurité qui délimitait la zone interdite. Dans le journal du Net, il y avait un entrefilet mentionnant qu'une femme de 33 ans avait été retrouvée morte dans son appartement à Visby. Pas d'avis de recherche national concernant un homme de 45 ans en surpoids et atteint de calvitie. Pour plus de sécurité, il vérifia les informations locales et y découvrit l'avis de recherche. Son malaise se matérialisa sous la forme d'une douleur qui lui traversa le corps. Le titre était d'une taille imposante ; il lui sauta pour ainsi dire aux yeux et l'empêcha de détacher son regard de l'écran : il l'accusait du meurtre de Sandra Hägg. Et voilà qu'ils étaient sur sa piste. Il s'était procuré un peu de répit. S'il arrivait à bien dormir et à réfléchir sans être dérangé, il trouverait une solution. Hans Moberg but une gorgée de gnôle locale et grimaça. Cecilia s'était vantée d'être arrivée troisième au concours de fabrication de gnôle locale. Putain. Il ne tenait pas à savoir quel goût avait le breuvage qui avait remporté le prix. La vie était un enfer. Il se sentait si indiciblement seul et triste. Il avait vraiment besoin de parler à quelqu'un. La Scanienne câline était connectée. Il remarqua qu'elle avait changé d'adresse hotmail. Une vraie sirène du Net comme il l'avait toujours pensé. Un giron amical, voilà ce dont il avait besoin. Et peu importe qu'elle se soit moquée de lui. Il y avait en elle une douceur qu'il aimait beaucoup. Sa manière d'écrire : mon cœur et mon tendre ami. Il lança un hameçon et elle mordit aussitôt.

« Juste envie de parler un peu, je me sens tellement seul sans toi. »

« C'est ce que tu dis à toutes les femmes. »

« Pas à toutes. Il y a beaucoup de femmes auxquelles je n'ai pas encore eu le temps de le dire. C'est de toi et uniquement de toi que je me languis. Je pense tout le temps à toi. Ce matin, j'ai mis le linge sale dans le réfrigérateur, j'ai versé du produit de vaisselle dans le filtre à café et je suis resté toute la matinée à rêver et à fantasmer sur ce que je ferais avec toi si tu étais là. Je crois que je suis en train de tomber fou amoureux. Dis-moi quelque chose de gentil, j'en ai besoin. Je me languis. Réponds ou je vais mourir ! »

« Ça ne peut quand même pas être si grave que ça. Où es-tu ? »

« J'habite chez un ami. Là, il dort alors j'essaie de ne pas faire trop de bruit. »

« Chez un ami ? Mais où ? Tu es encore au Gotland ? »

« Ben oui, quoi. Je suis à Kappelshamn. Tu ne peux pas venir ici ? Je me sens seul et je m'ennuie. »

« Alors tu n'as pas entendu le dernier bulletin d'informations ? La télé est allumée. Ça ne peut pas être vrai. »

« Non, quoi donc ? » Il sentit ses oreilles bourdonner et le rouge écarlate lui monter aux joues. Réponds, quoi, dis-le tout de suite. Tu sais qu'ils sont à mes trousses ou quoi ?

« C'est l'enfer à présent. Toute circulation pour entrer ou sortir du Gotland est suspendue. L'épidémie n'est plus sous contrôle. Vingt-quatre nouveaux cas, sans doute contaminés par une femme de Jungmansgatan, à Visby. Eux-mêmes ont rencontré on ne sait combien de personnes au cours de ces quelques jours, qui ont à leur tour rencontré d'autres gens. Les parents se sont introduits de force dans le périmètre à Klintehamn et ils ont récupéré leurs enfants. C'est le chaos complet. La semaine d'Almedal va être interrompue et les élus vont rentrer sur le continent demain matin. Quand les rats quittent le navire, tu sais… »

« Est-ce qu'on peut se voir ? » Il tentait juste sa chance. Il n'avait pas grand espoir mais parfois on a plus de chance qu'on ne le croit.

« Vers minuit dans la zone industrielle de Kappelshamn. »

« Vers minuit. »

Après, il se sentit presque joyeux et un peu moins démoralisé en dépit de tout. La Scanienne câline s'y entendait en matière de discrétion. Ce rendez-vous pourrait constituer une coupure agréable dans cet isolement qui commençait à lui taper sur les nerfs.

CHAPITRE 25

Jonatan Eriksson retira son masque et s'effondra sur son bureau. Lorsqu'il était seul, il osait enfin laisser s'exprimer les sentiments qu'il avait réprimés. Il pleura comme il ne l'avait pas fait depuis qu'il était enfant, qu'on le brutalisait et qu'on l'avait forcé à baisser son froc devant les grands de la troisième. Son sentiment d'impuissance était aussi fort en ce moment qu'à l'époque et il aurait aimé être très loin de son corps et de l'enfer que constituait la vie. L'idée de tout laisser tomber et de juste disparaître dans le néant ne l'effrayait plus mais, au contraire, lui semblait constituer une vraie chance. L'envie de mourir. Il s'étonna que l'idée soit aussi attirante. Il la laissait seulement venir à lui sans la juger. Quelle raison avait-il de vivre ? Malte évidemment. Mais sinon... absolument rien. Rencontrer le père de Zebastian et lui dire que son petit garçon était mort, voir les différentes émotions traverser son regard – le déni, la colère, l'effroyable douleur – avaient fait éclater en lui un chagrin incommensurable. Mais à cet instant précis, il ne s'agissait pas de lui mais des parents. Et ce n'était que le début. Environ une heure plus tôt, il avait participé à une réunion avec Morgan et les membres de la commission de crise qui n'étaient pas partis en vacances. Le président de la

Sécurité Sociale s'était joint à eux par téléphone et, ensemble, ils avaient pris la décision inouïe de fermer les frontières du Gotland avec l'aide de la police et des militaires. Les garde-côtes allaient recevoir des renforts. Les ports de Visby, Slite, Kappelshamn, Klintehamn et Ronehamn étaient déjà placés sous surveillance et l'aéroport de Visby fermé. La résolution avait été prise dans le groupe national des pandémies. Le gouvernement était informé.

« Et si quelqu'un tente d'enfreindre l'interdiction, de quels pouvoirs disposent la police et les militaires pour l'en empêcher ? », avait-il demandé à Åsa.

« Tous les moyens », avait-elle répondu d'une voix très faible qui s'était brusquement éteinte avant qu'elle ne parvienne à se ressaisir pour poursuivre. « Nous avons échoué. Nous aurions dû, comme nous le savons à présent, nous montrer plus performants pour retracer les contacts qu'avait eu Malin Berg. Ce que nous pouvons dire à notre décharge, c'est que nous n'avons pas obtenu les moyens dont nous avions besoin. Aucun autre conseil général ne nous a apporté de l'aide. Pas un seul médecin, une seule infirmière ou aide-soignante. Aucun médicament antiviral efficace sur cette souche de la grippe aviaire, quelques respirateurs, pas assez de masques respiratoires, pas assez d'alcool médical, les livraisons d'antibiotiques sont fortement retardées et nous n'avons pas assez de linge propre et d'autres produits en réserve même s'ils sont en cours d'acheminement. Nous avons besoin d'autres ressources immédiatement, pas dans une semaine ou quinze jours. Maintenant ! Et les femmes de ménage refusent de venir ici. Elles ne veulent pas s'occuper des poubelles et refusent de faire le ménage dans les chambres des patients parce qu'elles estiment ne pas avoir reçu d'instructions et de garanties suffisantes qu'elles ne seront pas contaminées. Nous allons être envahis de déchets et de saleté et il faut que quelqu'un s'occupe immédiatement de ce problème. »

« Oui, la situation est vraiment critique. J'ai vu les déchets. C'est effrayant ! », dit Morgan en frottant sa joue gonflée, à l'endroit où la pierre l'avait atteinte au cours de l'émeute à l'école de Klinte.

Åsa s'appuya sur le dossier de sa chaise en poussant un profond soupir. « Lorsque les voisins de Malin Berg nous ont assurés avec certitude qu'elle n'était pas sortie de son appartement durant tout le week-end, j'ai voulu y croire de toutes mes forces. C'était un soulagement de ne plus avoir à m'en soucier et de pouvoir me concentrer sur une autre chose tout aussi importante, obtenir des médicaments, rien de moins. Dans la situation actuelle, il faudrait que nous donnions un traitement préventif à l'ensemble de la population ou, mieux, que nous entamions une campagne de vaccination de masse dans l'ensemble du pays pour avoir une chance de nous en sortir. »

« Le Ministre de la Santé s'est un peu avancé en promettant des vaccins pour tous dès février lorsque les plans de prévention ont été présentés », glissa Morgan.

« Un facteur d'augmentation des impôts, si ce n'était pas si grave. Dans la situation actuelle, il faudrait vacciner toute la population deux fois, ce qui représente 18 millions de doses. Il n'a rien précisé quant à la provenance de ces vaccins. » Åsa soupira de nouveau et frotta ses tempes qui battaient. « Non, c'était de la pure foutaise pour rassurer les gens.

Calmez-vous ! S'il y a bien quelque chose qui crée l'anarchie, ce sont les messages contradictoires. Les journaux déclarent, dans le même temps, qu'il faut entre six mois et un an pour produire un vaccin sûr et que, lorsqu'il y en aura effectivement un, ça ne voudra pas dire que nous aurons la possibilité de l'acheter. Les pays producteurs voudront, selon toute probabilité, vacciner leur propre population en premier. C'est bien pour cette raison que nous n'avons obtenu aucune réponse claire de leur part. Que faisons-nous à présent ? Comment faisons-nous pour faire face à la situation nouvelle au mieux avec des ressources à disposition tellement faibles qu'on frise déjà la catastrophe ? » Jonatan avait senti que la colère que lui inspirait cette situation insupportable le conduisait presque à perdre contrôle et à hurler sur ses collègues.

« Il s'agit toujours d'essayer d'éviter la panique », dit Åsa. « Avant tout, il faut que nous nous assurions que les gens restent calmes et suivent les directives que nous donnons. J'en fais des cauchemars la nuit, n'allez pas vous imaginer autre chose. »

« On doit pouvoir mobiliser plus de personnel administratif pour trouver et répartir les moyens. Des secrétaires médicales à la retraite, des infirmières et des aides-soignantes au chômage. On devrait pouvoir les réquisitionner dans une situation comme celle-ci, pas seulement en cas de guerre ou de force majeure. » Morgan, qui flottait d'habitude entre rêverie et veille ensommeillée, avait, ces derniers jours, acquis un tranchant et une intensité tout à fait inédits chez lui. Comme s'il avait été en veille pendant plusieurs années en attendant de devoir faire usage de toutes ses capacités, avait pensé Jonatan. Il garda cependant ses réflexions pour lui-même. La question la plus sensible, en dehors du fait de se procurer des médicaments et du personnel, était celle des lits disponibles.

« Le sanatorium ne sera pas suffisant si nous sommes confrontés à une épidémie de masse. Il nous faut des locaux fonctionnels, de l'oxygène, des lits. Je ne sais pas comment nous allons gérer les arrêts maladie. Les gens ont peur d'être contaminés et restent chez eux. La situation va vraiment devenir infernale si nous ne trouvons rien à faire pour soutenir le moral des employés. Ceux qui sont de service en ce moment ne vont pas pouvoir travailler indéfiniment. » Jonatan vit le visage fatigué d'Agneta devant lui et sentit sa gorge se nouer. Il fallait qu'il trouve le temps de lui parler. Dès que cette réunion serait terminée, rien ne pourrait l'en empêcher.

« Avant, lorsque la tuberculose faisait des ravages, les gens allaient travailler », dit Morgan. « Bien sûr, c'était une autre époque ; on avait un tout autre respect pour l'autorité et on estimait noble de penser aux autres et non à soi-même. »

« On ne recevait pas d'argent et on ne pouvait pas assurer sa subsistance si on ne travaillait pas. Même s'il n'est franchement pas politiquement correct de mentionner cet aspect des choses. » Åsa laissa échapper un petit rire qui ressemblait plus à une quinte de toux. On mourrait soit à force de travailler soit de la tuberculose. »

« S'il existe une possibilité que leurs proches reprennent les personnes âgées chez eux, nous pourrions réclamer les locaux. Je pensais d'abord à St Göransgården et au foyer Maria », dit Jonatan, « ... mais ils se situent en zone urbaine, ce qui constitue un risque. Le mieux, ce serait que nous puissions mettre la main sur des locaux à la campagne. »

« Je me suis mis en relation avec un représentant des entrepreneurs de pompes funèbres du secteur ce matin », dit Åsa. « Ils craignent que cela ne devienne difficile de prendre en charge tous les morts. Il n'y a pas assez de chambres froides et leurs collaborateurs ne savent pas comment se protéger de la contamination. Il faut que nous nous occupions de cet aspect-là également, au plus tôt. Les proches ne savent pas s'ils peuvent organiser les funérailles ou si la personne défunte est encore contagieuse, et ce genre de questions. Il faut que nous informions le public. Est-ce que tu penses que tu peux t'en charger, Morgan ? »

« Est-ce que je peux vous interrompre ? » Une infirmière se tenait dans l'ouverture de la porte. « Le préfet au téléphone, Åsa. Est-ce que tu peux le prendre ? »

« Nous tiendrons une nouvelle réunion de crise demain matin. À neuf heures dans mon bureau », dit-elle avant de tourner le dos à ses collègues.

Jonatan entendit frapper à la porte mais ne répondit pas. On frappa de nouveau et il marmonna un « Une seconde », le temps d'enfiler son masque.

« Il y a une femme qui souhaite te voir. Elle s'appelle Maria Wern. Est-ce que tu as la force de lui parler ? » C'était la voix de Lena qui émanait du masque cette fois-ci.

« Oui, j'arrive dans un instant. » Jonatan alla jusqu'au lavabo et se passa de l'eau froide sur le visage, se regarda dans le miroir et gémit à haute voix. Son visage était marbré et ses yeux gonflés.

Pour une fois, il apprécia d'enfiler le masque. Au cours de la discussion avec Agneta, ce n'était pas lui qui s'était montré le plus fort. Il avait tenté de dire quelque chose mais sa voix s'était muée en sanglots et elle avait prononcé les mots qu'il avait par-dessus tout besoin d'entendre : que ce n'était pas sa faute et qu'il faisait vraiment de son mieux. Après, il avait eu honte.

Lorsque Jonatan se montra de l'autre côté de la cloison vitrée, Maria se leva et vint à sa rencontre dans la salle utilisée pour les entretiens. Une pièce disposant d'un âtre ouvert, un ensemble de sièges sans prétention et de grandes fenêtres donnant sur la plaine en contrebas du sanatorium.

« J'ai appris la nouvelle pour Zebastian. » Elle n'eut pas le temps d'en dire plus avant de soudain se retrouver dans ses bras et il dut mobiliser toutes ses forces pour ne pas se consoler comme il en avait lui-même tant besoin, dépasser la limite de l'acceptable et laisser son corps vivre sa propre vie. Il la prit par les épaules et la repoussa doucement afin de pouvoir voir ses yeux par-dessus le masque.

« Comment Emil le prend-t-il ? » demanda-t-il.

« Il est triste mais il arrive à en parler. Je suis venue pour te dire que Malte et ta mère sont chez moi en ce moment. Elle reste pour la nuit et va s'occuper des deux enfants. Nina se trouve quelque part à l'hôpital. Je ne sais pas comment elle va. Je veux dire que je ne sais pas si elle est malade ou si elle a trop bu et à quel point c'est grave. »

« Merci, je ne sais pas comment je pourrais… »

« J'aimerais rester avec Emil cette nuit. Je sais que ce n'est pas votre politique de laisser les parents rester la nuit mais il a besoin de moi en ce moment. Il faut que je reste avec lui, tu n'as pas le droit de me le refuser. » Les yeux de Maria s'agrandirent et s'arrondirent avant de déborder. « Il faut que je sois avec lui. Sa température a augmenté et… il n'y a toujours pas de médicaments disponibles, si ? Qu'est-ce qui va se passer, Jonatan ? J'ai peur et je vois que toi aussi tu as peur et ça me terrifie. »

« Ça se voit tant que ça ? »

« Oui. Pourquoi aucune aide n'arrive-t-elle de l'extérieur ? D'autres pays doivent bien avoir pris des mesures de prévention qui leur permettent de nous aider. Par pur instinct de conservation et rien d'autre. Pourquoi ne se passe-t-il rien ? » Maria entendit elle-même que sa voix se faisait accusatrice et dure. Elle remarqua qu'il s'était écarté, avait croisé les bras sur sa poitrine et qu'il évitait son regard.

« Les rouages administratifs mettent du temps à se mettre en branle. Nous avons la moitié d'une promesse qu'ils nous donneront une petite quantité de médicaments lorsqu'ils reprendront la production. Mais ça ne suffira pas pour tout le monde. Loin s'en faut. Il nous faudrait des médicaments pour toute la population du Gotland aussi longtemps que la grippe aviaire perdurera. »

« Et lorsqu'on aura les produits, combien de personnes seront tombées malades à ce moment-là ? Combien de personnes vont mourir ? Avez-vous établi des prévisions sur ce point ? Excuse-moi, Jonatan, je vois que tu es fatigué. Ce n'est pas mon intention de… mais je suis tellement inquiète que je n'arrive pas vraiment à contrôler ce que je dis. Pardonne-moi. »

« Reste auprès d'Emil cette nuit mais n'en parle à personne. Nous n'avons pas assez de place pour les parents qui veulent dormir avec leur enfant, ni de tenue de protection, ni de linge de lit et le risque de contamination est non négligeable, même pour toi, tu en es bien consciente ? »

« J'en suis consciente mais je ne peux pas faire autrement. » Elle ouvrit de nouveau ses bras pour le serrer contre elle et, cette fois-ci, il se laissa faire. Il y avait une consolation dans sa douceur, sa chaleur et dans le fait de pouvoir pleurer.

« J'ai lu un livre sur la peste l'été dernier », dit-elle une fois après s'être calmée et installée sur la banquette. « Pour moi, c'était avant tout une saga passionnante, je ne l'ai jamais envisagée comme la réalité qu'avaient subie des gens. On ne peut peut-être pas comprendre l'histoire si on n'en fait pas l'expérience de manière personnelle. C'est pour cela qu'on ne cesse de répéter les mêmes erreurs. Il ne s'agit pas seulement de raison. La théorie de l'auteur, c'est que la peste s'est propagée aussi rapidement parce que les gens fuyaient la mort. Ils ignoraient qu'ils étaient eux-mêmes contaminés et c'est comme ça qu'elle s'est propagée comme une traînée de poudre. C'est précisément cette erreur que vous cherchez à éviter en fermant les accès à l'île ? Est-ce qu'il va y avoir une astuce pour passer entre les mailles du filet pour ceux qui en ont les moyens ? J'ai entendu que le gouvernement allait être évacué tôt demain matin, on l'a révélé aux infos. Combien d'autres ? »

« Je ne sais pas, Maria. Je ne suis qu'un simple médecin. De telles décisions me dépassent complètement. » Il ne put s'empêcher de remettre en place une mèche de ses cheveux qui avait glissé sur son visage, il la caressa et la laissa glisser entre son pouce et son index. « Vas-y. Je crois que tu trouveras un matelas de réserve dans la chambre mais il n'y a malheureusement plus de couvertures. »

Maria se leva et se dirigea vers la porte où elle resta immobile sans vraiment réussir à exprimer ce qu'elle voulait dire. Il la considéra d'un air interrogateur. Il se demanda si elle souriait sous le masque ou si elle envisageait de se remettre à pleurer.

« Je t'aime bien, Jonatan Eriksson, je voulais juste te le dire même si... euh, ça paraît vraiment bête dit comme ça. »

« Je t'apprécie également beaucoup, Maria. »

La chambre était plongée dans l'obscurité. Seule une petite veilleuse luisait au-dessus du lit d'Emil. Son front était brillant et sa frange trempée de sueur était plaquée en arrière. Pourtant, il avait la chair de poule. Maria réprima son envie de le serrer dans ses bras. Elle pourrait le réveiller et il avait tant besoin de dormir. Il devait quand même avoir senti sa présence parce qu'il ouvrit les yeux.

« Ce n'est que moi, Emil. Je dors avec toi cette nuit. »

« Est-ce que je vais mourir, à présent, maman ? »

« Non, ne pense pas à cela. »

« Les parents n'ont le droit de dormir ici que si l'on va mourir. »

« J'ai reçu une permission spéciale de Jonatan pour rester là même si tu n'es pas si gravement malade que ça mais c'est un secret. Il ne faut le dire à personne. »

« J'ai vu Zebastian. Il est venu et il s'est assis juste à l'endroit où tu es assise. Il n'a rien dit, il est juste resté là. »

« Tu l'as rêvé ? Est-ce que tu as eu peur ? »

« Je ne l'ai pas rêvé. Je l'ai vu même s'il était petit, pas plus grand qu'un élève de CP. Je lui ai demandé comment il était venu ici. S'il avait fugué et alors il a éclaté de rire. Bien sûr, ça ne s'entendait pas mais j'ai vu qu'il riait. Je n'ai pas eu peur, j'étais content. Il n'avait pas l'air malade. Il avait l'air à peu près comme d'habitude. Je me demande comment on est quand on est mort. Si on est une espèce de vapeur, si on peut choisir soi-même si on veut être une brume ou une personne ou un nuage qui peut prendre n'importe quelle forme – un visage de vieillard avec un gros nez ou une sorcière ou une tarte à la crème ou un fin rayon qui peut passer par le trou d'une serrure. Je me demande si on peut décider soi-même où on ira après sa mort. Si c'est le cas, je veux m'en aller d'ici. Qu'est-ce que tu en penses, maman ? »

« J'espère qu'on continue à exister d'une manière ou d'une autre parce que j'espère qu'on peut se revoir après la mort. J'aimerais bien revoir ma grand-mère Vendela. Je l'aimais tellement. Même si, sur la fin, elle avait perdu la tête et se sentait un peu perdue, elle était tout de même restée gentille. J'aimerais la revoir comme elle était lorsque j'étais petite parce qu'alors je grimperais sur ses genoux et plus rien ne serait dangereux ou terrifiant. »

« Tu trouves que la situation actuelle est dangereuse et affreuse, maman ? »

« Oui, Emil, ce n'est pas du tout comme ça que j'aurais aimé que l'été se déroule. »

« Si tu as peur, maman, tu peux dormir à côté de moi. J'ai un peu froid. Ça ira comme ça ? » Elle l'entendit rire sous le masque.

« Oui, ça ira. »

Une fois Emil endormi, Maria se recroquevilla sur le matelas défoncé posé à terre. Il faisait froid en dépit du fait qu'elle portait une veste et les bâtis des fenêtres de la vieille maison craquaient d'une manière sinistre lorsque le vent soufflait. Emil était resté étendu seul ici à écouter ce bruit. À présent que Maria ne sentait plus son corps chaud contre le sien, l'inquiétude la regagnait. Sa température était plus élevée. On aurait dit une fournaise et pourtant il avait froid. Maria avait demandé à parler à Jonatan de nouveau mais l'infirmière avait dit qu'il dormait, qu'il fallait qu'il dorme les quelques heures durant lesquelles il pouvait se déconnecter pour avoir la force d'affronter le lendemain. Et Maria le comprenait sans peine, même si l'inquiétude la faisait se tourner et se retourner sur le matelas et écouter chaque respiration du garçonnet. Il respirait beaucoup trop vite. Il se jetait d'un côté et de l'autre, gémissait dans son sommeil et délirait au sujet de Zebastian. Maria se leva et posa la main sur son front. Il transpirait abondamment mais semblait néanmoins un peu moins chaud. Elle essayait de se calmer mais ne tenait plus en place. Elle fit les cent pas dans la pièce et finit par se poster près de la fenêtre. Elle regarda le jardin baigné par la lumière de la lune. Une blouse blanche flottait entre les arbres. Jonatan. Il se dirigeait vers l'un des baraquements. Combien de temps avait-il pu se reposer avant d'être réveillé, deux heures, peut-être trois ? Je t'aime beaucoup, Jonatan Eriksson, est-ce que tu le sens ? Est-ce que tu sens ma main dans ton dos et mon bras sur tes épaules à présent que tu as besoin d'être fort ?

Maria avait essayé d'appeler Krister plus tôt au cours de la soirée afin d'exprimer son inquiétude mais il ne s'était pas montré réceptif. Juste ivre, stupide et lâche comme à son habitude. Est-ce que tu comprends que c'est grave, que ton fils est malade ? Alors il avait fait volte-face, était devenu geignard comme un gamin, niais, et avait eu besoin d'être rassuré. Il ne grandirait jamais. Maintenant qu'elle avait vraiment besoin de lui, il n'était même pas en état de veiller sur Linda.

Maria vit les phares d'une voiture en route pour le sanatorium. Lorsqu'elle passa sur le parking et poursuivit en direction des baraquements où Jonatan s'était rendu en courant à moitié, Maria vit qu'il s'agissait d'une ambulance sans gyrophare ni sirène. Deux personnes vêtues de tenues ressemblant à des combinaisons spatiales entrèrent à l'intérieur du bâtiment et ressortirent bientôt avec quelqu'un étendu sur une civière. Jonatan les suivait, une perfusion à la main. Elle le vit traverser la cour à pas lents une fois que la voiture eut quitté la propriété à toute allure. Il semblait seul. Sa tête était baissée. Elle avait espéré qu'il lève les yeux vers la fenêtre, qu'il la verrait et saurait qu'elle pensait à lui. Si c'était d'une quelconque importance pour lui en ce moment.

Les heures s'écoulaient lentement et l'aube se rapprochait. Dès deux heures du matin, on pouvait distinguer une nuance plus claire dans le ciel. Maria n'arrivait pas à dormir alors que l'inquiétude pulsait dans son sang et lui provoquait des picotements dans les doigts. Elle ouvrait et fermait convulsivement ses mains glacées. Un mal de tête dû à la tension la rendait nauséeuse. Mon Dieu, faites qu'Emil s'en sorte. Rien d'autre n'a d'importance. Emil et

Linda, si nous nous sortons vivants de cet enfer, je serai une mère bien meilleure. Je serai plus présente pour mes enfants et je ne serai plus fâchée contre eux pour des broutilles et je ne serai plus jamais... Qu'allait-il arriver si une épidémie de grippe aviaire balayait l'île à pleine puissance ? Combien de personnes tomberaient malades ? Combien survivraient ? Oserait-on se rendre à des endroits où un nombre important de personnes étaient réunies ? Il fallait bien aller travailler et se rendre dans les magasins. Il y aurait des queues impressionnantes pour tout si le personnel des magasins d'alimentation était alité. Que ferait-on de tous ces malades et ces morts ? De toutes les personnes âgées ayant besoin de soins ? – si le personnel ne pouvait plus venir travailler ou soigner ses proches atteints. Comment oserait-on laisser ses enfants à la crèche ou à l'école, Qui oserait prendre le bus, respirer le même air ou être assis serrés les uns contre les autres, ou aller à un concert ou un événement sportif ? Et si la contamination s'étendait au reste de la Suède et de l'Europe – qu'adviendrait-il des livraisons de nourriture à présent que nous nous sommes rendus si dépendants et que nous ne produisons plus notre propre nourriture ? Ce qu'Arvidsson disait lorsqu'il affirmait qu'il allait assurer sa retraite sous la forme de poules, de pommes de terre, de son propre poêle à bois et de son propre point d'eau n'était pas dénué de sens. Oui, peut-être pas seulement des poules mais, en effet, ce n'était pas dénué de sens. Maria s'assit avec précautions au bord du lit d'Emil et appuya sa tête contre son dos. Si seulement tu t'en sors, mon cœur, rien d'autre au monde n'a d'importance.

CHAPITRE 26

Le matin venu, Emil n'avait presque plus de fièvre et Maria ne fut pas autorisée à rester plus longtemps avec lui. Un masque n'est efficace que pendant huit heures et leur nombre était limité. Elle eut beau pleurer et implorer pour rester, c'était à présent le tour de quelqu'un d'autre de pouvoir être près de son enfant et l'infirmière Agneta lui promit de l'appeler s'il y avait le moindre changement. De ce fait, Maria se trouvait au travail lorsqu'elle entendit la nouvelle. La télé était allumée dans la salle du personnel et tous s'étaient rassemblés pour avoir confirmation de ce qui avait déjà été annoncé au cours de l'édition matinale précédente. Maria resta figée, la cafetière à la main, et ne put s'empêcher de crier lorsqu'elle apprit ce qui s'était passé. Un accès aux médicaments était assuré. Viktoria Hammar apparaissait en gros plan. Elle souriait à la caméra et son sourire était semblable au soleil lorsqu'elle raconta que le matin même, ils avaient reçu une grosse livraison d'un médicament efficace, le Tamivir, qui pourrait être distribué par l'intermédiaire de Vigoris Health Center en collaboration avec l'épidémiologiste du secteur. Approuvé et certifié. Vigoris Health Center pouvait même fournir un vaccin efficace.

« Ce n'est pas possible ! Ça ne devait pas prendre au moins six mois pour développer un vaccin ? » Le visage empressé du reporter apparut dans une fenêtre sur le côté de l'écran.

« Nous n'avons pas osé annoncer la nouvelle avant d'être sûrs que le vaccin était efficace sur l'épidémie qui vient de se déclarer au Gotland. Mais, heureusement, il s'agit ici du même virus que celui qui a causé tant d'inquiétude au Vietnam puis en Biélorussie l'année dernière. L'entreprise qui produisait le Tamivir a fait faillite et la firme a alors acheté le brevet et les stocks de médicaments parce que l'épidémie s'était éteinte d'elle-même. Nous avions nous-même déjà développé un vaccin mais il n'a pas été question de vaccination en masse et il reste donc une quantité non-négligeable de vaccins. »

« Vous voulez dire qu'il suffit que le public prenne rendez-vous pour être vacciné et recevoir un traitement le cas échéant ? Mais c'est vraiment fantastique. » La voix du reporter était aiguë et excitée.

« En premier lieu, nous voulons discuter de la chose avec la Sécurité Sociale et l'épidémiologiste en charge du secteur pour faire une proposition à la direction de la santé et des soins du Gotland. Une solution globale. Et, parallèlement, nous allons ouvrir notre consultation de vaccination ici, à Vigoris Health Center, comme nous le faisons habituellement. »

« Que voulez-vous dire ? Pouvez-vous nous donner quelques précisions ? »

« On pourra acheter le vaccin et le médicament au prix du marché sans attendre la décision de la Sécurité Sociale. Il faut bien comprendre que le développement de nos produits nous coûte de l'argent. Cela implique évidemment des dépenses pour notre firme : le développement des produits, l'administration et les tests. Un investissement que nous devons veiller à récupérer, en termes clairs. Mais nous allons sûrement trouver un accord avec les autorités concernées. »

« On pourra donc payer son traitement et son vaccin pour l'obtenir sans qu'aucun médecin habilité ne l'ait prescrit ? C'est bien ce que vous voulez dire ? »

« Nous avons toujours fonctionné comme cela. Cela ne se fait évidemment pas sans contrôle. Nous disposons de nos propres médecins privés qui recommandent quels vaccins un patient doit recevoir au cas par cas. »

« Combien la vaccination coûtera-t-elle ? »

« Nous avions envisagé 25 000 couronnes[1] par injection. On estime que le niveau de protection se situe à quatre-vingt-cinq pour cent et que l'on peut compter sur une efficacité totale au bout de deux à trois semaines. »

« C'est une somme importante. Je me demande si le commun des mortels a les moyens de payer si cher. Est-ce que ça ne semble pas terriblement injuste si ceux qui ont de l'argent peuvent avoir les premières places dans la file d'attente ? »

« Nous comptons sur le fait que l'État va s'impliquer et subventionner ce vaccin. Pour le particulier, cela peut représenter beaucoup d'argent. Mais si quelqu'un veut payer pour soi-même et ne pas peser sur le système fiscal, je ne vois rien d'injuste à cela, bien au contraire. Nous envisageons la même chose pour le traitement antiviral : un traitement de Tamivir

1. Environ 2 750 euros.

à raison de 75 mg matin et soir pendant cinq jours coûtera 10 000[1] couronnes. Ensuite, nous verrons combien il en faut, cela dépend de la durée de l'épidémie. »

« 10 000. Si je ne m'abuse, le prix d'un traitement au Tamiflu était inférieur à 1 000 couronnes. Pourquoi le Tamivir est-il à ce point plus cher ? »

« Comme je l'ai dit, nous avons nos coûts de développement et de production et il s'agit du prix qui se pratique actuellement sur le marché. Je suis heureuse que nous puissions l'offrir. La situation semblait vraiment sombre. Si Vigoris Health Center peut sauver des vies par le biais de sa contribution et éviter qu'une communauté tout entière soit coupée du reste du monde avec toutes les pertes économiques et personnelles que cela implique, nous sommes heureux de pouvoir offrir notre aide. »

Dans sa joie, Maria chercha immédiatement à contacter Jonatan Eriksson. Sa ligne était évidemment occupée. À quoi s'était-elle attendue ? À ce qu'elle soit la première à lui annoncer la nouvelle ? Il était évident qu'il avait été informé avant le grand public. En fait, il valait mieux qu'il n'ait pas répondu, cela lui avait évité une situation embarrassante. Elle était juste indiciblement soulagée et reconnaissante que l'enfer sans fond qu'elle s'était représentée lorsqu'elle était allongée sur le sol à côté d'Emil semble toucher à sa fin. Elle aurait voulu partager sa joie avec Jonatan. Fondamentalement ridicule et digne d'une adolescente, à y réfléchir de

1. Environ 1 100 euros.

plus près, il avait bien autre chose à faire. Au lieu de cela, elle put parler à l'infirmière Lena qui lui dit que la première livraison de Tamivir était arrivée au sanatorium et qu'une dose avait été administrée à Emil.

« Maria, téléphone pour toi. » La tignasse grise bouclée d'Hartman apparut à la porte et Maria le suivit dans le couloir. « Yrsa Westberg, sais-tu de qui il s'agit ? »

« Non, pas la moindre idée. » Elle avait espéré un court instant que ce soit Jonatan. Qu'est-ce qui l'amenait à penser de cette manière ? Peut-être tout simplement parce que si la vie de votre enfant est entre les mains de quelqu'un et que vous vous trouvez dans une telle situation de dépendance à l'égard de cette personne, cela crée un lien qui ressemble à de l'amour. Mais Maria n'eut pas le loisir de réfléchir plus amplement à la question.

« Oui, ici l'inspectrice de la criminelle Maria Wern. »

« Je m'appelle Yrsa Westberg. Je me suis absentée pendant une semaine et j'ai vu qu'on avait appelé depuis un numéro caché à plusieurs reprises et les collègues de travail de mon époux m'ont dit que la police était à sa recherche, est-ce vrai ? »

« Oui, nous cherchons à le joindre. »

« Il n'est pas à la maison. Je suis rentrée hier soir et il n'était pas là. Il ne m'a pas laissé de mot et ne m'a pas appelé, je ne sais pas où il est. Il n'a pas dormi à la maison cette nuit et… enfin, ce n'est pas le genre à… découcher… et ce style de choses. »

« Qu'en penses-tu ? » lui demanda Hartman un moment plus tard lorsqu'ils furent installés dans la voiture. « Les hommes mariés en vadrouille se ressaisissent généralement à l'aube lorsqu'ils se sont réveillés dans le mauvais lit à côté de la bonne personne mais, bon, il s'agit peut-être d'autre chose dans le cas présent. »

« Est-ce que tu penses qu'il avait une liaison avec Sandra Hägg ? Je veux dire, est-ce que quelque chose va dans ce sens ? » Maria prit le plan pour se rendre jusqu'à la villa à Kappelshamn même si elle ne pensait pas qu'ils en auraient besoin. Hartman connaissait bien le secteur. Il avait grandi à Martebo.

« En réalité, nous n'avons rien qui indique qu'ils se connaissaient. Rien d'autre que les soupçons exprimés par Lennie et ce que Jessika a laissé entendre et, encore, elle n'était même pas sûre du nom. Il y a des T à intervalles réguliers dans l'agenda de Sandra. T et une heure de rendez-vous. En pratique, T pourrait tout aussi bien désigner son dentiste, je me suis dit, alors j'ai vérifié avec l'infirmière qui était celui de Sandra. J'ai obtenu un nom et j'ai vérifié mais ce n'était pas le cas. T peut désigner Tobias ou autre chose. Si c'est lui qu'elle voit, ils se sont vus il y a environ une semaine ainsi que le 4 juillet. Nous ne savons pas s'il a quoi que ce soit à voir avec le fait qu'elle a été assassinée. Nous ne savons même pas s'il y est allé. »

« Est-ce qu'elle a été violée ? » Maria se demandait si elle avait raté beaucoup d'informations importantes pendant qu'elle était au chevet d'Emil. « Tu ferais bien de reprendre au début », ajouta-t-elle.

« Les conclusions préliminaires du médecin légiste indiquent que Sandra Hägg a été étranglée. Il n'y a aucune trace d'agression sexuelle, pas de trace de sperme. Elle a une petite cicatrice sur l'avant-bras gauche. Nous pouvons sans doute en déduire que le tueur était armé d'un couteau. Exactement comme l'a indiqué Lennie, elle avait un code-barre sur une fesse. Pas de peau sous les ongles. Elle ne semble pas avoir opposé de forte résistance en combat rapproché. Toutefois, comme tu as pu le constater, le mobilier était saccagé. Nous ne savons pas combien de temps le tueur l'a pourchassée à l'intérieur de l'appartement. Ma première impression est qu'on lui a porté un coup à l'arrière de la tête avec un objet contondant avant de l'étrangler. Le médecin légiste confirme cette théorie. Elle a été frappée à l'arrière de la tête. Il y a une cicatrice en étoile. »

« Mais personne ne l'a entendue appeler à l'aide. Si on l'avait pourchassée, elle aurait au moins pu essayer d'attirer l'attention, non ? Et Hans Moberg alors ? Celui qui vend des médicaments sur Internet ? Où est-il ? »

« On dirait qu'il a disparu sous terre. Nous avons les numéros d'immatriculation de sa voiture et de sa caravane et nous avons placé le port sous surveillance mais il pourrait évidemment avoir filé avant. Jadis, on devait toujours donner son numéro d'immatriculation lorsqu'on réservait une place pour une voiture sur le ferry pour le continent et, dans ce cas, on aurait pu passer en revue les réservations, mais ça ne fonctionne plus comme ça à présent. Il pourrait également avoir filé par Nynäshamn ou Oskarshamn sous une fausse identité ou alors il est encore sur l'île et il se planque quelque part. Dans ce cas, nous ne tarderons plus à l'avoir. »

Yrsa Westberg vivait dans une petite maison en crépi blanc de la commune de Kappelshamn à une bonne quarantaine de kilomètres au nord de Visby, au-delà des grottes de Lummelunda, la zone rocheuse de Lickershamn et de la baie d'Ire avec son eau bleu-vert. De loin, ils la virent courir avec ses trois colleys sur une piste de steeple dans le jardin ombragé. Un paysage de carte postale émergeant de la lumière matinale, laquelle se frayait un chemin entre les arbres et jouait sur ses cheveux blonds. Une femme énergique d'une quarantaine d'années, les cheveux relevés en queue-de-cheval et vêtue d'un jean et d'un gros pull en laine tricoté main. Les chiens obéissaient au moindre de ses signes et restèrent parfaitement immobiles lorsque Hartman et Maria descendirent de voiture et se dirigèrent vers eux. Ce n'est pas avant qu'Yrsa leur ait demandé s'ils aimaient les chiens et s'ils voulaient leur dire bonjour qu'elle leur fit signe qu'ils pouvaient bouger et les renifler en faisant attention. Elle les conduisit dans une cuisine accueillante où l'odeur de pain fraîchement cuit flottait encore. Les miches du matin étaient en train de refroidir sous des torchons à carreaux. Tout en servant le café et du pain au levain maison, Yrsa leur exposa calmement et posément la raison pour laquelle elle les avait contactés.

« Tobias est journaliste indépendant. Parfois, il part pour faire un reportage mais, cette semaine, il devait être à la maison. Nous nous sommes envoyé des SMS à tour de rôle le soir pour nous souhaiter bonne nuit. Il était à la maison ou en ville ou, tout du moins, il a envoyé des SMS depuis son portable. Je suis rentrée hier soir et je m'attendais à ce qu'il rentre d'un moment à l'autre alors j'ai préparé un osso bucco et j'ai ouvert une bouteille de vin. Mais il n'est pas arrivé et je n'arrivais pas à le joindre sur son téléphone non plus. Ce qui est surprenant, c'est qu'il a laissé les chiens chez sa sœur durant toute la durée de mon séjour sur le continent. Elle m'a appelée hier soir et c'est alors que j'ai compris que les chiens étaient chez elle. Elle n'a pas vu Tobias de la semaine – pas depuis le jour où je suis partie. Il a dû y aller directement et les lui laisser. Directement, sans me le dire. Je suis peintre et j'exposais à Skagen cette semaine. »

« Était-ce dans son habitude de laisser les chiens lorsqu'il avait beaucoup de travail ? »

« Seulement lorsqu'il partait. Jamais quand il était à la maison. Il n'ennuierait jamais sa sœur avec ça si ce n'était pas nécessaire. Par ailleurs, Tobias trouvait qu'il avait besoin de l'exercice que lui procurait le fait de faire une promenade avec eux le matin et le soir. J'ai tellement peur qu'il lui soit arrivé quelque chose. Les gens conduisent comme des fous et je suppose qu'il y en a plus qui sont ivres pendant l'été. On s'imagine toutes sortes de choses. Que quelqu'un l'a fauché au bord d'un fossé et a filé sans demander son reste ou qu'il a fait un infarctus et qu'il gît quelque part. Je suis absolument folle d'inquiétude. »

« Est-ce que vous savez sur quoi il travaillait ces temps-ci ? »

« Nous parlions rarement boulot. Il ne s'intéressait pas particulièrement à ma peinture et, pour tout, dire, je ne me sentais pas non plus spécialement intéressée par ses articles médicaux. Cependant, il y a une chose surprenante : l'ordinateur a disparu. Tout simplement disparu, oui. L'emplacement où il était est vide. Le clavier et l'écran sont là. » Yrsa quitta la table et les précéda dans le bureau. « J'y ai pensé juste après vous avoir appelés et puis je suis allée dehors avec les chiens et ça m'est sorti de l'esprit. Je me suis dit que c'était vraiment bizarre qu'il ait emporté l'ordinateur alors qu'il en a un portable. À moins qu'il ne l'ait déposé quelque part pour une réparation. Il n'est plus tout jeune. Cependant, Tobias n'a pas mentionné qu'il avait un problème. Je pense qu'il me l'aurait dit. »

Maria regarda autour d'elle. Un des murs était percé d'une porte-fenêtre et devant elle, était accrochée une tenture assez surprenante puisqu'elle était constituée de capsules et de bouchons. Maria n'arrivait pas à déterminer si elle la trouvait audacieuse ou simplement affreuse.

« Vous n'avez pas remarqué de traces d'effraction ? » Elle examina le chambranle de la porte et lui donna un léger coup d'épaule. Elle s'entrebâilla. Sur le sol de la terrasse, il y avait un tas de copeaux et on voyait distinctement des marques de coupures dans le bois du chambranle.

« Non. » Yrsa semblait consternée. « Nous habitons à la campagne. Je n'attache même pas mon vélo. Ici, il ne se passe jamais rien. »

« Est-ce qu'il manque autre chose que l'ordinateur ? » Hartman examinait les marques sur la porte. « On dirait qu'ils ont utilisé un couteau ou un pied-de-biche. »

« Je ne comprends pas ce qu'ils pourraient faire de l'ordinateur. Il a plus de dix ans lorsque j'y pense. Des comme ça, on peut sans doute en récupérer gratuitement. Non, on ne semble pas avoir touché à autre chose », après avoir vérifié que les chéquiers se trouvaient toujours dans le tiroir supérieur du bureau. Nous n'avons rien qui puisse avoir une valeur marchande. Je n'ai jamais été particulièrement portée sur les bijoux. La seule grande passion de Tobias, c'est la musique. Il possède plusieurs étagères pleines de CD mais aucun ne semble avoir disparu non plus. Ils n'ont peut-être rien trouvé à emporter, tout simplement. »

« Vous n'avez aucune idée de ce sur quoi il travaillait dernièrement, pour quel journal ou sur quel sujet ? » demanda Maria.

« Pas la moindre mais je peux vous donner les numéros de téléphone des employeurs qui faisaient régulièrement appel à ses services. » Yrsa était sur le point d'allumer l'ordinateur lorsqu'elle se rappela qu'il avait disparu. « Il a dû emporter le carnet d'adresses classique parce qu'il n'est pas là non plus.

« Est-ce qu'il a un agenda auquel nous pourrions jeter un coup d'œil ? » Hartman aperçut le petit carnet bleu au moment où Yrsa l'attrapait. Elle le feuilleta distraitement jusqu'à la date du jour.

« Non, il n'a rien marqué d'une croix et il n'a pas noté qu'il avait quelque chose à faire cette semaine. Pourquoi êtes-vous à sa recherche ? Savez-vous quelque chose que j'ignore ? » Les traits du visage d'Yrsa se modifièrent. « S'il lui est arrivé quelque chose, vous devez me le dire tout de suite. Autrement, ce serait de la pure cruauté et un manque de considération. »

« Nous ne savons pas où il est » se dépêcha de dire Maria. « Mais nous aimerions vraiment le joindre pour lui demander s'il connaissait une femme qui s'appelait Sandra Hägg. »

« S'appelait, que voulez-vous dire ? » Yrsa les dévisagea l'un après l'autre. Elle ressemblait à un enfant qui s'est fait mal et qui manque d'air la seconde avant qu'il ne se mette à crier.

« Sandra Hägg est morte. Nous cherchons à savoir ce qui s'est passé. Est-ce que votre mari connaissait Sandra ? » Yrsa s'effondra sur la chaise près du bureau. Elle devint soudain toute pâle. « Je sais qu'ils se sont rencontrés. Il y avait un lien entre eux. Il n'était pas comme d'habitude. Pas du tout. Il se levait et allait dans le séjour au milieu de la nuit et parfois il dormait dans le canapé. Évidemment je me suis inquiétée. Je lui ai demandé s'il y avait quelque chose entre eux mais il l'a nié catégoriquement. Oh, mon Dieu, elle est morte ? ! Et Tobias a disparu... »

« Cela ne veut pas dire qu'il y ait forcément un lien. » Maria posa sa main sur l'épaule d'Yrsa avec douceur. « Est-ce qu'il pourrait être parti quelque part et avoir oublié de le dire ? »

Yrsa secoua la tête et fit se balancer sa queue-de-cheval, incapable d'émettre un son.

« Savez-vous où il range son passeport ? » Yrsa acquiesça et se leva sans rien dire. Un moment plus tard, elle revint de la chambre. Son visage était complètement déformé, elle clignait des yeux à intervalles réguliers pour retenir ses larmes.

« Son passeport a disparu. Il ne m'a pas dit qu'il allait quelque part. S'il était parti à l'étranger, il me l'aurait dit. » Yrsa éclata en sanglots. « On a passé toute sa vie d'adulte et on pense qu'on connaît cette personne aussi bien que soi-même et, en fait, ce n'est pas du tout le cas. »

« Est-ce qu'il y a quelqu'un qui puisse venir ici et rester avec vous ? Je comprends que c'est difficile. »

« La sœur de Tobias. Mon Dieu, qu'est-ce qui peut s'être passé ? Vous ne croyez quand même pas que… non, non… ce n'est pas possible. Tobias ne ferait jamais de mal physiquement à quelqu'un. Il n'a pas beaucoup de force et il n'a jamais pratiqué de sports violents ou d'entraînement physique, ce n'est pas du tout son genre. Il plaisante tout le temps en disant que la transpiration, ce sont les muscles qui pleurent. »

« Qu'est-ce que tu en penses ? » demanda Hartman lorsqu'ils furent de nouveau dans la voiture pour rentrer en ville.

« Je viens de comparer l'agenda de Tobias avec les rendez-vous dans celui de Sandra. Tobias a écrit X et les dates correspondent avec celles dans l'agenda de Sandra à chaque fois. Une histoire d'amour ou est-ce qu'il pourrait s'agir de quelque chose d'autre ? Des rendez-vous pour des massages peut-être. Il y a un rendez-vous le soir où elle a été assassinée. Il y a T dans la marge à minuit. Un peu bizarre comme horaire pour un massage. » Maria ouvrit la vitre et laissa l'air s'engouffrer à l'intérieur. Quel été !

CHAPITRE 27

Yrsa vit les policiers disparaître dans la Ford blanche en direction de la route principale. Elle les aperçut une dernière fois lorsque la voiture passa à la hauteur des érables du voisin et de la haute haie de troènes. Ensuite elle disparut. Les chiens se collaient contre elle, posaient leur museau sur ses genoux et la regardaient de leurs yeux doux. Ils sentaient de manière instinctive son inquiétude et cherchaient à la consoler. Elle enfonça sa tête dans la toison blanche de Rex et laissa ses larmes couler. Elle sentit sa chaleur et son attachement, sa présence silencieuse et consolatrice, une chose que les humains ont tant de mal à donner. Les mots créent de la distance et de l'exclusion, ils posent des limites et détournent l'attention des sentiments. C'est uniquement dans l'absence de mots et la chaleur d'un autre corps que l'on trouve un apaisement. Les chiens ne posent pas de questions, ils ne jugent pas, ils se contentent d'être là.

Déjà au moment où elle était partie pour Skagen, elle avait éprouvé de l'anxiété, comme un mauvais pressentiment. Il y avait quelque chose dans la manière dont Tobias avait rapidement pris congé d'elle avec un baiser. Son regard qui sans en avoir l'air se portait sans cesse sur sa montre-bracelet. Il l'avait aidée à charger les tableaux dans la camionnette et il s'était écoulé un bon moment avant qu'elle ne soit prête à partir. C'est vrai qu'elle prévoyait toujours de la marge. Il s'en irritait toujours un peu. C'était peut-être juste cette dernière demi-heure qui la poussait à se poser des questions et à s'interroger de nouveau sur son mariage. Dès que Tobias avait fait ce qu'on attendait de lui – sorti les tableaux, l'avait embrassée à la hâte et distraitement, ses pensées déjà loin d'elle – il s'était installé devant l'ordinateur. Il s'était connecté et avait attendu les mains en suspension au-dessus du clavier en attendant... qu'elle parte. Il était tellement évident qu'il souhaitait qu'elle quitte la maison. Elle s'était tenue près de la fenêtre à l'observer, l'homme avec lequel elle avait choisi de vivre. Pour lui, elle avait déménagé du village de Kalix où toute sa famille vivait, où ses meilleurs amis se trouvaient, où elle était tout simplement Yrsa, sans rien avoir à prouver. On reste en contact, s'étaient-ils promis. On se donne des nouvelles ! Mais ce n'est pas la même chose de se rendre visite une fois par an que de se côtoyer au quotidien. Elle était follement amoureuse, jeune et pleine d'espérances. N'avait jamais rencontré un homme comme Tobias – n'avait jamais aimé à ce point, ne s'était jamais sentie si forte et entière. À ce moment, le choix avait été si facile à faire. Les difficultés étaient apparues après. Tobias n'avait pas voulu avoir d'enfants. C'était impensable pour lui et sa conviction était fermement ancrée.

Yrsa croisa son propre regard dans le miroir de l'entrée et passa la main sur son ventre plat. Il serait bientôt trop tard. Elle allait avoir quarante ans cette année. C'était le plus grand compromis de sa vie et, au début, elle avait espéré qu'il changerait d'avis. Elle avait pensé que c'était une question de maturité, que l'envie lui viendrait lorsque les gens de leur entourage auraient des enfants. Pourquoi ne veux-tu pas d'enfant avec moi ? Comment peux-tu me refuser ce que je désire tant ? Comprends-tu à quel point c'est important pour moi ? Mais réponds donc ! J'ai besoin de savoir pourquoi. Il avait tenté de lui expliquer en termes de répugnance et de responsabilité mais cela ne lui suffisait pas. Ce n'était pas toute la vérité. Petit à petit, les pièces du puzzle s'étaient emboîtées. Le silence qui s'abattait soudainement lorsqu'elle l'interrogeait au sujet de sa mère. Des photos de famille qui auraient dû exister. Qu'est-ce que le passé a à voir avec le présent, en quoi la vie de tes parents influence-t-elle la nôtre ?

Il n'avait pas été capable de l'exprimer avant qu'elle ne le confronte au problème. La mère de Tobias était morte en le mettant au monde. Le père de Tobias ne s'en était jamais remis. Cela avait pesé tel un silence, un gouffre insondable, pendant toute son enfance. Tu devrais te faire aider. Ce n'était pas de ta faute. Tu ne peux pas me faire ça uniquement parce que tu as peur. Tobias, écoute-moi ! À cet instant, tout aurait pu arriver et elle avait cru qu'ils avaient fait une percée. Son visage blême sur lequel les persiennes projetaient des stries d'ombre. La réponse qui n'était jamais venue. Au lieu de cela, il l'avait laissée seule. Elle avait entendu la porte d'entrée claquer et après... elle avait attendu, en colère dans un premier temps puis inquiète et désespérément triste durant les heures qui avaient précédé son retour et elle n'avait pas osé aborder le sujet à ce moment-là. Ni alors ni plus tard. Elle se souvenait presque mot pour mot de ce qu'il lui avait dit. Si c'est si important pour toi, il faut que tu trouves un autre père pour tes enfants. Tu es libre de partir – pars si c'est si important pour toi. Je ne veux pas être un obstacle pour toi si cela peut te rendre heureuse. Arrête de m'analyser de cette façon malsaine et de fouiller dans mon enfance. Cela ne te regarde pas et tu as tort. Il ne l'avait pas touchée. Lorsqu'elle avait cherché du réconfort dans ses bras, il l'avait repoussée pour lui faire comprendre qu'il était sérieux. Et ce côté sérieux était toujours présent dans ses yeux comme s'il se tenait sur ses gardes lorsqu'il voyait le regard alangui qu'elle posait sur les enfants en train de jouer au bord de l'eau ou qu'elle détournait les yeux lorsqu'elle voyait un ventre de femme enceinte. Pars si c'est si important pour toi, Yrsa, mais ne me le reproche pas. Et maintenant, où était-il ? La vieille Edla, qui habitait la maison d'à côté, s'était posé des questions et avait emporté le journal en voyant que la boîte aux lettres débordait. Je ne voulais pas que quelqu'un se rende compte qu'il n'y avait personne à la maison à cause des cambriolages et de ce genre de choses, avait-elle dit au passage. Non, elle ne l'avait pas vu de la semaine. Pas plus que la voiture.

Yrsa alla jusqu'à l'emplacement sous l'escalier pour voir si sa valise s'y trouvait encore. Oui, la vieille valise aux coins élimés qu'il avait héritée de sa sœur lorsqu'elle en avait acheté une nouvelle y était toujours mais le petit sac de voyage noir d'Yrsa avait disparu. Elle poursuivit par l'inspection de sa garde-robe pour tenter de déterminer ce qui manquait. Son costume noir était toujours là ainsi que son blazer avec des pièces de cuir sur les manches.

Il devait porter un jean et sa veste en cuir. Il manquait également un T-shirt noir et une paire de baskets. La police lui avait demandé de réfléchir à la manière dont il pouvait être habillé lorsqu'ils lui avaient demandé une photo. De quoi s'agissait-il ? Où pouvait-il être et pourquoi avait-il emporté son passeport ? Son odeur flottait toujours sur ses vêtements. Yrsa appuya son pull contre son visage et ferma les yeux. Elle se laissa entourer par son odeur. Elle renfermait un semblant de sécurité. Le sentiment qu'elle allait entendre les roues de la voiture sur le chemin d'un instant à l'autre et que l'instant d'après, il la tiendrait dans ses bras et lui fournirait une explication. Sans réfléchir, elle fouilla les poches de ses pantalons et de ses vestes pour y trouver un morceau de papier avec une adresse ou un numéro de téléphone ou un ticket de caisse provenant d'un lieu à l'étranger. Elle ne savait pas vraiment ce qu'elle cherchait. Rien. Elle avait téléphoné à tous ceux auxquels elle avait pu penser avant d'appeler la police. Sans résultat. Personne ne savait quoi que ce soit. La police avait dit qu'ils le cherchaient en raison de la mort de Sandra Hägg. C'est seulement maintenant qu'elle arrivait à intégrer cette idée. Sandra la Cassandre aux cheveux noirs coupés à la garçonne et au sourire qui faisait fondre tout le monde. Elle avait elle-même été totalement ensorcelée et avait été incapable de détacher son regard d'elle. Ce n'était pas seulement son sourire, c'était sa façon même de bouger. Elle rayonnait de confiance en soi, de sensualité et de joie de vivre. Tobias n'avait pas été indifférent. C'était juste arrivé. Cela s'était produit juste devant ses yeux et elle n'avait pas eu le pouvoir d'y faire quoi que ce soit.

Yrsa se servit une autre tasse de café. Il était sur la plaque de cuisson depuis un moment et lui sembla âcre. Elle s'installa à la table de cuisine mais se releva rapidement. Elle n'arrivait pas à se calmer. Elle emporta sa tasse et alla dans le séjour. Elle chercha dans des tiroirs qui contenaient des photographies et trouva un portrait de Tobias datant de l'année précédente. Il souriait à la caméra et découvrait sa dent en or. Elle avait toujours trouvé qu'elle lui donnait un côté espiègle, un peu frondeur. Lorsqu'elle vit la photo, l'inquiétude la gagna de nouveau tel un coup-de-poing dans l'estomac. Tobias, où es-tu ? Elle éloigna la photo, elle n'avait pas la force de la regarder.

L'écran et le clavier étaient toujours là. C'était pour cette raison qu'elle n'avait pas remarqué que l'ordinateur avait disparu. À cet instant précis, un souvenir surgit de l'oubli. La semaine précédente, Tobias avait été assis devant l'ordinateur et lorsqu'elle était entrée dans la pièce, comme elle venait de le faire, il avait changé de programme. Elle avait essayé de sortir de la pièce avant d'y revenir rapidement. La même chose s'était produite. Il avait changé de programme. À qui écris-tu ? lui avait-elle demandé et il avait marmonné une réponse évasive au sujet de son travail et du secret professionnel.

Sandra Hägg. La première fois qu'ils s'étaient rencontrés, c'était chez la sœur de Tobias. Ebba travaillait à l'hôpital et avait invité ses collègues à l'occasion de son quarantième anniversaire. Yrsa l'avait aidée à préparer le buffet. Ebba n'était pas particulièrement bonne maîtresse de maison et avait envisagé de laisser à un traiteur le soin de s'occuper du buffet mais Yrsa n'en avait pas démordu. C'était dépenser de l'argent inutilement. Quelques quiches, un petit assortiment de charcuteries et une grande salade ne posaient pas de problème. Il avait évidemment beaucoup été question de soins, de fluides corporels, de sécrétions et d'autres sujets intimes que les gens étrangers à la profession évitent généralement de mentionner à table. Les invités ne semblaient nullement souffrir de ce genre de blocages. Sandra avait décrit de manière très vivante un homme qui avait uriné dans un secteur stérile avant de faire de même tout au long de l'accueil pour marquer son territoire. Elle avait ri à gorge déployée et tout le monde avait ri avec elle. Tobias avait affirmé que c'était un acte parfaitement raisonnable et que le marquage urinaire constituerait un excellent exemple pour l'industrie pharmaceutique suédoise qui aurait dû marquer son territoire au lieu de vendre son savoir-faire. Même si la discussion avait commencé au niveau pipi-caca, elle avait rapidement atteint un tel niveau intellectuel que seuls Sandra et Tobias ouvraient la bouche. Ils avaient beaucoup à dire et les autres les écoutaient avec patience même s'ils ne comprenaient pas vraiment les problématiques de développement de vaccin, d'étalonnage, d'homologation et de brevets mondiaux. Yrsa s'était rapidement lassée et avait disparu dans la cuisine où elle avait rejoint Ebba. Qui c'est, la brune avec laquelle Tobias parle ? Ebba, qui, pour calmer son stress avant la fête, avait bu un peu trop de vin, parlait d'une voix gutturale tel un oracle qui imite la voix des fantômes. C'est Cassandre, qui reçut d'Apollon le don de voir l'avenir si elle devenait son épouse. Elle s'empara du don de prédiction mais refusa de partager sa couche et c'est pour cette raison qu'il la punit en lui infligeant une étrange malédiction. Ebba avait acquiescé et pinçait les lèvres pour se donner un air encore plus mystique. Quelle malédiction ? avait demandé Yrsa. Ebba avait alors commencé à couper un peu plus de pain. Il n'était pas encore tout à fait décongelé et elle lui avait raconté l'histoire de manière discontinue entre chaque tartine. La malédiction, c'est que personne ne croit à ses prédictions. C'est ce que raconte le mythe relatif à Cassandre. Personne ne la croit, à l'exception possible de Tobias, qu'elle a placé en son pouvoir, cette sorcière. Non, mon cœur, il n'y a pas de quoi s'inquiéter. Il t'aime, je le sais, et il ne t'échangerait pas même pour une nuit avec Cindy Crawford. Il ne faut pas croire tout ce que Cassandre raconte. C'est un véritable oiseau de malheur qui voit des dangers et des mauvais augures absolument partout. Au passage du nouveau millénaire, elle a fait stocker des comprimés d'iode à tout le service au cas où une explosion nucléaire se produirait par erreur. Ensuite, elle nous a effrayés avec le virus Ebola, une souche de tuberculose multirésistante et, à présent, c'est la grippe aviaire. La grippe aviaire, ben voyons ! Qu'est-ce qu'elle va encore nous sortir ? Des invasions de sauterelles ou de coccinelles, à moins que ce ne soit la fin du monde ?

Au moment où elles allaient servir le café et où Yrsa allait leur dire qu'ils pouvaient venir chercher un morceau de tarte à la cuisine, elle s'était aperçue que les invités avaient ouvert la porte-fenêtre et qu'ils s'étaient dispersés dans le jardin. Elle leur avait crié que le café était prêt et bientôt tous s'étaient servis en tarte et s'étaient installés à table. Il manquait Sandra et Tobias. Ce n'était pas seulement gênant, c'était une véritable trahison. Ils avaient disparu et personne ne savait où ils étaient partis. Les commentaires ne manquèrent pas. Des petites insinuations méchantes. Tu devrais garder ton mari à l'œil. Sandra mange les hommes. Elle leur dévore la tête. Tu n'as jamais entendu parler de la Veuve Noire ? Ils ont attrapé la migraine et ils sont rentrés ensemble ? Ils n'ont même pas dit merci et au revoir à Ebba ?

À ce point de la nuit, Ebba n'était pas en état de répondre à cette question ni à aucune autre d'ailleurs. Elle était assise sur un tabouret dans la cuisine et riait de tout comme si on la chatouillait. Elle s'était étranglée de rire parce que la lavette était tombée par terre et avait ensuite essayé de l'utiliser comme une marionnette et en avait fait un agneau en train de bêler.

Au moment où les invités allaient partir, Tobias et Sandra étaient revenus bras dessus bras dessous en discutant de manière très animée sur le chemin. Yrsa avait appuyé son visage sur la vitre même si elle aurait en réalité préféré ne pas voir ce qu'elle voyait. Où êtes-vous allés ? Elle n'avait pas osé poser la question elle-même mais avait été devancée par les autres invités. Allés ? répéta Tobias. Est-ce qu'on doit rapporter chaque déplacement stratégique au chef de groupe ? Nous sommes juste allés chez moi un moment. Il fallait que je montre un rapport de recherche à Sandra. Cela avait bien fait rire. Recherche ? On se demande ce qu'était l'objet de vos recherches ? Les différences anatomiques ? Ebba avait tellement ri qu'elle en avait mouillé sa culotte et qu'elle avait dû changer de pantalon, toute adulte qu'elle était. Tobias était devenu cramoisi et avait attrapé une liasse de papiers dans le porte-documents de Sandra en guise de preuve. Mais tout ce qu'il avait sorti était un article de journal sur les puces électroniques pour animaux qui ne prouvait rien du tout. Juste une mauvaise excuse.

Cela faisait deux ans à présent mais au moment où Yrsa se tenait près de la porte-fenêtre forcée, elle eut l'impression que c'était hier. Cela lui faisait toujours mal. Il y avait comme quelque chose d'inexpliqué dans tout cela. Tobias lui avait dit qu'il ne voyait plus Sandra et elle lui avait fait confiance.

CHAPITRE 28

« Voilà ce qu'on appelle une réaction rapide. Nous allons être vaccinés. Il y a une infirmière dans la salle du personnel. Il suffit d'y aller et de se le faire faire. Petterson a failli s'évanouir. Ce sont vraiment de très grosses canules. Enfin, tu le savais sûrement. » Haraldson passa la main dans les cheveux de son collègue et fit un signe de tête à Maria. « Honneur aux dames ? »

« Comment cela, qu'est-ce que tu veux dire ? »

« Tous les policiers vont être vaccinés contre la grippe aviaire. Les policiers, le Premier Ministre et ses potes, nous sommes en bonne compagnie. Si, si, je t'assure. Il suffit de continuer tout droit jusqu'à la salle du personnel où officie l'infirmière Yster. Le vaccin est gratuit pour nous. Tu te rends compte de l'investissement que ça représente pour chaque membre de la police. Ils estiment que nous valons 25 000 par personne + les comprimés… voyons voir, 35 000… pas mal, non ? Je me suis senti un peu plus beau lorsque je me suis vu dans le miroir au vestiaire, un peu plus intelligent et nettement plus apprécié que les autres gens. Nous avons suffisamment de valeur pour qu'on investisse en nous, ma foi. On va nous donner du Tamivir aussi longtemps que la grippe aviaire sévira. On estime que cela va encore durer six semaines. Ça représente pas mal d'argent. Même si j'aurais préféré le recevoir sous forme de prime pour m'envoler vers un paradis de la Méditerranée. »

Maria poursuivit son chemin et se rendit compte qu'il avait raison. Une infirmière portant le tailleur vert du Vigoris Health Center avait placé des seringues sur un petit chariot en acier.

« Approchez-vous, je vous en prie. Vous savez de quoi il s'agit ou non ? »

« C'est la vaccination. » Maria éprouvait un léger sentiment de malaise comme devant l'infirmière scolaire. L'odeur du produit désinfectant. Une odeur à laquelle on ne s'habitue jamais vraiment. Avant, cela sentait l'éther, ce qui renforçait la peur, et puis, il y avait toutes ces rumeurs au sujet d'aiguilles acérées qui vous transperçaient le bras et de liquides corrosifs aux effets secondaires qui vous valaient des abcès gros comme des œufs et de la fièvre.

« Vous n'êtes pas allergique aux œufs ? »

« Pardon ? »

« Au cours de la fabrication du vaccin, nous utilisons des œufs et si l'on est allergique à la protéine de l'œuf, on peut faire une réaction, c'est pour cette raison que nous posons la question. » L'infirmière lui fit un gentil petit sourire.

« Non, je ne suis pas allergique. »

« Vous êtes droitière ou gauchère ? »

« Droitière. » Maria remonta la manche de sa chemise sur son bras gauche et fixa son regard sur le tableau d'affichage accroché sur le mur d'en face. Elle sentit le froid de la solution à base d'alcool avec laquelle on nettoyait son avant-bras puis la piqûre et la sensation de brûlure lorsqu'on lui injecta le produit sous la peau. Le corps a une mémoire – c'est cette sensation-là que ça fait. Maria tourna la tête pour voir lorsqu'on lui retirerait la canule. N'était-elle pas d'une épaisseur inhabituelle ?

« Dans quelques jours, vous sentirez peut-être une réaction locale, un petit gonflement et vous aurez peut-être un peu de température. On se sent parfois un peu patraque et on peut ressentir des douleurs musculaires mais cela n'a rien d'inquiétant. » De nouveau ce gentil petit sourire. « Est-ce que vous avez des questions ? »

Maria qui, dans un premier temps, avait vraiment été étonnée qu'un vaccin soit disponible aussi rapidement, s'était à présent quelque peu ressaisie.

« Dans le journal d'aujourd'hui, il était écrit que le Tamivir pourrait également perdre son efficacité s'il est prescrit trop à la légère. Est-ce que c'est vrai ? »

« Le virus dont une personne est porteuse peut devenir résistant à un médicament si on l'utilise pendant une période trop longue ou lorsque ce n'est pas nécessaire, de manière inutile donc. Mais une personne ne devient pas résistante comme l'écrit le journal. Parfois, ils sont tellement pressés qu'ils ne font même pas attention à ce qu'on leur dit avant d'écrire. »

« Est-ce que vous croyez que c'est ce qui va arriver, que le médicament va perdre son efficacité ? » Maria vit que la question la dérangeait. Le petit sourire gentil fut moins franc et elle consulta rapidement l'horloge. Elle était sans doute censée effectuer un nombre X de vaccinations avant le déjeuner. Elle jeta un œil vers la porte où Hartman se tenait prêt, la manche de chemise relevée.

« Je pense qu'il faudrait que vous posiez cette question à Jonatan Eriksson. Vous pouvez le joindre par téléphone au... »

« Je sais. » Maria se sentait gênée de prendre du temps à l'infirmière alors que ce n'était pas nécessaire et d'empêcher ses collègues de venir.

« Merci. Hartman, je crois que c'est vraiment ton tour à présent. »

« Vigoris Health Center a subi une effraction tard dans la soirée du 4 juillet mais ils ne l'ont pas signalée », dit Hartman lorsqu'il sortit de la salle du personnel et qu'ils remontèrent ensemble le couloir en direction du service de la police scientifique. « Apparemment, rien n'a été volé. Ils ne voulaient pas attirer l'attention sur cette effraction. Je viens de l'apprendre en posant quelques questions supplémentaires à Lennie Hellström. Il faisait sa ronde cette nuit-là et l'alarme de la clinique s'est déclenchée. En faisant sa ronde, il s'est aperçu qu'une fenêtre avait été forcée et il a appelé Viktoria Hammar au lieu de contacter le responsable de la sécurité comme cela était convenu. Ils ne s'entendent visiblement pas.

« Plusieurs centres de soins ont subi des effractions avant que nous ne mettions une surveillance policière en place. Les gens sont désespérés. » Et il n'y a rien d'étrange à cela, pensa Maria. On parlait de menaces de mort dans les journaux et avant que l'ensemble de la population de l'île n'obtienne une réponse au sujet du traitement, il n'y avait aucune aide à espérer en dehors de celle que l'on pouvait se procurer par le biais de ses relations. Il était étrange qu'il n'y ait pas plus d'incidents que ceux qu'ils avaient constatés. Qu'il n'y ait pas plus de médecins qui aient subi des menaces de mort pour obtenir une prescription ou parce que les gens pensaient qu'ils disposaient de réserve de médicaments chez eux. Plus tôt au cours de la semaine, Maria avait enregistré la plainte d'un médecin-conseil qui avait été agressé à son domicile par l'un de ses voisins désespérés. Sa femme avait de la fièvre et aucun médecin n'était venu pour l'ausculter comme convenu et la ligne téléphonique était saturée. Le médecin lui avait dit qu'il n'était pas de garde et le voisin avait essayé de le forcer à venir bien qu'il ait travaillé la nuit et qu'il avait besoin de dormir.

« Quand les gens vont-ils à nouveau pouvoir circuler librement ? »

« D'après le dernier bulletin d'informations, ils ont parlé de cinq jours et les gens doivent présenter un certificat prouvant qu'ils ont reçu un traitement. Les gens vont sans doute quitter l'île en masse quand l'interdiction sera levée. »

« Je le pense aussi. » Maria songea à Krister qui devait reprendre le travail dans quelques jours. Sa situation était loin d'être isolée. En fait, la plupart des gens étaient ici en vacances. « Mais le gouvernement a le droit de partir, lui. »

« J'ai entendu le débat au cours du journal du matin. On a retracé en détails tous les contacts que chaque membre du gouvernement avait eus et aucun d'entre eux n'a permis de remonter jusqu'à une source de contamination. Toutefois, on ne peut pas faire la même chose pour nous autres, le commun des mortels, cela coûte trop cher. »

Ils s'installèrent dans la salle de la police scientifique pour une récapitulation rapide. Mårtenson bailla et s'étira de tout son long. Ses articulations craquèrent après plusieurs heures passées à étudier des fragments de tissu et de peau. Il s'agissait de ce que l'on avait trouvé dans l'appartement de Sandra Hägg.

« Nous avons trouvé quelque chose d'intéressant au milieu des ordures, dans la cuisine de Sandra Hägg. Une carte SIM de téléphone portable. J'ai vérifié les dernières communications avec l'opérateur. Telia. Toutes les communications sortantes au cours de la semaine dernière étaient destinées à Yrsa Westberg et la plupart des appels reçus provenaient d'elle. »

Hartman se balançait sur sa chaise tout en écoutant comme s'il n'apprenait pas assez vite ce dont il avait besoin et que son mouvement allait pousser le technicien à faire son compte-rendu plus rapidement. Mårtenson poursuivit :

« Cela donne l'impression qu'elle aurait pu se trouver dans le portable de Tobias Westberg. Un appel provenait d'un ancien collègue qui travaille pour un journal local, un autre d'un magazine médical et un autre d'un vendeur de téléphonie qui voulait parler aux responsables des achats de l'entreprise – il doit s'agir de Tobias lui-même puisqu'il n'y a pas d'autres employés. »

« Yrsa ? » Maria sentit que ses pensées se bousculaient. « On a trouvé la carte dans l'appartement de Sandra mais pas le portable. Si ça se trouve, Tobias était tout le temps chez elle et il a envoyé des SMS à sa femme en prétendant qu'il était à la maison. D'après l'opérateur, les appels ont été passés depuis ce secteur. Ou bien il n'était pas là du tout mais il a laissé Sandra envoyer les SMS à Yrsa. Mais où est

Tobias ? Son passeport avait disparu de même que son PC et son ordinateur portable. »

« Je viens de parler à Yrsa au téléphone », dit Hartman. « Elle m'a dit comment elle pensait que son mari était habillé au moment de sa disparition. Elle suppose qu'il portait un jean, un T-shirt noir, une veste en cuir marron et des baskets. Je pense qu'il est encore temps pour que l'avis de recherche soit lancé au cours du prochain bulletin d'informations. Lorsqu'elle a continué à chercher dans la maison pour voir si autre chose avait été volé au cours du cambriolage, elle s'est aperçue que le matériel photographique manquait. Tobias prend ses propres photos pour ses reportages. Soit il l'a emporté, soit il a été volé. Yrsa est extrêmement affectée. Elle va aller habiter chez la sœur de Tobias, Ebba Westberg. J'ai pris son adresse au cas où nous aurions besoin de la contacter. Il est clair qu'on ne se sent pas en sécurité lorsqu'on habite seule dans une maison qui vient d'être cambriolée. On vit quand même dans l'illusion que son foyer est un château fort imprenable et soudain quelqu'un fait voler ce mythe en mille morceaux. »

« Avez-vous regardé le rapport d'autopsie de Sandra Hägg ? J'en ai reçu une copie ce matin. » Mårtenson tendit le bras pour attraper le papier dans le casier devant lui.

Hartman secoua la tête. « Non, je ne suis pas allé dans mon bureau. Il est arrivé ? » Il prit le rapport et le parcourut avant de le passer à Maria. « Cela confirme ce que nous pensions dès le départ. Elle a été étranglée après avoir été frappée à l'arrière de la tête avec un objet contondant. Non, il n'y a rien de nouveau. Je ne vois pas de motif. Pas de vol ni de viol. De quoi s'agit-il ? Comment s'appelait son chef déjà, l'homme ? »

Hartman chercha dans sa mémoire mais ne put se rappeler. C'était toujours comme ça quand il ne dormait pas assez. Les noms et les lieux disparaissaient purement et simplement. La nuit précédente, il n'avait cessé de ruminer en se demandant comment allaient évoluer les choses pour le petit Emil de Maria et les autres enfants en observation au sanatorium. Il s'était tourné et retourné dans son lit à partir de deux heures du matin sans pouvoir fermer l'œil après ça.

« Reine Hammar. Son amie a laissé entendre qu'il faisait preuve d'un intérêt tout particulier pour Sandra et qu'il était chez elle à une occasion lorsqu'elle l'avait appelée. Que veux-tu dire à son sujet ? »

« Nous devrions l'entendre aussitôt qu'ils le laisseront sortir du sanatorium si ce n'est pas déjà fait. »

« Je pensais au vendeur de tableaux », dit Mårtenson. « Est-ce qu'il a été possible de l'identifier ? »

« Nous avons déposé une requête auprès d'Interpol et nous attendons la réponse mais cela peut prendre du temps. Ça nous faciliterait évidemment la tâche si nous disposions d'un nom. Les signes distinctifs que nous avons trouvés sont une cicatrice assez vilaine sous les côtes du côté droit – il ne s'agit pas d'une cicatrice consécutive à une opération mais plutôt d'une estafilade due à une agression. Des empreintes digitales. Le visage est gonflé et sérieusement endommagé, il n'est pas évident de reconnaître une personne d'après une telle photo. »

CHAPITRE 29

Lorsque Hans Moberg se réveilla, il ne sut d'abord pas où il se trouvait. L'odeur féminine et ignoble s'était infiltrée dans ses rêves et les avait comme colorés. Dans son rêve, il se trouvait à une fête dans une grande villa blanche près de la mer. Le vin avait coulé à flot et ils étaient tous éméchés et, de façon assez surprenante, il avait atterri sur le matelas à eau de la maîtresse de maison en compagnie de trois belles femmes vêtues uniquement de longues perruques constituées de bandes de métal mais le matelas à eau fuyait et s'était transformé en mer. Tout à coup, Sandra Hägg s'était trouvée là et tout désir ou envie de jouer avaient disparu. Il avait essayé d'échapper à sa culpabilité. Il avait regardé dans une autre direction et avait essayé de regagner la fête. Mais la musique s'était tue et, autour de lui, l'obscurité s'était épaissie et l'avait de nouveau poussé vers l'embarcadère. Le froid avait cherché à s'infiltrer dans son corps nu et le ciel étoilé s'était courbé au-dessus de lui, puissant et accusateur. Les yeux de glace des étoiles le regardaient et, dans la clarté de la lune, sa peau était d'un blanc éclatant. Il avait voulu la toucher et embrasser son beau cou. Sandra Hägg. C'est ce qui était écrit sur l'étiquette sur la porte.

Il n'avait eu qu'une obsession : pouvoir la toucher. Mais elle avait pris peur et reculé. Il l'avait suivie et attrapée, mais elle avait encore reculé d'un pas et était tombée dans l'eau noire semblable à une tombe. De l'eau salée avait éclaboussé son visage et le craquement qu'avait émis son crâne au moment où il avait éclaté contre le rocher résonnait encore dans la lumière du jour. Ces rêves perfides qui l'attiraient dans des pièges et lui révélaient ensuite la vérité abjecte lorsqu'il était sans défense et en position de faiblesse. Ou sous l'influence de l'ivresse lorsqu'il n'était pas en mesure de protéger ses arrières et qu'il se laissait alors envahir par la colère et se mettait à tout casser en mille morceaux pour éviter de voler lui-même en éclats. De longues minutes de silence s'écoulaient tandis que son corps reposait sur le fonds. Lorsqu'il avait compris qu'elle était morte, que le temps l'avait prise de force, il s'était enfui. Il avait couru dans la vase sans arriver nulle part. Il avait rampé jusqu'à arriver à portée de main de ses bras blancs et graciles. Le secret que deux personnes partagent est bien gardé lorsque l'une des deux personnes est morte, avait-il songé. Mais il ne se souvenait pas de ce qui s'était réellement passé. Il essaya de respirer calmement et profondément, de reprendre le contrôle des battements de son cœur.

À présent il fixait les rideaux froncés et il se demandait où il avait atterri. Dans le foyer infernal aux rideaux de coton brodés de cette Cecilia Granberg au visage de sorcière, voilà où il était ! Il fallait qu'il trouve quelque chose à boire, tout de suite. Le goût fade de la gnôle du Gotland lui parvint au milieu de ses rôts aigres et il se demanda s'il était désespéré au point de boire une bouteille entière.

Hans Moberg tituba jusqu'à la cuisine pour se préparer du café. La lumière vive du jour naissant lui lacéra les yeux au point de le faire pleurer. Il regarda le jardin coquet de la villa avec ses plates-bandes soignées et son potager où des têtes de salade, de l'aneth et des fanes de carottes étaient alignées au cordeau. Quelle heure pouvait-il être ? Seulement quatre heures. Il n'avait dormi que trois heures. Il était rare qu'il arrive à dormir plus et il jura tout haut de déception. Sa rencontre de la veille avec la Scanienne câline n'avait pas du tout été à la hauteur de ses attentes. Il devait y avoir eu un malentendu. Il avait pris la voiture de Cecilia, s'était garé près de la carrière de chaux et avait attendu. Voyant que la femme n'arrivait pas, il était sorti de la voiture pour faire une balade près du port. La lune s'était reflétée dans l'eau. Peut-être était-ce pour cette raison qu'il avait ensuite fait des rêves aussi étranges. C'était comme si le visage blafard de Sandra se trouvait là, dans la coulée de lune, juste sous la surface, et qu'elle allait surgir d'un moment à l'autre et poser ses yeux noirs accusateurs sur lui. Tandis qu'il se tenait au bord du quai, il avait entendu une portière de voiture se refermer. Il s'était dépêché de retourner à la voiture pour voir si la Scanienne était arrivée. Toutefois, il n'avait pas aperçu d'autre voiture et lorsqu'il avait remarqué les policiers qui surveillaient le port, à moitié endormis, afin que personne ne quitte l'île, il avait quitté le secteur en vitesse. C'est seulement au moment de se coucher qu'il s'était rendu compte que son portefeuille avait disparu. Il chercha dans la maison mais se souvint qu'il l'avait laissé dans la voiture. Il était épais et faisait une bosse lorsqu'il était assis dessus alors il l'avait retiré de sa poche et l'avait posé à côté de lui. Mais lorsqu'il sortit dans le garage et fouilla la voiture, le portefeuille ne s'y trouvait pas. L'idée le traversa qu'il l'avait peut-être sur lui au moment où il était descendu de voiture ou que quelqu'un l'avait volé. La voiture n'était pas fermée à clé. Alors il était retourné dans la zone industrielle et avait passé le secteur au peigne fin mais aucun portefeuille en vue. C'était vraiment trop con.

Hans Moberg était allongé sur le lit de Cecilia et il alluma la radio. On y débattait de manière enflammée de l'interdiction des regroupements en grand nombre pour éviter la contamination. Les événements sportifs et les concerts avaient été annulés sur toute l'île et les restaurants n'étaient autorisés à accueillir qu'un nombre très limité de convives. La circulation des bus était suspendue et toutes les crèches étaient fermées. L'épidémiologiste s'efforçait de justifier sa décision mais la population était choquée. Quelle bande de commères ! Il n'avait pas la force d'en écouter plus et il préféra passer sur le programme de la première station. Malheureusement, celui-ci était également consacré à la grippe aviaire même si le ton de la conversation était plus calme et factuel.

Un médecin natif de Suède âgé de 73 ans, Johan Hultin, a effectué, il y a huit ans de cela, une expédition en Alaska où il a fouillé un charnier datant de 1918. Tous ceux qui avaient été enterrés là étaient des victimes de la grippe espagnole. L'objectif était de recueillir des échantillons de tissus provenant des poumons des cadavres afin que l'on puisse isoler et étudier le virus responsable de la maladie. Johan Hultin réussit là où les autres avaient échoué et la souche virale que l'on a pu isoler à partir du matériel congelé a été expédiée au Centre de Contrôle des Maladies aux États-Unis... » À un moment ou à un autre, Hans Moberg devait s'être endormi et, lorsqu'il se réveilla, une femme se tenait sur le seuil de la porte, un arrosoir à la main, et le regardait. Elle avait sans doute crié. Sa bouche était toujours ouverte et la pomme de l'arrosoir penchait vers le sol. Un fin filet d'eau colorait sa jupe marron, juste au milieu.

« Qui êtes-vous ? » demanda-t-elle d'une voix à peine audible tout en respirant bruyamment. Ses yeux étaient ronds et très bleus derrière ses épais verres correcteurs et ils semblèrent s'agrandir encore plus lorsqu'il se redressa lentement pour se mettre sur son séant. Attention, il ne fallait pas l'effrayer et la faire fuir.

« J'allais vous demander la même chose », dit-il sur un ton un peu froid. « Cecilia m'a promis que je pourrais travailler sans être dérangé ici. »

« Pardon, je... » L'eau continuait à former une petite flaque sur le sol.

« Klas Strindberg », Hans se présenta-t-il en lui tendant la main. Il avait déjà endossé le rôle d'auteur de littérature au cours d'un de ses plans drague sur le Net alors il n'avait rien d'autre à faire que d'enfiler ce costume sur mesure. Traîner sur le i, grasseyer légèrement sur le r et enfoncer le menton dans le cou d'une manière arrogante pour donner le ton. Il s'était entraîné devant le miroir et il savait l'impression que cela produisait. Ses cheveux auraient dû être ramenés sur le côté avec un peu de la frange trop longue rabattue sur le front sous forme de longues mèches mais ce serait pour la prochaine fois.

Elle prit sa main dans la sienne qui était froide et humide et lui sourit timidement. Ses dents étaient irrégulières et elle avait un léger diastème, ce qui n'était pas sans charme, songea-t-il.

« Je ne suis que la voisine. J'étais censée arroser. Cecilia ne m'a pas dit que… »

« Bien sûr que non. Si tout le monde sait que je suis là, il n'y aurait plus moyen de travailler en paix. Les journaux appellent. La télé et la radio veulent des interviews. Mes lecteurs ne ratent jamais une chance de se faire dédicacer leurs livres et mon éditeur plane tel un vautour au-dessus de ma tête en attendant le résultat. » La femme suivait ses gestes du regard. Une cruche, pensa-t-il, et elle n'avait pas beaucoup d'allure non plus. Bien trop réservée pour que ça vaille la peine de… mais c'est vrai qu'on peut toujours se tromper. Ce n'est pas parce qu'elle avait l'air de sortir des archives de la Caisse d'Assurance Maladie que cela signifiait nécessairement qu'elle n'avait aucun talent pour la chose.

« Comment procédons-nous pour les fleurs alors ? »

« Les fleurs ? » Dans un premier temps, il ne comprit pas de quoi elle parlait. Elle était peut-être arriérée même si elle avait l'air normale d'un point de vue physique. Puis son regard se posa de nouveau sur l'arrosoir et il comprit. « Vous pouvez les emporter chez vous. J'ai besoin de calme, vous savez. Lorsque je crée, il faut que je puisse goûter les mots, les faire rouler sur ma langue pour savoir quel arrière-goût ils laissent. Avez-vous songé qu'un mot possède un arrière-goût ? Des dizaines de milliers de personnes lisent mes recueils de poésie et je ne peux pas me permettre de les décevoir. Les attentes sont toujours plus élevées. »

« Merveilleux ! Vos poèmes se vendent vraiment en nombres si importants ? Klas Strindberg, c'est ça votre nom ? En fait, je n'ai jamais entendu parler de vous. Je suis désolée. » Quelque chose de gourmand et de curieux était apparu dans son regard et, de manière inattendue, elle s'assit sur le bord du lit. « Vous écrivez en utilisant un pseudonyme ? »

« Il y a longtemps que je n'ai rien publié. Le commun des mortels ne comprend pas quel supplice cela implique de fondre ses impressions dynamiques les plus intimes en mots statiques – c'est comme de servir sa propre tête tranchée sur un plat d'argent, si vous voyez ce que je veux dire. » L'une des expressions préférées de sa mère, elle était tellement littéraire.

« Quel est votre éditeur ? »

« Pourquoi une question si superficielle ? Ça ne vous intéresse probablement pas, si ? Vous êtes une femme qui possède une tout autre profondeur et des qualités, pour autant que je vois. »

« Vraiment ? Et que voyez-vous alors ? » Elle se pencha en avant. Sa lèvre supérieure tremblait légèrement, pas beaucoup, mais il trouva qu'elle ressemblait à un lapin et ne put s'empêcher de sourire.

« Qu'est-ce qu'il y a de si amusant ? » demanda-t-elle sans le lâcher du regard. Un peu maussade à présent, il fallait vraiment qu'il se montre prudent. « Quelles sont mes qualités d'après vous ? »

« Vous êtes fidèle et vous savez garder un secret. Voyons voir, laissez-moi regarder vos belles mains. Vous n'avez pas de callosité. Elles sont douces. On dit que les yeux sont les portes de l'âme, mais qu'est-ce que c'est banal ! Pas de bagues… Une femme avec de nombreuses possibilités. » Il caressa le dessus de sa main de sa main chaude et la retourna pour voir sa paume. « Votre ligne de vie est bien affirmée. Par contre, votre ligne d'amour et de passion est rompue à plusieurs endroits. » Il la suivit de son index et sentit un frisson se propager dans l'ensemble de son corps. Ne pas aller trop vite. Ceci devrait être suffisant. Il fallait lui laisser le temps d'assimiler la caresse et d'en demander plus.

« Est-ce que vous avez été traduit ? » demanda-t-elle en retirant sa main après un silence un peu gênant.

« Mais bien sûr, quelle question ! »

« Et vous écrivez sous votre vrai nom ? » poursuivit-elle. Ne percevait-il pas un léger sourire ? Là, il fallait qu'il se monte prudent.

« Non, sous un pseudo… enfin, vous savez. Il faut bien préserver sa vie privée. »

« Sous quel nom alors ? »

« Je préfère le garder pour moi. Lorsque je louais un appartement sur Strandvägen[1] à Stockholm au printemps, j'ai eu le malheur de mentionner, vraiment au passage, mon nom à une voisine et ç'en était fini. La rumeur s'est répandue et je n'ai pas pu rester. J'ai perdu trois mois de tranquillité pour écrire, sans parler du loyer. Non, en fait, je souhaite rester incognito ici. Voilà les termes de mon accord avec Cecilia Granberg et elle ne sortira pas perdante de ce contrat. Tiens, au fait, vous ne passeriez pas

1. Probablement la rue la plus huppée de Stockholm, l'équivalent de l'avenue Montaigne à Paris.

par le Monopole[1] ? Je me demande seulement – je vous aurais bien chargée d'une petite commande... au cas où. »

Elle fit non de la tête.

« Je crois qu'on peut commander un certain nombre de choses au bureau de presse mais je n'en suis pas sûre. Je n'ai jamais commandé. »

Une fois la voisine disparue avec le dernier pélargonium, Hans Moberg se sentit, dans un premier temps, soulagé puis le malaise s'insinua de nouveau en lui. S'était-elle doutée de quelque chose ? Non, sinon elle ne se serait pas assise sur le bord du lit. Mais si elle parlait avec d'autres voisins et qu'ils avaient entendu l'avis de recherche et qu'ils établissaient le rapprochement entre les deux, où cela le mènerait-il ? En tout cas, ici, il disposait de nourriture, d'électricité et d'une salle de bains digne de ce nom. Il fallait qu'il trouve un plan. Peut-être valait-il mieux prendre la modeste Saab de Cecilia et partir au plus tôt. Mais pour aller où ? Il risquait d'être contaminé par cette grippe aviaire s'il rencontrait des gens. S'il entrait dans un centre de soins et demandait à être soigné, il faudrait qu'il présente une pièce d'identité, ce qui revenait à un aller simple pour la taule. Et sans traitement, pas de certificat pour pouvoir quitter l'île. Il était vraiment dans un sale pétrin. Tout était de la faute de Sandra Hägg. Si seulement elle l'avait laissé en paix, si elle ne lui avait pas demandé de venir, rien de tout cela ne se serait jamais produit. Elle avait voulu discuter avec

1. En Suède, l'Etat détient le monopole sur la vente de l'alcool qui est réglementée de manière très stricte.

lui du vaccin contre la grippe aviaire. Il s'était peut-être montré un peu trop bavard et avait peut-être donné des indications pas tout à fait fondées. Mais qui, si les choses évoluaient dans le bon sens, seraient peut-être fondées dans un avenir pas trop lointain. C'était à peu près de cette manière qu'il avait raisonné. On aurait dit qu'elle voulait absolument savoir où il s'était procuré les solutions injectables. Pourquoi était-ce si important ? En réalité, il n'y avait pas de vaccins mais s'il travaillait son contact à Hongkong, il était rare que quelque chose soit impossible. En réalité, c'était presque sans risque de vendre des vaccins qui ne seraient pas efficaces avant trois semaines. Si la marchandise était de mauvaise qualité, il aurait eu le temps de s'éclipser depuis longtemps. Il n'en allait pas de même avec le Viagra où, là, on pouvait s'attendre à un effet immédiat.

Hans Moberg se faufila le long de la haie jusqu'à la grange où il avait installé son nid d'amour. Il devait bien avoir un pack de six bières quelque part – sinon la vie ne valait pas le coup d'être vécue. Quelques bières et un peu de repos et ensuite il prendrait sa situation en main.

CHAPITRE 30

Maria commanda un bouquet de fleurs et demanda à ce qu'il soit livré à son collègue Ek au sanatorium de Follingbo, regarda l'heure et se déconnecta. Elle revenait tout juste de la réunion d'information qui s'était tenue au sujet de l'interdiction de quitter l'île. Toutes les personnes en vacances avaient été rappelées et il fallait s'attendre à devoir faire des heures supplémentaires. D'autant plus qu'il faudrait surveiller l'aéroport et les ports ainsi que les pharmacies, l'hôpital et les centres de soins en collaborant avec la police municipale et les agents de sécurité. Pour Maria, en tant qu'enquêtrice, cela ne ferait pas une grosse différence mais la situation était effrayante et la répartition des tâches manquait de clarté. Les deux grandes questions auxquelles on n'avait pas trouvé de réponses étaient : qui va payer et qui porte la responsabilité ?

Au moment où Maria tendait le bras pour attraper sa veste près de la porte, elle entendit Hartman parler avec quelqu'un en anglais au téléphone. Il n'était pas franchement doué pour les langues. Lorsqu'on parle de choses vraiment importantes avec la mauvaise intonation et des diphtongues gotlandaises très marquées, cela donne un résultat assez bizarre. Hartman avait grandi à Martebo et le dialecte avait laissé des traces en dépit de toutes les années passées sur le continent. Maria essaya de réprimer son envie de rire – ce dont il parlait n'avait vraiment rien de risible. Par-dessus tout, elle sentait qu'elle l'appréciait. Il faisait vraiment toujours de son mieux et présumait que les autres faisaient de même. Son mode de pensée était tellement généreux qu'il confinait à la naïveté et, en même temps, c'était peut-être précisément pour cela qu'il réussissait souvent là où les autres échouaient. Il rayonnait de bienveillance sincère et les gens osaient se confier à lui.

S-e-r-g-e-j B-y-k-o-v, Hartman épela-t-il avec beaucoup de difficulté. L'instant d'après, il apparut dans l'ouverture de la porte, le front en sueur et de grandes auréoles de transpiration sous les bras dus aux efforts qu'il avait déployés pour parler anglais, mais heureux et plein d'enthousiasme.

« Nous avons le nom du vendeur de tableaux. Nous l'avons eu grâce à la cicatrice. Elle était due à une agression. Il s'appelle Sergej Bykov et il vient de Biélorussie. D'après sa femme, il était censé faire un rapide tour de la Suède pour vendre des tableaux et elle attendait son retour pour le dimanche 1er juillet. Son histoire est tellement triste qu'on en a la gorge serrée. Le fils de Sergej souffre d'une grave maladie rénale et il devait recevoir un rein de son père mais l'opération coûte cher et il leur manquait quelques milliers de couronnes. Sergej a essayé de se procurer l'argent à la dernière minute en vendant ses tableaux. La date de l'opération était fixée à lundi mais Sergej n'est jamais arrivé. »

« Savons-nous autre chose à son sujet ? Où habitait-il ? Quelle était sa profession ? » Maria raccrocha sa veste sur la patère. Ces informations constituaient une percée et requéraient sans aucun doute un certain nombre d'actions immédiates et d'heures supplémentaires. Il fallait qu'elle appelle Marianne Hartman pour lui demander si elle pouvait s'occuper de Linda et de Malte pendant encore un moment.

« Sergej était originaire de Bjaroza. C'est en Biélorussie, au sud-ouest de Minsk. Il élève des souris de laboratoire, des cobayes et d'autres animaux pour la recherche dans les laboratoires de l'industrie pharmaceutique de la région. Le groupe s'appelle Demeter et la firme pharmaceutique en fait partie, de même que le développement de produits alimentaires, de systèmes de marquages pour le transport des marchandises et un institut de chirurgie esthétique. D'après ce que j'ai compris, leur groupe comprend également des cliniques destinées à accueillir les Européens de l'ouest et les Américains en surpoids qui peuvent s'y rendre et résider dans leur centre de thalassothérapie. Leur siège se trouve à Montréal mais ils possèdent des filières dans l'ensemble du monde occidental. Vérifie les cotations boursières au prochain bulletin d'information et tu verras que le groupe est colossalement riche.

« Et que va-t-il se passer pour le fils de Sergej à présent ? » Maria ne put s'empêcher de poser la question même si, en réalité, elle connaissait déjà la réponse.

« Il est vraiment très gravement malade. Je ne sais pas à quoi ressemble le secteur des soins publics en Biélorussie. Ils ont économisé de l'argent pour que l'opération ait lieu à la clinique privée de l'entreprise pour laquelle Sergej travaillait. On ne peut qu'espérer qu'ils pourront venir en aide au garçon de Sergej et qu'ils trouveront un autre donneur. »

« Ils vont peut-être devoir utiliser l'argent qu'ils avaient réservé à l'opération pour acheter de la nourriture si Sergej ne subvient plus à leurs besoins. » Maria ferma les yeux et songea qu'elle venait tout juste de se plaindre à Mårtenson dans la salle de pause de ne pas avoir les moyens d'acheter une maison.

Maria appela à la maison et Linda lui répondit.

« Il ne faut pas que tu rentres maintenant parce que nous allons camper. Cette nuit, nous allons habiter sous la tente dans le jardin, Marianne nous l'a promis. C'est super sympa et Marianne a également l'intention de dormir sous la tente et de monter la garde pour qu'aucun fantôme n'entre. »

« Est-ce que je peux lui parler ? » Maria attendit et entendit Maria descendre en courant les escaliers qui menaient à l'autre appartement.

« Oui, j'ai pensé que tu apprécierais peut-être d'avoir une soirée à toi. Tomas sera bientôt de retour et les enfants ont tellement envie de camper alors si ça te convient, il suffit que Cendrillon quitte le bal pour minuit », dit-elle en riant.

« Je dois dire que je suis un peu prise au dépourvu. Qu'en dit le papa de Malte ? Il faut quand même que j'appelle Jonatan et que je lui demande avant. »

« Il est venu dire bonjour aujourd'hui et, eh bien, en fait, c'était son idée au départ. »

Deux heures plus tard, Jonatan et Maria se trouvaient au Bistra Haren dans la cave de la loge des francs-maçons à côté des ruines du monastère Saint-Nicolas. À ce qu'on racontait, le nom venait d'un client qui, au Bistrot Baren, avait demandé : « Alors, quoi de neuf, le lièvre grognon[1] ? Le propriétaire y avait ensuite réfléchi et s'était dit que Bistra Haren n'était pas si mal que cela. Le restaurant servait des agneaux entiers cuits à la broche ainsi que d'autres mets médiévaux : des racines, des pommes de terre en robe des champs, de la salade de fraises un excellent brouet de pois chiches.

« Alors, on t'a laissé sortir de l'hôpital ? » demanda Maria.

« Les analyses ont montré que je n'étais pas en cours d'incubation. On ne peut pas retenir le personnel en otage. Et si nous ne pouvions pas nous fier aux tenues de protection, nous n'oserions pas faire notre travail. »

Dans un premier temps, ils avaient pensé s'asseoir dans le beau jardin, où un énorme noyer surplombait la table, mais il faisait un peu frais alors ils choisirent de descendre à la cave où, à une époque, avaient habité les moines qui travaillaient à la construction du monastère.

Ils s'installèrent à la grande table et ils commandèrent chacun une bière qu'on leur servit dans une chope en céramique. Les nombreuses bougies disposées dans les niches murales et les lampes à pétrole posées sur les tables diffusaient une lumière chaude sous la voûte blanche et se reflétaient sous la forme de petits flambeaux blancs sur les lunettes de Jonatan. Ils bavardèrent au sujet des enfants pendant un moment avant que Maria ne se sente prête à lui demander comment allait Nina.

---

1. *Bistra Haren* en suédois d'où le jeu de mots intraduisible avec Bistrot Baren.

« Tu sais, ça me fait tellement bizarre de ne pas mentir au sujet de son alcoolisme alors que j'ai eu recours à de demi-vérités et à des échappatoires pendant tant d'années. Nina est toujours à l'hôpital. Elle a une pneumonie. Elle a vomi et en a inspiré dans ses poumons tandis qu'elle était allongée sur le dos. Elle aurait pu mourir. »

« C'est vraiment affreux. » Maria vit la douleur se refléter sur son visage. Il ne dit rien pendant un moment et la regarda seulement avec un air insondable. Maria eut l'impression qu'il la jugeait. Aurait-elle dû dire autre chose ? Poser plus de questions ou se taire ? Elle espérait qu'il oserait se confier à elle.

« Le pire, c'est pour Malte. Ça me fait tellement mal et me met dans une telle colère. Il croit que c'est comme ça qu'une maman doit être. Il n'a personne avec qui comparer. C'est normal d'avoir une maman qui reste couchée la moitié de la journée et qui revient tout à coup d'entre les morts et promet de vous emmener à la plage, des toboggans, des jeux vidéo et de nouveaux jouets sans tenir aucune de ses promesses par la suite. Son humeur change du tout au tout en l'espace de quelques heures. Elle attrape la gueule de bois, devient irritable, le rabroue et rien de ce qu'il fait n'est bien. Si elle avait eu un travail, les choses se seraient peut-être passées autrement mais, à présent, les choses sont ainsi. » Jonatan prit une profonde bouffée d'air en tremblant un peu et serra les dents. Maria posa la main sur la sienne. Elle ne dit rien non plus à ce moment. Elle ne trouvait pas les mots qu'il fallait.

Un couple s'installa à l'autre bout de la longue table. Ils s'embrassaient et leurs mains se cherchaient sous la table. Leurs joues étaient rouges, leurs yeux brillants et ils n'avaient d'yeux que l'un pour l'autre. Jonatan ne put s'empêcher de les regarder et de leur sourire. « Il y a tellement longtemps que nous n'avons pas été assis comme ça et... » Il posa son autre main sur celle de Maria et elle ne la retira pas. Il la regarda dans les yeux avec beaucoup de sérieux. « Ç'aurait été un soulagement pour moi si Nina était morte. Je sais que tu penses que je ne devrais pas dire ça. Je ne devrais pas le penser mais c'est ce que je ressens. Elle fait un véritable enfer de ma vie et je ne resterais pas une minute de plus si je ne craignais pas de ne pas obtenir la garde exclusive de Malte. »

« Elle aurait besoin d'aide. »

« Elle ne veut pas qu'on l'aide. Elle estime ne pas avoir de problèmes. C'est moi qui ai un problème, pour ainsi dire. C'est moi qui l'ai trahi et c'est pour ça qu'elle a besoin de boire à en perdre connaissance. Par ailleurs, il n'existe aucune clinique spécialisée au Gotland. La plus proche est Runnagården à Örebro. J'ai essayé de lui en parler mais elle refuse d'écouter. Si elle était internée d'office, cela laisserait une trace officielle qui me donnerait un avantage en cas de bataille pour la garde. Elle ne comprend pas que je veux l'aider et elle ne veut pas me donner d'atouts. Nous en sommes réduits à une guerre de positions où chaque mouvement a une importance stratégique. Nous nous blessons mutuellement alors que nous ne le voulons ni l'un ni l'autre. Je sais que ça semble dément mais c'est comme ça. »

« De quelle manière pense-t-elle que tu l'as trahie ? »

Jonatan poussa un profond soupir, lâcha la main de Maria et se pencha en arrière, comme s'il avait besoin de distance et d'espace pour penser clairement.

« Je lui ai été infidèle. Il y a quelques années alors que je suivais un cours avec les autres membres du service des maladies infectieuses sur le continent. Ça n'est arrivé qu'une seule fois. Nina et moi n'avions pas eu de relations sexuelles depuis plus de deux ans. Je n'y peux rien mais ça me dégoûte qu'elle ait besoin de s'enivrer pour éprouver du désir. Je ne veux pas d'elle dans ces moments et donc il ne se passe rien. Elle a appris que j'avais été infidèle par une de ses amies qui l'avait elle-même appris d'une autre amie. J'ai été lâche et j'ai dit que ce n'était pas vrai. Que nous étions seulement restés assis dans la chambre d'hôtel à discuter. Mais c'était plus ou moins ça – nous n'avions pas l'intention que ça arrive, il n'y avait rien de planifié. Nous étions affamés, l'un comme l'autre. Ça se sentait déjà au moment où nous avons dansé. Nous n'en avions jamais assez l'un de l'autre et les autres ont commencé à nous regarder et à faire des commentaires alors nous avons décidé d'aller prendre un verre dans ma chambre et après… Pour être honnête, je le ferais de nouveau sans hésiter. Ça en valait vraiment la peine. »

« Est-ce que vous vous voyez encore ? » Maria ne put s'empêcher de poser la question même si ça ne la regardait pas. Absolument pas. Pourtant, elle voulait savoir. Il y avait dans l'air comme l'ébauche d'un sentiment en devenir. Le début de quelque chose de possible ? Maria rejeta cette idée. Il était bel et bien marié ! Et elle était quand même bien placée pour ne pas perdre la raison et se laisser duper par un homme qui venait tout juste d'avouer avoir trompé sa femme parce qu'elle ne le comprenait pas. Classique et on ne peut plus pitoyable ! Les femmes intelligentes ne se laissent pas berner par des procédés aussi transparents. Pourtant, Maria avait voulu en savoir plus, avait fait appel à sa mauvaise conscience et à son désir d'absolution. Sois gentil, dis-moi que toutes les autres femmes sont incapables de comprendre, laides et sans talent et que je suis la seule qui te *comprenne*. « Tu vois encore cette femme ? »

« Pourquoi souris-tu de manière si étrange ? Est-ce que j'ai dit quelque chose de drôle ? Non, nous n'avons aucun contact. Elle ne le voulait pas. Il n'y avait rien entre nous avant, nous n'étions que des collègues de travail. C'était juste ce moment-là et je ne voulais pas renoncer à cette expérience même si ma vie en dépendait. Tu me trouves horrible ? »

« Non. » Que pouvait-elle dire d'autre alors qu'il s'exposait tant ? La vie n'évolue jamais comme on le souhaiterait. Les réponses aux questions complexes sont rarement simples. Qui a le droit de juger quelqu'un qui a besoin d'amour et prend celui qui lui est offert ?

« Et toi alors ? Est-ce qu'il y a un homme dans ta vie ? » Il la regarda d'un air amusé lorsqu'il vit que la question la gênait un peu.

Maria prit une gorgée de bière et réfléchit. Il serait si simple de dire : Oui, il s'appelle Emil et il a dix ans.

« Il y avait quelqu'un mais il ne s'est rien passé. Il n'avait pas la force d'attendre et ensuite, il est arrivé quelque chose... il m'a demandé de lui livrer des informations confidentielles sur une enquête en cours et j'ai refusé. Ensuite, nous avons cessé de nous voir. Il s'appelle Per. »

« Mais tu penses à lui ? Il a encore beaucoup d'importance pour toi ? » Jonatan sourit, lui fit un clin d'œil avec un air malicieux. « Je me trompe ? »

« Oui, j'ai décidé de l'oublier. On dirait que ça ne sert à rien. Il ne cesse de revenir. » Maria se leva pour aller aux toilettes. Elle se réchauffa les mains un moment auprès du feu et lorsqu'elle revint, l'atmosphère intime avait disparu. Un autre groupe s'était installé à la longue table et le niveau sonore était élevé.

« Tu sais à quoi je pensais ? » dit-il lorsqu'elle s'assit. « Ce pigeon voyageur qui est arrivé au pigeonnier de Ruben Nilsson était porteur du virus de la grippe aviaire sous une forme mutée et il était originaire de Biélorussie. Auparavant, la grippe aviaire se propageait par les oiseaux de la famille des gallinacés, pas les pigeons. Ce que je crois, c'est que quelqu'un l'a préparé, l'a sciemment contaminé. Est-ce que tu comprends où je veux en venir ? Juste avant de te rejoindre près d'Österport, j'ai entendu aux infos que l'homme qu'on avait retrouvé mort près des toilettes extérieures de Klintehamn était originaire de Biélorussie. Tu ne trouves pas ça un peu bizarre ? »

« Je ne savais pas que Ruben Nilsson avait été contaminé par un pigeon. Je pensais que c'était des oies sauvages qui avaient contaminé ses oiseaux. Comment sais-tu que ce pigeon était originaire de Biélorussie ? » Maria se pencha en avant pour mieux entendre et Jonatan effleura sa joue lorsqu'il lui répondit.

« Il avait apporté la bague du pigeon à la bibliothèque et demandé de l'aide à une bibliothécaire pour voir d'où il venait grâce au site de la société colombophile. Il venait de Bjaroza en Biélorussie. Ce que vous devriez vérifier, c'est si Sergej, enfin peu importe son nom, était porteur de la grippe aviaire. Est-ce que tu sais si vous avez pensé à poser la question au légiste ? »

« Mon Dieu, je ne pense pas. Je veux dire que personne ne pensait à la grippe aviaire à ce moment – les journaux étaient pleins de reportages alarmistes sur la tuberculose multirésistante et des enfants en crèche contaminés. Comment te protéger, toi et toute ta famille – et tout le tralala ! L'alerte à la grippe aviaire n'est survenue qu'après. Je ne pense pas qu'on ait vérifié ce point. »

« Lorsque vous le saurez, je suis évidemment très désireux de connaître la réponse. Nous cherchons peut-être à résoudre le même puzzle et, dans ce cas, il faudra que nous nous montrions nos pièces respectives. Est-ce que tu participes à l'enquête sur le meurtre de Sandra Hägg ? »

« Oui, est-ce que tu sais quelque chose à son sujet ? » Maria vit le changement d'expression sur son visage lorsqu'elle posa la question. Ceci revêtait apparemment de l'importance à ses yeux.

« Elle a travaillé pendant un temps dans le service des maladies infectieuses. »

Une pensée traversa l'esprit de Maria. Elle sentit que Jonatan l'observait tandis qu'elle essayait de formuler sa question.

« Qu'est-ce qu'il y a ? »

« Cette fois où tu as assisté à un cours, pour ton travail. La femme avec laquelle tu as passé une nuit d'amour. Est-ce qu'il s'agissait de Sandra Hägg ? »

« Non, mais je l'aimais beaucoup. »

« Est-ce que tu connais un journaliste médical qui s'appelle Tobias Westberg ? »

« Oui, pourquoi cette question ? Est-ce qu'il a quelque chose à voir avec l'enquête sur la mort de Sandra. Qu'est-ce qu'il y a ? Tu as l'air bizarre, tu ne crois quand même pas que Tobias... Tu sais, je ne peux pas imaginer qu'il la tue. Pas le moindre risque. Il n'y a aucune agressivité en lui. Nous avons fait nos classes ensemble. Il était incapable d'obéir aux ordres. Il fallait qu'il discute, qu'il analyse et qu'il argumente. Il rendait les officiers complètement fous mais il était juste gentil et amical. On l'avait surnommé le Hamster. »

« Pourquoi ce surnom ? J'ai vu une photo de lui, il était assez mince. Il collectionnait les équipements ? »

« Non, il a eu les oreillons. En réalité, ce n'était pas si drôle que cela. Il a eu une méningite et a fini gravement malade. Il a été dispensé du reste de son service militaire. Mais je n'aurais pas voulu échanger ma place avec la sienne. Lorsque je suis allé le voir pour lui apporter quelques fleurs, sa copine allait venir. Yrsa, elle s'appelait. Je me souviens d'elle. C'était une de ces filles de rêve avec de longs cheveux blonds et des yeux bleus pleins d'innocence que tous désiraient. Une beauté naturelle – à peu près comme toi. » Il sourit lorsqu'il vit la grimace de Maria. Elle n'était vraiment pas douée pour accepter les compliments.

Ils sortirent dans le jardin pour aller regarder les cracheurs de feu et écouter la musique des bouffons. La porte menant aux ruines du monastère Saint-Nicolas était entrouverte. Ils entrèrent et se dirigèrent vers l'impressionnant couché de soleil qui semblait encadré dans les hauts châssis des fenêtres. Attentifs, ils déambulèrent à travers les couloirs et sentirent avec quelle force l'histoire leur parlait depuis l'époque de la peste et des expéditions de pillage, à l'époque où le monastère était plein de vie et au faîte de sa puissance.

« À l'époque de la peste, on pensait que la contamination était due à un air de mauvaise qualité. Les médecins portaient une tenue de protection assortie d'un masque qui ressemblait à un long bec d'oiseau et, à l'intérieur de celui-ci, on plaçait des herbes aromatiques dont on pensait qu'elles purifiaient l'air. Lorsqu'on voit des représentations de l'ancien équipement, on a l'impression de voir la personnification même de la grippe aviaire. »

Maria dit qu'elle pouvait l'imaginer et Jonatan était sur le point de poursuivre lorsqu'ils entendirent un bruit derrière eux et que la porte se referma. On tourna une clé dans la serrure. Ils essayèrent de crier et de tambouriner sur la porte de bois mais le bruit fut noyé par la musique à l'extérieur.

« Je peux enrouler mon manteau autour de toi et nous dormirons ici cette nuit », proposa rapidement Jonatan en passant le bras autour d'elle. Maria secoua la tête. L'idée était attirante mais non sans complications.

« Il doit y avoir moyen de sortir », dit-elle. C'est moins haut du côté oriental. Si seulement, on pouvait retirer le fil de fer barbelé. Elle se mit à descendre le couloir. Il ne lâcha pas ses épaules et, lorsqu'elle se tourna, elle se retrouva dans ses bras. Il posa sa joue contre la sienne, chercha sa bouche et lui fit un baiser. Elle n'y répondit pas mais se contenta de le fixer, les yeux écarquillés et les lèvres rentrées. Il se mit à rire. Elle avait vraiment l'air drôle.

« Si nous plaçons un banc ici, nous pourrons nous en servir pour nous hisser jusqu'à la fenêtre. Si nous arrivons à couper le fil de fer barbelé, nous pourrons nous faufiler et sauter dans la rue. Ce n'est pas particulièrement haut. » Elle parlait vite et sur un rythme forcé. Il ne fallait pas que ça se produise. Le désir était présent dans son corps et faisait d'elle une proie facile à la moindre caresse. Combien de temps cela faisait-il que personne ne l'avait touchée de cette manière ? Il est marié ! Et ceci ne va m'apporter que souffrance, ne cessait-elle de se répéter tel un mantra. Je ne veux pas d'une vie compliquée, je ne veux pas être trahie, je n'ai pas la force d'avoir un homme dans ma vie, pas pour le moment. Pense à Nina, elle a plus que jamais besoin de lui. Il faut sortir d'ici, tout de suite !

« Si tu penses que c'est absolument nécessaire. J'ai un couteau suisse. Même si je trouve que c'est un peu dommage. J'aime être enfermé avec toi. En fait, je n'arrive pas à imaginer une autre personne avec qui je préférerais être enfermé. Tu ne trouves pas que c'est quand même génial ? Nous sommes tous les deux des victimes du hasard, personne n'est coupable. C'est une occasion en or, non ? »

« Si nous déplaçons l'un des bancs, ce sera plus facile pour grimper. »

De retour dans la rue, Maria était sur le point d'appeler un taxi lorsque Jonatan la prit dans ses bras pour lui dire au revoir et la remercier pour cette belle soirée. Elle remarqua qu'il sentait ses cheveux et que ses mains glissaient lentement le long de son dos. Elle resta parfaitement immobile, incapable de résister à la caresse. Elle se sentait merveilleusement bien.

« Tu as la bonne odeur », dit-il.

« Comment ça bonne ? » demanda-t-elle en riant et en se dégageant.

« C'est une question de phéromones. Si tu veux m'accompagner à la maison... je veux dire... je n'aurais vraiment rien contre. »

« Je ne pense pas que ce soit une bonne idée. Je t'aime beaucoup, Jonatan, et j'ai très envie de te revoir. Mais tu es marié, tu as une femme qui a besoin de toi et un petit Malte qui aime autant sa maman que son papa. »

« Euh, ce n'est pas à ça que je pensais – je me disais que nous pourrions jouer au Scrabble ou manger un petit morceau. Tu ne pensais pas à autre chose, j'espère. » Il rit d'un air taquin et l'aida à monter dans le taxi. « Si tu changes d'avis tout de suite, ça coûtera moins cher que si tu pars pour Klinte et que tu changes d'avis à mi-chemin. »

« Peut-être une autre fois, Jonatan. Elle se sentait forte et pleine d'autodiscipline lorsqu'elle prononça ces mots mais, avant que le taxi n'ait quitté la ville, dans son imagination, elle était dans ses bras, enfermée à l'intérieur des ruines où nul œil ni oreille ne les surveillait. Sa caresse sur son dos était encore là tel un frisson de désir sur la peau et ne lui laissait aucun répit. Elle resta longtemps allongée à écouter le bruit de la pluie cette nuit-là. Il se produisit quelque chose qui ressemblait à des pleurs impossibles à réprimer et qui, vers le petit matin, fit place à un long sanglot apaisé au milieu des gouttes qui tombaient des arbres. Je ne suis *pas* célibataire. Un célibataire a choisi de se débrouiller tout seul et d'être libre. En fait, je suis juste seule, pensa-t-elle.

CHAPITRE 31

Les essuie-glaces balayaient la pluie par grandes vagues paresseuses et la couverture nuageuse s'étendait, basse et dense, au-dessus du toit des maisons. Hartman était inquiet. Marianne avait essayé de contacter son médecin durant toute la journée précédente, sans succès.

« Elle a subi une transplantation pulmonaire et prend un traitement antirejet. Elle devrait quand même faire partie des personnes prioritaires pour recevoir le vaccin et le traitement antiviral », dit-il à Maria avec agitation tandis qu'ils se rendaient ensemble au commissariat de Visby. « On dirait que ceux qui ont le plus besoin de soins vont passer après ceux que les élus considèrent comme étant d'utilité publique. La question est de savoir s'il y aura encore des médicaments une fois qu'on en aura distribué à tous ceux qui occupent des postes importants et à ceux qui ont les moyens de se payer le traitement. Nous avons même envisagé d'essayer d'obtenir un prêt auprès de notre banque. Ce ne sera pas facile parce que nous avons déjà emprunté tout ce que nous pouvions pour la maison. Mais je ne pense pas que nous puissions attendre. Je ne me le pardonnerais jamais si Marianne tombait malade alors que nous avions une possibilité de l'éviter. Peu importe le coût. »

« Pour ce qui est de la question de l'utilité publique, ça se discute. Si Marianne ne s'était pas occupée de ma Linda, je n'aurais pas pu travailler. Tout est lié. Qui est important et qui ne l'est pas ? Il faut que tu saches que je suis vraiment heureuse de vous avoir, Marianne et toi. Je ne sais pas comment je m'en serais sortie avec Linda sinon, étant donné qu'elle ne voulait pas rester chez son père. »

« C'est réciproque. Marianne n'a plus été aussi heureuse depuis des années. » Il lui fit un sourire chaleureux avant de redevenir sérieux. « Par ailleurs, je trouve que ça peut être dangereux de donner aux gens de trop grands espoirs quant à la rapidité à laquelle on va les aider. L'interview à la télé semblait laisser entendre qu'il suffisait de venir chercher les médicaments. Les gens vont devenir complètement cinglés lorsqu'ils se rendront compte que ce n'est pas le cas. Tu sais, je sens que même moi je serais prêt à me battre pour qu'elle reçoive un traitement. Et je parle d'en venir aux poings pour éviter qu'il n'y ait plus de vaccins et de médicaments lorsque ce sera son tour. Je sens que cette barrière psychologique qui nous empêche de devenir fous furieux est extrêmement fragile, juste un léger vernis extérieur, en fait. Au bout du compte, je suis prêt à tuer pour qu'elle puisse vivre si nécessaire. Nous sommes incroyablement primitifs lorsqu'on touche aux choses essentielles. »

« C'est probablement le cas. Ça m'étonne de voir que les gens se montrent si calmes. C'est comme s'ils n'avaient pas vraiment conscience de la gravité de la situation. On a encore l'impression que tout ça se produit très loin d'ici lorsqu'on regarde la télé et qu'on écoute les comptes-rendus à la radio heure par heure. Comme si cela ne nous concernait pas et qu'il ne s'agissait que d'un reportage de plus sur une zone en guerre quelque part au bout du monde. Nous avons peut-être développé une espèce d'immunité à force de tout le temps entendre parler de la souffrance du monde dans notre salon. »

« Ou alors, ça bouillonne sous la surface. La peur et le sentiment d'injustice vont finir par s'exprimer, j'en suis persuadé. » C'est seulement à cet instant-là qu'Hartman se rendit compte que la radio était allumée et qu'elle débitait sa litanie sans qu'ils n'y prêtent attention. Une discussion était engagée entre le Ministre de la Santé et un porte-parole de l'opposition ; elle avait trait à la manière dont on allait faire face aux coûts énormes que représentait l'achat des médicaments et des vaccins. L'opposition préconisait une baisse des dépenses scolaires de mille couronnes par élève et par semestre, une augmentation de la franchise médicale de l'ordre de cinq cents couronnes par visite chez le médecin en secteur conventionné et de mille couronnes pour une visite aux urgences ou chez un spécialiste. Il faudrait également revoir le système de subventions des médicaments et adapter la taxe de résidence des personnes âgées en fonction des coûts réels. Plus questions de s'en tenir au politiquement correct. Le gouvernement, lui, préférait parler d'une hausse plus générale des impôts et d'une imposition progressive plus dure afin que les revenus les plus modestes ne souffrent pas trop.

« Tamiflu, Tamivir et ta sœur ! » La voix tranquille d'Hartman s'était fait plus aiguë. En fait, Maria ne l'avait jamais entendu aussi en colère. « Pourquoi ne sommes-nous pas mieux préparés que cela ? Comment cela a-t-il pu se produire juste comme ça ? La grippe aviaire n'est quand même pas tombée du ciel du jour au lendemain. Cela fait des années que nous connaissons la menace. Lorsque nous embauchons des gens pour prendre des décisions aussi importantes et que nous leur versons des salaires aussi élevés avec nos impôts, nous attendons d'eux qu'ils se montrent compétents et responsables. Des directives claires quant à qui doit recevoir un traitement et dans quel ordre. Il s'agit quand même de sauver des vies. »

« Je ne pouvais pas dormir hier soir alors j'ai lu un article dans une revue médicale. Il avait été écrit par Tobias Westberg. L'année dernière, il avait préconisé que la Suède entame le développement de son propre vaccin en collaboration avec les autres pays nordiques. Dans l'article, il se montre assez pessimiste quant à la rentabilité économique de ce vaccin mais il n'y a pas que l'argent qui compte. La question est de savoir de quel niveau de prévention notre société veut disposer. Pour que nous ayons les moyens de vacciner l'ensemble de la population en cas de pandémie, il faut mettre en place une importante surcapacité de production en comparaison avec ce qui est normalement nécessaire en cas de grippe aviaire. Si le projet était lancé maintenant, il faudrait quatre à cinq ans pour aboutir à un vaccin. Peut-être même plus longtemps. »

« J'ai lu quelque chose à ce sujet. Le développement d'un vaccin contre la grippe aviaire posait un certain nombre de problèmes. »

« Il en parlait dans son article. Le virus est cultivé dans des œufs de poules fécondés. Cependant, le virus de la grippe aviaire endommage tellement l'œuf que le virus qui sert à développer le vaccin ne peut s'y développer. Il faut employer d'autres méthodes, ce qui a constitué un obstacle. Par ailleurs, le virus mute sans arrêt si bien qu'il n'est pas possible de développer un vaccin tant qu'on ne sait pas comment il se présente. C'est la même chose pour le virus de la grippe classique qui modifie ses caractères et pour lequel il faut fabriquer un vaccin sur mesure tous les ans. Tobias Westberg a visité des unités de production dans le monde entier. En Europe, elles se trouvent en Grande-Bretagne, en France, en Allemagne, en Italie, en Suisse et aux Pays-Bas. Par ailleurs, une nouvelle unité de production vient de démarrer en Biélorussie. Tu sais, Tomas, j'ai discuté de la manière dont la grippe aviaire a éclaté ici avec Jonatan Eriksson hier soir. Il m'a dit qu'un pigeon qui était arrivé au pigeonnier de Ruben Nilsson était originaire de Biélorussie et notre vendeur de tableau en venait également. Sergej Bykov travaillait, de fait, avec des animaux de laboratoire. Il faut que nous vérifiions s'il était contaminé par le virus de la grippe aviaire. Il avait peut-être le pigeon contaminé avec lui. C'est peut-être une idée totalement insensée mais imagine qu'il ait été payé par sa firme pour introduire le pigeon ici délibérément. Ils ont quand même investi beaucoup d'argent sur ce médicament et ils ne peuvent pas tenir indéfiniment. Il faut qu'une pandémie se produise pour qu'ils récupèrent leur argent. »

« Bon Dieu ! J'espère que les médecins légistes se sont munis de toutes les tenues de protection nécessaires lorsqu'ils ont pratiqué l'autopsie. Je m'en occupe dès que nous serons arrivés. C'est vrai que nous n'avons jamais posé la question. Ce que tu dis semble totalement dingue, c'est clair. On devient un peu parano. On n'en est sans doute pas au point que quelqu'un s'amuse à propager une maladie délibérément pour gagner de l'argent. »

« Tu en es certain ? » demanda Maria d'un ton légèrement revêche mais Hartman était déjà passé à un autre sujet.

« Tobias Westberg n'a toujours pas donné de nouvelles à sa femme. Ce serait vraiment intéressant de savoir pourquoi il fait profil bas. »

« Les gens tuent pour de l'argent », dit Maria qui se sentait un peu vexée qu'il ait écarté de manière si péremptoire ses suppositions. Et si le pigeon avait effectivement été introduit afin qu'une pandémie se déclenche et que l'industrie pharmaceutique fasse des profits ?

Maria était sur le point de descendre chercher Reine Hammar à la réception pour procéder à son audition lorsqu'elle reçut un appel.

« Je crois que c'est urgent », lui dit Patricia de la réception. « Il s'agit de l'effraction à Vigoris Health Center qui n'a jamais été signalée. Nous avons une personne qui veut rester anonyme. Est-ce que tu peux t'en charger ? »

« Je la prends tout de suite. » Maria attendit qu'on lui passe la communication. Une voix douce à l'accent gotlandais lui présenta la raison de son appel.

« Je veux rester anonyme. Sinon, je ne peux rien vous raconter. »

« C'est d'accord, je vous écoute. »

« Je suis femme de ménage à Vigoris Health Center et je commence mon travail à 22 h pour ne pas être dans le passage au moment où il y a le plus d'activité dans la journée. Je fais le ménage le soir et durant une partie de la nuit. Je m'organise comme je veux du moment que le travail soit fait. Jeudi soir, j'ai remarqué qu'une fenêtre de la consultation était ouverte. Elle avait été cassée. Ensuite, j'ai entendu du bruit qui provenait d'une des salles de soins où on procède habituellement à la vaccination des patients. Je n'ai pas osé entrer mais je me suis cachée dans la réserve en laissant la porte légèrement entrouverte. J'ai entendu qu'on ouvrait la porte du réfrigérateur à l'intérieur de la salle de consultation – ça fait comme un bruit de ventouse. Ensuite j'ai vu Sandra Hägg. Seulement un court instant. Elle avait quelque chose dans un sac en plastique blanc à la main. Elle a couru vers la fenêtre ouverte et elle est sortie par là alors qu'elle avait une carte d'accès. Je n'ai pas prévenu la sécurité parce que c'était Sandra, j'ai pensé qu'elle avait oublié le code ou quelque chose comme ça. »

« Est-ce qu'elle était seule ou est-ce que vous avez vu s'il y avait quelqu'un avec elle ? »

« Je n'ai vu personne mais Lennie, son ex, est arrivé juste après pour faire sa première ronde. Nous prenons généralement un petit en-cas du soir ensemble et oui... c'est à ce moment-là que je le lui ai raconté. En fait, ce n'était pas la première fois qu'elle s'enfermait à l'intérieur. C'était tellement romantique lorsque Lennie et Sandra se sont mis ensemble après qu'elle s'était retrouvée enfermée à l'intérieur du laboratoire. »

« Comment a réagi Lennie lorsque vous lui avez raconté ? »

« Il était fatigué et faisait la gueule dès son arrivée. Il était en pétard contre Finn Olsson, le responsable de la sécurité, qu'il avait vu juste avant. Il avait dû se plaindre de quelque chose, que Lennie ne faisait pas son boulot ou quelque chose de ce genre. Une fois, Finn avait volontairement ouvert une fenêtre du laboratoire pour vérifier si Lennie se montrait vraiment vigilant. Lennie ne l'a pas vu et Finn l'a raconté à Viktoria. Vous imaginez l'engueulade à laquelle il a eu le droit ? Il a quasiment perdu son travail et Finn était là, derrière le chef, à ricaner pendant qu'il se prenait un savon. C'est le genre de choses qui ne s'oublie pas. Il ne faut pas qu'ils aillent au gymnase en même temps parce que sinon ils se battent au point de ne quasiment pas tenir sur leurs jambes le lendemain et, un jour, ils se sont tapés dessus si fort que Reine a dû s'interposer. Au départ, ce n'était pas pour de vrai mais ensuite c'est devenu sérieux. »

« Qu'a dit Lennie par rapport au fait que vous aviez vu Sandra ? » demanda Maria.

« Il s'est mis en rogne et a cru que je mentais alors j'ai dû l'emmener et lui montrer la fenêtre. Vois par toi-même alors ! Je lui ai dit et alors, il ne l'a plus ramenée. Ensuite, il m'a attrapée par la blouse et m'a plaquée contre le mur. Tu le racontes à personne, t'as bien compris ? Je vais en parler au chef moi-même. Pas un mot à Finn, voilà ce qu'il a dit. »

« Est-ce que vous savez s'il a raconté à Viktoria Hammar que Sandra était entrée par effraction ? Ce n'était peut-être pas si facile que ça pour lui de la dénoncer même si c'était fini entre eux. »

« Je n'en ai plus entendu parler. C'est évident qu'il a dû en parler parce que la fenêtre était bel et bien cassée. Un vitrier est venu le lendemain. Il n'y avait pas moyen de le cacher. Et, à présent, elle est morte... j'y ai tellement pensé. Je ne sais pas si j'ai bien fait mais je vais bien pouvoir rester anonyme ? »

« Vous avez bien fait », dit Maria sans faire de promesse tout en pensant qu'il ne pouvait pas y avoir tant de femmes de ménage que cela qui travaillaient à Vigoris la nuit en question. « Si quoi que ce soit d'autre vous revient, n'hésitez surtout pas à me recontacter. C'est bien que vous m'ayez raconté ce dont vous aviez été témoin. »

Reine Hammar prit place à contre cœur sur le siège réservé aux visiteurs face à Maria. Chacun de ses gestes exprimait la mauvaise volonté.

« J'espère vraiment que cet entretien est nécessaire. J'ai été tenu éloigné de la clinique et consigné à l'intérieur de cet asile de fous à Follingbo. En faisant preuve d'un peu d'imagination, vous pouvez facilement vous figurer qu'il y a pas mal de choses à faire quand on revient. Je n'ai même pas très bien saisi ce dont il s'agissait. Est-ce qu'on me soupçonne de quelque chose ou bien quoi, merde ?

« L'une de vos employées, Sandra Hägg, a été assassinée. Mon travail consiste à découvrir qui l'a fait et pour quelle raison. »

« C'est vraiment épouvantable ! Il est nécessaire que le magnétophone tourne ? » demanda-t-il en arborant un air arrogant que Maria trouva assez exaspérant.

« Absolument. Sinon, nous devrions nous en remettre à ma mémoire défaillante. »

Il lui lança un regard hautain et l'ombre d'un sourire passa sur son visage. « De deux maux, il faut choisir le moindre. Allons-y. »

« Que pouvez-vous me dire au sujet de Sandra ? Comment était-elle en tant qu'infirmière ? »

« La petite Sandra », dit-il sur un ton pensif. « L'infirmière parfaite. Toujours d'une telle amabilité et toujours en avance d'un temps. Lorsqu'on s'apprêtait à lui demander de préparer quelque chose, elle y avait généralement déjà pensé et le plateau était déjà prêt. Les résultats d'analyse étaient à disposition et les rendez-vous avaient été fixés. Les avis de spécialistes avaient été visés et classés. Il va être difficile de la remplacer. C'est toujours pénible de devoir former une nouvelle personne parce que, dans ce cas, on doit penser par soi-même. »

« Sur le plan privé… avez-vous une idée de ce qui se passait dans sa vie ? » Maria estimait qu'il avait quelque peu baissé la garde à présent mais attendit tout de même qu'il se soit totalement détendu pour poser les questions les plus sensibles.

« Sandra était célibataire. Sans enfants. » Il émit un bruit qui se situait à mi-chemin entre le raclement de gorge et le reniflement et Maria fut obligée de lui demander de répéter afin que sa réponse soit audible sur la bande. « Elle venait de mettre fin à sa relation avec un autre de nos employés. En ce qui concerne les relations au travail, nous avons récemment reçu des consignes strictes du siège. Nous veillons à ce que nos employés ne nouent pas ce genre de liens entre eux. À l'avenir, nous allons convoquer les intéressés pour un entretien si une histoire d'amour se produisait au travail et il leur appartiendra alors de tirer les conséquences de leur engagement. »

« Que voulez-vous dire ? » Maria avait du mal à cacher sa surprise et à réprimer son indignation.

« Nous nous mettrons d'accord sur lequel des deux est le plus utile à l'entreprise et l'autre devra partir. Le travail est tellement important que nous exigeons une loyauté totale. Si quelqu'un a, dans le même temps, un lien avec un collègue, nous sommes confrontés à un problème de double loyauté. »

« Mais vous et Viktoria, vous êtes bien mariés », les mots échappèrent à Maria avant qu'elle n'ait pu s'en empêcher. Ce n'était pas le point le plus important et ils risquaient de se retrouver rapidement dans une impasse si elle exprimait ses propres opinions.

« C'est exactement ce que Sandra a fait remarquer lorsque nous les avons convoqués pour une petite discussion. Viktoria a offert un travail passionnant à Sandra à Montréal mais elle a décliné l'offre et a dit que ce n'était pas nécessaire. Ils avaient déjà pris la décision. Et pour ce qui est de moi et de Viktoria, il s'agit plus d'un partenariat que d'un mariage. Trois minutes à la mairie pour éviter tout un tas de paperasseries, c'est ce qu'on appelle du temps bien employé. Non, je plaisante. Nous sommes tous les deux employés par le groupe et ils ne considèrent pas notre relation comme un danger, nous sommes mariés depuis trop longtemps pour que cela puisse être préjudiciable à la production. Viktoria aime son travail. » Il éclata d'un rire forcé et rejeta sa frange en arrière. « Le mariage blanc, vous devez bien en avoir entendu parler ? Non ? Ça n'a aucune importance. Laissez tomber. Est-ce qu'il y avait autre chose, sinon le devoir m'appelle. » Il lui sourit et fit mine de se lever.

« Vous avez été victime d'une effraction à la clinique. Mais vous n'avez pas déposé de plainte à ce sujet. Pouvez-vous m'expliquer pourquoi ? »

« Qui vous a fourni cette information ? » Aussitôt, il se tint de nouveau sur ses gardes. Il reprit place sur le siège. Ses yeux se rétrécirent jusqu'à ne plus former qu'une mince fente et il rapprocha son visage de celui de Maria d'une manière désagréable. Maria s'étira et s'efforça de ne pas reculer.

« Sandra est entrée par effraction », dit-elle d'une voix assurée. « Je suppose que vous le savez. Que cherchait-elle et pourquoi n'avez-vous pas déposé plainte ? »

Il se balança sur sa chaise un long moment avant de répondre. C'était on ne peut plus exaspérant.

« La vérité, vous voulez dire. Est-ce que mon compte-rendu des services de Sandra était trop parfait ? Pourquoi a-t-il fallu que les choses soient différentes ? Il ne faut pas dire de mal des morts. C'est vrai que c'était une excellente infirmière mais la vérité, c'est que c'était également une toxicomane. Nous pensions l'envoyer à la clinique de désintoxication du groupe à Montréal. Notre programme en douze étapes s'est avéré être l'une des méthodes les plus efficaces qui existent sur le marché. Tout a commencé lorsque l'un de mes collègues a signalé qu'il manquait des ampoules de morphine et que les retraits de morphine dans la réserve de la pharmacie ne correspondaient pas à ce qu'on administre habituellement aux patients qui viennent d'être opérés. Nous l'avons gardée à l'œil pendant un moment et nous l'avons ensuite confrontée à ses responsabilités. Elle était d'accord pour se désintoxiquer mais, ensuite, le manque a dû être le plus fort et elle est entrée par effraction. »

« Est-ce qu'elle a trouvé quelque chose ? »

« Nous avons tout contrôlé. Elle a emporté des seringues et des canules mais pas de morphine. »

« Est-ce que la morphine injectable doit être conservée au froid ? »

« Non, pourquoi cette question ? Qui a contacté la police et parlé de l'effraction ? J'ai le droit de le savoir, bordel ! Lennie, c'est lui ? Je vais tirer cette affaire au clair, putain ! » Le raclement de gorge qui suivit fit presque bondir Maria au plafond, tant elle était exaspérée. Son comportement était carrément insupportable. Était-il enrhumé ou s'agissait-il d'une espèce de tics nerveux ?

« Ce n'est pas Lennie et je ne vous en dirai pas plus. Vous pouvez vous en aller à présent. Si quelque chose qui pourrait nous aider à comprendre ce qui est arrivé à Sandra vous revient, contactez-nous. Sinon, vous pouvez vous attendre à ce que nous ayons un bon nombre d'autres questions à vous poser. »

« Vous vous rendez quand même bien compte que c'est un de ses potes camés qui a fait le coup, merde ! Est-ce que nous vivons dans le même monde ? Qui se livre à des agressions, vous devriez quand même être bien placée pour le savoir ? Elle avait sans doute promis une petite fête à quelques-uns de ses potes et il n'y a pas eu de fête. L'un d'entre eux n'a pas apprécié et a perdu les pédales, et oui – que se passe-t-il dans ces cas-là ? Pourquoi vouloir retourner toute cette merde ? Ne pourrait-on pas simplement se souvenir de Sandra comme de l'infirmière consciencieuse qu'elle était avant de lâcher prise ?

Après avoir raccompagné Reine Hammar jusqu'à la sortie, Maria prit son téléphone et appela Jonatan Eriksson. Il fut manifestement très heureux d'entendre sa voix.

« J'ai eu envie de t'appeler toute la matinée. J'ai soulevé le combiné avant de le reposer au moins une bonne dizaine de fois. Lâcheté. Je ne suis pas très bon pour ce genre de choses. Je voulais te remercier. Nous pouvons peut-être recommencer. Sortir pour manger ensemble, je veux dire. Bientôt. Je n'ai pas passé un aussi bon moment depuis longtemps. »

« Moi non plus. Comment va Emil ? »

« Bien mais il commence à s'impatienter un peu. Il n'a plus de fièvre. »

« Bien. Excuse-moi de te tenir la patte. Au fait, Jonatan, j'ai autre chose à te demander : est-ce que l'on conserve la morphine injectable au frais ? »

« Non, ce n'est pas un produit qu'il faut conserver au frais. Pourquoi cette question ? »

« Je ne peux pas te le dire. Et les vaccins, est-ce qu'ils doivent être conservés au frais ? »

La femme de ménage avait parlé du bruit de la porte d'un réfrigérateur dans la pièce où l'on procédait habituellement à la vaccination des patients. Ensuite, elle avait vu Sandra sortir avec un sac en plastique blanc à la main.

« Oui, le vaccin contre la grippe est un produit qu'il faut conserver au frais. Quand seras-tu disponible pour que nous nous revoyions ? La bonne réponse, c'est maintenant, tout de suite. J'ai pensé à une chose mais je veux t'en parler entre quatre yeux. »

« Ça semble très intime, non ? » Maria remarqua qu'elle commençait à pouffer comme une gamine et s'efforça de reprendre son sérieux.

« Ne te fais aucune illusion, ça concerne le travail », dit-il mais le rire n'était pas loin sous son apparence sérieuse. « Je pensais passer prendre Malte ce soir, vers cinq heures mais Marianne les a laissés construire une cabane dans une garde-robe et les gamins ont l'intention d'y dormir. Alors, si c'est d'accord pour toi ? Et, comme nous sommes tous les deux sans enfants, je me suis dit que ça pourrait être sympa de sortir et de se faire un bon petit repas. Ce soir, si tu n'estimes pas que c'est trop tôt ? » Il parlait très vite à la fin et Maria ne put s'empêcher de sourire face à son évidente nervosité.

« Je trouve que c'est parfait. »

Maria tendit le bras vers le tas de courrier qu'elle avait trié tandis qu'elle écoutait la femme de ménage. La réponse de la médecine légale à la question relative à la présence de drogue dans le sang de Sandra Hägg aurait dû s'y trouver. Maria les feuilleta de nouveau et trouva l'enveloppe en question. Elle l'ouvrit et lut son contenu. C'était bien ce qu'elle pensait. Sandra était clean – pas la moindre trace d'alcool ou de stupéfiants.

CHAPITRE 32

Lorsque Maria accepta de voir Jonatan Eriksson après le travail, elle n'avait pas encore reçu l'appel des carrières Nordkalk de Kappelshamn, appel qui allait changer tous ses plans pour la journée et resterait gravé dans sa mémoire pour le restant de ses jours. On avait découvert un corps dans la carrière de pierre à chaux, dans le cratère où l'on se débarrassait de la chaux vive.

À peine quarante minutes plus tard, elle et Tomas Hartman se trouvaient devant les bureaux de Nordkalk. Le bruit du broyeur et du vent qui soufflait sur la mer couvrait presque leur voix. Plus bas, dans le port, un bateau était en cours de chargement. Une fine couche de calcaire semblable à de la neige poudreuse recouvrait tout le secteur. En dépit de la pluie, les roses des parterres semblaient d'une couleur anormalement claire. Les troncs gris des arbres semblaient avoir été coulés dans le ciment. Les convoyeurs serpentaient entre les grands silos bien au-dessus du sol. Maria suivit leurs courbes du regard jusqu'aux énormes tas de pierre à chaux. Elle estima qu'ils devaient s'élever à au moins vingt mètres. Le chef d'exploitation, Karl Nilsson, avec lequel Maria avait parlé au téléphone l'emmena dans sa jeep. Hartman les suivit dans la carrière le long de chemins qui zigzaguaient entre des falaises et des lacs aux eaux vertes miroitantes, bordés de plantations de pins dans un paysage lunaire surprenant, aride et magnifique. Ils montèrent ensuite une pente escarpée où les pales blanches des éoliennes bruissaient dans le vent. Il désigna l'élevage de truites arc-en-ciel et de truites saumonées ainsi que le lieu de nidification de plusieurs espèces d'oiseaux sauvages. Le soleil était voilé par la brume et la lumière qui se reflétait sur la pierre blanche était sublime et semblait presque surnaturelle, telle la lumière transfigurée des retables. Maria posa quelques questions générales sur l'extraction de la chaux et apprit qu'on l'utilisait, entre autres, dans les aciéries et dans l'industrie sucrière pour le raffinage du sucre et que les exportations de chaux se montaient à trois millions de tonnes par an. Ils discutèrent du risque de silicose et Karl lui expliqua que les études les plus récentes avaient montré que le risque était inexistant lorsqu'il s'agissait uniquement de poussière de calcaire. Il semblait plus facile de s'en tenir à des sujets neutres avant d'atteindre l'endroit où les différents morceaux de corps humain avaient été découverts.

Les techniciens se trouvaient déjà sur place et un cordon de sécurité avait été établi. Lorsqu'ils se tinrent au bord de la décharge et saluèrent Sven-Åke Svensson qui avait fait la découverte macabre, leurs questions n'en furent que plus nombreuses. Il leur désigna des morceaux d'os, un crâne et une mâchoire avec ses dents, parmi lesquelles une dent de devant en or, une boucle qui ornait vraisemblablement une ceinture et une fermeture éclair.

« Depuis combien de temps le corps peut-il être là ? » Maria supposait que cela faisait entre 5 et 10 ans. Il n'y avait plus de cheveux sur le crâne ni de vêtements sur les différentes parties du corps.

« Vingt-quatre heures peut-être. Il a plu cette nuit. Le processus est plus rapide par temps humide. Les textiles se consument presque d'eux-mêmes. Un corps humain contient beaucoup d'eau. Lorsque l'on ajoute de l'eau à de la chaux vive, cela entraîne une réaction chimique avec une forte augmentation de la température. Une journée, peut-être deux – tout au plus. Cette chaux vive se comporte comme des sables mouvants, elle ronge tout, à l'exception des métaux nobles et des diamants. Tu vois comme c'est propre aux endroits clairs où la chaux est encore à moitié vive ? Compare avec les traînées grises où la chaux est éteinte. À ces endroits-là, aucun processus chimique ne se produit. Les gens déposent leurs ordures de manière illégale et elles restent là. »

Maria se rapprocha du bord du cratère et vit la bouillie de chaux solidifiée qui laissait place à une bande plus blanche semblable à un banc de sable prometteur sur la plage de Tofta. Trompeuse et dangereuse un peu en retrait des eaux émeraude dont la couleur si particulière était due à la présence de pierre à chaux, expliqua Karl Nilsson à Maria lorsqu'elle s'étonna de la couleur.

« Je suis arrivé ici il y a environ une heure pour jeter de la chaux vive qui sortait du four, ce que nous faisons une fois par semaine. » Sven-Åke retira son casque et essuya la transpiration sur son front. Maria vit qu'il lui fallut déglutir à deux ou trois reprises avant que sa voix ne soit suffisamment ferme pour qu'il puisse poursuivre. « J'ai vu qu'il y avait quelque chose qui brillait et je suis sorti du camion-benne pour voir de quoi il s'agissait. » Il s'interrompit de nouveau pour pouvoir continuer son récit sans que sa voix ne le trahisse. « C'était une mâchoire avec une dent en or. J'ai tout de suite appelé le chef d'exploitation pour qu'on m'apporte une tenue de protection et que je puisse aller chercher ce que j'avais vu. Au début, on n'arrive pas à y croire. On se sent mieux lorsque l'on est deux à voir la même chose. Ça semble tellement irréel. »

« Et pourtant, c'est vraiment une chance que tu l'aies trouvé », dit le chef d'exploitation. « C'est vraiment bien joué de ta part – dans quelques jours, nous n'aurions plus rien vu du tout. Si le corps avait atterri dans le bassin de sédimentation avant celui d'épuration, ç'en était fini. Ou si on l'avait jeté dans le broyeur. Ce n'est pas sûr qu'on l'aurait découvert au moment du chargement et les différentes parties auraient pu être expédiées en Pologne, en Allemagne ou en Lituanie. » Il fit une grimace lorsqu'il s'aperçut des implications de son raisonnement.

« Celui qui s'est débarrassé du corps ici devait avoir une voiture mais l'accès au site est bloqué par des barrières la nuit, non ? » Hartman avait remarqué que le chemin pour ressortir était barré à la hauteur des grands amoncellements de pierre. « Et si une voiture étrangère passait dans la journée, vous l'auriez vue, je suppose ? »

« Absolument. Nous n'autorisons personne à venir ici si elle n'est pas escortée par nos voitures avec les gyrophares allumés. Toutefois, il y a d'autres voies d'accès. » Le chef d'exploitation désigna la forêt qui se dressait devant eux. « Nous ne sommes pas autorisés à fermer Takstenvägen à la circulation. Ceux qui y habitent doivent pouvoir y accéder mais ceci implique des risques. Ce n'est pas vraiment un terrain de jeu ici. »

« Combien de personnes travaillent ici la nuit ? » demanda Maria. Le vent était froid et elle sentait que ses doigts commençaient à s'engourdir même si elle essayait de les rentrer dans les manches de son pull. Ses cheveux volaient et elle les écarta de son visage.

« La carrière et la décharge ferment à 22 h Du personnel s'occupe du four à chaux 24 h sur 24 et il y a également le plus souvent deux hommes qui chargent les bateaux. C'était le cas cette nuit. Ce matin, un bateau est parti à destination de la Pologne. »

« Est-ce que quelqu'un a remarqué quelque chose de particulier durant son poste cette nuit ou la nuit dernière ? Une voiture étrangère ? »

« Sune Petterson, qui chargeait au port, a trouvé un portefeuille en partant. Il m'a dit qu'il l'apporterait à la police dès qu'il se réveillerait. Il était juste devant la barrière. Il l'a vu au moment de sortir sa voiture du parking. Un portefeuille marron. Il y avait un permis de conduire à l'intérieur donc ce ne devrait pas être difficile de retrouver son propriétaire. Il a également dit qu'il y avait une voiture de couleur claire sur le parking juste après minuit et qu'il a vu un homme descendre en direction du quai. Lorsqu'ils ont voulu vérifier la raison de sa présence, lui et sa voiture avaient disparu. »

Hartman s'assit dans sa Ford et prit quelques notes avant d'appeler la patrouille qui arrivait de Visby. La même patrouille avait été de service dans le port les deux nuits précédentes. Dans le meilleur des cas, ils auraient observé des choses dont ils n'auraient pas fait état. Le plus urgent était à présent de faire du porte-à-porte le long de Takstenvägen pour voir quelles voitures avaient pu être observées la nuit précédente et, éventuellement, celle d'avant.

« Il paraît assez évident qu'il s'agit de Tobias Westberg, tu ne crois pas ? » Sur la photo que nous a donnée sa femme, il a une dent en or. » Maria s'assit à côté d'Hartman et frotta ses doigts rendus gourds par le froid. « De quoi s'agit-il, à ton avis ? Un meurtre dû à la jalousie ? »

« Je n'ai pas grande expérience en la matière. Je ne me souviens que d'un seul cas et il s'était produit de manière spontanée. En trente-cinq ans de service, je n'ai jamais entendu parler d'un meurtre dû à la jalousie qui aurait été prémédité. Mais cela ne signifie évidemment pas que ce soit exclu. Dans la plupart des cas, la victime et son meurtrier se connaissent. Si nous supposons que c'est la même personne qui a tué Sandra et Tobias, à qui cela nous mène-t-il ? »

« À l'ex-conjoint de Sandra, Lennie, ou à Yrsa. Hans Moberg – même si nous ne savons pas encore s'il connaissait Tobias Westberg. »

« Il faut prévenir Yrsa. Ça va être dur. Et le pire de tout, c'est que nous ne savons pas s'il était mort lorsqu'il s'est retrouvé dans la chaux vive ou s'il était vivant lorsqu'on l'y a jeté. Nous ne saurons jamais s'il était attaché. Un lien en plastique ou en chanvre est sans doute rongé en un temps record au cours d'un processus comme celui-ci. J'espère qu'elle ne pensera pas à ce genre de choses. » Hartman démarra la voiture et mit le chauffage lorsqu'il vit à quel point Maria grelottait.

« Et le marchand de tableaux alors ? » Maria fit signe au responsable du site qu'ils étaient prêts à partir et ils les précédèrent dans la descente de la pente. « En ce qui le concerne, nous n'avons absolument aucun motif. » Elle ne cessait de penser au vendeur de tableaux et au pigeon.

« Il n'était manifestement pas contaminé par la grippe aviaire mais il y avait des anticorps dans son organisme. Nous pouvons donc supposer qu'il a souffert de la maladie. Aucun élément n'indique qu'il connaissait Tobias ou Sandra. Mais nous devrions poser la question à sa femme. D'ailleurs, est-ce que tu as vu le tableau que Berit Hoas lui avait acheté ? C'était vraiment un artiste talentueux. On avait vraiment l'impression que les vagues venaient à notre rencontre et on pouvait presque sentir la chaleur du sable. Imagine s'il avait eu la possibilité de consacrer tout son temps à la peinture. »

« Tu as de la visite, Maria. » La voix de Veronika de la réception sur un ton pressant.

« De qui s'agit-il ? » Maria venait juste de décider avec Hartman qu'ils allaient effectuer une visite surprise chez Lennie Hellström pour lui demander où il se trouvait la nuit précédente. Une patrouille venait de partir pour le domicile d'Yrsa Westberg et c'était un soulagement de ne pas avoir à se charger de cette conversation. Maria envoya une pensée reconnaissante à ses collègues.

« Il dit qu'il s'appelle Jonatan Eriksson, est-ce que je dois te l'envoyer ? »

« Je descends. » Maria regarda l'horloge. Déjà six heures et demie. Ils avaient convenu de se retrouver sur le parking à cinq heures. Était-il possible qu'il l'ait attendu durant tout ce temps ?

« Je suis désolé, Jonatan. Je ne peux pas me libérer. Si c'est possible pour toi de repousser notre rendez-vous de quelques heures... »

« Bien sûr, appelle-moi dès que tu as fini. » Elle chercha l'irritation et la déception dans sa voix mais il les cachait bien. Il portait un pull bleu et une chemise blanche. Elle lui donnait un air habillé. Maria passa la main dans ses cheveux raides et ternes qui avaient souffert du vent à Kappelshamn et se rendit compte qu'elle ne paraissait pas franchement à son avantage. Comme si cela avait la moindre importance. Il est marié, il est marié, il est marié et tu dois arrêter de te conduire comme une adolescente, se dit-elle en se mordant la lèvre inférieure. Lorsqu'elle sentit son regard dans son dos, elle ne put s'empêcher de se retourner et de l'étreindre légèrement avant qu'il ne disparaisse.

Alors qu'ils se dirigeaient vers la voiture, Hartman demanda :

« Qui est-ce, on ne peut s'empêcher d'être un peu curieux ? »

« Un ami. »

« Ah bon, un ami », dit-il, un peu déçu. « Tiens, est-ce que tu sais à qui appartient le portefeuille retrouvé près de la carrière de calcaire ? »

« À quelqu'un que nous connaissons ? » demanda Maria, piquée. « Qui ? »

« Est-ce que le nom de Hans Moberg te dit quelque chose ? » Hartman sourit d'un air rusé. « À présent, il ne va plus nous échapper longtemps. »

CHAPITRE 33

Depuis que Hans Moberg avait été surpris par la voisine de Cecilia, il ne se sentait plus du tout en sécurité à l'intérieur de la maison. Lorsqu'il consulta l'adresse électronique correspondant à son site de vente et qu'il vit que la police avait essayé de le contacter, il se sentit d'autant plus traqué. On l'exhortait à prendre contact avec l'inspectrice de la criminelle Maria Wern sans attendre. La police souhaitait vivement lui parler.

Le ton de la lettre était amical. Pas aussi austère que l'on pouvait s'y attendre de la part d'une autorité. L'exhortation lui donna quand même mal au ventre. Si seulement il avait quelqu'un qui puisse le conseiller, quelqu'un en qui il puisse avoir confiance. La police ne pouvait raisonnablement pas savoir où il se trouvait, du moins, si la Scanienne ne leur avait rien dit. Elle était la seule à qui il ait envoyé un message en utilisant l'abonnement téléphonique de la maison où il se trouvait. S'ils l'avaient utilisée comme appât, ils ne tarderaient plus à être là. Non, dans ce cas, ils auraient déjà dû être là cette nuit. Mais s'ils ne travaillaient qu'aux heures de bureau et qu'ils n'avaient de temps à consacrer aux malfaiteurs qu'entre huit heures et dix-sept heures, ils pouvaient arriver d'un moment à l'autre.

Plus Mubbe y pensait, plus cela lui semblait crédible. Il fallait qu'il se tire. Peu importe où. Il tremblait de stress. Les pensées se bousculaient dans sa tête sans qu'il parvienne à se ressaisir et à prendre la bonne décision. Son cœur battait la chamade dans sa poitrine et sa bouche était de plus en plus sèche. Il ouvrit une canette de bière. C'est exactement ce qu'il lui fallait pour être de nouveau un homme. À présent, son cerveau se remettait à fonctionner. Il avait lu qu'il y avait quelque chose dans l'alcool qui rendait le sang plus fluide et c'était sans doute vrai. La circulation de l'oxygène se faisait mieux et les idées étaient libérées de l'étroit carcan de conventions à l'intérieur duquel elles étaient enfermées tout en se faisant plus légères.

Le numéro d'immatriculation de sa caravane devait évidemment être placardé sur le pare-brise de toutes les voitures de police ; Mubbe transporta donc ce dont il avait le plus besoin dans la Saab mangée de rouille de Cecilia et il embrassa le tableau de bord lorsqu'il vit que le réservoir était plein. Dans la réserve, à la cave, il dénicha quelques boîtes de saucisses de la marque Bullen ainsi que des conserves de cornichons et de compote de pommes. Il lui faudrait s'en contenter.

Il rassembla à la hâte les caleçons qu'il avait eu l'intention de laver et qu'il avait accrochés au-dessus de la baignoire dans la salle de bains, se regarda dans le miroir et prit brusquement une décision. Dans un pot, sur la commode, il trouva un rasoir que Cecilia utilisait sans doute pour s'épiler les jambes – il espérait qu'elle ne l'utilisait que pour les jambes. Il s'en servit pour se débarrasser des quelques longs cheveux gris qui lui restaient ainsi que de sa barbe. Ils tombèrent dans le lavabo. Il s'observa de nouveau. Le changement n'était pas à son avantage. La longue et vilaine cicatrice qu'il avait au sommet du crâne apparaissait maintenant au grand jour et il paraissait encore plus petit. Il devenait insignifiant, aussi gris qu'un vieillard et presque un peu voûté lorsque ses cheveux ne s'étalaient plus sur ses épaules. Ceux-ci avaient, en fait, constitué sa source de fierté. Mais, pour l'instant, le fait de passer inaperçu représentait un avantage. Il remit son chapeau et se sentit de nouveau un peu plus égal à lui-même. Il rassembla ses cheveux et les poils de sa barbe dans un sac en plastique et l'enterra dans le jardin. La voisine lui fit signe depuis sa fenêtre mais il fit comme s'il ne l'avait pas vue. Qu'est-ce que les gens peuvent être curieux par ici, bordel, se dit-il en s'installant dans la Saab.

Arrivé au niveau de Lärbro, il buvait déjà sa dernière bière et il chercha ensuite frénétiquement son portefeuille pour en acheter d'autres. Ah oui, merde, c'est vrai qu'il avait disparu. Il se triturait les méninges pour savoir comment il allait s'en sortir sans argent et, à la fin, il ne put s'empêcher de taper dans la vodka Absolut frelatée qu'il avait pensé garder jusqu'à ce qu'il ait trouvé un nouvel endroit où établir son camp. La vie est un enfer, vous savez, mais il faut quand même aller de l'avant, se dit-il dans le rétroviseur et il bifurqua sur la 148 en direction de Visby.

Une idée était en train de prendre forme dans sa tête. Son pote Mayonnaise était probablement encore au camping de Tofta. Là, il y avait de la nourriture, de la bière et la possibilité de surfer sur Internet. Dans le meilleur des cas, il y aurait peut-être même un auvent sous lequel il pourrait dissimuler la voiture de Cecilia à la faveur de la nuit. Il n'osait pas appeler Mayonnaise, le mieux, c'était sans doute de juste se pointer. La perspective d'avoir de la compagnie le rendait euphorique après ces jours entiers de solitude. En fait, c'était un coup de génie de retourner à Tofta sous une nouvelle apparence, bien que contraire à toute logique. Là, il serait en sécurité pour un petit moment.

Mubbe était tellement content d'avoir trouvé une solution qu'il s'enfila une autre rasade de vodka et alluma la radio pour avoir un peu de musique. C'était un modèle remontant à l'âge de pierre avec un lecteur à cassettes mais il fonctionnait assez bien même s'il crachotait pas mal.

« ... On ne nous a pas donné d'autres directives quant à ce que nous étions censés faire des carcasses de poules. Normalement, elles sont acheminées vers un site de destruction sur le continent lorsqu'on craint une contamination mais, à l'heure actuelle, personne ne veut se charger de les transporter et des montagnes de carcasses s'amoncellent. Plus personne ne veut s'en occuper depuis que l'un de nos collaborateurs a été contaminé. »

« Pour les auditeurs qui viennent de nous rejoindre, nous précisons que le vétérinaire du district, Håkan Broberg, se trouve avec nous dans le studio X. Après la décision d'abattre toutes les volailles de l'île, nous nous trouvons confrontés à un nouveau problème : qu'allons-nous faire des carcasses ? N'aurait-il pas été plus judicieux d'attendre d'avoir trouvé une solution à ce problème avant d'abattre les animaux ? Ne serait-il pas préférable de les incinérer sur place plutôt que de les transporter avec ce que cela implique comme risques ? Si j'ai bien compris, une grande peur règne chez les vétérinaires sanitaires en l'absence de directives claires. »

Hans Moberg jura à haute voix. Si tout avait été comme d'habitude et que la police n'avait pas été à ses trousses, il aurait pu réaliser des affaires juteuses cette semaine. La demande de médicaments était énorme. Appeler les pilules Tamivir au lieu de Tamiflu n'avait, en réalité, aucune importance. De la foutaise dans les deux cas. C'est le fait d'y croire qui fait tout. D'une certaine manière, il voyait en fait son travail comme une mission. Une bonne action combinée à des profits substantiels.

Il ne faut pas nier ou sous-estimer l'effet placebo. Si les gens croient vraiment aux médicaments qu'on leur donne, le corps mobilise ses propres forces de guérison. Le stress diminue. La réponse immunitaire s'en trouve améliorée. Le sommeil réparateur résulte de la diminution du stress. Au cours du sommeil, le corps répare ses cellules défectueuses et laisse les hormones affluer et apporter le bien-être lorsque l'âme et le corps coopèrent. Il avait lu quelque part que l'effet placebo pouvait représenter jusqu'à vingt-cinq pour cent. Le contraire, ce qu'on appelle l'effet nocebo, est présent lorsque le patient n'a pas confiance en son médecin et n'a pas l'impression d'être traité de manière respectueuse et amicale. Il devrait être condamnable de soigner les gens sans faire preuve de bonne volonté. Si un comprimé de sucre, avec l'aide de l'effet placebo, est efficace à vingt-cinq pour cent, il doit quand même être considéré comme efficace. Les gens ont besoin d'espoir en période de peur et de terreur.

Mubbe appuya la tête sur le repose-tête et s'efforça de se détendre. Il n'était pas un mauvais bougre parce que son objectif était louable, bien pensé et scientifiquement vérifié.

La discussion sur les volailles à la radio le perturbait dans son raisonnement et il changea de station.

« ... un corps a été retrouvé à proximité de la carrière de calcaire à Kappelshamn. Les sources policières se sont montrées très discrètes quant aux détails de cette découverte. C'est ce matin qu'un employé de la carrière a découvert des morceaux de corps dans de la chaux vive. Il s'agit de restes humains. La police est à la recherche de toute information relative à un homme qui se trouvait très vraisemblablement sur place dans la nuit du 5 ou du 6 juillet. L'homme mesure environ 1m70, est de forte corpulence et avait, la dernière fois qu'il a été vu, de longs cheveux clairs, de longs favoris et une barbe. Sa voix est décrite comme aiguë. Il se déplace dans une camionnette de la marque Chevrolet et possède une caravane de la marque Polar. »

Hans Moberg sentit ses mains se mettre à trembler sur le volant. La route lui parut tout à coup irréelle comme dans un jeu vidéo au mauvais graphisme. Les voitures en sens inverse se rapprochaient beaucoup trop, le bord de la route se glissait sous la voiture et, en dépit de la ligne droite, il avait l'impression que la voiture se déportait fortement à droite. Il ralentit et s'arrêta. La bouteille de vodka se trouvait sur le siège à côté de lui et il en prit une bonne rasade pour s'éclaircir les idées. Il ouvrit la portière de la voiture pour respirer un peu d'air frais. Le chauffage de la voiture fonctionnait et il ne semblait pas y avoir moyen de le couper. Les essuie-glaces se mirent en marche sur le pare-brise tels des oiseaux effrayés sans qu'il puisse les contrôler. Est-ce qu'ils étaient sur sa piste à présent, ces saloperies de flics ? La décision de quitter Kappelshamn lui semblait toujours raisonnable, de même que l'idée de poursuivre jusqu'au camping de Tofta, alors il ne voyait vraiment pas ce qui le paralysait à ce point. Un sentiment de malaise diffus, un étrange tremblement dans son corps. Il prit une autre gorgée de vodka et poursuivit son voyage en direction de Visby. Dans le rétroviseur, il pouvait voir une voiture sombre se rapprocher à vive allure avant de se placer juste derrière lui. Ce n'était pas une voiture de police banalisée mais elle avait quelque chose de particulier. Des flics en civil ? Mais dépasse, bordel ! Il freina mais la voiture resta derrière lui tout en se tenant à distance. C'était exaspérant. Lorsqu'ils atteignirent Visby, la voiture était toujours là et le suivit à travers Öster Centrum où Mubbe manqua de renverser une vieille dame avec son déambulateur. De si peu que cela créa un esclandre. Putain de vieille, il faudrait les garder enfermées ces vioques, bordel ! Il vit dans le rétroviseur qu'elle était tombée et que d'autres piétons l'aidaient à se relever. La voiture noire se trouva gênée dans sa progression et resta bloquée au niveau du passage piéton. Hans Moberg tâtonna à la recherche de la bouteille en plastique qui contenait la vodka et la trouva. Il la porta à sa bouche et s'aperçut qu'elle était vide. L'avait-il mal refermée ? La route devant lui était une véritable piste de steeple-chase et la voiture noire ne tarderait pas à le rattraper. Un rond-point vint à sa rencontre sans avertissement préalable et il fut obligé de le traverser par le milieu et de se faufiler entre les voitures qui formaient une longue file jusqu'au ferry. S'il n'avait pas été un conducteur aussi adroit, ils l'auraient embouti, ces espèces d'andouilles. La route se rétrécissait et le feuillage des arbres traînait sur le capot. Une voiture arriva droit sur lui dans le mauvais sens, il donna un grand coup de volant et parvint à la dépasser du côté gauche en roulant dans l'herbe avant de remonter sur la chaussée. Quelle bande d'abrutis ! Sur la route qui traversait Vibble et passait devant l'église de Tofta, la circulation était moins dense. En réalité, il faudrait tendre un guet-apens à ces connards et leur exploser la tronche. Plusieurs fois, il dut faire des efforts pour se rappeler de sa destination. L'entrée du camping aurait dû se trouver quelque part dans le coin. Quelques caravanes étaient installées sur le terrain et la boutique d'alimentation était là. Pourquoi l'entrée n'était-elle pas clairement indiquée ? Si l'idiot en charge de la signalisation lui tombait sous la main, ils récupéreraient sa sale gueule dans le coffre par la suite. Alors qu'il était déjà trop tard et qu'il roulait bien trop vite, Hans Moberg s'aperçut qu'il était sur le point de manquer l'entrée et il braqua complètement le volant. Une voiture rouge vint à sa rencontre. Il la vit durant la fraction de seconde avant le choc qui fit voler le monde en éclats. Je meurs, fut la dernière pensée consciente de Hans Moberg.

Lorsqu'il reprit connaissance, il aperçut un coin de ciel gris comme l'acier entre tous les visages qui se penchaient au-dessus de lui. Le son de sirènes se rapprochait avant de s'éloigner, telles des vagues. Quelqu'un toucha son épaule et lui demanda comment il allait mais il n'eut pas la force de répondre. Des sirènes, la police était-elle en route ? Dans ce cas, comment allait-il s'en sortir, bordel ? Ils allaient lui demander qui il était et alors, il serait cuit. Totalement cuit. S'il ne faisait pas comme ce pianiste qui avait perdu la mémoire. Pendant combien de temps s'en était-il sorti ? – six mois ou, en tout cas, plusieurs mois avant que la vérité n'éclate au grand jour.

« Est-ce que vous avez mal ? » demanda une femme vêtue d'une tunique blanche. « Il la regarda et fit un geste vague en direction de sa tête. Ni oui ni non. Le mieux, c'était de ne même pas comprendre le langage gestuel. « Est-ce que vous pouvez bouger vos bras et vos jambes ? Est-ce que vous pouvez essayer de lever la jambe gauche ? » Il fixa ses beaux yeux bleus. Sa bouche était si douce et ressemblait tant à une invitation. Cela requérait un effort presque surhumain pour ne pas l'embrasser alors qu'elle était si proche, si accessible et que sa voix était si bienveillante. Il releva légèrement la tête. C'était dingue ce que ça lui faisait mal au dos. Il retomba en arrière et ferma les yeux. « Comment vous appelez-vous ? » lui demanda-t-elle.

Hans Moberg marmonna une litanie de consonnes et la regarda d'un air interrogateur. Il ne savait pas vraiment si on conservait sa langue lorsque l'on perdait la mémoire ou si elle devait également avoir disparu.

« Est-ce que quelqu'un sait de qui il s'agit ? » demanda une voix masculine. Mubbe tourna légèrement la tête et vit qu'il s'agissait d'un policier en uniforme. À présent, il allait falloir la jouer fine.

« C'est mon pote. J'ai bien dit que c'était Mubbe même s'il s'est coupé les cheveux. Comment ça va,

Mubbe ? » Le visage de Mayonnaise s'approcha tout près lorsqu'il se mit à genoux.

« Comment s'appelle-t-il, as-tu dit ? » Le policier était de nouveau là et se penchait pour mieux entendre.

« Hans Moberg », dit Mayonnaise, obligeant. « Tu sais, c'est pas très chouette comme coupe. Comment s'appelle ton coiffeur ? À ta place, je l'éviterais soigneusement à l'avenir. »

CHAPITRE 34

Maria était revenue de Runegatan où ils avaient de nouveau interrogé Lennie Hellström et se trouvait sur le point de partir lorsque ses collègues la prévinrent qu'ils avaient mis la main sur Hans Moberg au camping de Tofta. Il n'était malheureusement pas en état de subir un interrogatoire. Il était vraisemblablement juste ivre mort mais, pour plus de sécurité, on envisageait de l'emmener chez un médecin pour s'assurer qu'il ne soit pas blessé à la tête ou au niveau d'autres organes vitaux. Maria poussa un soupir de soulagement et prévint la réception qu'elle avait terminé sa journée. L'entretien avec Lennie avait mis sa patience à rude épreuve. Il était irascible et arrogant et Maria avait apprécié de ne pas avoir à l'interroger entre quatre yeux. Il était de service les deux nuits précédentes et pouvait leur montrer sa carte de pointage. Il était exclu qu'il ait eu le temps de parcourir les quarante kilomètres jusqu'à Kappelshamn et de revenir entre deux de ses rondes, dans la mesure où il respectait ses horaires supposés de passage. On avait demandé à Finn, qui était le responsable de la sécurité à Vigoris Health Center, d'apporter une liste des heures auxquelles Lennie était passé avec sa carte.

« Il va tout faire pour m'emmerder, juste pour me faire chier », leur avait crié Lennie dans les escaliers. Hartman avait chargé un aspirant de s'en occuper jusqu'à nouvel ordre.

Jonatan l'attendait près de l'entrée, un parapluie à la main. C'était un peu difficile de régler son pas sur ses longues enjambées mais elle n'osa pas le prendre par le bras. Cela pourrait sembler trop familier et le gêner s'ils croisaient une de ses connaissances. Ils débattirent un moment quant à l'endroit où ils iraient manger avant de se décider pour Strandgatan. Jonatan soutenait que c'était Lindgården qui offrait la meilleure nourriture mais Maria ne voulait pas y aller avec lui. Lindgården recelait bien trop de souvenirs depuis qu'elle y avait passé une soirée magique en compagnie de Per Arvidsson et qu'il lui avait demandé quels étaient ses rêves dans la vie. La question sous-jacente était : est-ce que tu veux les partager avec moi ? Mais Maria s'était mise à fouiller dans son sac à main pour éviter de répondre à la question avant de la balayer en plaisantant. À quoi servait-il d'avoir des regrets, ce qui était fait était fait et une autre occasion ne s'était jamais présentée mais les souvenirs étaient bien présents là-bas, dans le jardin magique, sous les lampions. C'est pourquoi il était impossible qu'elle y retourne en compagnie d'un autre.

« Alors nous avons Burmeister, Dubbe et le restaurant médiéval Clematis. J'espère qu'ils nous laisseront entrer. Avec un règlement imposant deux mètres entre les tables et un seul groupe par table, ça se remplit vite. » Ils dépassèrent les torchères disposées à proximité du Clematis et se retrouvèrent nez à nez avec un sanglier empaillé. Des flambeaux brillaient sur les murs et un grand feu avait été allumé dans la cave. Jonatan lui expliqua que le restaurant se situait dans un ancien entrepôt datant du treizième siècle et qui était beaucoup plus élevé, avant l'incendie. « Il y a une âme en peine ici qui s'appelle Hertvig. Il a été tué par son propre frère à l'âge de 21 ans. Son épouse s'appelait Maria, juste comme toi, elle est morte en couches en 1383. Un soir, j'étais assis près du feu et j'ai entendu raconter son histoire. Son message aux hommes d'aujourd'hui était : Ne vous bercez pas de souhaits, profitez du moment présent. Par ailleurs, il était très étonné qu'il y ait encore des riches et des pauvres à notre époque. »

« Pourquoi est-il resté sur terre comme une âme en peine ? » demanda Maria lorsqu'on leur désigna la table la plus proche de l'âtre. Une flambée était appréciable. C'était une soirée froide et humide.

« Qui sait – peut-être pour apprendre à pardonner. Ce ne doit pas être particulièrement facile d'accorder son pardon à un frère qui vous a frappé dans le dos. Cela prend peut-être quelque chose comme 700 ans. »

Ils commandèrent un pichet de vin et une assiette médiévale composée de pain, de pommes, de noisettes, de pétales de roses confits, du gigot de mouton fumé, de saucisse, de fromage, de chou revenu dans du miel, de côtelettes d'agneau, de côtes de porc et de poires cuites. Ils allaient se mettre à manger avec les doigts lorsqu'un bouffon ouvrit la porte à la volée et déclama à haute voix :

« Une ombre s'étendit sur le peuple lorsque la trompette se fit entendre sur la ville en cette année de peste 1351. Des frissons et de la fièvre, des yeux fatigués et des vertiges, une soif inextinguible et le manque de souffle te frappèrent, toi ville orgueilleuse. Mais ce n'était pas suffisant. Des furoncles noirs aussi gros que des œufs d'oie firent leur apparition sous tes aisselles, au creux de ton cou et de tes aines. Ton discours est devenu confus, ta démarche chancelante mais d'autres maux étaient encore à venir. Des épanchements de sang sortis des poumons, des écoulements de sang dans les selles et les urines. Ainsi la peste te frappa-t-elle lorsque dragons et démons furent lâchés sur la terre. Le cercle vicieux : la peur entraînait la folie et la folie entraînait la peur. Mais t'es-tu tenue sur tes gardes ? Je vois à travers les murailles et les murs de pierre tes habitudes répugnantes, comment tu te sustentes de nourritures indignes et tu t'égares sur des chemins de perdition. Malheur à toi, ville égarée, lorsque j'examine ton âme. Malheur à toi au jour du jugement dernier lorsque tu seras pesée sur ma balance et que tes coutumes perverses seront révélées au grand jour. Car le mal se niche encore dans tes venelles, il vole encore de ses ailes sombres et répand ses fientes contaminées au milieu de tes fiers clochers et maisons de maîtres et son bec ne te laissera pas indemne de cicatrice… »

« Maintenant, il faut que tu arrêtes, Cristoffer, viens plutôt t'asseoir et prendre une bière avec nous. » Maria l'attrapa par son bonnet à grelots et attira son visage vers elle. « Arrête ! Je t'ai dit. Tu es sinistre. »

« Je sais ? Mes amis me surnomment La Peste. » Il salua Jonatan d'un air guindé. « Et qui est ce blancbec que tu as pris en pitié ? Il a l'air d'être resté le nez plongé dans un parchemin depuis l'époque de Magnus Ladulås[1]. Je te parie ce que tu veux que sa virilité n'est pas plus impressionnante qu'un asticot. » Cristoffer agita son petit doigt devant le nez de Jonatan. « Je sais que tu as bon cœur, Maria, mais on ne peut pas toujours se consacrer aux bonnes actions, parfois il faut s'amuser. Si tu me suis jusqu'à ma chambre toute simple, je ferai de toi la femme la plus comblée de Visby. Non, ne me remercie pas. Tout le plaisir sera pour moi. »

« Mais qui c'est celui-là ? » demanda Jonatan d'un air consterné tandis que le rouge lui montait aux joues. « Est-ce que ça te dérange si je lui colle une raclée ? »

« Vas-y, flanque-lui une raclée, il l'a bien méritée. Comment vont Mona et Olov ? » demanda Maria sur le ton de la conversation amicale et Cristoffer s'assit sans se gêner sur ses genoux et se servit dans son assiette. Il n'était pas particulièrement grand et il avait l'air d'un bébé, sur les genoux de Maria, avec ses manches de chemise bien trop longues et son bonnet de bouffon à grelots. La moitié d'une côtelette d'agneau toujours dans la bouche, il raconta les dernières nouvelles d'Eksta. Jonatan ressemblait au dieu du tonnerre en personne mais ils ne le remarquèrent pas.

« Mona est tellement heureuse avec Henrik et ça me rend tellement jaloux. Même ma mère ne me donne pas l'amour que je mérite. »

« Tu compenses par ailleurs, non ? » dit Maria en riant. « Quelque chose de nouveau en ville ? Quand

1. Il s'agit de Magnus III, roi de Suède entre 1275 et 1290.

on est dans la police, on est toujours curieux de savoir ce qui se passe. »

Cristoffer reprit tout à coup son sérieux.

« Lorsque la peste noire sévissait, on cherchait des boucs émissaires. C'était la faute des Juifs – ils avaient empoisonné les puits, ils étaient donc à l'origine de la peste, estimait-on. L'histoire se répète. On a brisé les vitres de deux restaurants ce soir. Dès qu'il fait noir, un groupe vêtu de capes noires et de gourdins débarque et s'en prend aux restaurants et aux magasins d'alimentation dont les propriétaires sont des immigrants. Ils sont dingues. La rumeur veut que la contamination soit due à un étranger qui a ensuite été retrouvé mort à Värsände et que les restaurants achètent de la viande de volaille contaminée à leurs fournisseurs dans leurs pays d'origine. Le chaos le plus total règne dans les ruelles. J'ai reçu une sacrée dérouillée lorsque j'ai demandé de quoi il retournait en passant et les coups ont redoublé lorsque j'ai attrapé un tuyau d'arrosage et que je les ai aspergés d'eau. On est trop gentil, c'est aussi simple que ça. Si ç'avait été de l'huile bouillante, ils ne nous auraient plus rebattu les oreilles après. »

« Qu'est-ce que tu racontes ? Est-ce que c'est ce qui se passe dans la réalité ou dans ton cerveau dérangé ? » demanda Maria en l'attrapant par le bras.

« Je jure sur mes deux bourses et sur les coussins au point de croix sacrés de ma mère que c'est la vérité. Je viens tout juste de parler à un scribouillard du journal. Il m'a dit qu'ils avaient reçu un paquet de messages vraiment malades la semaine dernière. Enfin pas le genre de choses que tu aimerais avoir sur la table si tu souhaites prendre ton petit-déjeuner en paix. »

« Que contenaient-ils ? » Maria se sentait tout à coup totalement dégrisée.

« Que les immigrants bossent au noir, qu'ils paient pour passer avant les autres dans la liste d'attente et recevoir le traitement et que l'épidémie se poursuivra si longtemps que nous les laisserons entrer à l'intérieur de nos frontières. De même que des suggestions de mesures plus violentes, du genre un échantillonnage des méthodes de torture employées au moyen âge. »

« Mais c'est vraiment terrifiant. » Jonatan se leva. « Il risque vraiment d'y avoir plus de morts dus aux émeutes qu'à l'épidémie en elle-même. Je ne peux pas rester ici à manger, il faut que j'aille voir ce qui se passe. Mais je suppose que vous restez ici à échanger des souvenirs ? »

« Attends Jonatan, il faut que nous payions. » Maria pensait avoir été invitée à manger et effectua un rapide calcul, avait-elle assez d'argent dans son portefeuille ? Que lui prenait-il ?

« L'addition ? Une chose trop prosaïque pour un être aussi noble que Monsieur le blanc-bec. Maria, ne me dis pas que tu en pinces pour ce type. Il a l'air tellement ennuyeux. Prends-moi plutôt ou Olov ou entre au couvent. Tout plutôt que de voir cet asticot nu. »

« J'y réfléchirai. » Maria appela la serveuse. Jonatan était déjà sorti et, une fois qu'elle eut payé, il avait disparu. Ce que Cristoffer avait raconté inquiétait beaucoup Maria. On voyait de la fumée de loin et les sirènes déchiraient la ville de leur son strident. Jonatan était loin devant Maria et elle dut courir pour le rattraper. L'une des maisons basses de Norra Kyrkogatan était complètement embrasée. Les pompiers étaient sur place.

« Que se passe-t-il ? » demanda Jonatan à l'un des hommes au milieu de l'attroupement qui s'était constitué.

« Ils sont contaminés. Ils ont un enfant qui était au tournoi de football. Toute la famille doit sans doute être contaminée. Des hommes vêtus de capes noires sont venus et ont mis le feu à leur maison. Je ne sais pas où ils sont passés. Lorsque la police et les pompiers sont arrivés, ils ont disparu dans la cohue. Ils allaient purifier le secteur, ont-ils dit. Il faut prendre les choses en main soi-même lorsque les autorités ne font pas leur travail. »

« Mais qu'est-ce que vous racontez ? » Maria sentait qu'elle commençait à avoir vraiment peur. C'était Andrej, l'un des copains d'Emil qui habitait là.

« Je suis médecin, est-ce je peux me rendre utile ? » demanda Jonatan en s'adressant à l'un des pompiers.

« Non, tenez-vous juste à l'écart afin que nous puissions avoir accès aux véhicules. »

Ils virent le petit garçon et ses parents disparaître dans l'ambulance qui les emmenait à l'hôpital. Ils avaient probablement inhalé la fumée toxique.

« Bon, que faisons-nous à présent ? Cette soirée n'a pas vraiment été comme je l'avais espéré. » Jonatan posa le bras sur Maria et l'aida à s'extirper de la foule. « Tout ceci semble être un mauvais rêve. C'est tellement invraisemblable. » Ils passèrent devant une boutique dont toutes les vitrines avaient été brisées et dont le propriétaire cherchait à calfeutrer les trous béants à l'aide de feuilles de papier. La rue devant la maison était jonchée de verre.

« Un cauchemar dont on a seulement envie de se réveiller. Est-ce que les gens sont devenus complètement fous ? Je veux dire, ils auraient tout aussi bien pu mettre le feu à notre maison, à Klinte. »

« Oui, c'est comme un mauvais rêve. Pour la seule journée d'aujourd'hui, j'ai parlé à quatre médecins qui avaient reçu des menaces de mort parce qu'ils ne pouvaient pas prescrire du Tamivir avant que l'ordre de priorité soit clairement établi et que les pharmacies acceptent leurs ordonnances. J'ai moi-même été appelé par toutes sortes de gens et je me suis rarement senti aussi courtisé et présent à l'esprit des gens. Tout le monde veut des médicaments. Bon dieu, ce que je me sens fatigué et en colère ! Ça m'aurait fait du bien de coller une raclée à ton copain, d'ailleurs, mais ça n'aurait pas été très juste étant donné sa petite taille. »

« Excuse-moi, Jonatan. Je n'avais pas vu Cristoffer depuis longtemps et j'étais tellement contente de le revoir. »

« Est-ce que vous avez été ensemble... je veux dire... est-ce que tu... »

« Est-ce que j'ai une relation avec Cristoffer ? » Maria rit à gorge déployée. « Ce n'est pas possible. Il est impossible de former un couple avec Cristoffer, il aime toutes les femmes autant les unes que les autres et je n'exagère pas quand je dis toutes. »

Ils déambulèrent dans les ruelles en direction de la Grande Place. Hartman avait promis à Maria de l'appeler lorsqu'il serait prêt à rentrer. Il ne l'avait pas encore fait. Ils observèrent les dégâts. Les vitrines brisées d'un traiteur italien et d'une boutique dont le propriétaire était irakien – Maria y avait acheté des olives pas plus tard que la veille. Avec un frisson, elle fit l'association avec la Nuit de Cristal. La pluie avait cessé et la lune brillait et se reflétait dans les milliers d'éclats. Ils parlaient ensemble de ce qu'ils voyaient et de ce que cela pouvait avoir comme conséquences dans le proche futur avant que la conversation ne revienne sur la grippe aviaire et la situation professionnelle de Jonatan.

« L'un des plus gros problèmes en ce moment, c'est de trouver du personnel qui accepte de travailler auprès des gens qui sont tombés malades. Il y a de moins en moins de gens qui viennent travailler. Même si ce matin il s'est produit quelque chose de très émouvant. Une ancienne infirmière âgée de quatre-vingt-dix ans est brusquement apparue au milieu de la salle et nous a proposé ses services. Elle avait eu la grippe espagnole dans sa tendre enfance et avait survécu. Je n'ai pas peur, a-t-elle dit. Je ne serais probablement pas contaminée, je suis immunisée. Et combien même je tomberais sur une saleté, je vais de toute façon bientôt mourir. Je peux tenir compagnie aux enfants et leur parler. Je ne suis pas capable d'en faire beaucoup plus mais je n'ai pas peur de la mort et je n'ai pas peur de répondre à leurs questions. Ce n'est pas la première fois. »

« Merveilleux ! Elle a sans doute une mission à accomplir. Il y a quelque chose dont tu voulais me parler, Jonatan, et... oui, il faut que tu essaies de pardonner à Cristoffer. Il se livre à des jeux de rôles qui déteignent sur lui lorsqu'il les a campés et il a parfois du mal à revenir à la réalité. Ses intentions ne sont pas mauvaises. »

« Il a probablement un complexe par rapport à son lombric. C'est minable comme attaque ! Tu veux aller quelque part manger un morceau ? » Jonatan regarda l'heure, il était un peu plus de onze heures. Ils se décidèrent pour un café et une crêpe au safran à la Cave des Moines. Il n'y avait presque personne. Les gens avaient vraiment peur de sortir. Ils choisirent une table pour deux près de la fenêtre qui donnait sur Lilla Torrgränd.

« Il y avait quelque chose que tu voulais me raconter », dit Maria avant de siroter son calvados. Il allait très bien avec les crêpes au safran servies avec de la crème fouettée et de la confiture de mûres.

« Oui, il y a une chose qui m'a frappé lorsque j'ai étudié la manière dont l'épidémie s'était propagée au départ. Tous ceux qui sont entrés dans le taxi du chauffeur contaminé sont tombés malades. Tous à l'exception de Reine Hammar. De plus, il a suivi Malin Berg jusqu'à chez elle et elle est décédée par la suite. Lorsque j'y ai pensé, je n'ai pas pu m'empêcher de vérifier pourquoi. Il y avait une éprouvette contenant du sang de Reine qui n'avait pas encore été envoyée au laboratoire. Elle avait dû être oubliée dans le réfrigérateur. J'ai demandé au laboratoire de voir s'il avait des anticorps contre le virus dans le sang. Je ne sais pas comment cette idée m'est venue parce qu'elle semblait quand même vraiment tirée par les cheveux. »

« Et c'était le cas ou non ? » Maria retint son souffle en attendant la réponse.

« Oui, c'était bien le cas et on se demande évidemment comment c'est possible. »

« Qu'en penses-tu ? » demanda Maria en se penchant en avant pour entendre sa réponse. Il l'embrassa rapidement sur la joue et lui adressa un sourire taquin lorsqu'il vit qu'elle le regardait sérieusement, ses sourcils bruns froncés.

« Il y a deux possibilités, soit il avait déjà eu la maladie, soit il était déjà vacciné lorsqu'il a été exposé. »

« Ce qui est surprenant, c'est que le vendeur de tableaux possédait également des anticorps », dit Maria. « Que devons-nous en conclure ? »

CHAPITRE 35

À 4 h 23, Maria fut réveillée par un bruit sourd dans les escaliers suivi d'une longue série de bruits de bonds plus légers. Le chat d'Hartman. Elle essaya de le chasser mais il miaula de manière déplaisante et répétitive. Maria l'attrapa dans le noir, le descendit jusqu'au bas des escaliers et ferma la porte. Elle retomba ensuite dans un sommeil léger où elle cherchait Emil dans une grande maison aux couloirs interminables. Les pièces vides renvoyaient sa voix. Il n'était nulle part. À un moment, elle l'aperçut par une fenêtre, il lui fit signe de la main, en route pour l'école… en route pour l'éternité. Son sourire la fit pleurer. Je vais rejoindre Zebastian aujourd'hui.

Lorsque le réveil sonna, environ une heure plus tard, elle avait oublié la visite du chat. Elle sortit rapidement ses jambes du lit pour ne pas se rendormir et marcha sur quelque chose de mou et humide. Lorsqu'elle alluma la lampe, elle s'aperçut qu'il s'agissait d'une mouette morte. La tête avait été mangée et les plumes étaient en bataille et ensanglantées. Son cri réveilla Linda, qui se mit à pleurer, et Hartman arriva en courant, vêtu de son seul pyjama, pour voir ce qui se passait.

« Ce doit être le chat, il est monté cette nuit. » Maria retira du duvet de sa plante de pied couverte de sang. Elle songea aux exhortations à se rapprocher d'un vétérinaire sanitaire au cas où on se trouverait en contact avec des oiseaux morts qu'elle avait entendues au cours des semaines précédentes, ce qui lui rappela vaguement qu'elle avait quelque chose à faire. Toujours dans cet état d'esprit, Maria arriva au commissariat à 8 h 00 pour procéder à l'interrogatoire de Hans Moberg, lui aussi un drôle d'oiseau que la vie n'avait pas épargné, comme elle s'en rendit compte lorsqu'elle découvrit son apparence pitoyable. Ses petits yeux rapprochés avaient du mal à supporter la lumière du jour. Il avait visiblement du mal à les tenir ouverts sans que les larmes ne se mettent à couler. Ses vêtements étaient sales et froissés et il sentait très mauvais. Maria baissa la persienne et fit signe à Hartman de mettre le magnétophone en route. Après quelques questions préliminaires, Maria orienta la conversation sur la nuit du meurtre mais fut interrompue.

« Il n'y a rien d'illégal à vendre des médicaments sur Internet. Il y a une jurisprudence à ce sujet si vous vous donnez seulement la peine de décrocher votre téléphone et de vérifier. Je suis clean. Et si quelqu'un déclare être tombé malade à cause de mon élixir qui renforce le système immunitaire que je vends sous le nom de Teriak, c'est un pur mensonge. Je l'ai concocté moi-même et je sais ce qu'il contient. Uniquement des produits issus de l'agriculture biologique : de l'aloe vera, de la menthe, du trèfle rouge, du bleuet et du souci mélangés à des feuilles de vigne noire macérées dans de l'huile de sésame. On ne peut pas faire plus sain que ça. Si quelqu'un s'est plaint que c'était trop cher, c'est parce qu'il ne se rend pas compte du temps que cela prend pour cueillir les fleurs et les faire sécher. Je peux m'en aller maintenant ? Je me sens tellement à l'étroit ici, je souffre de claustrophobie. Mon médecin dit que je peux faire de l'arythmie cardiaque lorsque je suis contrarié comme ça et que ça a une influence négative sur ma tension et mes taux de cortisol et de cholestérol. Je pourrais mourir d'une attaque. Est-ce que vous oserez prendre le risque ? »

« Ce n'est pas de ton commerce que nous allons parler, je pense que tu le sais bien. Pour commencer, il a été prouvé que tu étais ivre mort hier. L'éthylomètre a montré que tu avais 1,6 mg d'alcool par litre d'air expiré, ce qui correspond à 3,6 pour mille si nous envisageons les risques pour la santé. Mais ce n'est pas vraiment le sujet qui nous importe pour le moment. La question que je veux te poser est : comment connaissais-tu Sandra Hägg ? »

« Je rencontre tellement de femmes, je ne peux pas me souvenir... »

« Tu as sans doute lu dans les journaux qu'elle a été assassinée. Ça peut difficilement t'avoir échappé. Selon des témoins, tu te trouvais devant la porte de Sandra le soir du meurtre. Que voulais-tu à Sandra ? »

« Je ne sais pas de quoi vous parlez. » Mubbe se tortilla et cligna des yeux. « C'est pas possible d'avoir un calmant ? Je me sens super mal. Je n'arrive pas me concentrer sur ce truc. J'ai envie de vomir et j'ai tout le temps des bourdonnements dans les oreilles, le bruit part et revient. C'est tellement bizarre. Vous ne croyez quand même pas que... » Hans Moberg lorgna du côté de son avocat pour obtenir son appui. Mais le visage de l'homme de loi demeurait impassible.

« Disons les choses clairement », intervint Hartman. « Tu es vraiment, vraiment dans de sales draps. La seule chose qui puisse améliorer ta situation, c'est de dire la vérité. »

« Je ne me souviens presque de rien. J'étais plein comme un cochon quand j'y suis allé. Oui, ça n'a aucune importance si je le raconte », dit-il en jetant un regard à son avocat. « Une fois ou plusieurs, est-ce que ça fait vraiment une différence ? On ne peut pas me faire grand-chose de plus que de me mettre en cabane. J'ai reçu un message de cette femme qui voulait me rencontrer. Elle m'avait évidemment trouvé sur le Net et voulait savoir d'où provenait ma marchandise. Nous nous sommes mis d'accord pour que j'y aille et que je lui présente ma gamme. La clé était accrochée à un ruban à l'intérieur de la porte. J'étais complètement bourré. Elle était chaude lorsque je l'ai touchée. Je ne sais pas si elle dormait ou si elle était morte. Il y avait un pichet de vin. Je l'ai peut-être bu ? Je ne me souviens plus. Je crois que je me suis endormi à côté d'elle et, lorsque je me suis réveillé, j'ai compris qu'elle était morte. Tout le mobilier était fracassé. C'est possible que ce soit moi qui l'ai fait mais je ne m'en souviens plus. » Mubbe vit que son avocat lui adressait des signes de tête discrets pour le mettre en garde et il se tut.

« Est-ce que tu as tué Sandra Hägg ? » Maria ne le laissa pas s'en tirer comme ça.

La réponse de Mubbe fut à peine audible. Il baissa la tête et la cicatrice au sommet de son crâne apparut. « Je crois que c'est possible mais je ne m'en souviens pas. C'est bizarre mais tout est simplement devenu noir. C'est tellement horrible. Je ne me souviens pas l'avoir fait mais comment est-ce que ça aurait pu se passer autrement ? »

« Est-ce que tu as vu quelqu'un d'autre dans la cage d'escalier ce soir-là ? »

« Quand je suis arrivé, j'ai vu qu'il y avait deux enfants sous les escaliers et j'ai pensé qu'ils avaient dû se sauver de chez eux. Ils avaient un grand sachet de bonbons à la menthe. J'ai fait comme si je ne les avais pas vus. C'était comme s'ils avaient une cabane secrète à cet endroit, ils avaient tendu un drap. Ensuite, il y a eu un homme âgé, je crois qu'il vivait à l'étage au-dessous de celui de Sandra, et une femme aux cheveux blancs au même étage. Ne me dites pas que vous avez également trouvé mon portefeuille près de la carrière de calcaire à Kappelshamn, bordel ? » Le visage de son avocat passa d'une expression de distance calme à une franche consternation.

« Est-ce que tu l'as perdu à cet endroit ? »

« Il a été volé dans la voiture. Il faut me le rendre. »

« Que faisais-tu à proximité de la carrière de calcaire ? »

« J'avais convenu d'un rendez-vous avec une femme dans le secteur portuaire. Je suis sorti de la voiture pour faire un petit tour mais elle n'était pas là. En fait, je ne connais même pas son nom. Je ne l'ai rencontrée qu'une seule fois. »

« Tu l'as rencontrée mais tu ne connais pas son nom ? Ça semble un peu bizarre. Comment vous êtes-vous rencontrés ? » Maria jeta un coup d'œil à Hartman, elle sentit qu'il était tout à fait satisfait de cet interrogatoire.

« Elle se fait appeler La Scanienne câline sur le Net. Mais je ne connais pas son vrai nom. Vous pouvez sans doute vérifier sur mon ordinateur et voir quel est son numéro d'IP. »

« Nous l'avons fait et nous disposons d'un nom et d'une adresse. Veux-tu ajouter quelque chose avant que nous la rencontrions ? »

« Dites-lui qu'elle me manque. Il y avait quand même quelque chose avec elle, c'est sûr. Je veux dire que si elle avait le temps de rendre visite à un pauvre homme au fond de sa prison, ce serait une bonne action. »

« Est-ce que tu réalises à quel point la situation est sérieuse ? J'ai l'impression que tu ne comprends pas vraiment de quoi il retourne. Deux personnes sont mortes et il est établi que tu te trouvais à proximité lorsque les deux meurtres ont été perpétrés. Les as-tu tués ? » Hartman tira une chaise et s'assit juste en face de Hans Moberg.

« Non, putain, non. » Hans Moberg essuya la sueur sur son visage. Cela faisait un bon moment que Maria avait remarqué qu'elle s'accumulait et lui coulait le long des joues et du nez. Sa chemise était auréolée de grandes taches sous les bras. Il tremblait et frissonnait sur sa chaise tandis que ses mains se tordaient et ne cessaient de tripoter ses genoux.

« Qu'est-ce que tu avais bu avant d'aller à la carrière de calcaire ? »

« Pas plus que d'habitude. »

« C'est-à-dire ? » demanda Maria.

« Quelques bières et 33 cl de vodka, peut-être... je ne me souviens pas. »

« Ça t'arrive souvent de boire au point de perdre la mémoire ? »

Lorsqu'en dépit de toutes ses protestations, on emmena de nouveau Hans Moberg dans sa cellule, ils se retrouvèrent seuls dans la salle d'interrogatoire. Maria ouvrit la fenêtre et laissa entrer l'air frais en provenance de la mer. Les nuages chargés de pluie de la veille s'acheminaient lentement vers le sud et une légère brume dissimulait un ciel bleu. Les météorologues avaient promis que la semaine suivante serait chaude et ensoleillée.

« Qu'est-ce que tu en penses, Tomas, tu crois qu'il est coupable ? »

« Probablement. Mais nous n'avons pas d'autres motifs que le coup de folie et son état d'ébriété. Le meurtre de Tobias semble avoir été prémédité. Ça ne colle pas avec le fait que ça se soit produit de manière spontanée. Il faut s'adresser au médecin-conseil pour qu'il obtienne une aide au sevrage et, vu ce que nous soupçonnons, il devrait sans doute être soumis à un examen psychiatrique. J'ai procédé à l'audition d'un de ses potes, hier, un certain Manfred Magnusson, surnommé Mayonnaise. Il m'a raconté que Hans Moberg avait fait quelques séjours en hôpital psychiatrique pour des raisons pas très claires. Il devient cinglé, tout simplement. C'est le plus charmant des potes lorsqu'il ne boit pas trop mais, parfois, il exagère. Et là, il perd complètement les pédales. »

« J'ai connu Mayonnaise dans d'autres circonstances et je suis contente de ne pas avoir eu à l'entendre. Que disent les techniciens du message trouvé dans son ordinateur ? »

« Sandra a envoyé un message à Hans Moberg en lui posant des questions sur ses produits. Il lui a répondu depuis le camping de Tofta. Ensuite, il a reçu une réponse de Sandra où elle lui demandait de venir au plus vite et de prendre la clé dans la boîte aux lettres parce qu'elle souffrait d'une migraine et qu'elle n'avait pas la force d'ouvrir. »

« La clé était toujours sur le sol dans le hall, encore attachée au ruban ainsi qu'une punaise tordue. Il y avait un petit trou dans le chambranle de la porte juste à côté de la fente. Je me suis demandé ce que c'était lorsque nous avons regardé les photos. Ce serait possible d'y placer le ruban avec la clé, même de l'extérieur. D'un point de vue purement théorique, donc. Il est probablement coupable. Même si ce serait mieux d'avoir un motif qui tienne la route. Est-ce que tu sais si l'informaticien a déjà contrôlé l'ordinateur d'Elisabet Olsson ? »

« La Scanienne câline, c'est bien comme ça qu'elle se fait appeler sur le Net ? » Hartman souffla bruyamment et dissimula un sourire derrière sa main.

« Comment te ferais-tu appeler toi… le Câlinou de Martebo ? Elle devrait être ici d'un instant à l'autre. Je vais dire à la réception que nous la recevons dès qu'elle est là. »

C'est facile d'avoir des préjugés. On ne le remarque peut-être pas avant d'être confronté à la réalité et d'avoir une chance de se corriger. La Scanienne câline portait un tailleur bleu et des escarpins. La coupe de ses cheveux roux était courte et facile à entretenir. Maria se l'était représentée d'une tout autre manière. Une dame ronde constamment en train de pouffer affublée d'un ensemble à fleurs et d'un chapeau de paille ainsi que des accessoires comme un panier de vélo et des aiguilles à tricoter. Par ailleurs, elle parlait avec un accent du Småland et non de Scanie.

« Il faut être prudent en ce qui concerne son identité sur Internet », dit-elle. « On ne peut pas savoir quels cinglés se baladent dans la nature. »

Maria lui offrit du café et elle accepta une tasse, noir sans sucre.

« Je voudrais que vous me parliez de votre correspondance électronique avec Hans Moberg, où et quand vous vous êtes rencontrés ou avez convenu de le faire. »

Elisabet Olsson se mit à rire et, à cet instant précis, elle était vraiment belle. « Excusez-moi. Je ne sais pas vraiment pourquoi je suis là. »

« Nous voulons vous poser quelques questions en tant que témoin. On ne vous soupçonne de rien. Comment avez-vous commencé à échanger des messages avec Hans Moberg ? »

« Je voulais me procurer du Tamiflu. Mon médecin refusait de m'en prescrire alors que j'ai de l'asthme et que je considère que je devrais faire partie du groupe des personnes à risque qui souffrent de maladies cardiaques et respiratoires. Dans le même temps, j'avais appris que, selon la rumeur, il en avait auparavant prescrit à l'ensemble du personnel de la boîte de son frère. Ça m'a vraiment contrariée. J'ai tapé Tamiflu sur le moteur de recherche Google et je suis tombée sur le site de Docteur M. Il partageait mon indignation et nous sommes devenus amis, voire plus, si on peut dire. Nous avons un peu flirté et nous avons décidé de nous rencontrer pour de vrai. Au camping de Tofta – pour qu'il y ait d'autres personnes autour. Ça ne semblait pas dangereux. »

« Que s'y est-il passé ? »

« Il s'est révélé être un baratineur à maints égards mais un baratineur charmant. »

Oui, je vois, se dit Maria à elle-même. Elle reconnaissait ce genre d'hommes.

« J'ai raconté à Finn, mon frère, ce qu'Hans Moberg endurait à cause de son strabismus et nous avons bien ri. »

« Finn ? » Maria pensa immédiatement au responsable de la sécurité de Vigoris Health Center, ce qui s'avéra correct.

« Il y travaille depuis le début et ils ne s'en sortiraient probablement pas sans lui. Il est très méticuleux et animé d'un grand sens du devoir. Son chef dit qu'il pourrait se hisser jusqu'au siège, à Montréal. Je crois qu'il en a très envie. Même s'il me manquerait. Qui va s'occuper de mon ordinateur s'il est si loin ? »

« Avez-vous de nouveau rencontré Hans Moberg par la suite ? » Maria s'efforça de dissimuler à quel point la réponse à cette question était importante pour elle.

« Non, il m'a envoyé un message en me disant que je lui manquais beaucoup – c'était à peine lisible tellement il y avait de fautes de frappe. J'ai supposé qu'il était ivre. Je me suis dit que ça devait faire un moment qu'il cherchait à draguer quelqu'un et qu'il n'avait pas dû rencontrer grand succès et qu'il s'était consolé à sa manière avant de penser à moi en voyant que ça ne mordait pas. Non, je n'y ai pas répondu. Je ne pense que ce soit un homme pour moi, si vous voyez ce que je veux dire. »

« Est-ce que vous lui avez envoyé un message où vous lui donniez rendez-vous dans le port industriel de Kappelshamn ? » Maria posa surtout la question pour que la réponse apparaisse sur la bande. De son côté, elle était déjà certaine de la réponse.

« Non, pourquoi l'aurais-je fait ? À Kappelshamn ? Est-ce que Hans a quelque chose à voir avec le meurtre qui y a été commis ? Est-ce que c'est pour cette raison que vous m'avez demandé de venir ? Est-ce que vous vous rendez compte que je me suis posé plein de questions lorsque la police est arrivée hier pour « m'emprunter » mon ordinateur quelques jours ? »

« Est-ce que quelqu'un d'autre a accès à votre ordinateur ? »

« Non. »

« Qu'en est-il du code d'accès confidentiel de votre boîte hotmail ? Est-ce que quelqu'un d'autre le connaît ? »

CHAPITRE 36

Maria Wern tria son courrier. La plupart des lettres devraient attendre. Les enquêtes relatives aux meurtres avaient la priorité absolue. Les articles de Tobias Westberg qu'Yrsa leur avait faxés au cours de la matinée avaient trait à l'industrie pharmaceutique. Maria les avait parcourus en diagonale et s'était particulièrement intéressée à un reportage que Tobias avait effectué dans la ville de Bjaroza, en Biélorussie. Il s'y était rendu en avril et il décrivait la population et l'environnement d'une manière engagée. Il parlait manifestement la langue. Il s'était entretenu avec plusieurs employés de la firme, parmi lesquels Sergej Bykov. C'était le lien qui prouvait que les trois meurtres devaient être liés d'une manière ou d'une autre. Maria s'était précipitée, les papiers à la main, dans le bureau d'Hartman et les avait flanqués sur son bureau si bien que le rapport qu'il était en train de lire avait volé par terre.

« Regarde ça ! Il existe un lien ! »

Avec l'aide d'un interprète, on avait parlé à l'épouse de Sergej au téléphone. Elle leur avait raconté que Tobias Westberg avait rencontré son mari mais elle ne se souvenait pas qu'il lui ait voulu quelque chose en particulier. Ils étaient allés au restaurant et, à son retour, elle avait dû aider Sergej à se mettre au lit. Ils avaient passé une bonne soirée et la vodka avait coulé à flots.

Tobias et Sergej avaient surtout parlé de choses banales, leur avait-elle dit. À combien se montait son salaire ; ils avaient établi des comparaisons avec la société suédoise, parlé du système de protection sociale et des perspectives d'avenir pour les enfants. Sergej lui avait parlé de son travail avec les animaux de laboratoire et Tobias lui avait demandé ce qu'il en était des défenseurs des animaux à Bjaroza. Mais Sergej ne savait pas de quoi il s'agissait. Elle ne pouvait pas leur en dire plus sur la visite du journaliste.

Maria avait fait un compte rendu de la dernière partie de l'article à Hartman ; elle concernait les intérêts pécuniaires de la firme pharmaceutique et était rédigée en termes très tranchés. Plus on vendait de médicaments, plus les profits étaient élevés. Tobias parlait de spéculation sur la peur et de la manière dont l'industrie pharmaceutique poussait les politiciens transformés en instruments dociles à dépeindre une situation menaçante, ce qui conduisait à une augmentation des ventes de médicaments au nom de la sécurité. Le politicien qui promet des médicaments au peuple l'emporte.

En Biélorussie, la campagne de l'industrie pharmaceutique avait échoué. Il n'y avait pas assez d'argent pour acheter des médicaments et le soutien que l'on attendait du monde extérieur n'était pas arrivé. Au lieu de cela, on avait mis un village en quarantaine et on était venu à bout de la grippe aviaire, ce qui avait conduit à la faillite du producteur de médicaments. Le stock de médicaments et de vaccins avait alors été racheté par le groupe Demeter. Par pure spéculation, d'après Tobias. Mais cela avait été un mauvais investissement puisque les épidémies de grippe aviaire ultérieures s'étaient révélées d'un autre type sur lequel le vaccin et les médicaments étaient inefficaces.

Il décrivait ensuite le durcissement de la concurrence entre firmes dans un marché mondialisé. Il s'agissait de gagner ou de disparaître. Des salaires plus bas, des temps de travail plus longs, des vacances plus courtes, des conditions de travail dégradées, des horaires de travail plus flexibles sans augmentation de salaire et des méthodes de marketing plus brutales. Nous créons peut-être nous-mêmes le monde du travail dont nous ne voulons pas en achetant des actions des entreprises qui sont les plus compétitives et non de celles qui font preuve de la plus grande moralité, écrivait-il en conclusion.

« Est-ce que tu penses toujours que c'est improbable que Sergej Bykov ait placé un pigeon contaminé chez Ruben Nilsson ? » demanda Maria.

« J'espère que tu te trompes mais il se pourrait que tu aies vu juste. Que faisons-nous à présent ? Comment prouver l'existence d'une telle machination ? »

« J'aimerais revoir l'appartement de Sandra Hägg avant qu'ils retirent les scellées. Il se peut que ce soit une perte de temps mais, parfois, il faut savoir ralentir pour que les idées aient le temps de prendre forme. Je vérifie avec les techniciens si ça ne pose pas de problèmes et, ensuite, j'y vais. »

Maria arracha les scellés et ouvrit la porte de l'appartement de Sandra Hägg. L'odeur de renfermé la frappa avec une force inattendue. Le propriétaire avait demandé l'autorisation de remettre l'appartement en état et avait hâte que la famille de Sandra récupère ce qu'elle laissait derrière elle. Chaque jour où l'appartement n'était pas loué représentait une perte de revenus non négligeable. Il avait appelé et discuté du problème avec Hartman et ce dernier était prêt à lever les scellés mais Maria avait voulu attendre. Juste une intuition.

Il était difficile de définir ce qu'elle s'attendait à trouver. Les meubles gisaient toujours, cassés et renversés, sur le sol, comme ils s'étaient retrouvés lorsque Mubbe avait pété les plombs. Maria ouvrit le couvercle du beau cadran solaire ancien accroché au mur sans vraiment savoir ce qu'elle cherchait. Les persiennes du séjour étaient baissées. Maria les releva pour mieux voir. Les vitres de la vitrine étaient brisées et il y avait des éclats de verre par terre. Les rideaux avaient été arrachés. Les fleurs blanches avaient fané dans leurs vases. Quelques rayonnages de livres avaient été jetés au sol. Le raisin et les cerises dans la coupe de fruits étaient bons à jeter. Qui attendais-tu Sandra ? Est-ce que c'était Tobias ou Reine Hammar, peut-être ? Ce n'était quand même pas Hans Moberg ? Tu ne t'étais quand même pas donné autant de peine pour un simple rendez-vous d'affaire avec lui ?

Le banc de massage était redressé contre un mur, un modèle de luxe, bien large et équipé d'un repose-tête amovible et d'accoudoirs supplémentaires sur les côtés. Un candélabre en fer forgé se dressait à côté de lui avec des bougies disposées en spirale. Dans la cuisine, la table était dressée pour deux avec assiettes, serviettes pliées et verres à vin. Tellement accueillant. Quelqu'un avait mis le ragoût et les pommes de terre en robe des champs au réfrigérateur et ils y étaient toujours, intacts. Voulais-tu fêter quelque chose ? Attendais-tu un amant ? Le pichet de vin avait été retrouvé près du lit. Qui devait venir te voir, Sandra ? Tu t'étais bien habillée. Tout l'appartement avait un air de fête.

Maria se plaça dans l'ouverture de la porte de chambre et observa les dégâts. Le miroir brisé. Le contenu des tiroirs de la commode qui gisait, éparpillé, sur le sol : des collants, des sous-vêtements et du linge. Elle ouvrit la garde-robe et passa la main sur les étagères. Tout avait déjà été passé au peigne fin par les techniciens mais elle avait pourtant le vague sentiment que quelque chose pouvait leur avoir échappé. L'assortiment de vêtements dans la garde-robe n'était pas énorme mais choisi avec soin, essentiellement des vêtements de marque. Au travail, Sandra portait son tailleur vert. Elle n'avait donc sans doute pas besoin de tant de vêtements que cela pour son temps libre. Maria se mit sur la pointe des pieds pour atteindre l'étagère supérieure et trouva une boîte en métal ornée d'une croix rouge, une boîte à pharmacie. Elle n'était pas fermée à clé mais la clé avait disparu. Elle regarda les flacons. Il y avait des cachets contre la toux, des gouttes pour le nez, de l'Alvedon, du Magnecyl, des comprimés contre le mal de transport, des pansements, des bandages, un rouleau de sparadrap et une bouteille entamée d'alcool modifié. Pas de médicaments spécifiques pour les migraines, pour autant que Maria puisse le voir.

Pourquoi Sandra Hägg tenait-elle donc tant à connaître la provenance des médicaments de Hans Moberg ? Pourquoi était-il si important qu'elle le laisse entrer chez elle alors qu'elle souffrait d'une migraine ? Si c'était vraiment le cas, ce que personne n'avait vérifié. Avait-elle seulement envoyé le message elle-même ? L'ordinateur était allumé et elle s'était identifiée. On avait retrouvé les empreintes de Hans Moberg sur la souris et sur le clavier mais aucun message n'avait été effacé.

Maria feuilleta la pile de papiers à côté de l'ordinateur de Sandra. Des articles issus de journaux médicaux sur les maladies infectieuses ainsi que quelques articles relatifs au marquage antivol et à l'utilisation de la biométrie pour les nouveaux passeports qui entreraient bientôt en vigueur. Le titre d'un article était : « La clé, c'est vous » ; on y expliquait que l'on pouvait utiliser son empreinte digitale en lieu et place d'une carte d'accès.

Maria ouvrit la porte du balcon et respira l'air frais venu de la mer. Elle prit plusieurs inspirations profondes. Du balcon elle pouvait apercevoir les moulins au bord de la falaise, l'ancien bâtiment jaune de la prison avec ses murailles, la zone portuaire et, tout au loin, la falaise de Högklint qui formait un contraste saisissant avec le bleu-vert de la mer. La pensée de l'effraction qui s'était produite à Vigoris Health Center et qui n'avait pas été signalée occupa à nouveau toutes ses pensées. Pourquoi Sandra y était-elle entrée par effraction et qu'avait-elle placé dans le sac en plastique avec lequel elle était ressortie ? Des vaccins ? Pourquoi et pour qui ? Elle n'avait pas remarqué qu'elle n'était pas seule quand la voisine, Ingrid, lui adressa la parole juste à côté d'elle. Les cheveux blancs de la vieille dame venaient d'être lavés et ressemblaient à une boule de pissenlit duveteuse, prêts à s'envoler au moindre souffle.

« On dirait qu'il va faire beau. » Ingrid Svensson mit sa main en visière et se pencha par-dessus la rambarde du balcon. « J'ai pensé à une chose. Ces enfants qui vendaient des bonbons à la menthe, est-ce que vous les avez trouvés ? Vous savez, je trouve que c'est totalement irresponsable de la part des parents de laisser leurs enfants traîner dehors si tard le soir. À mon époque, on prenait le repas du soir tous ensemble à 18 h et, ensuite, il était temps pour les enfants d'aller au lit. »

« Non. Ça s'est avéré plus compliqué que prévu. Nous avons essayé de contacter tous les enseignants de Visby qui ont des élèves de sixième. Les écoles sont fermées en ce moment et nous ne sommes pas parvenus à tous les joindre. Certains sont partis en vacances. Est-ce que vous savez quelque chose à leur propos ? »

« Oui, une connaissance d'Henriksson du premier étage avec laquelle je joue au bingo le jeudi m'a dit qu'ils allaient à l'école de Solberga. Elle connaît leur maîtresse depuis qu'elle était elle-même une petite fille. Elle s'appelle Birgitta Lundström. » Ingrid Svensson lui adressa un sourire satisfait. Maria prit son portable et chercha à joindre Hartman. Il allait charger quelqu'un d'appeler sur le champ. C'était la priorité numéro une. En ce qui concernait Hans Moberg, il était déterminant de savoir si les enfants avaient vu quelqu'un d'autre dans les escaliers le soir fatidique.

Toujours plongée dans ses pensées quant à ce que Sandra avait bien pu emporter de la clinique au cours de son effraction, Maria retourna dans l'appartement. L'effraction s'était produite à 22 h. À minuit, elle était morte. Maria se plaça dans l'entrée comme si elle était à la place de Sandra qui venait juste de rentrer, un sachet plastique à la main. Elle pensait probablement s'en être sortie sans se faire repérer. La femme de ménage ne pensait pas que Sandra l'ait remarquée. Pourquoi avait-elle brisé une vitre alors qu'elle aurait tout aussi bien pu sortir par la porte d'entrée ? Il lui suffisait d'utiliser sa carte d'accès. La porte d'entrée était ouverte jusqu'à 22 h et, de là, il suffisait d'emprunter le corridor qui menait au service de vaccination où se trouvait également la salle du personnel. Il lui aurait été très facile de dire qu'elle avait oublié un journal ou sa gamelle si elle s'était fait prendre. À moins qu'il n'y ait un autre système d'alarme dont Sandra connaissait l'existence ? Est-ce que ça pouvait être le cas ?

Maria regarda autour d'elle dans le couloir. Elle s'imagina qu'elle tenait le plastique à la main et qu'elle entendait du bruit dans l'escalier. Dans ce cas, elle aurait fermé la porte à clé. Maria regarda autour d'elle pour trouver un endroit où cacher le sachet dans l'entrée. La petite commode sous le miroir disposait d'un tiroir. Mais c'était trop évident et trop proche de la sortie. Elle s'avança dans le séjour. Sandra craignait-elle d'avoir quand même été suivie ? L'assassin avait peut-être sonné à la porte à cet instant. Ou bien ce n'était pas du tout le cas. Elle attendait quelqu'un, une personne qu'elle avait l'intention d'accueillir chaleureusement avec du vin, un bon repas et peut-être un massage. Sinon, pourquoi le banc de massage était-il sorti ? Maria se rapprocha et retira les couvertures, le drap et l'oreiller que les techniciens avaient ouvert et vidé de son contenu. Si Sandra avait voulu cacher quelque chose rapidement avant d'ouvrir la porte, où l'aurait-elle fait ? Maria palpa le coussinet autour du banc de massage. Il était bien fixé, cloué et collé au cadre de bois. Le repose-tête était amovible ; il n'y avait rien de caché dans la cavité puisque les cales de bois qui servaient à le fixer étaient en place et que le coussin lui-même était intact. Maria laissa glisser ses mains sur le bord des accoudoirs sur le côté. Soudain, elle sentit qu'il y avait moyen de glisser ses doigts entre le coussinet et le cadre de bois à un endroit. Elle alla chercher son sac et enfila une paire de gants en latex. Là, dans le capitonnage tout mou, elle sentit quelque chose de froid contre sa main, quelque chose de cylindrique. Elle déboîta l'accoudoir et continua à fouiller à l'intérieur. Bientôt, elle eut une seringue en main. Elle était emplie d'un liquide clair et dessus il y avait une inscription en caractères cyrilliques.

Du point de vue de sa forme et de son aspect, son contenu ressemblait au vaccin que l'on avait fait à Maria plus tôt dans la semaine. Elle regretta de ne pas l'avoir étudié de plus près plutôt que de détourner le regard. Maria retira la seringue de son emballage plastique et se rendit compte que l'on ne pouvait pas retirer la canule.

Hans Moberg avait déclaré avoir mis l'appartement sens dessus dessous mais était-il certain qu'il soit la cause de l'ensemble des dégâts ? Peut-être était-ce après cette seringue que quelqu'un avait cherché. Mais pourquoi ? Que contenait-elle de si dangereux ?

Au même instant, elle entendit les pas de quelqu'un qui montait les escaliers et s'arrêtait devant la porte. Toujours plongée dans le rôle de Sandra, Maria remit la seringue dans l'accoudoir, qu'elle fixa de nouveau. Une clé introduite dans la serrure fit monter son taux d'adrénaline. Évidemment. Celui qui avait tué Sandra Hägg était entré dans l'appartement à l'aide de sa propre clé et l'avait ensuite laissée accrochée à un ruban pour que n'importe qui puisse entrer. De cette manière, personne ne se demanderait comment l'assassin s'y était pris pour entrer sans effraction. Le reste n'était qu'une mise en scène pour la galerie. La seule idée que Sandra se serait étendue sur son lit alors qu'elle attendait un homme inconnu, qui était censé entrer dans l'appartement grâce à une clé accrochée à un ruban, était parfaitement absurde, surtout lorsqu'on avait jeté un coup d'œil à Hans Moberg. À présent, la clé tournait dans la serrure. Maria s'accroupit derrière le canapé, qui se trouvait au milieu de la pièce, à l'instant même où elle entendit la porte s'ouvrir.

CHAPITRE 37

Le visage plaqué sur le sol, Maria vit des chaussures de sport marron se déplacer sur le parquet. Elle essaya de tourner dans sa tête dans un autre angle pour voir de qui il s'agissait, avec précautions, pour ne pas faire de bruit, mais c'était impossible. Elle entendit un tiroir que l'on ouvrait et refermait et aperçut des jambes recouvertes d'un jean s'avancer dans la pièce où elle se trouvait. Est-ce que la plante verte dissimulait l'espace entre le canapé et le mur ? Elle s'efforça de contrôler sa respiration pour qu'elle soit aussi imperceptible que possible. Son cœur battait à tout rompre. Pourvu qu'il n'ait pas l'idée d'aller jusqu'à la bibliothèque, sinon elle serait repérée. Elle n'aurait évidemment pas dû venir ici toute seule. Les bruits de pas disparurent en direction de la cuisine. On tira plusieurs tiroirs et on ouvrit des portes de placard avant de les refermer. Elle entendit un juron. Et maintenant, il mettait la radio. Du coup, ça devenait encore plus difficile de le localiser. Du hard rock à un volume élevé. À présent, si elle criait, on l'entendrait à peine. On aurait dit qu'il retournait dans la chambre. On ouvrit de nouveau des tiroirs et des portes. Que cherchait-il ? Il fallait qu'elle essaie de voir de qui il s'agissait. Maria s'accroupit avec précautions et essaya de jeter un coup d'œil par-derrière la plante. Au même moment, une main noueuse souleva la coupe à fruit sur la table devant elle.

« Qu'est-ce que tu fous là, bordel ! » Lennie recula d'un pas chancelant. « Qu'est-ce que tu fous là ! Je croyais que j'étais seul. Tu m'as flanqué une de ces trouilles ! »

« Qu'est-ce que tu fais ici ? »

« Je récupère mes affaires avant que les vautours de la famille de Sandra prétendent que c'est à eux. J'ai récupéré mes cordes de guitare, mon métronome, des notes qui sont à moi et, si tu bouges, j'aurais accès à ma guitare électrique. »

« Donc tu as toujours la clé de l'appartement. »

« Oui, j'ai arrosé ses plantes et relevé son courrier lorsqu'elle était en Turquie avec Jessika, en mai. Elle m'a demandé pour la récupérer mais il n'en était pas question, je voulais la garder. C'était débile mais j'espérais qu'elle me reprendrait dans sa vie. Nous n'avions que deux clés, il n'y en avait pas d'autre. »

« Qui d'autres peut se procurer des clés ? »

« Personne. Est-ce que je peux vérifier celle que tu as ? » demanda Lennie. « En tout cas, celle-là n'a pas été faite récemment. Le métal des nouvelles n'est pas jaune comme ça. »

« Alors Sandra n'avait que deux clés, tu en as une et celle avec laquelle je suis entrée est la seconde, celle qui se trouvait dans la poche de sa veste. Tu en es certain ? Dans ce cas, à qui appartient celle qui pendait au bout du ruban ? » Maria soupesa la clé dans sa main. « Est-ce que la serrure a été changée après le départ du propriétaire précédent ? »

« Non, il n'y avait pas de raison. »

Lorsque Maria et Hartman arrivèrent à la hauteur de Vigoris Health Center, le parking était plein. Elle eut beau tourner pendant une dizaine de minutes, elle ne trouva pas une seule place libre. Il y avait des voitures sur la pelouse dans le sens de la longueur et de la largeur et, entre elles, des vélos et des motos garés sans aucune logique. Il y avait la queue au niveau de la rampe d'accès et l'entrée était noire de monde et, le moins que l'on pouvait dire, c'était que l'ambiance était belliqueuse.

« Il n'y a plus de rendez-vous pour des vaccinations cette semaine. Veuillez avoir l'obligeance de rentrer chez vous et de prendre rendez-vous par téléphone ou de vous rapprocher de votre propre centre de soins. » La jeune infirmière s'efforçait d'employer un ton amical et neutre mais sa voix tremblait légèrement et son visage s'était empourpré.

« Je n'ai pas l'intention de partir d'ici avant d'avoir été vacciné. J'exige qu'on m'apporte l'aide qui m'a été promise. J'ai payé des impôts toute ma vie. » Un homme grisonnant, maigre et tout en muscle tel un coureur de marathon s'agrippait fermement à l'un des piliers de l'entrée. Maria ne put s'empêcher de penser à ceux qui s'agrippaient aux ormes dans Kungsträdgården pour éviter qu'ils ne soient abattus ou aux activistes écologistes qui s'enchaînent pour attirer l'attention sur une question importante. « Je ne bougerai pas d'ici. » D'autres personnes intervinrent et l'ambiance se fit de plus en plus lourde et menaçante.

« Je suis cardiaque et je devrais, selon tous les beaux discours, figurer en premier sur la liste des personnes prioritaires. En réalité, cette liste ne vaut guère mieux qu'une poignée de papier-toilette. À qui donne-t-on des médicaments ? À ceux qui ont des relations ou les moyens de payer. On devrait prendre les choses en main par nous-mêmes. » La vieille dame était si agitée qu'elle en perdit le souffle et que sa respiration se fit sifflante.

« Donnez-nous des médicaments ou nous allons vous faire vivre un enfer ! » cria le marathonien.

« Il faut vous calmer à présent. » On aurait dit que l'infirmière allait se mettre à pleurer d'un instant à l'autre. « Si vous ne vous dispersez pas, nous allons appeler la police. »

« Mais nous avons tellement peur ! Est-ce que je peux parler à votre chef ? » Un autre homme se détacha de la foule. Il avait une imposante barbe rousse et un crâne chauve. Il portait une veste de cuir ouverte sans rien au-dessous et une grosse chaîne en argent autour du cou. Il s'avança jusqu'à l'accueil, attrapa l'infirmière et la poussa à terre. « Nous ne plaisantons pas. Où est votre chef ? »

« Le chef ! Le chef ! Le chef ! » scandèrent plusieurs personnes en chœur. Ils frappaient des mains en rythme et battaient du pied. En un instant, Viktoria Hammar apparut dans l'ouverture de la porte.

« De quoi s'agit-il ? » Si elle avait peur, elle n'en laissait rien paraître et sa voix était calme et claire.

« Tout le monde aura des médicaments et tout le monde sera vacciné. Si vous suivez les instructions que nous avons données, cela se fera rapidement et sans heurts. Ici, à Vigoris, nous nous occupons des patients qui paient. Ceux auxquels leur médecin a délivré une ordonnance doivent aller chercher les médicaments à la pharmacie et prendre rendez-vous dans leur centre de soins. Grâce à cette répartition, le travail s'effectue rapidement et on vient en aide à tout le monde. »

« Foutaises. Il n'y a pas de médicaments dans les pharmacies. Il n'y en a plus et il n'y a plus de rendez-vous dans les centres de soins. C'est vraiment la guerre, merde ! Ma famille est dans la voiture et je veux qu'ils soient vaccinés. Tout de suite ! » L'homme à la barbe rousse s'avança et se dressa de toute sa hauteur à côté de Viktoria qui, pour autant qu'on puisse en juger, demeura imperturbable.

« Il se peut qu'il en soit ainsi au début mais je vous promets que vous allez tous recevoir de l'aide. Il y a des livraisons de médicaments tous les jours et, dès que les autorités du district se seront mises d'accord sur la liste des personnes prioritaires, chacun recevra des médicaments et une vaccination dans l'ordre et le calme. Les membres de la police, ceux qui travaillent dans le secteur médical et dans les services techniques ont déjà reçu un traitement et l'ordre de priorité des personnes à risque sera bientôt établi. Comme vous pouvez le comprendre, il n'est pas facile de décider si les personnes qui souffrent de maladies neurologiques doivent être prioritaires par rapport à celles qui souffrent de maladies cardio vasculaires ou de cancers. Si vous voulez bien avoir l'obligeance d'inscrire votre nom et votre numéro de téléphone à l'accueil, nous vous contacterons dès que nous aurons de nouveaux créneaux horaires disponibles ou des désistements. Si vous restez agglutinés ici, vous risquez d'être contaminés. » Viktoria laissa son regard glisser de l'un à l'autre pour leur montrer que n'importe lequel d'entre eux pouvait être porteur de la maladie.

Non sans une certaine admiration, Maria vit comment Viktoria Hammar réussit à calmer ceux qui étaient assemblés et à leur faire quitter le bâtiment. Elle resta, droite, dans le hall jusqu'à ce que le marathonien sorte à contrecœur en tout dernier, en lui montrant d'un regard haineux qu'il n'était pas du tout satisfait de la tournure prise par les événements.

« Quelle bande de lâches, ces Suédois. Vous obéissez aux ordres même lorsque les autorités vous demandent de bouffer votre propre merde. Si ça s'était passé dans mon pays… » La porte se referma avant qu'ils n'aient eu le temps d'en entendre plus.

« Et en quoi puis-je vous être utile ? » demanda Viktoria d'un ton si léger que Maria en resta complètement interloquée.

« Nous aimerions échanger quelques mots avec votre époux. Est-ce que Reine Hammar est là ? » demanda Hartman.

« Oui mais il est très occupé. Comme vous venez de le constater, nous faisons face à une charge de travail qui dépasse toutes nos prévisions. Je table sur le fait qu'il puisse prendre un patient toutes les cinq minutes et le temps que vous lui prenez est du temps en moins pour les patients. Ai-je été assez claire ? »

« Nous enquêtons sur le meurtre de Sandra Hägg. En tant que collègue de travail, j'espère que vous considérez qu'il est important d'apprendre ce qui lui est arrivé. » Je comprends que la situation est un peu chaotique en ce moment-même, Maria voulait-elle ajouter, mais en situation de crise, il est d'autant plus important que l'état de droit soit bien assuré. « Où pouvons-nous voir Reine ? » Maria fut elle-même étonnée de son ton rude mais la pression émotionnelle que Viktoria exerçait était tellement évidente et déplaisante qu'elle avait perdu le contrôle. Il suffirait que Reine travaille un quart d'heure ou deux en plus au service de la communauté.

En arborant une expression de souffrance infinie, Reine Hammar s'assit sur le fauteuil derrière son bureau et les invita à prendre place. Après une longue série de raclements de gorge, il se détourna et toussa au creux de son bras.

« Maximum un quart d'heure, je ne peux pas vous accorder plus de temps. »

« Efforçons-nous donc de régler cela au plus vite. Si nous avons souhaité vous voir ici plutôt qu'au commissariat, c'est pour éviter d'empiéter sur votre temps sans nécessité. Par respect pour vos patients. » L'expression d'Hartman était indéchiffrable lorsqu'il mit le magnétophone en route et qu'il s'enquit des informations nécessaires. « En premier lieu, nous souhaiterions savoir où vous vous trouviez entre 22 h et minuit le 4 juillet. »

« Que voulez-vous dire ? Vous savez bien que j'étais en quarantaine, non ? »

« D'après nos informations, vous avez quitté le sanatorium cette nuit-là. On avait besoin de vous, en tant que médecin, pour une urgence mais vous étiez sorti. Où étiez-vous ? »

« Mais qu'est-ce que c'est que ça ? C'est Jonatan Eriksson qui est derrière tout ça, j'aurais dû m'y attendre, merde. C'est une affaire entre moi et le comité de discipline dans ce cas. Il n'y a pas de raison que la police intervienne. »

« C'est une affaire qui regarde la police et je veux que vous répondiez à ma question : où vous trouviez-vous ? » Hartman se pencha en avant et Reine recula, noua ses mains derrière sa nuque et se balança sur son siège.

« Alors il faut que vous me disiez pourquoi vous voulez le savoir. » La phrase fut suivie par un raclement de gorge et des grognements. Maria était de plus en plus convaincue qu'il s'agissait de tics nerveux.

« Sandra Hägg a été assassinée cette nuit-là. Vous le savez. Et nous voulons savoir où vous vous trouviez », lui expliqua Maria.

« J'avais besoin de prendre un peu l'air. J'ai juste fait une promenade. Ça n'a rien d'illégal quand même ? » Reine fixait le mur derrière eux comme s'il pouvait y voir ce qui s'était produit la nuit du meurtre. Il cligna des yeux comme s'il avait quelque chose dans l'un d'eux, ôta ses lunettes et se frotta le nez. Une légère rougeur envahit son visage.

« Quelqu'un peut-il le confirmer ? Avez-vous rencontré quelqu'un ? »

« Il y a rencontrer et rencontrer. Oui, d'une certaine manière. Est-ce que quelqu'un doit le savoir ou est-ce qu'on peut être discret à ce sujet… enfin, vous voyez ce que je veux dire ? » Il se racla de nouveau la gorge.

« Qui avez-vous vu ? Si quelqu'un peut vous fournir un alibi, c'est dans votre propre intérêt. » La patience d'Hartman était sur le point de prendre fin. « Si vous êtes pressé de retourner auprès de vos patients, il vaut mieux que vous répondiez tout de suite. »

« Il y avait une infirmière. Nous… étions dans sa chambre dans la maison. Elle s'appelle Lena. Je ne me souviens pas de son nom de famille. »

« Nous allons vérifier, bien sûr. Encore une chose. Vous possédez des anticorps contre la grippe aviaire. Vous les aviez déjà avant que le vaccin ne soit disponible. Comment cela se fait-il ? »

« Quoi ? Là, je ne comprends plus rien. Il doit s'agir d'une erreur. Par ailleurs, en quoi cela regarde la police ? Les analyses relèvent du secret médical. Qui vous a fourni cette information ? »

« Les analyses ne relèvent pas du secret médical lorsque le crime commis est passible de deux ans d'emprisonnement ou plus. Il est question de meurtres, Reine Hammar. Des meurtres de trois personnes, tous en relation avec le vaccin contre la grippe aviaire. De quoi Sandra cherchait-elle la preuve ? Nous sommes sur le point d'analyser le contenu de la seringue que Sandra a emportée lorsqu'elle a pénétré dans la clinique par effraction. Vous voulez nous dire de quoi tout cela retourne ? »

Reine Hammar secoua la tête. Si sa surprise était feinte, c'était un très bon acteur.

« Je ne sais pas de quoi vous parlez ! »

« Nous y reviendrons. Encore une chose avant que vous puissiez partir : est-ce que vous avez récemment eu en votre possession une clé qui donnait accès à l'appartement de Sandra Hägg ? »

« Non, absolument pas et la grippe contre laquelle je suis vaccinée est la bonne vieille grippe habituelle. Tout le personnel de la clinique a été vacciné en novembre l'année dernière. Je ne sais vraiment pas de quoi vous parlez avec ces foutus anticorps ! »

CHAPITRE 38

Reine Hammar écarta le lourd rideau de satin et laissa son regard reposer sur la vue de la ville intra-muros. Sainte-Marie avec ses tours noires et effilées émergeait de la brume arachnéenne et les murs fantomatiques des ruines du monastère se dessinaient vaguement dans l'obscurité. Il ouvrit la fenêtre de la chambre et laissa entrer la fraîcheur du soir et les effluves venus de la mer, des pivoines et du chèvrefeuille qui escaladait la façade. La maison, située à Norderklint, avait coûté 4,5 millions. Un cap si l'on estimait la vie en termes d'argent, une prison si on utilisait une autre unité de mesure. Est-ce que ceci constituait tout ce que la vie avait à offrir ?

Il regarda l'horloge et entendit la clé dans la serrure au même moment. Il était 23 h 15. Il faut que nous ayons une discussion lorsque je rentrerai, avait dit Viktoria, et il avait senti le sol se dérober sous ses pieds. Il haïssait la force dont elle faisait preuve. Il haïssait devoir être le premier à baisser les yeux lorsqu'elle lui posait une question et attendait ensuite la réponse, un sourire méchant aux coins des lèvres, juste un petit tressaillement, mais si évident lorsqu'on interprète le moindre signe et que l'on estime ses chances d'être pardonné. À une époque, ils s'étaient aimés, cette pensée l'effleura à cet instant. À une époque révolue, il y a bien longtemps de cela, leur relation était vraiment chaleureuse. Ils buvaient du thé pendant la moitié de la nuit à la résidence étudiante et discutaient de la vie, de la mort et du sens de toutes choses et ils étaient d'accord pour dire que l'amour était tout. Sans amour, la vie est dénuée de sens et vide, il faut se consumer pour quelqu'un ou quelque chose. Ils étaient si jeunes à cette époque. Pleins de grands idéaux et si sûrs de ce qui était mal et ce qui était bien, de qui était un ami et qui était un ennemi. Ils avaient ironisé avec mépris sur le manque de courage et l'étroitesse de vue de la génération de leurs parents. Et maintenant... que restait-il de leurs rêves ? Au cours des sept dernières années, ils n'avaient pas fait l'amour une seule fois. Une seule tentative maladroite s'était soldée par un silence embarrassant. Ils s'étaient rhabillés rapidement, blessés et anxieux. À ce moment-là, elle n'avait pas su quoi dire. En cette unique occasion, elle n'avait pas été en mesure de s'exprimer et de le blesser. Il était si évident qu'il n'y avait aucun désir ; c'était d'une évidence si effrayante pour l'un comme pour l'autre.

« Reine, tu es là ? » Sa voix était nasillarde et aiguë, totalement différente de celle qu'elle utilisait au travail.

Il ne répondit pas. Cela faisait partie de la lutte d'influence. Il resta près de la fenêtre et se laissa emporter vers la mer par la brise vespérale. Il renâclait devant la conversation désagréable à venir. Je suis déçue, Reine, allait-elle dire en se rapprochant si près de lui qu'il pourrait sentir son souffle sur son visage. Dans le même temps, elle toucherait les cheveux de sa nuque. Ce n'était pas une caresse mais plutôt une vexation et elle le savait, elle savait qu'il détestait qu'elle fasse ça, que sa mère lui tirait les cheveux de la nuque lorsqu'elle lui disait comment il devait se comporter. Il le lui avait dit dans un moment d'intimité lorsque le contrat établi entre eux était encore valide. Les contrats sont signés en temps de paix pour être appliqués en temps de guerre. Elle n'avait pas perdu de temps pour utiliser tout ce qui pouvait lui conférer un avantage. Il entendit ses talons claquer durement sur le sol dans le couloir. À présent elle se tenait dans l'ouverture de la porte de la chambre.

« Je suis déçue, Reine. » Il se pencha de manière à ce qu'elle ne puisse pas se placer contre lui. « Comment as-tu pu faire ça ? »

« Faire quoi ? » dit-il bêtement. Les battements de son cœur lui cognaient aux oreilles et sa bouche devint complètement sèche. Il s'efforça de bander ses muscles pour mettre fin aux tremblements qui agitaient l'intérieur de son corps.

« Faire quoi ? » singea-t-elle. « Prescrire du Tamiflu en échange de faveurs sexuelles. »

« Je ne vois pas de quoi tu parles. Il n'y a pas de preuve. » Il fut surpris de la fermeté de sa voix. Peut-être était-ce parce que la question était arrivée de manière si inattendue. Il ne pensait pas que c'était de cela qu'elle voulait parler.

« J'ai la prescription ici-même. Tu veux la voir ? » Le tressaillement à la commissure de ses lèvres était apparu. L'espace d'un instant, il crut qu'elle allait se mettre à pleurer. Mais ses yeux étaient froids et elle ne cillait pas. Un mirage simplement.

« Le fait que j'aie prescrit du Tamiflu à une femme ne prouve rien. Même si elle a 24 ans et qu'elle est extraordinairement belle. »

« Pour quel motif lui as-tu prescrit ? Pour cause de concupiscence ? Tu sais, j'en ai vraiment marre de toi. Est-ce que tu te rends compte à quel danger tu nous exposes ? C'est le sort de la clinique tout entière qui est en jeu. C'est la dernière fois que je te protège. La dernière fois, tu as bien compris ? Des types comme toi, il faudrait les castrer, merde ! Finn vous a vus. N'essaie pas de nier. Ne me mens pas. Ça ne tourne pas rond dans ta tête, Reine, tu devrais te faire soigner. Il y a des médicaments qui diminuent… »

« Qu'as-tu l'intention de faire de l'ordonnance ? » Il tendit la main pour l'attraper mais Viktoria se détourna et la déchira en petits morceaux. Elle estimait sans doute avoir déjà assez d'emprise sur lui. L'ordonnance de morphine qu'il avait vendue au début de sa carrière. Une seule infraction, une seule folie, un acte insensé à un moment où il avait désespérément besoin d'argent. Il était devenu son prisonnier à perpétuité s'il voulait continuer à exercer sa profession de médecin. C'était ce maudit limier de Finn, qu'elle tenait toujours en laisse, qui s'était chargé de rassembler des preuves, il aurait dû s'en douter. Qui d'autre ? Ils avaient peut-être même une aventure, Viktoria et son toutou. Il frissonna de dégoût rien qu'à y penser. Il aurait donné une fortune pour les prendre sur le vif. Viktoria le mannequin monté par Finn, le Hitler de la sécurité. Non, il n'avait pas assez d'imagination pour se représenter la scène… Ou alors peut-être comme une scène de violence avec des menottes et une laisse.

« Pourquoi est-ce que tu ricanes bêtement ? Un merci ne serait peut-être pas trop demander. »

« Merci. » Et juste au moment où il pensait que le danger s'était éloigné, que c'était tout et qu'elle allait le laisser en paix et s'allonger sur sa moitié du lit en lui tournant le dos tel un rempart, elle posa la question.

« Que voulait la police ? » Il s'y était attendu mais n'était pas préparé pour autant.

« Ils m'ont demandé si j'étais vacciné. »

« Arrête de te payer ma tête. Que voulaient-ils ? » Elle piétinait avec impatience dans ses petites chaussures pointues. Elle piétinait sans cesse et agitait les mains. Elle avait eu des problèmes de circulation dans sa jeunesse et elle avait conservé l'habitude de piétiner depuis cette époque.

« Ils voulaient savoir où je me trouvais lorsque Sandra a été assassinée. »

Silence. Elle attendait la suite mais il n'avait pas l'intention de la lui livrer. Ils se mesurèrent longuement du regard. Elle le fixait droit dans les yeux jusqu'à ce qu'il commence à sentir son corps lui démanger et sa poitrine adopter un mouvement de balancier involontaire. Cela ne lui fit pas détourner le regard.

« Est-ce que tu l'aimais ? » Le visage de Viktoria changea d'expression. Ses yeux se rétrécirent et ses rides n'en furent que plus visibles. La bouche forma un cercle parfait, un soleil rouge d'où rayonnaient des rides sombres et le cou rentré. « Tu l'aimais ? »

« Je les ai toutes aimées, toutes celles qui sont douces, amicales et chaleureuses, Viktoria. Tout ce que tu n'es pas et n'as pas. Que vas-tu faire de moi à présent ? Est-ce que je ne peux pas récupérer cette ordonnance de morphine tout simplement ? Tu ne peux pas te contenter de me laisser partir ? » À présent, il y avait des sanglots dans sa voix et il la haïssait plus que tout parce qu'elle les entendait.

« Non. Où étais-tu cette nuit-là, Reine ? Est-ce que ça t'a fait mal de ne pas pouvoir avoir Sandra et de savoir qu'elle préférait quelqu'un d'autre ? » Le petit bout de langue pointue de Viktoria jouait à la commissure de ses lèvres.

Il ne lui répondit pas. Il détourna les yeux et regarda l'obscurité bleu-gris.

« Finn t'a vu, Reine. Il a dit que tu te tenais sous sa fenêtre. Elle avait dressé une si belle table avec bougies et vin et puis elle avait mis une robe, pas vrai ? Une robe blanche au décolleté plongeant qu'elle avait passée pour quelqu'un d'autre. Tu voulais savoir de qui il s'agissait ou bien quoi ? Est-ce que tu pouvais te les représenter lorsqu'ils ont porté un toast, qu'ils ont ri et qu'ils ont fait l'amour dans son lit moelleux ? Est-ce que tu as fait le tour de la maison ? Est-ce qu'ils ont tiré les rideaux… »

Il se retourna rapidement. « Je te hais, Viktoria, tu le sais ? Ta vue me dégoûte. Et si tu en souffles le moindre mot à la police, je te tue, c'est bien compris ? Je me suis forgé un alibi et ils ne pourront pas prouver que j'étais sur place. Quant à toi, tu disparaîtras aussi subitement que Tobias Westberg. »

CHAPITRE 39

« Sandra, mon cœur, je suis de retour et je pourrais être chez toi vers minuit. Tu as toujours été ma meilleure amie. Cela a signifié plus pour moi que je n'ose le dire. Cela n'a pas toujours été simple, tu le sais. Lennie a eu envie de me faire la peau de temps à autres et mon épouse n'a pas apprécié non plus que nous soyons si proches. Parfois, nous nous sommes donné des rendez-vous secrets pour pouvoir parler sans être dérangés, comme s'il s'agissait d'une relation amoureuse. Un jour, tu m'as dit que tu te sentais coupable parce que tu avais fait un mensonge pieux alors que nous devions nous voir. Cela a été le prix de notre amitié. Moi non plus, je n'ai pas toujours fait état de tous nos rendez-vous parce qu'ils se produisaient plus souvent que ce qui peut être considéré comme approprié. À quelle fréquence est-il approprié de voir sa meilleure amie ? On ne considère pas toujours l'amitié entre un homme et une femme d'un très bon œil. Ne te méprends pas mais ç'aurait dû être plus simple. La vie est trop courte pour ne pas profiter de l'amitié et de l'amour lorsqu'ils se présentent. Et qui sait, si nous nous étions rencontrés à un autre moment de notre vie, si notre histoire n'aurait pas pris une autre tournure. Nous ne le saurons jamais. Je t'écris ces choses

parce que je n'aurai probablement pas le courage de te les dire en face lorsque nous nous verrons entre quatre yeux.

Comme prévu, je me suis rendu dans la ville de Bjaroza au sud-ouest de Minsk, où j'avais rencontré Sergej Bukov auparavant. L'histoire qu'il m'avait débitée au printemps après que nous avions vidé une bouteille de vodka m'avait semblé très improbable mais, lorsque j'ai entendu parlé de la grippe aviaire qui était arrivée sur l'île par le biais d'un pigeon et que j'ai appris qu'il était mort, j'ai compris qu'elle était vraie. Sa mission, c'était de déposer un pigeon contaminé dans un pigeonnier au Gotland. La firme pharmaceutique faisait des pertes et l'on disposait d'importants stocks inutiles de Tamivir et de vaccins. Une pandémie de grande importance était nécessaire pour remettre à flots les finances de l'entreprise. Les actionnaires réclamaient des dividendes. Je n'étais même pas sûr que je parviendrais à revenir en vie et révéler mes données et les enregistrements des conversations avec la femme de Sergej mais j'y suis arrivé et la traduction des documents les plus précieux que j'ai réussi à me procurer se trouve sur le fichier ci-joint. Je veux que tu dupliques le texte et que tu veilles à ce qu'il parvienne à l'ensemble des adresses figurant sur la liste. J'ai dissimulé les versions papier et les cassettes dans le puits de mon jardin, sous une pierre de la troisième rangée en partant du haut. Elle est complètement descellée et on peut la retirer.

C'était bien ce que tu pensais, Sandra, mon amie, et bien pire que ce que nous avions d'abord cru. Excuse-moi de ne pas t'avoir cru lorsque tu m'as raconté que ton numéro de sécu était apparu sur l'écran lorsque tu avais passé le scanner devant ton bras au centre commercial. Cela semblait tellement invraisemblable. Totalement dingue. Je comprends mieux le lien à présent et je t'expliquerai lorsque je viendrai vers minuit. Est-ce que tu as réussi à te procurer ce que je t'ai demandé ? Ce sera le scoop de ma vie et nous partagerons évidemment ce que cela pourra rapporter. Il est temps de déboucher le champagne ! Je t'écrirai bientôt plus longuement. Quelqu'un arrive... »

« Nous sommes parvenus à récupérer des informations sur l'ordinateur de Tobias Westberg. » Le technicien s'efforça de dissimuler son sourire mais n'y parvint pas du tout et son visage arbora une grimace étrange. « Enfin, il y a nous et nous – les gars de Linköping. Ils ont un expert venu de Norvège qui a réussi à régler le problème. » Maria ne put s'empêcher de lui sourire.

« Où l'avez-vous trouvé ? »

« Au même endroit que celui où l'on déverse la chaux encore vive. Ils n'avaient encore jamais récupéré des informations sur un ordinateur à ce point endommagé mais on n'avait pas réécrit sur les fichiers et rien n'avait été reformaté. De manière assez miraculeuse, il a donc été possible d'extraire ce texte de l'ordinateur portable. Il y avait également les restes d'un autre ordinateur dans la décharge mais il était beaucoup trop endommagé. Il tombait littéralement en morceaux. Il y avait également un équipement photographique complètement fracassé.

Maria parcourut de nouveau la transcription.

« Si c'est vrai, c'est le plus gros scandale que le marché mondial ait jamais connu. Il veut donc dire que l'on a délibérément introduit une maladie au Gotland pour vendre des médicaments ? Cette idée m'a déjà effleurée mais je l'ai écartée tant elle me semblait absurde et d'une cupidité diabolique. Mais je ne comprends pas ce truc par rapport au scanner et au numéro de sécu de Sandra. »

« Nous avons analysé le contenu de la seringue que tu as trouvée dans l'appartement de Sandra. Il contenait le vaccin mais pas uniquement. Ouvre bien tes oreilles. On a du mal à croire que c'est vrai. Nous avons fait venir un expert de Göteborg et il est sûr de ce qu'il affirme. Dans la canule elle-même, il y avait une puce de 0,4 mm. Le diamètre de la canule est de 0,6 mm. Lorsqu'on te vaccine... » le technicien prit le bras de Maria et fit semblant d'injecter le contenu d'une seringue invisible « ... la puce est également injectée sous la peau et elle y reste. »

Maria tâta son bras et écarquilla les yeux.

« Je pense à une chose – juste un détail. Lorsque nous avons reçu le rapport d'autopsie préliminaire de Sandra Hägg, le légiste avait noté la présence d'une petite cicatrice sur le bras gauche, de même que chez Sergej. Une petite égratignure sur l'avant-bras gauche. Se pourraient-ils qu'ils aient eu une puce et qu'on la leur ait retirée ? C'est juste une idée. »

Hartman arriva dans la pièce où tout le monde s'était rassemblé pour faire le point avant le début de l'interrogatoire de la direction de Vigoris Health Center. La police était déjà sur place pour trouver les preuves et les mettre en sécurité.

L'expert de Göteborg s'assit sur le podium. Ceux qui s'étaient attendus à une démonstration au PowerPoint en étaient pour leurs frais. Il appartenait à la vieille école qui utilise un bloc-notes et un crayon.

« En fait, cela n'a rien d'une nouvelle technique, on la trouve depuis cinquante ans dans les cartes de transport ou dans les cartes personnelles pour accéder à certains lieux ainsi que sur le marché du marquage antivol ou pour identifier des marchandises au cours de leur transport ou de leur stockage. La puce possède un code et on inscrit des informations, tels que les numéros de sécu des personnes ou d'autres renseignements personnels, dans une autre base de données. Ce qui est exceptionnel, c'est que l'on peut désormais produire des composants tellement plus petits qu'avant, surtout lorsque le circuit imprimé ne possède pas de source d'énergie propre mais est activé et livre des informations lorsqu'il est mis en présence de l'énergie produite par un lecteur. La puce que nous avons trouvée peut être lue jusqu'à une distance de trois mètres et leur circuit est recouvert d'une fiche couche de verre afin d'éviter toute influence biologique sur leur intégrité. Il est également tout à fait possible de placer des capteurs dans, par exemple, les ouvertures de porte et de voir qui est passé d'une pièce à une autre. »

« À Vigoris Health Center, tous les chambranles en chêne viennent d'être changés pour des chambranles en cerisier alors que c'est un bâtiment récent », Hartman se souvint-il. « Se pourrait-il qu'on y ait placé de tels capteurs ? »

« C'est possible. Une cellule implantée présente des avantages sur une carte d'accès habituelle car celle-ci peut se prêter et l'on n'est pas sûr de l'identité de son utilisateur. À l'avenir, on pourra sans doute équiper des puces aussi petites que celle-ci avec un système GPS et, ensuite, on pourra suivre à la trace une personne par satellite. »

« Mais pourquoi ? Quel est le but et pourquoi n'a-t-on pas informé le personnel que l'on souhaitait procéder de cette manière ? » demanda Hartman.

« Il y aurait une forte mobilisation des médias et le processus de décision serait long et son issue incertaine. On voulait peut-être vérifier la fiabilité du système avant d'investir de l'argent dessus. Le groupe Demeter qui possède Vigoris Health Center possède également une entreprise qui développe des produits électroniques. Par le biais de stratégies de développement croisées, on veut augmenter ses chances d'être compétitif au niveau mondial. Dans ce cas, il revient à l'industrie pharmaceutique de développer des seringues qui permettront l'implantation des puces sous la peau. S'il s'avère que le système fonctionne, on peut alors le vendre à des pays où la loi autorise le marquage par puce des êtres humains. On souhaiterait peut-être équiper tous les émigrants d'une puce où l'on puisse lire leur identité, voire l'assortir d'un système GPS afin de savoir où ils se trouvent tandis qu'ils attendent le droit d'asile ou la nationalité. Imaginez si tous devaient être « vaccinés » pour pouvoir entrer sur le territoire. J'imagine que ce serait une solution très attractive dans les pays qui rencontrent de gros problèmes de vols de distributeurs de billets ou de terrorisme. Si une autre attaque comme celle du 11 septembre se produisait, les gens seraient peut-être prêts à ce qu'on prenne de telles mesures et le produit serait alors déjà testé et prêt à être utilisé. Ce serait un avantage stratégique si d'autres firmes développaient un produit similaire. »

« Il est évident qu'il ne fallait pas que ça se sache et tout à fait possible que l'ordre soit venu d'en haut ou, du moins, qu'un accord tacite ait été donné. Mais qui les a tués ? Il ne peut s'agir que de quelqu'un doté d'une certaine force physique. Quelqu'un qui était plus fort que les victimes ou, en tout cas, plus fort que Sandra, qui était pourtant en bonne forme physique. » Maria Wern regarda Ek, qui avait repris du service après son séjour au sanatorium. Au cours de la matinée, il avait entendu les deux enfants qui vendaient des bonbons sur Signalgatan et avec l'aide d'un dessinateur ils avaient essayé de produire des portraits des différentes personnes qui étaient passées devant la cage d'escalier.

Ils ont reconnu Hans Moberg sur une photo mais nous disposons également d'un autre visage intéressant que le dessinateur a produit. Environ une demi-heure avant l'arrivée de Hans Moberg, les enfants ont vu un autre homme monter les escaliers. » Il n'était pas difficile de voir qui ce dessin représentait. Hartman contacta le procureur avant qu'ils ne se rendent à Vigoris Health Center.

Viktoria Hammar avait pleuré. Ses grands yeux bleu-gris étaient bordés de rouge et son rouge à lèvres s'était étalé et lui dessinait une bouche de clown. Lorsqu'elle parla, sa voix n'était plus du tout la même. Maria trouva cela touchant qu'elle se montre enfin vulnérable.

« Je ne dirai rien avant l'arrivée de mon avocat. Ce n'est pas la peine d'essayer de me poser des questions. Je n'ai pas l'intention d'y répondre. »

« Alors nous souhaitons que vous quittiez cette pièce et que vous suiviez Ek au commissariat afin que nous puissions parler à votre mari sans être dérangés. Je vous en prie. » Hartman lui tint la porte ouverte.

Reine fixait Viktoria et son regard était empli de haine. On ne pouvait pas s'y tromper.

« Je ne comprends pas. Pourquoi, Viktoria ? Pourquoi m'as-tu menti au sujet de la vaccination et de la toxicomanie de Sandra ? Je ne voulais pas y croire au début... »

Viktoria s'arrêta dans l'ouverture de la porte. « Tu serais très avisé d'attendre que ton avocat soit arrivé avant de t'exprimer, Reine. »

« J'en ai rien à foutre. Je n'ai rien fait. Tu ne comprends pas que c'est foutu, Viktoria ? Je ne veux pas être impliqué. Regardez bien maintenant. » Reine passa devant Maria Wern et alla jusqu'au bureau. Une fois là, il se connecta à l'ordinateur. Mot de passe : pandémie. Putain, on ne sait pas si on doit rire ou pleurer. Bien, regardez l'écran. Qu'est-ce que vous voyez ? » Reine passa le scanner sur son avant-bras gauche.

« Reine, arrête. Je t'interdis. Tu ne pourras plus jamais compter sur le soutien du groupe si tu fais ça. Arrête, Reine. » Viktoria se précipita mais Hartman l'arrêta.

« Je vous suis dehors, nous procéderons à votre interrogatoire au commissariat. »

« Je vois un numéro de sécu, est-ce que c'est le vôtre, Reine ? »

« Oui et, maintenant, essayons sur vous », dit-il. Maria recula. Elle avait joué avec cette pensée mais l'avait trouvée bien trop tirée par les cheveux. Lorsqu'elle vit son numéro de sécu apparaître sur l'écran, elle commença à comprendre l'ampleur de l'expérimentation qui était conduite. « À l'instant même où je vous parle, Viktoria se trouve sous un capteur. Les portes de toutes les pièces du bâtiment détectent qui les franchit, c'est pour cette raison que Sandra avait choisi de casser une vitre pour entrer et sortir. » Reine traversa la pièce en quelques enjambées rapides. « Regardez : lorsque je passe le scanner au-dessus du bras de Viktoria, il ne se passe rien. Pourquoi ? Parce qu'elle ne voulait pas que ses propres déplacements puissent être enregistrés et il en va de même pour Finn. Je suis innocent, vous me croyez à présent ? Je ne savais rien de tout cela avant hier soir. »

« Ce n'est pas vrai. Il ment ! » cria Viktoria depuis le couloir lorsqu'un homme en uniforme fit son apparition à côté d'elle.

Maria fit venir Finn Olsson dans la pièce tandis que deux policiers accompagnaient Reine à l'une des voitures qui attendaient afin qu'il soit conduit au commissariat où on l'entendrait de nouveau. Lorsque Finn passa la porte, rien n'apparut sur l'ordinateur, ni lorsqu'on passa le scanner au-dessus de son bras. Il les considéra avec hostilité mais resta silencieux.

« Vous avez vendu votre appartement de Signalgatan à Sandra Hägg et Lennie Hellström, c'est exact ? » L'affirmation d'Hartman arriva de manière si inattendue que Finn ne prit pas le temps de réfléchir avant de répondre. Il se contenta d'un bref hochement de tête tout en suivant avec attention le travail de Maria sur l'ordinateur. « Et vous possédez une clé ? » Il acquiesça de nouveau.

« Où se trouve-t-elle à présent ? »

« Je l'ai probablement jetée, je ne sais pas. »

« L'ensemble des membres du gouvernement figure sur le registre et tous ceux qui occupent des postes clés dans la société se trouvaient sur la liste des personnes qui devaient être vaccinées en priorité. Et ceux qui ont les moyens de payer, sont-ils également marqués par puce ? Quel est votre rôle dans tout cela, Finn Olsson ? Qui a établi le registre ? »

« Je vous répondrai lorsque mon avocat sera là. »

« D'accord. Il y avait des traces de sang dans votre voiture personnelle. Pouvez-vous les expliquer ? »

« Je ne répondrai à aucune question avant l'arrivée de mon avocat. »

Les questions d'Hartman pleuvaient drues. « Jusqu'à très récemment, vous étiez en possession d'une clé de l'appartement de Sandra Hägg et vous saviez que votre sœur échangeait une correspondance électronique avec Hans Moberg, le parfait pigeon pour endosser la culpabilité des meurtres. Nous pensons que vous lui avez envoyé un message et que vous l'avez fait venir à l'appartement après avoir tué Sandra. »

« Prouvez-le. »

« Je ne pense pas que ce sera difficile. Emmenez-le à la voiture », dit Hartman aux policiers qui venaient d'entrer dans la pièce. Maria était toujours devant l'ordinateur, comme ensorcelée, et regardait les numéros de sécu de ses collègues apparaître sur l'écran lorsqu'ils franchissaient la porte.

Les photos d'oiseaux contaminés représentés comme de grotesques avions de guerre prêts à se lancer à l'attaque de la population civile du Gotland à la une des journaux avaient été remplacées par des photos en gros plan de Finn Olsson et de Viktoria Hammar. Ils étaient respectivement accusés de meurtre et d'incitation au meurtre sur les personnes de Sergej Bykov, Sandra Hägg et Tobias Westberg. La nouvelle provoqua la consternation et le porte-parole de la police tenait les médias informés heure par heure.

Tard dans la soirée, lorsque Maria était arrivée au sanatorium de Follingbo pour enfin ramener son fils à la maison, elle avait vu que Jonatan Eriksson était assis à son bureau. Elle ne voyait que sa nuque et sentit une douleur lancinante lui traverser le corps. Dans un premier temps, elle envisagea de glisser jusqu'à lui et de l'enlacer par-derrière mais il était en train de parler au téléphone. Elle ne voulait pas le déranger sans raison et resta immobile près de la porte en attendant qu'il soit disponible et qu'elle puisse lui parler. Le remercier et décider de quand ils se reverraient s'il le souhaitait…

« Je vais bientôt rentrer à la maison, Nina. Est-ce que tu nous as préparé à manger ? Super… Tu as manqué à Malte… Non, je n'ai pas l'intention de te quitter, Nina. Je t'ai promis de rester si tu acceptais un traitement… je te le promets. Oui, je te le promets. Malte a besoin de nous deux. » Maria n'attendit pas qu'il se retourne. Elle partit sans faire de bruit. S'il voulait recommencer avec Nina, il n'y avait pas grand-chose à ajouter pour l'instant. Il ne fallait pas qu'il la voie dans cet état, alors qu'elle était au bord des larmes. D'ailleurs, elle ne pouvait s'en prendre qu'à elle-même : c'était elle qui s'était entichée d'un homme marié. Il n'y avait plus qu'à se reprendre en main et à poursuivre son chemin.

Il devait l'avoir aperçue parce qu'il cria son nom. Maria se contenta d'accélérer le pas et de disparaître dans l'escalier.

« Maria ! » Pas maintenant, Jonatan, une autre fois peut-être. « Maria ! » Elle n'attendit pas et sa voix se perdit au loin.

Lorsqu'elle serra fort Emil dans ses bras, elle ne put retenir ses larmes plus longtemps. Il était guéri et c'était le plus important.

« Pourquoi est-ce que tu pleures, maman ? »

« Parce que je suis si heureuse. »

« Moi aussi, je vais pouvoir rentrer à la maison aujourd'hui », dit l'infirmière Agneta. « Rentrer à la maison et serrer mes enfants dans mes bras. »

CHAPITRE 40

Semblable à une mixture de sorcière en train de bouillir à gros bouillons dans son chaudron, la brume se jetait à l'assaut des falaises rendues glissantes. Les contours de la terre ferme se faisaient moins nets et elle finissait par disparaître. L'eau, d'un gris sombre, qui s'était transformée en écume blanche sifflante au moment où elle était venue cogner contre l'appontement et les rochers, se calmait et redevenait tranquille sous la couverture nuageuse. La ministre pour l'Égalité des chances Mikaela Nilsson était assise, enveloppée d'une couverture, sous la véranda de son chalet sur une île de l'archipel où elle avait demandé qu'on vienne la chercher dans une semaine. Elle avait voulu être seule pour pouvoir faire son deuil en paix, sans qu'on la prenne en photo et qu'elle se retrouve à la une des journaux. Le chagrin est une forme de stress et celui-ci peut s'exprimer de beaucoup de manières différentes dans le corps. Elle en était bien consciente. Même sous la forme de fièvre, avait-elle lu dans une revue de vulgarisation scientifique. De fait, elle se sentait assez abattue et fébrile. Elle avait volontairement choisi de ne pas emporter son téléphone portable cette semaine-là. Pas de télé ni de journaux non plus, juste une radio pour écouter de la musique sur la deuxième station. Elle ne voulait pas être dérangée. Peut-être était-ce un peu imprudent de ne pas avoir emporté son portable mais c'était fait.

Au cours des trois derniers jours au Gotland, elle avait veillé auprès du lit de mort de sa mère et, à peine quelques heures avant le vol qui devait les ramener sur le continent, Angela s'était paisiblement endormie après une longue période de maladie. Un cancer du sang. Ils avaient déclaré qu'il s'agissait d'une infection. En concertation avec le médecin, Mikaela avait décidé qu'on ne donnerait pas de traitement à sa mère afin de ne pas prolonger ses souffrances. Lorsque Mikaela s'était envolée pour le Gotland avec sa mère cet été, c'était parce que cette dernière voulait réaliser un dernier souhait. Elle voulait revoir son amour de jeunesse. Mikaela l'avait conduite jusque chez Ruben Nilsson, à Klintehamn, et avait attendu dans la voiture après avoir déposé sa mère devant la porte d'entrée. Maintenant, je veux me débrouiller toute seule, Angela, avait-elle dit d'un ton si résolu que Mikaela n'avait eu d'autre choix que d'obéir. Ce moment était sacré et quelque chose dans le regard et l'attitude d'Angela montrait que tout ce qui se produirait après cette rencontre n'aurait que peu ou pas d'importance si seulement elle pouvait obtenir le pardon qui lui permettrait de franchir la frontière. Je l'ai tellement fait souffrir, avait-elle dit lorsqu'elle s'était retournée une dernière fois et que le vent venu de la mer s'était engouffré dans ses cheveux blancs bouclés et les avait gonflés telle une voile. Que représentait Ruben pour toi ? avait-elle demandé à Angela tandis qu'elles roulaient en direction de Klintehamn. Selon la rumeur, il s'agissait d'un oncle excentrique qu'elle n'avait jamais eu l'occasion de rencontrer parce que son père et lui étaient en conflit depuis toujours. Elle aurait volontiers accompagné sa mère pour se faire sa propre idée de ce personnage mais Angela avait refusé. Il représente la vie que je n'ai jamais vécue, avait-elle dit, avant de s'endormir et de sommeiller pendant tout le reste du trajet, tant elle était épuisée, la tête pendant sur la ceinture.

Mikaela se rendit dans la cuisine pour se faire un peu de café. Elle se sentait vraiment faible et bizarre et elle avait tellement froid que ç'en était effrayant mais cela lui semblait déplacé d'aller se coucher au beau milieu de la journée. Pour se tenir éveillée, elle alluma la radio pour la première fois depuis qu'elle était arrivée sur l'île. Elle s'était en effet fait la promesse de ne pas se laisser perturber par le monde extérieur et de plutôt chercher à se trouver elle-même et à essayer de comprendre pourquoi sa vie était devenue ce qu'elle était. À cet instant précis, elle se sentait esseulée et les voix gaies émanant de la radio lui donnaient l'impression qu'elle n'était pas si seule qu'elle le pensait. En mars de l'année suivante, elle aurait cinquante ans. Nombre de ses amies avaient des enfants et des petits-enfants mais la vie n'avait rien réservé de tel à Mikaela. Quelques relations de courte durée et une un peu plus longue, des fiançailles rompues et de nombreux espoirs déçus plus tard, elle avait compris qu'aimer une autre personne était une chose si compliquée qu'elle n'y arriverait jamais. Cela était peut-être dû à la relation entre ses parents qu'un mélange de haine et d'amour et le besoin de contrôle avaient liés à vie et les avaient conduits à réellement se tourmenter l'un l'autre. Ou peut-être était-ce, comme son thérapeute l'affirmait, parce que durant toute son enfance et son adolescence Mikaela avait été délaissée par sa mère lorsque Angela entrait et sortait de l'hôpital psychiatrique et laissait sa fille en crèche, chez des amis ou un voisin. À cette époque, les pères ne restaient pas à la maison auprès de leurs enfants alors qu'à présent, on sait que c'est important pour la constitution des liens. Peut-être était-ce vrai ou alors ce n'était qu'une reconstruction a posteriori. On a parfois besoin d'obtenir une explication lorsqu'on a passé sa vie à abandonner les autres pour ne pas être abandonnée. Lorsqu'elle était enfant, Mikaela avait une photo d'Angela cachée sous son oreiller. Ma magnifique et superbe maman-ange. Lorsque tu rentreras à la maison, tout ira de nouveau bien. Il y aura alors de nouveau des rires, des câlins et de la chaleur. Mais ce ne fut pas le cas. Que représentait Ruben pour toi, maman ? Il était la vie que je n'ai pas vécue mais je t'ai eu toi à la place, mon ange.

Mikaela se versa une tasse de café. Elle enroula ses pieds dans la couverture et enfila le gros pull en laine tricoté main qu'elle avait hérité d'Angela tandis qu'elle écoutait distraitement la radio. On y parlait de la grippe aviaire, un ressassement monotone qui lui était insupportable. Elle était sur le point de changer de station lorsqu'une nouvelle voix intervint et se mit à parler du gouvernement. La voix féminine annonça que la majeure partie du gouvernement avait déclaré la grippe aviaire et que c'était probablement dû au fait que quelqu'un était contaminé dans l'avion qui avait quitté le Gotland bien que l'on ait scrupuleusement contrôlé les contacts que les membres du gouvernement avaient eus. Mikaela fouilla sa mémoire. Elle ne leur avait pas fait part de sa visite chez Ruben Nilsson à Klintehamn. Elle avait en quelque sorte mis un point d'honneur à la garder secrète… pour Angela.

« Au regard des nombreux contacts que les membres du gouvernement ont eus au cours de réunions ces derniers jours, la situation s'avère extrêmement grave. La contamination n'est donc plus limitée au Gotland et nous craignions d'être confrontés à de nombreux cas dans les prochains jours. Nous prions donc ceux qui présentent des symptômes grippaux de ne pas se rendre dans les hôpitaux ou les centres de soins. Ils recevront la visite d'un médecin à domicile après avoir pris rendez-vous via la ligne téléphonique mise en place par chaque district. Pour autant, il n'y a pas de raison de s'inquiéter. Nous traiterons vos demandes l'une après l'autre. » Mikaela éteignit la radio. Elle se rendit dans la chambre et se glissa sous les couvertures. La photo d'Angela lorsqu'elle était très jeune était posée sur la table de nuit dans un cadre bon marché recouvert de crêpe noir. Mikaela caressa le cadre aux couleurs du deuil et sombra dans un sommeil profond.

Cet ouvrage a été composé
par NORD COMPO (Villeneuve-d'Ascq)
et achevé d'imprimer sur Roto-Page
par l'Imprimerie Floch à Mayenne en mai 2009

N° d'impression : 73828
Dépôt légal : juin 2009
Imprimé en France